# 癸酉本石头记

典藏版

## 后28回

（清）佚名／著
金俊俊 何玄鹤／编

当代世界出版社
THE CONTEMPORARY WORLD PRESS

**图书在版编目（CIP）数据**

癸酉本石头记后28回 /（清）佚名著；金俊俊，何玄鹤编. —北京：当代世界出版社，2017. 6
ISBN 978-7-5090-1208-6

Ⅰ. ①癸… Ⅱ. ①佚… ②金… ③何… Ⅲ. ①章回小说－中国－清代 Ⅳ. ①I242.4

中国版本图书馆CIP数据核字（2017）第111640号

**书　　名**：癸酉本石头记后28回
**出版发行**：当代世界出版社
**地　　址**：北京市复兴路4号（100860）
**网　　址**：http：//www.worldpress.org.cn
**编务电话**：（010）83908456
**发行电话**：（010）83908409
（010）83908455
（010）83908377
（010）83908423（邮购）
（010）83908410（传真）
**经　　销**：全国新华书店
**印　　刷**：河北盛世彩捷印刷有限公司
**开　　本**：710毫米×1000毫米　1/16
**印　　张**：20
**字　　数**：310千字
**版　　次**：2017年6月第1版
**印　　次**：2019年4月第2次
**书　　号**：ISBN 978-7-5090-1208-6
**定　　价**：49.00元

# 序一：打开红楼大门的金钥匙

《癸酉本石头记后28回》自2008年网传以来就争议不断，其网评文章也可以汇集成一部几十万字的书了。在第108回回末有批语："是书至此暂告一段落，癸酉腊月全书誊清。梅村夙愿得偿，吾所受之托亦完。若有不妥，俟再增删之。虽不甚好，亦是尽心，故无憾矣。"癸酉是指1693年，"梅村"是指吴梅村。很多人读过吴梅村的诗，然而，若有谁说《红楼梦》是他写的，会有很多人不相信。凡是读过书的人即便没看过《红楼梦》也会脱口而出作者是"曹雪芹"，写的是清朝中期的曹家事。再进一步说，就是曹寅家族因犯事被抄没，从此败落。曹寅的孙子"曹雪芹"经历了家族由"鲜花著锦，烈火烹油"到"举家食粥酒常佘"的大起大落，从而发奋著书创作出举世震惊、前无古人、后无来者、流芳千古的鸿篇巨著《红楼梦》。这种励志故事很容易被读者接受，并作为激励人们发愤图强的精神动力。教科书、文学史及各类词典都白纸黑字写着：《红楼梦》作者曹雪芹，官方红学的胡适派红学家们言必称《红楼梦》作者曹雪芹。这种铺天盖地的洗脑式宣传固化了几代人的认知，因此当《癸酉本石头记后28回》横空出世颠覆了众人的固有认知后，其表现出不屑、鄙夷、震惊、惶恐甚至愤怒等各种情绪便可想而知，如此结局的本子被胡适派红学盲从者们不假思索地斥之为"伪续书"也就不足为奇了。而一些真正具有学术品格，想探求《红楼梦》真相的人们反而会扪心自问："我过去是否被某些专家学者误导而误读了《红楼梦》？"

自《红楼梦》诞生以来，关于时代背景、作者、主旨立意等众说纷纭、莫衷一是。《红楼梦》是一部文学作品，研究本是纯学术问题，理应由研究者畅所欲言，自由争鸣。一派学术成为某个时代的主流是学术研究的正常现象，正所谓“不是东风压倒西风，就是西风压倒东风。”然而，《红楼梦》的研究发展至今在官方学术刊物上已是一家之言，即只能认为时代背景是清朝雍乾时期，作者是曹家家谱里都找不到的曹寅之孙“曹雪芹”，在此大框架内方可进行自由争鸣。造成这样的局面固然与胡适发表《红楼梦考证》后获得了更多拥趸有关，胡适的观点迎合了经过新文化运动洗礼，传统文化断代教育下的广大读者对《红楼梦》的浅显认知，但是其观点能成为官方学术的定论，却是因后来的特殊政治环境造成的。

据作家董志新《毛泽东读红楼梦》一书记载，1964年8月18日，在北戴河同哲学工作者的谈话中，毛泽东说：“《红楼梦》写出二百多年了，研究红学的到现在还没有搞清楚，可见问题之难。有俞平伯，王昆仑，都是专家。何其芳也写了个序，又出了个吴世昌。这是新红学，老的不算。蔡元培对《红楼梦》的观点是不对的，胡适的看法比较对一点。”另据周汝昌回忆，上世纪七十年代初，出版系统召开过一次人数很多的会议，正式传达毛泽东的一次谈话，其中在谈到《红楼梦》原著和续作时，毛泽东明确指出：“前八十回是曹雪芹作的，后四十回是高鹗作的。高鹗学了曹雪芹的一点笔法，但是思想很不相同。”在那个特殊时代，此言一出谁敢质疑？从此，红学其他学术流派尤其是索隐派偃旗息鼓，胡适的考证派一家独大，并且成为官方学术观点，直至今日。

然而，胡适派的观点并不令人信服，《红楼梦》的诸多问题依然悬而未决。近些年，民间研红者硕果累累。尤其是对时代背景、主旨立意和作者的认知与胡适派官方红学大相径庭。很多民间研红者认为《红楼梦》的时代背景是明末清初，作者是明遗民。而书中明写的“曹雪芹”只是化名，且如书中所言只是增删者，而非原创者，更不是曹寅的“孙子”。从书中所涉及的儒家、道家、佛家、易学、中医、历史、绘画、建筑、园林、诗词歌赋、服饰、饮食等包罗万象，堪称百科全书的知识，以及高超的艺术技巧、丝丝入扣的情节安排、几百个性格迥异的人物来看，《红楼梦》绝非一人一时之作，而是前后多人参与策划、创作、增删、点评。书中明言："至吴玉峰题曰《红楼梦》。东鲁孔梅溪则题曰《风月宝鉴》。后因曹雪芹于悼红轩中，披阅十载，增删五次，纂成目录，分出章回，则题曰《金陵十二钗》。"说明本书经过多人之手增删，而非简单"题名"。胡适派官方红学却依然认为，这部百科全书式的大作只是"曹雪芹"一人所为，那就只好把"曹雪芹"想象成神通广大、无所不知、无所不能的神。

一个时代有一个时代的文学作品风格。如果把《红楼梦》的语言风格、思想倾向和创作模式等与明文学《金瓶梅》、《三言两拍》、《情史》等作比较，很明显能看出《红楼梦》与明文学的一脉相承。清朝顺治时期和康熙朝中期以前，文学创作的主力是明遗民，他们秉承了明文学传统风格和思想情怀，是晚明文化气脉的延续。晚明文学的最大特点是极度女性化，具有浓郁的脂粉气，崇拜并歌颂女性，宣扬意淫观念和纵欲思想，倡导对金粉浮华生活的病态依恋，反对理学和道学，对现实生活有着无尽哀怨。只有这样的思想文化氛围才能诞生《红楼梦》。与这一时期的《长生殿》、《桃花扇》等作品相比较，《红楼梦》无论从思想感情、故事构架，到语言风格，都有惊人的相似。而进入康熙晚期特别是雍正时期后，由于清朝统治者大兴文字狱，加上明遗民作家们的相继辞世，晚明文化气脉便终止了。

《红楼梦》虽然是晚明文化气脉的延续，但是在思想境界上却与晚明文学有本质区别，这是因为在经历了惨痛的改朝换代后，面对清人统治，明遗民的感情受到了强烈的冲击，他们在反思明朝覆亡原因的过程中，思想境界得到了升华，他们哀挽汉族江山的失去，在作品中必然流露民族主义情绪。《红楼梦》开篇借用女娲补天的神话故事，意在歌颂补天志士，并痛悔自己无力补天。这"天"自然是指已被清人统治而沦亡的华夏江山。清统治者剃发易服的恶政通过宝玉给芳官理头反映在《红楼梦》中，同时也使得晚明文学歌颂女性、厌恶男性的思潮在《红楼梦》中被赋予了政治色彩。《孝经》云："身体发肤受之父母，不敢毁伤，孝之始也。"而男人们都被迫留着丑陋不堪的金钱鼠尾头，不但令人羞愧愤懑，更是不孝行为！《红楼梦》与同一时期的《聊斋志异》都以隐写的方式记载了林四娘的故事，借此表达对清统治者惨无人道杀戮的悲愤之情，这是当时明遗民作家的共同心声。

明清易代在明遗民看来就是“神州陆沉”，他们都在深刻反思明朝灭亡的原因。《红楼梦》就是在这样的时代背景和思想潮流下诞生的作品。她以宝黛钗等所谓恋情故事做障眼，暗中影射各方势力对华夏江山的争夺。她以贾家这个大家族做“假托”，暗中影射皇家和国家。这是以小写大，以家喻国的特殊文学笔法。在第一回英莲出场的长批中有一句话：“家国君父事有大小之殊，其理其运其数则略无差异。”明遗民作家李渔在《奈何天·助边》中也有类似的句子：“家国虽殊道自均，须知主仆即君臣。”第五回宝玉因见到秦可卿上房内间张贴的《燃藜图》，也不看系何人所画，心中便有些不快。又有一副对联，写的是：世事洞明皆学问，人情练达即文章。及看了这两句，纵然室宇精美，铺陈华丽，亦断断不肯在这里了，忙说：“快出去！快出去！”宝玉为什么一看见这幅画和对联就说啥也不在这个房间住了呢？受胡适派官方红学家们的误导，几乎所有的人都认为这幅画是刘向勤学的故事，这副对联也是劝学的意思。而宝玉厌恶科举考试，自然就会对这类说教产生抵触情绪。其实这种理解是错误的。这张画不是什么刘向勤学的故事，这副对联也不是泛泛的劝学励志之言。在对联处有一批语：【看此联极俗，用于此则极妙。盖作者正因古今王孙公子，劈头先下金针。】为什么要对古今王孙公子劈头先下金针？只有先把《燃藜图》的秘密揭开，这条批语的寓意才能清楚。

据《刘向别传》和六朝无名氏《三辅黄图·阁部》记载：“刘向於成帝之末，校书天禄阁，专精覃思。夜有老人，著黄衣，植青藜杖，登阁而进，见向暗中独坐诵书。老父乃吹杖端，烟燃，因以见向，说开辟已前。向因受《洪范五行》之文，恐辞说繁广忘之，乃裂裳及绅，以记其言。至曙而去，向请问姓名。云：‘我是太一之精，天帝闻金卯之子有博学者，下而观焉。’乃出怀中竹牒，有天文地图之书，‘余略授子焉’。至向子歆，从向受其术，向亦不悟此人焉。”刘向是汉朝皇室宗亲，太一精授他《洪范五行》及天文地图之书，以开聋聩，广布其说，警示当朝及以后各代统治者。刘向受《洪范五行》启发而写成《洪范五行传论》一书，梳理了自西周幽王二年（公元前780年）至西汉成帝元延元年（公元前12年）的符瑞和灾异，以阴阳五行、天人感应为理论，论证符瑞和灾异与国政得失的关系。虽然此书已佚，但在《汉书·五行志》中保存了《洪范五行传论》约一百五十二条。其中论灾异跟后、妃、君夫人及外戚间关系的约三十一条，论灾异跟君主失势、国家败亡间关系的约三十九条。宝玉看到太一精传授给刘向的《洪范五行》，唯恐谶语中的凶谶成真，引起不快乃至惊惧，于是不肯在这个房间休息。到第七十七回，宝玉看望重病中的晴雯后对袭人发表一段议论，他把自家院子的一株海棠花死了一半跟晴雯的死联系起来，又举出孔子庙前的桧树、坟前蓍草，武侯祠前的柏树，岳飞墓前的松树，说：“世乱则萎，世治则荣，几千百年了，枯而复生者几次。这岂不是兆应？”这就是庶徵谶纬与国家治乱的关系。作者借宝玉之口说出这种思想，贾家的立意岂不是以家喻国？《红楼梦曲·好事终》有歌词：“家事消亡首罪宁。”“消亡”之意是“消失、灭亡”，只能是指朝代的灭亡，而非指作者家族的灭亡。这就秒杀了一切作者家事说、作者自传说。试想，如果是自己的家族灭亡了，作者还能活着并且著书吗？很多《红楼梦》研究者和红迷看不出书中“以家喻国”的明示和暗示，误以为本书写的只是一个大家族衰落和公子红妆们的爱情故事。

《红楼梦》解读之难，固然与隐去朝代年纪、作者信息等有关，同时也与成书年代久远，后来人尤其是当代人与那个时代的人知识结构发生了很大变化有关。传统文化断代式教育导致很少有人读过四书五经，想深入理解《红楼梦》的立意主旨是困难的。其实，书中含蓄地告诉了我们故事发生的时代背景。书中说甄士隐、贾雨村、王熙凤、贾探春等都生于“末世”，这个“末世”很明显是指朝代末世，且只能是明朝末世。而胡适派官方红学却狭隘错误地理解成了一个家族的末世。用“末世”一词定性一个家族，在古代是没有这种用法的。在书中石上所记之事开篇便说：“那日地陷东南。”而“地陷东南”是十分重大的事件，是指国家发生战争灾难导致国土沦丧、生灵涂炭，绝不是指一家一户的变故。稍有历史知识的人都会想到，“地陷东南”的大灾难只能指向明末清初改朝换代时期，清统治者武力镇压南明抵抗政权，又在统治区推行剃发易服引起南方民众反抗，从而导致民众被惨无人道杀戮的几十次屠城镇压事件。书中“黛玉葬花”是对“扬州十日”生灵遭涂炭的控诉和祭奠，“芦雪广遭劫”是对广州大屠杀的隐写，“姽婳将军林四娘”是对山东青州衡王府遭清兵屠戮的揭露等等。

《红楼梦》的成书年代，我们从抄本一些避讳字的写法也能辨析。《红楼梦》中“强”字使用高达三百三十多处，但抄本使用的是“強”字。而乾隆年间官方公开刊刻印刷中，都使用了“强”字，以避讳乾隆名讳弘历的“弘”字。因为“弘+虫”是对皇帝的极大不尊，官方便规范“強”字的写法为“弓+虽”。从抄本的不避讳看，如果作者是胡适派官方红学家所说生活在乾隆时期的曹雪芹，曹家那可不是简单的抄家，而是要被满门抄斩了。作为满洲旗人、奴才世家的曹家，如果作者真是曹寅的孙子“曹雪芹”，他是绝不会犯这种低级错误的。这也是红楼梦成书更早的内证。

从外证看，《红楼梦》成书时代也绝不会是乾隆时期。雍正甲寅年（1734）由王尧瞿重新刊刻的《何必西厢》、《梅花梦》明确提到了《红楼梦》。吴语弹词小说《何必西厢》的作者是清初才子顾于观的作品。顾于观生于1693年，字万峰，一字桐峰，号澥陆、心铁道人。他是唯一苏北吴语区扬州兴化人，才华横溢，目无诸子，是郑板桥最钦佩的好友与偶像。他的《何必西厢》早期刊刻数量很少，后来苏州人王尧瞿因故去山东碰巧看到此书，读罢爱不释手，却在整个济南书店找不到踪影，他感到十分惋惜，就从朋友那里借来此书，自己付梓再刻，并以“桐峰外史”自谦，以表达对顾于观与作品的敬重。在《何必西厢》第三十六回两处说到了《红楼梦》，一处说“好似《金瓶梅》、《红楼梦》笔仗，不合演义弹词体例”，另一处说“到底可真像《金瓶梅》、《红楼梦》，在下自己不知，要请教列位的”。也就是说，《红楼梦》至少在雍正朝就已经成书了。

《红楼梦》的成书年代事关对作者、批书人，乃至主题思想等诸多问题的认知。其实在民国初期，关于《红楼梦》时代背景、作者和主旨立意问题就有两大派在争论，一是以蔡元培为首的索隐派，持明末清初时代背景和明遗民作者说，且认为本书以家喻国，隐写明末国破家亡的民族主义情怀；二是以胡适为首的考证派，持清中期时代背景和曹寅孙子作者说，且认为本书是写曹家家事和作者自传。然而，自从上世纪六七十年代那个特殊的历史时期，学术问题政治化，胡适派观点成为官方观点后，在大陆蔡元培派就只能偃旗息鼓了。在《红楼梦》研究上，“考证”一词也随之成为高大上的术语，“索隐”、“影射”成为“猜笨谜”、“自娱自乐”的代名词，被一些缺乏求真精神的学者和不求甚解的红迷百般嘲讽。刘心武在央视百家讲坛讲解红楼梦之后，某著名红学家直言：“新索隐派走不通。《红楼梦》不是一部影射某人某事的书，也不是暗藏有与它表现出来的人与事截然不同的谜底的谜。它没有什么像刘心武说的密码，是不能用破译或者揭秘的方法来弄清小说所写的究竟是什么的。”

刘心武的索隐和考证结论固然有种种荒谬的地方，但是官方红学家们却全面否定索隐方法和书中的影射，这就犯了一个常识错误。索隐难道不是研究文学的方法之一吗？影射难道不是文学写作技巧之一吗？《红楼梦》开篇作者自云即说：“因曾历过一番梦幻之后，故将真事隐去，而借通灵之说撰此《石头记》一书也，故曰甄士隐云云。”这说得已经再明白不过了，作者将真事隐去，假借通灵玉的下凡造历来叙述书中的故事。在僧人将顽石幻化成通灵玉处有批语：“奇诡险怪之文，有如髯苏《石钟》《赤壁》用幻处。”石钟山因发出钟声而得名，而钟声是如何发出的却众说纷纭。苏轼不轻信各种解释，亲自深入石钟山调查，搞清真相，乃作《石钟山记》。《红楼梦》批书人提示我们看本书要“探赜索隐”。苏轼《后赤壁赋》梦中白鹤幻化为道士。批书人是在提示我们《红楼梦》采用了幻笔写作手法，“通灵玉”既是补天石的幻象，又是玉玺的幻象，故批语说是“奇诡险怪之文”。我们要破解作者究竟隐去了什么真事，就是要索隐。我们要领悟书中人物、事物的寓意，就是要明白作者采用的幻笔写作手法。运用考证、索隐并重的研究方法并且搞清幻笔等写作手法，是开启红楼大门的金钥匙。

什么是考证？考：检查，查核，推求，研究。考就是找出材料，考其来源出处。证：用事实来表明或断定。证就是用材料去证明结论。完成这个论证的过程就是考证。对于研究文学作品来说，考证就是探求作品里的诸多事件、用语、典故等的出处，帮助我们深刻领会作品传达的旨意。什么是索隐？索：搜寻，寻求。隐：藏匿，不显露。隐就是隐写的事物。索隐，就是搜寻隐写的事物。对于研究文学作品来说，索隐就是根据书中提供的人物、事件、典故等线索，探赜索隐背后的历史、人物、事件、寓意等。在本质上，索隐和考证是同一个过程，且含义相似，所不同的只是侧重点的区别，考证是考其出处，索隐是索其隐写。从这种意义上说，索隐就是在考证。我们对文学作品的研究解读就是要考其源，索其隐，证其旨，尤其是对《红楼梦》这样一部明确告诉读者“真事隐”的作品，要考证和索隐双管齐下，两种方法缺一不可，缺任何一种方法就像双轮车丢掉一轮而不能抵达目的地。什么是附会？就是把不相关的事说成相关；把没有某种意义的事说成有某种意义。对于研究文学作品来说，附会就是无视作品的主旨立意进行牵强附会的解读。胡适派红学无视考证和索隐的真正含义，把不同的研究方法当作划分派别、党同伐异的标签。他们的逻辑是：因为你在索隐，所以你在猜谜；因为我在考证，所以我是学术。殊不知胡适派红学的研究方法名为“考证”，实为“附会”。例如，胡适把“太祖仿舜巡”附会为曹寅四次接驾，曹寅其实是五次接驾，“太祖仿舜巡”也绝不是胡适附会的“康熙南巡”，因康熙不是太祖，“仿舜巡”的含义也绝不是游山玩水的南巡。

《红楼梦》有很多写作技巧，有些写作技巧是作者们独创的，其中最难理清的是“多重影射”、“意象符号”、“时空错乱”、“谶语伏线”、“先扬后抑与先抑后扬”等写作技巧。这些写作技巧对普通读者来说是高深费解的，如果不把它们归纳总结出来并且加以阐释普及，就不能深入解读本书，因为这些写作技巧关系到对人物的深入理解和对主旨立意的把握。

影射，是用一个事物暗示或说明另一个事物。其作用有二，一是起暗示、引导和提示的作用；二是借喻的作用。影射并非意味着要与所影射的对象一一对应，只要取一个或几个最突出的特征、性质、事件等，让人很容易联想到所影射的对象即可。例如，“通灵玉”很容易让人联想到“传国玉玺”，因为“通灵玉”錾刻的“莫失莫忘，仙寿恒昌”，与“传国玉玺”錾刻的文字“受命于天，既寿永昌”很相似。贾家都把“通灵玉”当命根子，摔不得、丢不得。在第八回描写“通灵玉”时那首讽刺诗：“白骨如山忘姓氏，无非公子与红妆。”更会令人联想到封建时代为了争夺江山统治权而进行残酷厮杀的情景，这进一步说明“通灵玉”影射“传国玉玺”。其实宝玉的名字本身就有“和氏璧”的意思，在同辈中别人都是带玉字边的两字名，唯独宝玉没有大名。在《韩非子·和氏》中，卞和曰：“吾非悲刖也，悲夫宝玉而题之以石，贞士而名之以诳，此吾所以悲也。”书中有的情节也把贾宝玉当作“玉玺”来描写。因为影射这种写作技巧都有对应的影射对象，这就要求知识面一定要宽广，尤其是对影射对象十分熟悉才能产生恰当的联想，否则便不知所云。《红楼梦》中的影射技巧还运用了多重影射，即一个人物或事物同时影射多个人物和事物，或者用几个人物同时影射同一个人物。这就增大了理解的难度。影射和象征这两种写作手法很容易发生混淆。

象征，是指借助于某一具体事物的外在特征，寄寓艺术作品某种深邃的思想，或表达某种富有特殊意义的事理。象征的本体意义和象征意义之间本没有必然的联系，但通过对本体事物特征的突出描绘，会使读者产生由此及彼的联想，从而领悟到作品所要表达的含义。运用象征这种艺术手法可以延伸描写事物的内蕴，以引起人们的联想，增强作品的表现力和艺术效果。例如，茅盾的《白杨礼赞》表面是写普通而又平凡的白杨，其笔力集中在白杨的神采、姿态、精神、品格之上，其情感的基调是激情的讴歌，这让读者极为鲜明地感觉到作者是用白杨在象征着一种人，象征着一种精神。作者绝不是只写树，更不是关于白杨的科普文章。影射与象征的区别在于，影射让人从此人或物联想到彼人或物，而象征是通过所描写的事物而产生某种精神、品格、意义的联想。象征和影射是文学创作的常用手法，被作家们经常采用。《红楼梦》这部书大量运用了象征和影射的手法，如果不能对书中的象征和影射技巧进行全面研究总结，就不能深刻感悟作品所传达的多重思想主旨。

在文艺理论中，具象是指具体的形象，是文艺创作过程中活跃在作家、艺术家头脑中的基本形象。因为具象真实再现客观形象，它可以找到现实中的对应物。而意象是以人的思想情感来掺入客观形象之中，对客观形象进行有取舍的改造，保留客观形象的一些形态，却又明显带有作者的主观因素。黑格尔说："美是理念的感性显现。"即是此意。意象理论在中国起源很早，《周易·系辞》已有"观物取象"、"立象以尽意"之说，后来发展到历史、哲学范畴。诗学借用并引申之，"立象以尽意"的原则未变，但诗中之"象"已不是抽象的符号，而是具体可感的物象。在中国古典诗歌中，一些花草树木兽鸟虫鱼及事物具有固定的意象符号。例如：梅花象征傲霜斗雪不惧严寒，品质纯洁高尚；芭蕉象征孤独忧愁、离情别绪；松树象征坚韧不屈；杜鹃象征凄凉、哀伤；南浦是水边送别的专属词语；长亭是陆上送别的专属词语；献芹是自谦礼物菲薄、建议浅陋的代名词。等等。以后在小说创作中也被引入意象创作手法。例如：《西游记》中的金箍棒和紧箍咒；《水浒》中的三十六天罡星和七十二地煞星。等等。在文学作品中，用意象创作有如下作用：1. 寄情于物，赏心悦目；2. 意同象异，各见其趣；3. 主题朦胧，意绪无穷；4. 文字有狱，取象而避；5. 不肯殉葬，寓意于象。在小说创作中，意象的象征意蕴可以进一步深化叙事内涵。

《红楼梦》大量采用意象写作技巧，这些意象都有明确的寓意指向。这些意象的正确定位必须建立在正确定位时代背景之上，并且与全书的主旨立意相契合。例如，林黛玉的前身绛珠草是血泪的意象，与林黛玉还泪报恩的立意相契合。赤瑕宫是明皇宫的意象，与贾宝玉的出身立意相契合。探春的别号“蕉下客”是离愁别绪的意象，与她远嫁的命运相契合。黛玉的丫鬟紫鹃之名是凄凉哀伤的意象，与她痛悼林黛玉泪尽而逝相契合。书中这类意象还有很多，把它们全部归纳出来才能全面感悟作品的主旨立意。有些人物的名字和别号还分别赋予了不同的意象，从而在一个人物身上有多重意象。这些意象有的是作者根据创作意图对现实具象的改造，有的是作者根据一些理念的创造物，如果把某些意象当作现实中的实物来考证研究，那就闹笑话了。例如，书中的“大荒山”、“无稽崖”、“青埂峰”、“三生石”等都是意象符号，若不知《红楼梦》的意象创作手法，用作者虚构的意象做实物考证必然南辕北辙，还误导广大读者。

《红楼梦》还运用了符号指代写作技巧，这些符号因为在当时的文人中普遍采用或者被普遍理解，当时的读者一看便知其特殊指向。例如，“风”、“水”、“绿”、“秋”、“雪”是清人、清皇帝、清朝的符号；“月”、“红”、“春”、“木”是明皇帝、明朝、南明的符号。在明遗民的作品中常以月代表明朝。明朝灭亡后，王夫之在家乡衡阳抗击清兵，失败后隐居石船山著书立说。他晚年身体不好，生活又贫困，写作时连纸笔都要靠朋友周济。在他71岁时，清廷官员来拜访，想赠送些吃穿用品，他虽在病中却觉得自己是明朝遗臣，拒不接见清廷官员，也不接受礼物，并写了一副对联以表自己的情操：“清风有意难留我，明月无心自照人。”清风指清廷，明月指明朝。王夫之借这副对联表现了自己的晚节。这副对联化用自明遗民吕留良的七言绝句《述怀》：“清风虽细难吹我，明月何尝不照人。寒冰不能断流水，枯木也会再逢春。”意思是：“清人纵然无处不在，无孔不入，我也绝不会屈服于他们。我依然有明朝故国情怀。寒冰又怎么能把流水阻断？虽然现在明朝已经灭亡，将来也会有恢复江山那一天。”抗清英雄夏完淳的词《一剪梅·咏柳》里的词句：“金沟御水自西东，昨岁陈宫，今岁隋宫。”这里的水指代清兵。

朱元璋参加的红巾军是追认宋的火德，火为红色，火克金，红色就成了反元武装最鲜明的旗帜。明朝建立后也就崇火德，尚红色。洪武三年，“诏考历代服色所尚。礼部奏言：‘历代异尚。夏尚黑，商尚白，周尚赤，秦尚黑，汉尚赤，唐服饰尚黄，旗帜尚赤，宋亦尚赤。今国家承元之后，取法周、汉、唐、宋以为治，服色所尚，于赤为宜。’上从之。”洪武七年，朱元璋在致北元君主的信中声称“今我朝炎运方兴”，也是以火德自居。在当时的官员中也都认同朱明火德之说。明朝的火德上接同是汉族统治的宋朝火德，克蒙元的金。而明朝天子姓朱，朱是赤色，赤色属火；又明字拆开是日月，日者阳之极也，日配朱色，也成一火。因此“明”这个国号有“三重火”之意。在《红楼梦》中真真国女孩的诗句：“昨夜朱楼梦，今宵水国吟。”不是简单的对景抒情，而是用“朱楼”、“水国”的意象符号指代明亡清兴。《红楼梦》作者虽然不敢明写朝代更迭的史实，然而只要我们具备易学知识，就能敏感地悟出作者采用五德、五行之说的特殊含义。当今很多《红楼梦》研究者和红迷缺乏易学知识，又对当时明遗民诗文中特殊词语的指代不了解，自然对书中的五行意象符号无感。这也是很多红学家、红迷把本是国破家亡“字字看来皆是血”的《红楼梦》，解读成了思想立意狭隘的曹家事的原因之一。

近年来，越来越多的民间研红者把《红楼梦》的时代背景定在了明末清初，从书中情节的暗示考证、索隐背后的历史事件。然而，他们也常常陷入困惑之中。本书是从哪个历史时期开始切入的？书中隐写的历史事件为什么时序错乱？如果把贾家视为影射明皇宫，为什么会观看1688年才上演的《长生殿》？等等。其实这是作者独创的“时空错乱”写法给读者造成的误解。贾家其实就是微缩的明朝各方势力形势图，作者借贾家这个小舞台来演绎明末农民军、清军与明朝争夺江山的史实。在表面故事展开过程中，作者穿插进一些历史事件和作者创作时期的现实素材，意在增强作品的表现力和取事说理，而无意按照时间顺序写史。这种写作方式自由灵动，能随机承载各种有利于表现人物命运指向和主旨立意强化的信息。明白了这种独特的写作方式后，我们不但不会感到困惑，还会由衷地赞叹作者的用笔机智。

《红楼梦》有大量的谶语，这些谶语的类型有诗词、曲赋、图谶、诔文、戏文、偈子、酒令、灯谜、梦境、命名、谐音等。还有的用情节、场景、人物语言、诡异的声音等立谶。这些谶语起到了阅读导向作用。其实谶语就是伏线，它们或预示着家族的败亡，或提示着人物命运结局。在故事情节展开的过程中，作者步步设伏，批书人也在反复提示读者“伏后文”、“千里伏线”、“草蛇灰线，空谷传声”等等。“草蛇灰线，伏脉千里”是指事物隐约可见，通过前面故意留下的若隐若现的线索、痕迹，能找到后文中与之关联的情节照应。设伏的方式除了谶语，还有谐音法、人物语言行为法、映射法、典故法、引文法等。例如，冯渊的名字谐音“逢冤”，这本身就暗示了他日后蒙冤被薛蟠打死的悲惨结局。史湘云捡到了宝玉丢的金麒麟，回目直言“因麒麟伏白首双星”，暮年时宝玉和史湘云必然相聚。甄士隐家的败落映射贾家的败落。甄宝玉的命运映射贾宝玉的命运。袭人的有些行为是宝钗日后行为的预演。晴雯是黛玉的影子，故而晴雯诔也是在诔黛玉。黛玉调侃宝玉两次说过将来做和尚，80回后宝玉也会真的做了两次和尚，等等。书中伏线比比皆是。但是，因为这是一部残书，很多人物没有结局，也因此对前80回中很多伏线无法识别。前80回那些诗词联句中也有很多是对结局的伏线、设谶，因为不知结局而对那些有伏线谶语的诗句无法透彻解释。尽管有很多研究者注释《红楼梦》诗词，但是却不敢翻译，那些斗胆翻译出来的诗词也是佶屈聱牙、不知所云。作者对贾宝玉、林黛玉、贾芸、小红等人物采用了“先抑后扬”的写作手法，对薛宝钗、袭人等人物采用了“先扬后抑”的写作手法，但因截至80回的残缺而无法展现，以致造成对这些人物的误解。由此，对没有结局的人物进行分析论证都是片面的，甚至是错误的。从这个角度说，自《红楼梦》传播以来那些汗牛充栋的红学著作其价值岂不是令人怀疑吗？

《红楼梦》的残缺是所有读者的憾事，书中人物的命运结局牵动着广大红迷的心。《癸酉本石头记后28回》的网传，并且根据藏家提供的过录本图片重新勘校后出版发行，满足了那些独具慧眼的红迷们的心愿。这些红迷或者通过自己的独立思考研究，或者看民间研究者的文章，已经坚信《红楼梦》写的绝不是什么曹家事，而是假借贾家之名书写明亡清兴的史实，作者也根本不是曹家子虚乌有的“曹雪芹”，而是清初一帮明遗民才子痛彻反思明亡原因后，前赴后继、接续创作的一部恢宏巨著。对于这些早就悟出《红楼梦》主旨立意的红迷来说，《癸酉本石头记后28回》的情节是合情合理的，阅读是兴奋的。但对那些深陷曹家沟而不能自拔的红迷们来说，其错愕乃至不屑也是完全正常的，因为人长久地接受了一种观念，想改变是很难的，这需要一个长期的过程。

关于《癸酉本石头记后28回》的评价，网上有很多文章，有的剖析非常专业，我就不再赘述了。针对很多红迷误以为《癸酉本石头记后28回》是续书，我仅根据掌握的信息说明一下。据藏家说，这个本子全名为《吴氏石头记增删试评本》，是108回全本，在2008年以文档的形式将后28回传给金俊俊，金俊俊根据文末“癸酉腊月全书誊清”，参照石头记其他古本的定名方法，重新命名该本为《癸酉本石头记》。因为只以网络文本的形式上传公布了后28回，使得诸多红迷朋友、甚至连某些红学家也误以为这个本子是续书。鉴于抄本真容未以影印的方式面世，多说也无益。倘若我们结合前80回深入分析《癸酉本石头记后28回》，就能断定此书为真本无疑。一、前后立意主旨一脉相承。如果说前80回以家喻国的种种明示和暗示还不能使一部分读者彻悟，那么后28回贾环、赵姨娘带领的流寇和贾蓉贾蔷（戎羌）的队伍多次攻打贾家，致使贾家败亡，则完全是明末农民军、清军争夺大明江山的缩影，且印证了探春在第七十四回说的话：“可知这样大族人家，若从外头杀来，一时是杀不死的，这是古人曾说的‘百足之虫，死而不僵’，必须先从家里自杀自灭起来，才能一败涂地！”探春这段话的出处是首辅叶向高向万历皇帝的进言：“我担心国家的危亡，不在于外敌的侵略，而就在于朝廷内部啊。”二、后面的情节与前面谶语、伏线完全照应。从第81回开始不再设谶、埋伏，而是把前80回所有未照应的谶语、伏线全部照应，谜底逐步揭开，人物命运和结局逐步收官，哪怕连很多读者印象不深的穿红衣服的袭人表妹、茗烟相好卍儿都一一作了交代。第五回晴雯判词中的“霁月难逢，彩云易散。”所有的人都误以为“霁月”是指雨后天晴的月亮，看了后28回才知道“霁月”跟“彩云”一样都是丫鬟，在面对流寇时有惊人的表现，这是取自明史中费贞娥的史实。把几百个人物的结局交代得如此合理，前后贯通，只有原作者才能做得到。三、人物性格、行为方式前后一致。有长篇小说写作经验的作家都清楚，小说最难设计和描写的是人物性格。《红楼梦》几百个性格迥异的人物展开情节，对一个作者来说都是很难驾驭的，别人想按照原作者的设计续写这些人物根本就做不到。几百个人物在后28回与前80回比较，其性格、行为方式等完全吻合，连说话的风格特点都如出一辙。宝玉还是那个宝玉，凤姐还是那个凤姐……史太君“含笑去了”，史湘云也是“含笑去了”。史家这两位带有历史符号指向的人物，临终都是“含笑去了”，这样别有深意的大手笔设计，请问哪个续书人能想得出？四、在结构设计上后28回与前80回完美对榫。关于《红楼梦》全书到底是多少回至今争论不休，有的说是120回，有的说是110回。《癸酉本石头记》明确告诉我们全书是108回，第五十四回是贾家盛衰分水岭。在这一回元宵节贾府夜宴，戏演的是《八义》中《观灯》八出。这部戏是明末剧作家徐元的《八义记》，剧情是大家熟知的赵氏孤儿的故事。《观灯》八出正是赵盾家族鼎盛时期，不久便是遭屠岸贾陷害，赵氏一家被满门抄斩。作者设计贾府在第五十四回上演这部戏，也是在为贾家结局设谶，贾家的结局也必然类似于赵家。由此也可以推断《红楼梦》全书当是108回。在情节脉络设计上，后28回结局也与前80回完美对称。开篇太虚幻境中的神瑛侍者贾宝玉和绛珠草林黛玉下世，他俩最后也都回归太虚幻境。第二回贾雨村与冷子兴郊外奇遇酒肆畅饮，后28回贾雨村与冷子兴郊外破庙邂逅甄士隐。第四回贾雨村断案放跑了薛蟠，后28回薛蟠又犯了命案，还是贾雨村断案判薛蟠处斩。第一回以贾雨村中秋诗起，最后一回宝玉与史湘云以中秋诗收，等等。尤其是第五回警幻受宁荣二公之托开悟宝玉要走经世济民之路，最后回到太虚幻境的宝玉忏悔自己的顽劣行为，发誓改悟前情，复归孔孟之道。红学家们连篇累牍地写文著书颂扬宝玉追求个性解放、思想反叛的精神，如果他们知道宝玉最后思想转变，这是多么尴尬啊！警幻对宝玉的训导，秦钟临终对宝玉的遗言，这些大篇幅文字不是白写的。以上这些只有原作者才能如此完美地前后照应。如果读前80回疑窦丛生，看完后28回一定会豁然开朗。后28回被很多人诟病文字粗糙，并以此武断地认为是现代人所续。他们不知《红楼梦》成书是前后多人创作，这个本子是在吴梅村《风月宝鉴》基础上的扩充修改本，是定本甲戌本的母本，是未经进一步修改润色的旧本。黛玉诔和情榜是现代一流作家也写不出来的。后28回有很多神来之笔的情节，如通灵玉跑到江南甄家，在贾家抄家前隐遁等等。毛国瑶抄录的150条靖本批语其中有十几条宛如天书，周汝昌等人皓首穷经也没能疏通，《癸酉本石头记》藏家在藏本中找到了这些批语，明白通透，已经通过吴雪松在博客公布。不知红学家们做何感想？

《癸酉本石头记》除了后28回结尾明确指出原创者是吴梅村外，藏家提供的第一回异文也指出原创者是吴梅村："此书本系吴氏梅村旧作，共百零八回，名曰《風月宝鉴》，每回仅三四页也，故事倒也完备，只是未加润饰稍嫌枯索，吴氏临终托诸友保存，闲置几十载，有先人几番增删皆不如意，也非一时，吾受命增删此书莫使吴本空置，后回虽有流寇字眼，内容皆系汉唐黄巾赤眉史事，因不干涉朝政故抄录修之，另改名《石头记》。"我跟千湖水墨朋友计算了一下，按照那时候用小楷抄写在宣纸上，每页也就大约500字，四页约2000字。而现在我们看到的甲戌本、庚辰本等，每回约7000字，也就是说吴梅村的《风月宝鉴》每回少了5000字，只相当于故事梗概或者小说大纲。癸酉本藏家给吴雪松提供了完整的第67回，其中有这样一条其他抄本都没有的批语："近日雪芹润色二尤故事觉不甚紧要，兴致大减，托刘兄及女弟子代为摹描本回，阅之颇觉草草，存留难定。"这说明癸酉本的增删润色人除雪芹外还有"刘兄"、"女弟子"等人，这也印证了红学界公认的第67回非雪芹手笔。

癸酉本藏家还提供了主要增删人的信息。在第一回"满纸荒唐言"诗句处的批语："这是第一首标题诗"处，还有一条未公布批语，大意是此批语意在提示作者信息。此诗没有标题，而批语却说是"标题诗"，看似矛盾，实则批书人在隐秘地告诉我们，这首诗是姓名中带"标"字的人所"题"。在第四十九回，湘云冷笑道："你知道什么？是真名士自风流！"此处有批语："真名里有士字"。也就是说，批书人以批语的方式在告诉我们增删者真名有"士"字。综合这两条批语，增删者很可能是查士标，查士标号梅壑。第五十回史湘云的《点绛唇》谜语："溪壑分离，红尘游戏，真何趣？名利犹虚，后事终难继。"其中的"溪壑分离，后事终难继。"句子应解释为：梅溪不再参与增删工作，只剩下了梅壑，本书增删工作难以完成了。梅溪就是孔梅溪，他有可能是孔尚任。1685年，孔尚任走上仕途不久，即奉命随工部侍郎孙在丰往淮扬协助疏浚下河海口。他在淮扬四年，登梅花岭，拜史可法衣冠冢，在南京过明故宫，拜明孝陵，游秦淮河，登燕子矶。他结交了很多明遗民，冒襄、吴绮、查士标、黄云、邓汉仪、许承钦、龚贤、石涛等，他们谈古论今，过从密切。这个时候正是《癸酉本石头记》创作时期，孔尚任参与了创作是极有可能的。1690庚午年，孔尚任回到北京退出了《癸酉本石头记》的创作，正应了“溪壑分离”。张志坚也研究认为“东鲁孔梅溪”就是孔尚任。

早在1919年，邓狂言在《红楼梦释真》一书中就提出了吴梅村作者说。1971年，台湾人杜世杰在《红楼梦原理》一书中也认为《红楼梦》作者是吴梅村，他认为：“梅村心怀亡国之恨，不能补天，深自愧悔，乃以史臣自任，自称古藏室史臣，又称梅村野史，则其胸怀可知也，其所做之诗，多隐史事。”1984年，香港的李知其出版《红楼梦谜》一书，赞同吴梅村作者说。近些年，赞同吴梅村原创红著的民间研究者和红迷越来越多。然而，有一些研究者认为吴梅村做过贰臣，不具备创作本书的思想感情。其实这是对作家内心情感世界的复杂性认识不足的表现。吴梅村具备写作本书的经历、思想、才华、知识、时间等一切条件。还有人说吴梅村如何写身后的史实？那是不知本书为前后多人参与创作造成的。

吴伟业生于1609年，逝于1671年。字骏公，号梅村，别署鹿樵生、灌隐主人、大云道人。汉族。出生于江苏太仓一个普通读书人家。明末清初著名诗人，长于七言歌行，音节极佳，情韵悠然，轶事典故，信手拈来。他的诗歌多写哀时伤事的题材，多用典故影射现实。他还写了大量香奁体诗歌。赵翼评价说：“梅村诗本从香奁体入手，故一涉儿女闺房之事，辄千娇百媚，妖艳动人。”另有传奇剧《秣陵春》，杂剧《通天台》、《临春阁》。史乘《绥寇纪略》。

崇祯四年（1631年），二十三岁的吴伟业参加会试，遭到乌程党人的诬陷，被指控徇私舞弊。崇祯帝调阅会元试卷，亲自在吴伟业的试卷上批“正大博雅，足式诡靡”，“天语褒扬”钦点吴伟业高中一甲第二名（榜眼），并授翰林院编修。崇祯九年，年仅二十八岁的吴伟业被任命为湖广乡试的主考官。崇祯十年被任命为东宫讲读。崇祯十七年（1644年）三月十九，李自成率军攻入北京，崇祯自缢煤山。当年五月尚在老家的吴伟业才闻听噩耗，号痛欲自缢，为家人所止。清兵南下之后，吴伟业长期隐居不仕。然而碍于家人敦促，于顺治十年（1653）九月被迫应诏北上。在过淮阴时他写下诗句：“浮生所欠只一死，尘世无由识九还。我是淮王旧鸡犬，不随仙去落人间。”次年他被授为秘书院侍讲，后来又升国子监祭酒。顺治十三年（1656）底，他以丁忧南还，从此不复出仕。

吴伟业屈节仕清，一直是他“误尽平生”的憾事，三年的贰臣生涯犹如南柯一梦。舆论的耻笑，青史上的污点，让吴伟业一直生活在无尽的忏悔之中。在留给儿子的遗书中，他说自己是“牵恋骨肉，逡巡失身，此吾万古惭愧，无面目以见烈皇帝及伯祥诸君子，而为后世儒者所笑也”（见吴梅村《与子暻疏》）。1671年冬，身患肺结核晚期病入膏肓的吴伟业自知来日不多，便留下遗言：“吾一生遭际万事忧危，无一刻不历艰险，无一境不尝艰辛，实为天下大苦人。吾死后，敛以僧袭，葬吾于邓尉灵岩相近，墓前立一圆石，曰：诗人吴伟业之墓”。这一年的12月24日，一代大诗人吴伟业病逝，葬于苏州玄墓山之北。

吴伟业遗嘱坟前立一圆石，他是把自己视为一块不能补天的顽石，这正与《红楼梦》青埂峰下被女娲遗弃的补天石相应。吴伟业创作《风月宝鉴》也是在为自己懦弱无能、无材补苍天，以及后来变节仕清的深深忏悔。他在《破砚》诗中写道：“一掷南唐恨，抛残剩石头。江山形半截，宝玉气全收。”此诗中的“剩石头”、“宝玉”与《红楼梦》中的“补天石”、“通灵玉”其意象是一致的。《红楼梦》独创神话般的黛玉还泪的故事，也可以说是借黛玉这个人物在为恩重如山的崇祯帝还泪，同时也在为失去大明江山而无力回天还泪。绛珠草还泪的意象不仅仅指原创者吴伟业，也是增删者的意象，他们集体创作《红楼梦》本身就是在还泪。绛珠草是《红楼梦》创作团体的集体化身。这就是：作者前世绛珠草，化典巧用三生石。无才补天心悲切，著书还泪报皇恩。

《红楼梦》具有明显的民族主义倾向。原创者和增删者为什么要历经几十年前赴后继、锲而不舍地创作这样一部作品？她是一部爱情小说吗？她是一部描写大家族兴衰的小说吗？或者是一部教人修身养性、为人处世的小说？绝非如此！当一个号称创造了辉煌灿烂文化的民族屡次遭受侵略而亡国，几近亡种边缘，到底是哪里出了问题？在亲身经历了惨烈的内部斗争和外部入侵，致使一个王朝毁灭以后，作为当时有良知的文人们，必然会痛彻心扉地反思造成“天倾西北、地陷东南”的根本原因，也会寻找让国家长盛不衰、民族绵延不绝的方法，不要再重蹈覆辙。翻阅中国从古至今的历史典籍和文学作品，每当改朝换代的历史时期都会有知识分子进行剖析反思。《红楼梦》也是这样一部作品。她设计了宁荣二府，宁府淫乱，荣府不孝，贪腐成性，消费祖宗基业而不思进取，致使内囊空虚、武功荒废，最后在内忧外患、祸起萧墙下败没，借此影射明朝的覆亡。作者又费尽心机地设计了佛道二真、警幻仙子、秦可卿、秦钟、焦大等具有警示意义的人物，试图警示当局者和后来人洗心革面、悬崖勒马、团结一心、励精图治。真是用心良苦，善莫大焉！

《红楼梦》是一部意象主义小说，不是写实主义小说。书中有大量的意象符号，如果无视这些意象符号的内涵和指向，就不能深入理解这部作品的主旨立意。意象符号是红楼各个门径的暗锁，只有破解这些意象符号，我们才能走入红楼大门，欣赏无尽的内部风景，领悟作者的痴情苦心。近年来，民间研红者正以风起云涌之势揭开红学研究新的篇章。杭州土默热红学异军突起，如皋冒襄红学紧随其后。吴梅村作者说红学（简称吴氏红学）亦是揭竿而起，成果丰硕。我们坚信，只要我们找到了开启红楼大门的钥匙，最终会彻底破解作者传达给我们的所有旨义，《红楼梦》的作者们、批书者们也可以含笑九泉了。

受《癸酉本石头记后28回》出版人、朋友何玄鹤之托，撰写第三版序言诚惶诚恐。如对读者解读《红楼梦》有所助益，方感欣慰。此文一些资料由吴雪松提供，考证、索隐辨析一节吸收了千湖水墨的观点。在此一并说明。

肖文林　别号至真斋主

2017年4月8日于天津

# 序 二

荀子曰："吾尝终日而思矣，不如须臾之所学也。吾尝跂而望矣，不如登高之博见也。"《石头记》自传世以来，一直争论不休，究其因，皆缘不见后文而众说纷纭。《石头记》之妙，管窥者自清朝至今，无不自以为是，犹瞽盲摸象之得。

国朝戊子年，何莉莉提供蓝本，传出《吴氏石头记增删试评本》，出于自我保护，故意对底本文字加以修改，并将部分情节、语段或诗句删除抹去。经多年努力，今终得该本过录本影印资料，经过逐字勘校，又重新句读分段，史上第一版原本《石头记》后二十八回文字重见天日。

如荀子所言，"吾尝跂而望，不如登高之博见"，再多的研究与猜想，再多的争吵与论证，不如一窥全貌之所得。张爱玲曾说人生有三恨："一恨海棠无香，二恨鲥鱼多刺，三恨红楼梦未完。"此完璧红楼传世，今人之幸甚矣！

《癸酉本石头记》以《全息〈吴氏石头记增删试评本〉过录本原文》为底本进行整理发布，并参照石头记其他古本定名，据书中诸批语可知，《风月宝鉴》是吴梅村作品，是书系在此基础上第一次润色疏通并命名《石头记》。其后二十八回内容是不容置疑的《石头记》佚文，是书以不可思议方式，隐匿三个世纪后的横空出世。

戊子以来，此书为无知眼光所鄙夷，其嘲笑之喧犹如众犬之欺平川虎，聒声在耳，其讥讽犹如虾蟹之戏江海龙，噪音作聩。《全息〈吴氏石头记增删试评本〉过录本》犹珍珠之于瓦砾，金玉之于泥沙。

真相总会大白天下，此书必将震惊世界，千古称颂。让井蛙继续谈海，壤蚁继续论山吧，不必纠结，真理与历史，就在读者的手中。

吴雪松勘校并序<br>2015年4月26日于上海

# 前 言

《癸酉本石头记》是一部带朱批的石头记抄本。此书为安徽阜阳某赵姓藏家持有，封面题为“吴氏石头记增删试评本”，全书共12册，每册9回，计108回，其中前80回的回目和正文与通行本存在不少差异。通本带有大量朱批，有落款的批语中部分署名“畸笏叟”、“松斋”，不少批语是其他《石头记》古本中未曾见过的，第108回回末批：“是书至此暂告一段落，癸酉腊月全书誊清。梅村夙愿得偿，吾所受之托亦完。若有不妥，俟再增删之。虽不甚好，亦是尽心，故无憾矣。”根据这条批语，参照《石头记》其他古本的定名方法，此书的主要发布者金俊俊将本子定名为“癸酉本石头记”。

《癸酉本石头记》最令读者震撼的是后28回的结构脉络及情节结局与《红楼梦》前80回高度契合对榫，不足之处则是文字内容略显仓促粗糙。主要原因有二：第一，此本属于早期的稿本，行文未经充分润色；第二，该本的过录者在誊抄过程中删去了部分内容。尽管如此，前80回批语中提到的一些重要场景诸如“林黛玉闷作十独吟，甄宝玉送玉，卫若兰射圃，妙玉瓜洲渡口屈从，薛宝钗借词含讽谏，王熙凤知命强英雄”等情节都在《癸酉本石头记后28回》中得到了一一印证，这是该本作为《红楼梦》全本真稿的有力证据。

《癸酉本石头记》于2008年由金俊俊将藏家提供的后28回内

容进行整理并在各大红楼论坛发布；2014年，金俊俊、何玄鹤完成《癸酉本石头记后28回》的首次出版发行；2015年，藏家提供了《吴氏石头记增删试评本》过录本全文影印资料，吴雪松、何玄鹤对过录本原文内容整理勘校，促成此书的第二版付梓；2017年，肖文林再次对全书精心校阅并作序，实现了本书第三稿与读者的见面。

最后，为保证各位的知情权，在此重申：《癸酉本石头记后28回》，是《吴氏石头记增删试评本》过录本影像资料的整理稿，而非真本原文，真实性也有待专家鉴定。我们出版此书是为了让更多朋友知道癸酉本，谢谢各位的理解和支持！

金俊俊　何玄鹤

2017年4月10日

# 目 录

# 第八十一回

## 惜昵近公子做良媒　讳笞罚丫鬟结恶党

【回前批：此回草成，须重写酌改方妥。畸笏叟】

诗云：

百般颠倒相酬谋，千种幽思似水柔。

鬼魅因何难尽驱，心魔桎梏自禁囚。

话说孙家的人来接迎春，邢夫人也不问其夫妻和睦家务烦难，只面情塞责而已。迎春素日被邢夫人冷落，又非其所出少有体恤，心中虽有百般言辞亦不便多言，只得忍悲作辞。邢夫人叮嘱孙家的两个同来的管事婆子一路好生照看迎春，吩咐安妥后便回去了。

两个婆子击掌令仆人起轿，越过蜂腰桥，撇过晓翠堂，往东一条甬道而来。行不了一箭之地，忽见宝玉远远赶来，高声呼请停轿。原来宝玉刚从王夫人那里来，当日迎春与众人哭诉自己受孙家折磨，宝玉一旁聆听，虽愤懑满怀，当着众姐妹面不好声张，本欲从正门往东回怡红院，一行走一行盘算着迎春此去何时能有重归之日，定似那兰□（按：原文墨污不能辨认）落入□□（按：原文墨污不能辨认）豕彘之群，日子过的必不遂心。忿怨难抑，因掉头往北一条平坦宽阔径道再往西而行，恰好同迎春在沁芳溪南畔迎头遇见，忙要过来嘱托他几句。孙家的两个婆子忙令停轿，笑脸迎道："宝二爷必是舍不得二小姐回去，要亲自来送送，恰好他还没有去呢。"迎春闻言急忙下轿，见是宝玉，含泪同他谈叙手足之情，又劝他回去。宝玉蹙眉含泪，满脸怒气对迎春道："待我同去孙家和那混账行子评理，看他还敢不敢欺负二姐姐！"迎春唬了一跳，忙止道："不妥，他们的人不讲理，没的你也陪着受他们的恶语恶气。"宝玉拗着性子要上轿子，那两个婆子都陪笑着岔开。

正推攘间，只见王夫人带着两个贴身小丫头匆忙赶来，呵斥宝玉道："我就猜着你在这里混搅，快回去念书去，那有你什么事？"宝玉含泪道："我不过来辞辞二姐姐，岂有敢混搅的？"王夫人嗔道："我还不知道你，满嘴里只是混说。"那两个婆子笑着回禀他："宝玉要去孙家评理，正劝不住呢。"王夫人听了，又好笑又好恼道："小两口那有不磕磕碰碰的，日子久了自然就好了。你再不走，看你父亲知道了不捶你！"宝玉只得低着头慢慢的一径走了。王夫人虽怜惜迎春在那边受苦，可又想终有一辞，因不便强留，拿帕子为迎春擦拭眼泪，用些人情大理的话安慰迎春上轿。

话说宝玉憋着一肚子闷气无处排解，一路上又是嗟叹又是掉泪，找不到人倾诉，因去潇湘馆找黛玉。刚进了门，就看见黛玉歪在炕上看书，因走到桌边含泪坐了。黛玉见他这番光景，知他是为迎春所来，不免眼圈也红了道："二姐姐走了吗？"宝玉颔首泣道："二姐姐在孙家这般遭罪，我也不能如何。就记当初初结海棠社的时候大家吟诗做东道，那时候何等热闹，可如今一个个出嫁了都走了，园子益发冷清了，日后还不知怎样呢。女孩儿们嫁了人却是受这般愁苦，倒是不嫁人的好，真是越想越不由得人心里难受。"黛玉听了这番言语，低头叹气，握着帕子咳嗽几声滴下泪来。

宝玉见黛玉伤感，也不好多说了，问问他近来身体可好些，要他多调养些。黛玉道："感觉身子健旺了些，你也快回去念书罢，舅母知道你又在这里，恐又不得安生了。"宝玉又劝慰了他两句，起身走了出来。黛玉见他走了，叹了口气歪在炕上只是发呆，不知不觉又掉了些泪，拿手帕拭去。外面清光裹着一缕秋风透进户内，黛玉顿觉一丝凉意，见窗外修竹扶摇曳晃，像是两个佳人相互搀扶一般。再听其声响，分不出是叹息声还是风声，更觉凄清，因起身关了轩窗，退至炕上倒头闭目歇着。

且说宝玉一肚子闷气往怡红院来。犹未至门口，却见院门大开，只听见院内一叠声乱嚷，因纳闷道："这就奇了，是谁这么大声在我的院子里吵闹，敢又是那李嬷嬷排揎丫鬟不成？"再细看时却见是葵官、荳官、艾官三个一脸怒色，在阶矶上正对袭人推推攘攘的。宝玉见了越发诧异，又想："中秋节后太太已吩咐过芳官他们十二个一概不许留在园内，都令其各人干娘带出自行聘嫁，怎么又返回来闹？”因急步入院一探虚实。只听艾官骂道：“好个西洋花点子巴儿狗，不枉李奶奶说你人前妆狐媚子哄人，原来你果真是个刁滑的狐狸。为了二两月钱，背地里给主子告密讨主子欢心，两面三刀嚼舌根，你瞒的过宝二爷瞒不过我们。横竖我们是放出去的人了，不怕奶奶太太们再来撵，今日偏去告诉奶奶太太们，让大家知道谁才是真正的狐狸精！”

宝玉闻言大惊，因多日来已怀疑以前的私自顽话都是袭人告诉的，今又见艾官复自提起，心里已明白了大半，赶忙过来拉艾官他们三个道：“且别大声嚷嚷，仔细外头听见。”艾官三个回头见是宝玉，忙一把抓住手诉道：“宝二爷也回来了，快为我们申申冤，我们在园子里过的好好的，这一出去过不遂心的日子，怎不冤屈？都是他犯舌乱咬，害的我们离了这园子，如今想再进来也不能了。”说完三个都哭了起来。宝玉闻言不觉眼圈也红了道：“我只当咱们见不着了，我就是为你们死了也是心甘。你们都过的怎样，他们有没有给你们罪受？”艾官泣道：“龄官在城外租了居处，蔷大爷常去看他。还有几个在水月庵里，干娘给咱几个说媒我们就逃出来了，回来拿以往遗下的衣物簪环契约，偏遇见这西洋巴儿狗阻挠，怎不气恼？”宝玉闻言落泪道：“都是我不好，连累姐姐们遭殃。太太还在那边呢，迟会子回来看到就不好了，有什么话咱轻轻的说。”

袭人在一边怒道：“少来污蔑人，我几时告状了？你们不怀疑他们，一口咬定是我，我就不冤屈？如今你们不是这园子里的人了，我就撵的起了，谁放你们进来的？”葵官冷笑道：“怎么人人都不对，太太单挑不出你的错？”袭人笑道：“神天菩萨，你们干的事又不是独我知道，怎么偏偏咬定我说的？”荳官道：“谁不知道你是太太的贴心人，每月多二两银子，不是你是谁？别打量人人不知道，你和宝二爷的那事也瞒不过咱们，晴雯姐姐亦曾私自说过，看你怎么赖！”【批语：余亦骇然，不知从何说起。】

宝玉闻言大惊，忙劝道：“求求各位姐姐快别提了，再提要闯大祸了！”艾官三个执意要告诉王夫人去，宝玉急的拉了这个又扯那个道：“太太瞅见你们腻烦着呢，我是怕姐姐们遭殃。还是快走罢，我日后会去看你们，不然太太看到了要责罚你们，到时想跑也跑不掉了。”艾官三个听听在理，咬牙对袭人道：

“便宜你了！咱还是去找那几个说说，叫他们提防着点，谁知道这蹄子还会咬那个。”袭人气的要上去推搡他们三个，被宝玉好歹拉住了。葵官、荳官、艾官三个悻悻走了出去，恰与秋纹碧痕撞个满怀也不答言，匆匆一径走了。

秋纹急匆匆进来说：“你不用得意，待我拿了钱来翻了本，气死你。”碧痕笑着跟上来，二人看见屋里景状，都诧然一边站了。宝玉见秋纹握口站在一边惊呆看着，神色慌乱，遂心想：“他为何不上前盘问一番，只是一边站着，大不似以往作风。”不免起了疑。碧痕催他道：“姐姐不是要找些钱翻回本么，怎么呆呆的？”秋纹半天回过神来，笑道：“那边定是等的急了，我这就拿钱去。”匆忙进去，宝玉跟了进来，笑道：“他们都说是袭人私下秘告的，你们俩经常在一处的，你可知道内情？”秋纹道：“他的事又与我什么相干，二爷怎么问我？”宝玉道：“你不用打掩饰，待我查出内情，那时就对你不利了。”秋纹低头道：“真的与我无关，是袭人要我偷偷告诉太太的，二爷别怪我。”说完打开箱子，翻出一吊子钱急匆匆走了出去。

宝玉跟了出来，看见袭人也要跟着出去，用手去拉他道：“别急着要走，还有话问你。”袭人被宝玉拉着动了气，索性坐了下来。宝玉回头见他含嗔不语，叹道：“我平生最恨背后拨弄是非的人，可怜晴雯被伶俐标致所误得罪了诸人，还有芳官、藕官皆是如此。我如今又该相信谁去，没一个靠得住的人。”说着不觉掉下泪来。袭人蹙眉起身要去倒茶：“二爷怎么也怀疑是我做的，戏子嘴里无真言，他们的话你也信？我要去做针线了，眼看天气越发凉了，那里还有工夫听这些人瞎掰。”正说着，绮霰、秋纹、碧痕说说笑笑进屋来，【批语：怎不见檀云？俟改之】【批语：宝玉前回动气误折檀云梳齿，本回不见此人，命改之。畸笏叟】宝玉忙起身问道：“艾官他们三个去那里了？”碧痕道：“刚出了大门，问他们去那里，都嘀嘀咕咕说要去告诉别人提防什么小人。这不，要到厨房去找柳家的呢。”袭人一听，慌的推开碧痕就往外走。绮霰笑道：“怎么他慌的那样，敢是艾官几个欠他的钱不成？”宝玉道：“你们在屋里好生待着别出去，我一会回来有话给你们说。”说着急忙跟了出去。绮霰、秋纹、碧痕三个并不着意，进里间玩牌。

宝玉出了院子，却不见了袭人，因匆忙往厨房赶来。恰见柳家媳妇端着盆清水，一个婆子握着一把青菜刚从门里出来，看见宝玉来了慌忙垂手在墙边站好了，都笑道："宝二爷来了，也没人通告一声。"宝玉笑着摆摆手，往厨房里探头。柳家媳妇笑道："宝二爷想要什么吃的就让那些小丫头来端了去，敢是要换新口味了，巴巴的躬自跑来一趟。"宝玉见厨房里只有几个媳妇婆子忙作一团，并不见袭人四个，便道："可曾看见袭人、艾官几个来过？"柳家媳妇道："倒不曾看见，艾官不是放出去了吗，怎么又来了？"宝玉跺脚皱眉道："这回可惹火烧身了，又上那里找去！"乃把艾官三个偷偷设法进园往怡红院厮闹的事说了一番，又道："太太气还未平，尚要查咎拿咱们的错，再不把几个留把柄的放出去，恐怕太太一个都不会饶的。你也知道太太已经发下狠了，前些时候闹出多少事来。"因悄悄告诉柳家媳妇，叫他去把春燕等人叫到怡红院等着。柳家媳妇因五儿前些日犯事被关起来过，又有钱槐家的来逼亲，五儿娇弱不禁聒噪气的一病而亡，自己也悲恸多日，成日丢魂落魄的。【批语：五儿不得已补写于此，稍嫌仓促】这会又听宝玉如此说，忙放下手里的菜去找春燕、佳蕙几个。

宝玉仍往各处去找袭人、艾官四个，不觉来至柳叶渚，一径顺着柳堤走来。却见南北一条白练，清澈宽豁，柳树槐树参差，树杪之间，几声秋蝉凄鸣。远远看见几个人在堤上推拉撕扯，走近了再看，不是别个正是袭人、葵官四个。只见艾官揪着袭人的衣襟，葵官拽着头发，荳官指着袭人骂不绝口。

宝玉忙上前拉开道："姐姐们饶了他罢，以后他再不敢了。"荳官道："我们都出去了，他还好意思待在这园子，我们不服！"宝玉道："好了，好了，这园子一个也不留了，都走罢，没的惹祸生事！非但袭人要走，连麝月、秋纹、春燕、莲花儿都要放出去。"袭人望着他。艾官等道："如此才算公平。"乃松了手要走。宝玉喊道："又去往那里？不可再闹了！"艾官三人道："放心，这回真是回去了，宝二爷可要说话算话。"说着已走远了。

袭人理了乱发扭头就走，宝玉赶上说了半天，袭人仍不言语。一时回到怡红院，刚进里间就见麝月陪司棋的丫鬟莲花儿、春燕和母亲何婆、佳蕙、柳家媳妇、夏婆子和外孙女儿蝉姐儿干叙着，一回头见宝玉袭人回来了，麝月笑问宝玉道："今日敢是大节下，请来这么多人。"一语未了，忽见王夫人的丫头进来找他道："老太太要找你呢。"宝玉只得跟了出来，回头对众人道："你们先等着，我一会回来。”

原来史太君自中秋节受了些风寒，断断续续吃了些药，仍是未愈。更有园中近来事端频发，未免添些烦恼，更觉神思大减，遂生暮年之叹。平日里受不了身边冷清，时时要凤姐等陪他说说笑笑，因拉上王夫人、邢夫人、尤氏和探春、黛玉一块吃中饭，宝玉断断不可少。

麝月见宝玉走了，望着众人正纳闷，只见秋纹、碧痕、绮霰从里间出来，便问他三个。春燕道：“宝二爷说了，这屋里的人无论家里外头的，一应我们这些人，他都要回太太全放出去与本人父母自便，我们今儿便是为这来了。”麝月、秋纹、碧痕、绮霰不觉愕然。何婆、夏婆子一听喜欢的不得了，笑道：“这可好了！宝二爷是菩萨心肠，回来春燕、蝉姐可要好好给宝二爷磕磕头。”大家都兴冲冲的，独袭人、麝月、秋纹、碧痕、绮霰呆呆的不语。袭人道：“二爷去吃中饭了，咱们还是先回各房候着。”不等说完，何婆、柳家媳妇、夏婆子便笑道：“咱们这就回去，吃了饭再来给宝二爷谢恩。”因簇拥着咭咭呱呱出去了。

这里秋纹、碧痕、绮霰便问袭人有何事故，袭人淡淡的道：“还不是怕太太为难他们。刚刚二爷说了，这屋里也一个不留。我是待够了早就想回家了，你们想留下来就求求二爷罢。”说着脱掉外衣到里间炕上歪着不语。麝月、秋纹、碧痕、绮霰听了都面面相觑道：“怪了，又关我们什么事？”

且说宝玉和众人陪贾母说笑了一回，见贾母气色大不如前，连饭也吃不了几口了，凤姐说了两个笑话也打不起精神细听，强撑着要打瞌睡。王夫人、凤姐、宝玉看了心里都不是滋味。一时大家都吃完饭，漱口净手要回各人房里去，邢夫人、尤氏和探春、黛玉先走了。

王夫人见宝玉在后面跟过来，不解道：“你又跟过来做什么？快干正经事念书去罢！”宝玉笑道：“我还有话要给太太说，就几句话功夫。”王夫人道：“又是怎么了？快快说来。”宝玉便说家里日渐穷蹇，放走一些下人可以节省开支，自己从此安心读书，不再与女孩子嬉闹。又说要将春燕、佳蕙、蝉姐儿、莲花儿连同怡红院的众丫头俱亦放出，王夫人心里已明白大半，笑道：“有几个，不用你说也不能留园子里，你看着办罢。从今以后认真读书是正理，再脱滑使懒，看你父亲不教训你！”宝玉应了一声，低头退去了。

黛玉远远看见王夫人同宝玉站在花丛边说着什么，转身也回潇湘馆去。刚吃了饭，出了一身虚汗，又咳嗽了几声，一阵冷风吹来顿觉浑身发凉，又看了看园中秋色比以往愈发萧索凄冷。正低头走着，见紫鹃赶来，将件家常衣裳往他身上披道："姑娘也保重点身子要紧，天气越发转凉还穿这么少。"黛玉笑道："又多嘴多舌的，那里就冷死我了？"一时间回到潇湘馆，歪在炕上看了会书。

至黄昏时分，只见绮霰眼泪汪汪进来。紫鹃迎了出去，约摸一顿饭工夫紫鹃才回来，眼圈红红的。黛玉诧异问他道："他来又是为什么事？"紫鹃道："宝二爷已将春燕他们放出去了，连怡红院也不留下一个。绮霰与我好了一场，同我道别，明日就和袭人、麝月、秋纹、碧痕回家去了。"黛玉呆了半晌道："去了也好，宝玉怕太太为难他们，不如明儿你同雪雁几个也走罢，我也学学宝玉撵人。"紫鹃没好气笑道："姑娘真会开玩笑，什么都学。"一转身出去了。

且说宝玉白天放出春燕、佳蕙四个，夜里又同袭人、麝月、秋纹、碧痕、绮霰说到二更。宝玉看见袭人腰间系着蒋玉菡赠他的茜香罗，怔了一怔，想道："蒋玉菡与他恰是一对，何不做媒令他求娶袭人？"盘算半天，方洗漱罢各自睡了。

晨晓天明，宝玉起来，叫他五人先在房内待着，自己胡乱吃点粥就出去了。又叫上茗烟拉了马，二人从后门出去了，行了一半里路来到袭人家门口，叫茗烟下马去敲门。不多时有人开门，却是袭人的哥哥花自芳，一见了他主仆两个吃了一惊道："宝二爷怎么来了？"忙过来扶宝玉下马，携入院内，他家里人也迎了出来。宝玉打量花家比上次来宽裕了不少，房舍新整，花木葱茏，他夫妻两个的穿戴也比以往齐整，便笑道："袭人每月的月钱拿回来过没有？"花自芳又是倒茶又是捧果，笑道："每月也拿回来二两，我又做了个小生意，娶了个媳妇，日子也不像往年那般窘迫了。"因又问及袭人可好。宝玉同他客套长谈，花自芳便说些谦恭的话，宝玉不过是拣俗人喜欢的话头说，笑道："袭人可讨太太老太太喜欢呢，又懂事又勤快。这不，太太给他说了一户人家，姓蒋，富裕的很，有房有地，和袭人见过面，也看上了，就是不知道袭人答应不答应。"【批语：笑杀！恰似刘姬口气，宝玉未必有。此语删之，再拟为妥。】花自芳听了先是一怔，后又听见说有房有地又阔绰，遂笑逐颜开道："宝二爷不是骗咱罢，有这等好事？多谢太太成全了，袭人岂有不应允的，情愿去做奴才？这也是他有福。”说罢谢之不尽。宝玉便叫茗烟骑马回去把袭人带过来，与他家人一同商议，茗烟答应着去了。宝玉则和花自芳聊叙此事。

半个时辰后，袭人和茗烟果然过来，与哥哥见了神色低沉，也不愿多说话。花自芳以为妹妹不同意这门亲事，便拉着妹妹到里间开导一番道：“放着好姻缘不依，难道当一辈子奴才吗？”不多时二人出来，袭人神色有些舒展。花自芳道：“袭人已经想明白了。”袭人羞红了脸，起身上里间去了。宝玉说先去蒋玉菡的山庄一趟，叫大家先等着，于是别了花家骑马和茗烟走了。

原来这蒋玉菡本是忠顺王爷身边的红人，上次因为宝玉被忠顺王抓回王府。幸而蒋玉菡是圣上亲赐与他的，万万不可胡来，又兼蒋玉菡伶牙俐齿把忠顺王的心笼络住，故没有受罚，日后仍背着人和宝玉往来。后来幸好忠顺王犯了事被锦衣卫抓走关了起来，再也没有妨碍之人，蒋玉菡乐的在紫檀堡自在逍遥，时时听宝玉讲过袭人多么温顺姣美，早有了艳羡之心。谁知这会宝玉来山庄，拿了蒋玉菡赠他的茜香罗亲自做媒，蒋玉菡喜出望外一口应允了。又怕袭人家等的心急，也不稍停，即刻请人抬了八抬大轿到袭人家接走袭人。袭人临走劝宝玉道：“临走也听我一句话，屋子里人若都逐完了，日后谁又来铺床叠被端茶倒水？好歹留着麝月一个[1]。如若太太又派别的人进来服侍，摸不着你的脾气，怎有熟惯的人好呢？”宝玉想想在理，因应允了。

且说那日恰是迎娶吉时，蒋玉菡派来轿子迎娶袭人，一应大小全是按照娶正房的规矩。一进了山庄，丫头仆妇都称袭人为奶奶。蒋玉菡极尽柔情曲意承顺，夕间袭人看他腰间所系一条猩红汗巾正是当初自己的，今日物遇旧主。蒋玉菡又将宝玉赠他的松花绿的汗巾拿给袭人同看，二人嘻笑不已，说是无巧不成书，始信姻缘本是天定，袭人安下心来同他过日子。从此二人在紫檀堡夫唱妇随，倒也和美，正是：

---

[1] 第二十回庚辰双行夹批：闲闲一段儿女口舌，却写麝月一人。袭人出嫁之后，宝玉、宝钗身边还有一人，虽不及袭人周到，亦可免微嫌小弊等患，方不负宝钗之为人也。故袭人出嫁后云“好歹留着麝月”一语，宝玉便依从此话。可见袭人虽去实未去也。

无怪无责在今时，他年报答知始终。【批语：至“花袭人有始有终”回，才知此回之妙，伏线千里。】

且不提袭人在山庄如何遂心如意，只说自袭人、秋纹、碧痕、绮霰走后，怡红院里只有麝月一个人服侍宝玉。探春、湘云几个常和宝玉解闷，故他未觉寥落。

却说王夫人得知袭人嫁与他人，颇感诧异。本有心思将袭人配与宝玉为妾，却被宝玉趁空放出另配，心内不免失落，但又想到袭人终究是个丫鬟，也就不再多挂虑了。

且说那回抄检大观园，查出司棋诸多信物，“什锦香袋”尤是疑案，皆说系司棋同潘又安幽约误失之物，司棋虽百般争辩亦无人能信。王夫人令周瑞家的带走司棋去那边受罚，邢夫人暂将司棋关押守看，想着不过打一顿配人罢了。等中秋节诸事理清过后，便派了周瑞家的带几个婆子把司棋从下房里提出，带至议事厅审问。司棋关押多日，瘦的脸尖嘴蜷，没精打采，恹恹秧秧的被人推搡了来，低首站在一边。

邢夫人笑道：“听人说你比主子还要娇贵，厨房里有了鸡蛋先让着你，若不依就一把打烂，管主子吃不吃呢！你也太猖狂了罢，眼里还有没有主子？”司棋流泪泣道：“那是我的错，不过都是往年的事了，念我年轻不知事，求太太饶了我罢，我日后一定好好改过。”邢夫人冷笑道：“你说的好轻巧啊，犯了错就用年轻不知事来推脱。这还不够，你又干些不知廉耻的事，也是不知事就可以一笔抹掉的吗？好多着呢，你都给我交代明白了！”司棋只低首不语。周瑞家的喝道：“问你呢，少装哑巴！”司棋握口泣道：“又有什么可交代的，太太都知道了，只求太太发发慈悲饶过奴才这回，以后再不敢了。”邢夫人道：“我倒是想饶你，可若人人犯了错都不问不罚，那还有没有体统！一个姑娘家四处勾搭男人，不知廉耻，还要脸不要脸？别处可以容你，我们这里断不能容你！”司棋道：“我又不是见一个爱一个，怎么是四处勾搭男人，我和表弟是两厢情愿。”邢夫人笑道：“你们听他说的多在理，真笑死个人。”周瑞家的和众婆子都笑他死不悔改，胡言乱语。邢夫人斥道：“你不害臊我还害臊呢！来人，拉下去先打四十板子，再搁外头配个小子！人人都自己找女婿，还不乱了套了？”一时上来几个小厮就要拉人，司棋哭着求饶，邢夫人只把脖子一扭。司棋左右躲闪，哭求无用，被小厮拉了出去打了四十板子，连同当初一同大闹厨房的几个小丫头俱打了一顿撵了出去。

司棋承辱含羞勉强回家，他母亲又百般埋怨他。忽一日他表弟来了，司棋母见了恨的气不打一处来，骂他害了司棋，一把抓住要打。司棋急忙过来阻道："我也恨他懦弱不是男人，可如今他来了，还算有情有意。我一时失了脚，就是他的人了，岂有另觅之理？"司棋母呆了半晌，也没话说了。潘又安又软语慰劝司棋，说自己逃走是一时权变，以后再不会如此了，定要永结同心白头偕老。

正说着，忽听院子里有说话声，只见进来三个女孩子，原是莲花儿及当初同司棋大闹过厨房的两个，今儿是来探望来了。司棋、潘又安忙请进屋，那三个道："白白的叫他们打了一顿，又辱骂一场，实在窝囊。"司棋道："此仇不报，誓难解恨。此次既然回来了，就想个法子到他们府上弄些东西回来，他们那府里的金银细软够咱们花几辈子的了。只是咱们势弱力薄，恐难遂心。"潘又安道："我那边有好多道上的朋友，咱们何不同他们结为一党，大干一场呢？"几位听了都点头称是。于是潘又安回去把他的十几个兄弟叫来，成日唧唧咕咕的。那些人皆是游手好闲专妒人家富贵的，且有几个已加入贼寇之帮，听得贾府富贵都有了不良之念，一伙人大有待时而动之势，日后便知。

话说自从香菱跟随宝钗，把那边的路径一心断绝。住在他那里，日日气怒伤感，形容羸瘦，气血两枯，不思饮食，身上作烧，日重一日。宝钗叫了小舍儿陪他，见他神气昏沉，气息微细，也陪着流了不少泪。这夕金桂见薛蟠多日只在宝蟾屋里过夜，那里还记着自己，又见宝钗同他言语不投甚是气恼，不免多饮了几杯，迷迷糊糊竟走出院子，到月下生闷气。香菱自觉将不久人世，这日夜里挣扎着起来，到院子里解闷，听得见远远有人家捣衣敲砧声。抬头遥望天上，却见明月如玻璃光，寒气侵人，想起自己正如那广寒宫的嫦娥一般凄凉孤寂，年幼被人拐卖这里，连父母故乡都记不得了。如今病入膏肓却少人问津，不禁望月长叹，越想越心酸，早已是泪流满面。良久，才慢慢踱进屋内，只觉两只脚软麻无力，便又躺回床上，不知不觉恍惚睡去，却见隐隐约约面前站立一人，是个暮年道士，上去一把搂住他大哭："我可怜的有命无运的儿啊！爹爹来看你了，儿将做北邙乡女，为父怎不痛断肝肠！”香菱不解道：“老先生何出此言？”那人道：“待为父将吾儿身世说明：儿本是姑苏阊门人氏，为父名甄费。当年儿幼小，于元宵佳节被拐子拐去，嫁与恶夫。当初的住地早已烧成一片瓦跞场了。为父三劫之后九十年寿要往那太虚幻境销号，今获悉儿先为父一步而去，故来送儿一程，也解了为父思儿一片心切。”香菱听罢痛彻心扉，抱着父亲哭道：“女儿受苦了，父亲怎么这时才来看我？”士隐哭道：“为父也是万般无奈啊！”

忽然一僧一道飘然而来，推开士隐，拽着香菱要带往太虚幻境销号，香菱同父亲扎挣着伸手互抓，皆被僧道从中阻开。香菱不觉哭醒，忽见窗外皎皎月光映着人影团团，不知是那一个，怯生生问道：“是谁在外面？”只见金桂推门进来，冷笑道：“你倒好，躲在这里落个清净了，想找人拌嘴解闷都找不到人了。人都说你那宝姑娘多么贤良，我看他却不是好人，横竖你已是没用的人了，不如勒死你嫁祸你那宝姑娘，却是妙招。”说着，拿着牛筋线扑了上去，可怜香菱挣扎多时终被勒死，金桂急忙离开。

且说小舍被香菱屋内动静声惊醒，忙披衣起来，见香菱颜面如雪两眼发怔，已经没有气息了。小舍见状忙哭着去那屋里告诉宝钗母女知道，宝钗母女也慌忙赶来，见香菱颈有血印死去大吃一惊，又不好说什么，都悲声大作。

暂时说不到这里，且说香菱往太虚幻境销了号，警幻仙姑怜他一生遭际堪伤，准许他魂归故里与母亲见上一面。香菱谢之不尽，飘飘荡荡往姑苏飞来，看见故乡富贵繁华，人烟熙熙攘攘，更是感叹。当年的十里街仁清巷葫芦庙早已不复旧貌，又往大如州去寻母亲封氏。

话说封氏在其兄封肃家勉强度日，这日同兄长往集市上买针线家用，忽见一美貌女子立于身旁含泪痴望与他，以为他在家受了父母的气便要安慰他几句，却见姑娘泣道：“母亲竟把女儿忘了？”封氏诧然，香菱便要母亲看他眉间的胎记。封氏打量着，猛然想起昨晚丈夫给自己托梦说今日将与女儿团聚，如雷灌顶，不觉搂着女儿大哭起来。忽见封肃走来，见他二人相抱倾诉，不解发问，封氏便告诉他知道，封肃听罢也不禁泪落如雨。香菱泣道：“儿今生愚呆，只想待人诚直便自有善报，却从不曾想世间有妒妇恶夫。儿只后悔心机独缺，落的薄命夭折，如今再多说也无益了！”封氏听了痛惜伤心，要带女儿回家。无奈香菱身不由己不能久待，说话间就要告别。封氏、封肃不忍分离，拉了衣裳不放，却见眼前一闪，女儿已不见了。两个仰天大哭，却是空空如也，那里还有半点形迹？

且说宝玉听大老爷房中的几个丫头说司棋挨打被撵了出去，只觉浑身发颤，摇摇晃晃扑到炕上放声大哭。麝月端茶过来，见宝玉伤心，已知是为司棋的事如此，知道劝也无益，不如让他好好哭一场心内倒畅快些，便叹了一口气，把茶放下上里间做针线去了。宝玉自悔无力给司棋说情，忍见司棋挨打也无可奈何，加之宝钗搬走，黛玉因抄检大观园王夫人对他稍有微词，也不大到这边来了。纵是宝玉去潇湘馆看望他，也是借故躲开不见。

宝玉甚觉凄凉，这日勉强看了会子书，趴在桌边竟朦胧睡去，却见春燕、莲花儿、佳蕙、蝉姐进来倒头就拜，又见葵官、艾官、荳官追着袭人要打，蒋玉菡拦着三人不叫动手。宝玉上去一边拦劝一边笑道：“玉菡兄近来和袭卿还和合罢？”玉菡笑道：“那还用说，艾官三个可不是为这个嫉妒打他。”又见秋纹、碧痕、绮霰有说有笑走来，一见了宝玉又都皱眉道：“二爷好偏心，留着麝月却赶我们走。”宝玉正要上前解释，这些人忽然一闪不见了。正在纳闷，又听旁边似有哭声，只见司棋嗔道：“宝二爷见我挨打，也不帮忙说情。”宝玉正要解释，忽又见香菱走来，笑道：“宝玉，我就是往副册报到的，【批语：盖后回起，皆写十二钗正册。故行文草率，急令袭人、司棋、香菱辈有交代。叹文字难作至此。】多亏仙姑提醒，才知我故乡原在姑苏阊门，我父亲要带我回去了。”宝玉迷迷糊糊道：“什么又副册副册？”香菱笑道：“如今警幻仙姐说了，我们都去了又副册副册才去的尽，故催促我们先走一步，别妨碍又副册副册来报到，将来你会明白，我就不絮叨了。”正说着，忽见四个金刚模样的天神把香菱连拉带拽带走了。香菱哭着道：“我要等我父亲，他还没有来呢。”

宝玉猛然惊醒，吓了一身汗，恰见麝月进来，哭着对他道：“你快去瞧瞧香菱去，他活不了了！”麝月“哧”的一声笑了道：“胡说八道，你何苦又咒他。”宝玉非说香菱死了，要他去薛家探探消息。麝月笑道：“我不去，平白无故我上他那儿做甚。”宝玉道：“你只在他家附近逛逛，见人问问，打探了消息就回来。”麝月嘀咕几声只得去了，宝玉本想自己去打听，又怕碰见宝钗薛蟠不方便，就坐着等消息。【批语：宝玉嫌宝钗絮叨，嫌阿呆酒席邀约。佚趣！】约莫半个时辰，麝月回来告诉他："可叫你说对了，香菱可不是病故了，二爷敢情是能掐会算不成？"宝玉闻言又掉下泪来，自言自语道："死了倒好，这回可是脱离了苦海火坑。二姐姐的命也和他差不远，怎么女人的命都这么苦呢？"说着放声大哭。麝月也忍不住掉下泪儿，捂着口到套间去了。忽听外边有人问："宝二爷在吗？"不知是谁，且听下回分解。

# 第八十二回

## 王熙凤病求千翼方　林黛玉闷作十独吟

诗云：

颦卿意长客思深，十首高洁表予心。
露重风响宦门微，可怜泪垂冬复春。

话说宝玉正自惋惜香菱，忽见赵姨娘的丫头小鹊进来传信说老爷找他。宝玉听罢对他道："好了，你回去罢，我已经知道了。"小鹊挤眉弄眼笑道："二爷临时抱佛脚再读读只怕来不及了，老爷要试试你的功课呢。"说完伸伸舌头跑了。

宝玉知道父亲找他又系进家塾之事，虽有一万个不情愿，但已在前头说过大话说从此肯安心读书，怎能推三阻四，只得慢慢踱到贾政书房听候指示。果然王夫人正和贾政在谈及此事，见宝玉进来便叫他坐下慢慢听着。

贾政道："叫了你半日，这会才垂头丧气蹭来，还不肃神静心坐好了。成日家书也不念经也不学，只和丫头们厮闹。不肖的孽障，实不指望你功名双收光耀门楣，叫你靠八股文章混口饭吃都难，至终泯毁一世前程你才不笑了。"宝玉只低头望着足跟。

王夫人道："明儿还到学堂里上学去。你那林妹妹也糊涂的很，只陪着你顽，略有老嬷嬷劝你一句他就一边打岔说别理那老货，那里像个书香门第出来的千金小姐。我会找他说的，眼下仍须上学要紧。"贾政道："甭提上学了，想起往年的事就拶心，什么茗烟助着主子闹学堂，薛家孩子争风吃醋，乌七八糟的成什么体统！如今还在怡红院待着好好读书，到学堂再遇见那些不长进的孩子还不是被教坏？每日派两个丫头过去陪侍监督，比在学堂装样子混日子强！"宝玉只低首唯唯诺诺应着。贾政道："回去念书罢，我和你母亲还要商议些事，再敢乱跑乱逛看我不打断你的腿！"宝玉应了一声慌忙的出去了，只听贾政后面嚷：

"跑什么，敢是早想溜了，刚才的话都没听进去？"

王夫人忙阻道："罢了，先不说这了，当下还是说说宝玉的婚事要紧。有几家找到大哥哥说起他们家的女孩儿要说给宝玉，只是老太太已把黛玉说给了宝玉，阖宅皆知。当初黛玉从姑苏乘舟带来不少林家的家业，盖大观园使了几多，余下的老太太说就当作黛玉的嫁妆了。如今宝玉这孩子也大了，又不静心读书，也得有个管的住他的才好。宝玉答应要安心读书，丫鬟亦俱已放出，宝玉虽听黛玉这孩子的，只是黛玉这孩子又不引他入正道，还得劝着点。既是家里上上下下都认定他俩是一对儿，老太太又疼他两个，不如过了这个月就把喜事办了罢。"贾政道："夫人操之过急矣，我看黛玉模样虽好，可性格却尖酸刻薄小性多疑，又是个病秧子。我早看中了一个人，比黛玉强过几倍。"王夫人便问是谁，贾政道："妙玉模样儿人品不比黛玉强？想当年祖上带兵建功立业，他祖父同咱们是生死相随的同僚，老太太同他祖母亦是知交。那一年老太太做个怪梦，梦见蜻蜓满宅飞动，醒来大病一场，请来个六安道士占梦，那道士也只胡言乱语一番。幸好他祖母来了，讲明这个梦所主何事，才让老太太心里塌实了。谁知他祖父母、父母俱亡故了，两家也多年未有往来。既然他住在咱这里，又和咱是世交，又是官宦人家的孩子，只怕咱宝玉还配不上人家呢。"王夫人道："我也觉的那孩子不错，可是又怕人家挑拣不同意。再看宝玉断不肯依允，他心里只有一个黛玉。"贾政道："林丫头女大不中留，不过找一户有门第的嫁了，也不辜负林家之托。妙玉比之犹胜，吾实难以弃舍。若宝玉舍不得黛玉，就激将他说黛玉可以做副妻，宝玉必然不肯，思前想后则会舍黛取妙了。"王夫人道："此事一言半句难述，罢了，日后再说罢。"贾政点点头："也好，如今宝玉念书是头件大事，亲事日后再提罢。"王夫人因要去看黛玉，起身离了书房往潇湘馆来。

贾政有些乏了，歪着闭目养神。因想起妙玉终日在栊翠庵闭门不出，当初与他祖上有些瓜葛，他父亲在宫中做官多年，已告老还乡病故数载，论门第确也登对。且他家尚有些家业，虽说一时带发修行，也不过是养性修身罢了，终朝还是要出阁的，自己虽有心联姻，只是不好亲去与他提亲。正在犹疑，忽然想起当初他是林之孝家的领到家里的，不如叫他去跟妙玉一说，便命李贵把林之孝家的叫来。李贵应了一声儿去了。

不大工夫，只见林之孝家的进来请他的示下，贾政便要他去妙玉处看看，同他聊些家常。林之孝家的道：“老爷有所不知，妙玉为人古里古怪性情孤僻，我若是去了，只怕是话不投机他倒恼了撵起人来，岂不尴尬？我曾见过四小姐到他那里去过，一块儿谈禅下棋，何不叫四小姐过去同他聊聊？”贾政道：“这样也好，你去把四丫头叫来。”林之孝家的便出去了。

略等了一会子，惜春便一言不发过来了。贾政便叫他把妙玉请到蓼风轩下棋，惜春不解，贾政托他把一件玉如意送给妙玉，说是王夫人赠与妙玉的。惜春不敢不从，只得遵命接了玉如意去了。

且说邢岫烟因要回去过活，携了包裹同薛家一个婆子告别众人，欲离了贾府回薛家，路过蓼风轩，远远看见惜春进去了，寻思着是否过去，同婆子发了一会呆。一时走到窗边，只见静悄悄一无人声，忽听匮里微微一响，“啪”的一声，一个人道：“你那里头都是死子儿，我怕什么？”又听见惜春道：“且别说满话，试试看。”邢岫烟听出是妙玉的声音，轻轻的掀帘过去，婆子在外面站着。

妙玉见邢岫烟含笑进来，倒唬了一跳，忙点手道：“邢姑娘，你来下罢，我是闷了闲着出来走走的。”邢岫烟笑道：“我今日家去，念及多年情谊特来道个别，不必拘礼。我也看看你们下棋解闷。”因低头望着棋枰，半日道：“你这里把边子一搂，搭转一吃，把他的一个角儿都打起来，倒是妙招。”说着便在旁边坐下了，妙玉便同他叙谈起往年两人的交情来。惜春不好推身就走，也笑着同她聊了一会子，不觉透露是贾政要他来陪妙玉下棋的，又从帕子里掏出一个玉如意要送给妙玉，说是王夫人所赠。妙玉颇为惊讶，思量道：“若是不肯接收，怕被人说是看不起礼物自己傲慢。”推辞半天仍然接了。一局棋罢，妙玉起身道：“我来得久了，得回庵里去了，还请两位见谅。”岫烟、惜春也不多言，要送他回去，妙玉笑着推辞。二人知妙玉为人，也不深留，送出门口。妙玉满腹疑猜不知其然，纳闷着回庵里去了。岫烟、惜春也各自散了。

且说宝玉离了书房往怡红院来，一时走到沁芳亭，只见石隙清流湍急，红花绿树依然，桥上白石栏杆寂寞无人，少了娇慵小鬟，不见了往日热闹气象。迎春、司棋等人亦不知身处何境，心里顿觉萧疏，连叹了几声落下清泪。忽见翠缕和两个小丫头抱着包袱，后面跟着两个老嬷嬷，簇拥着湘云走来，心中大为不解。湘云远远的向他打招呼道："二哥哥从那里来，敢情是要送我回去不成？"宝玉笑道："没了宝姐姐陪你，才住了几日就烦了，闹着要回去了？"湘云道："才不是呢。"欲再说时，却不觉红了脸低头不语。翠缕笑道："宝二爷还不知道么，姑娘这番回去怕是许久不能来了。卫家已准备妥了，就等姑娘回去拜堂了。"宝玉猛然想起湘云已说给卫太尉的儿子了，此次回去就是准备过门了。因又想，不知卫家怎样，若又象孙绍祖那样欺男霸女，湘云岂不又是一个迎春？想到从此又少了一个女孩，不免生出感伤，差点掉下泪来。更兼湘云不比别个，是与黛钗同等的第一亲伴，越发难受起来，竟发起怔来。湘云见状会意，笑了笑道："二哥哥回去罢，闲了再去我那里作客。"宝玉愣着答应了。湘云又道："既然今儿走了，也奉劝你一句。再不可流荡贪顽了，还是求取功名要紧，来日同宝姐姐成了婚，再不好好读书可没有好果子吃了。"宝玉沉下脸来道："胡说什么，什么宝姐姐，贝姐姐，我不认识。"原来湘云只是戏说逗他，见他尴尬不禁笑了起来，又说了一会子疏密的话就同宝玉告辞。宝玉目送他们走远了才又往前走来，心里却似蓬草乱转。

回到怡红院，只见麝月坐着做针线，也不脱靴，只往床上一倒眼泪早滑了下来，打湿枕畔。麝月起身道："才刚薛大爷来过，要你去宁府里习练弓箭。"宝玉道："叫他找兰哥去罢，巴巴的只管乱射，终究是借口，不过哄着轮流作饭局，卖弄谁家的厨役好罢了，晚间再抹抹骨牌赌个酒东，一时半会也回不来，老爷知道了不骂死才怪呢。那薛大爷天天被媳妇挟制着，可怜香菱竟被他夫妇俩揉捏死了。从此他再来找我，一概说我不在。从此要远离这样的人才好，不过是些虚情假意的朋友。"麝月听他一篇话，似与以往大有不同，也觉诧异，笑道："二爷几时学的这么好，倒也纳罕，老爷知道了定是高兴的不得了。"宝玉道："又有你说嘴的了。"麝月笑着到套间去了。

宝玉犹在发愣，忽见小鹊、小吉祥进来，唬了一跳，忙拿出桌上一本书就念念有词。麝月出来和小鹊、小吉祥笑着致意道："宝二爷早读了好一会子了，比以往用功多了。"小鹊、小吉祥笑道："宝二爷忙罢，我们回去给老爷讲讲。"麝月自送他二人出门。宝玉见二人去远了，仍将书往桌上一掷，往床上躺着去了。麝月进来，宝玉道："若他们再来，你提前递个暗号，桌上时时放着本书备用。”麝月笑道：“二爷这番做样子从此可累的慌了，我们做下人的也陪着担惊受怕。”宝玉道：“叫你来教我。”麝月笑着回里间做针线。

且说贾政同贾赦谈及家事，贾政道：“宝玉近来越发比头几年散荡了，不肯念书。如今可更好了，天天在园子里同姊妹们顽顽笑笑，同那些丫头们混闹，把自己的正经事总丢在脑后，就是做得几句诗词，也不见得如何。比如应试选举，到底以文章为主，他在这上头倒没有一点儿本领。我嘱咐他自今日起再不许吟诗做对的了，单习学八股文章。限他一年，若再毫无长进，他也不用念书了，我也不愿有他这样的儿子了。”贾赦笑道：“我看宝玉相貌还好，做诗也颇有灵性，只是一个人在家里念书，怎么静的下来？还是到学堂里读书，有众人陪着也不浮躁。”贾政道：“学堂里有几个孩子邪魔歪道的，我才不让他去。”贾赦道：“把那几个坏孩子撵出去，还让宝玉进学堂读书罢。蓉儿、蔷儿、环儿都在里头学着呢。”贾政便吩咐李贵说了，不许金荣等人进学堂，李贵答应着去办了。从此宝玉又被父亲叫到学堂读书，虽有一万个不情愿，也不敢不依。

贾家学堂离此一里之遥，这学中都是本族人丁和些亲戚的子弟，有官爵的或贫穷无依的俱入此中肄业。那回所表的龙蛇混杂之下流同窗，如香怜、玉爱、金荣之流皆被逐出学堂不许进来了。金荣虽气不忿，然亦无可如何了，只得离了这里到别处习学去了。薛蟠本不大来学中应卯，如今又走了几个多情俊俏的小学生，因此也来得少了，不过闲了赶来寻几个故交调笑厮混一番，每日家仍被金桂、宝蟾拘束着。贾蓉虽有妻室，贾蔷年纪尚轻然尚未取得功名，因同贾环、贾兰、贾菌依旧在学中上学。

话说这日代儒拿着书本进来，看见宝玉在西南角靠窗户坐着，两套旧书摆在花梨小桌上，纸墨笔砚都搁在抽屉里藏着，代儒便讲起经书来。贾蓉、贾蔷、贾环作样子捧书看着，才一会子就不耐烦了，又和几个猾贼小声叙谈起来。原来郊外村子有个老儒生考功名一辈子了仍未死心，贾珍便督促贾蓉贾蔷效仿那老儒生再来读书，宝玉也心不在焉的东张西望。

代儒讲累了，出去一会子。忽听窗外有人伸头笑着唤环三爷，贾环忙从窗子里接过点心。宝玉抬头一看，原来是贾环的小厮钱槐，来讨好主子送吃的，贾环又洋洋得意望着各位。蓉蔷不以为然，唤外头的自己的小厮道：“回去把好茶给我端了来。”只听有人应了一声去办。一时众子弟走到院子里讨得片刻闲暇，或说或笑或聚做一团，或独个歪在阑干上小憩。

这时钱槐往走廊上来，看见本族中有个贫寒亲友家的子弟名唤贾蓁的在墙边站着撕桂花瓣，笑着招手道：“你倒自个儿寻个清静了，这几日总躲着环三爷作甚，不就借几串子小钱打酒喝，把你唬的各屋子里躲。”贾蓁知他又来勒索，畏缩墙角怯生生道：“钱兄此话过矣，想近年世道艰难生意不好做，做父母的连小儿的绵衣都未曾添置，那还有闲钱揣着买果子吃。这府里也一样的光景，可是大不如以前了，钱兄竟然不知道吗？”钱槐听了，上去就揪住贾蓁的衣襟道：“你这话忒难听，莫非咱们抢你的钱不成？借几串子钱也是给环三爷买笔墨纸砚，又不是不还你，唬成那样，编派出这么一长串子废话来。”贾蓁道：“钱兄也借了多回，几曾还过？”钱槐一听不乐了，举拳便要打人。贾蓁唬的慌忙往这边来，两个人推搡着嘴里说个不停。恰见宝玉过来道：“又怎么了，还不快住手。”钱槐笑道：“大家闹着玩呢。”贾蓉、贾蔷及众子弟都拥了过来，唧唧喳喳问有何事故。贾蓁道：“钱兄屡次借钱从来不还，今日又要讨借，我家又不是开银铺的，那有钱给他，一句话不投机他就要打人。”贾蔷听了不乐意了，因平日与贾蓁要好，见他被人欺负便要来帮他一帮，喝骂钱槐道：“你算是那门子的主子，敢和蓁大爷要钱，简直是讨打！”说着抬手就是一巴掌，钱槐不敢还手，捂着脸嘟囔道：“这算什么，诸位装什么君子，这勒索敲诈的事还不是跟各位学的。”贾蓉听了，抬手也扇了他一头皮道：“叫你胡说！”贾环挤进来嚷道：“是那个欺负俺们钱大哥了，我打不死他！”蓉、蔷冷笑望他道：“怎么，环兄弟想替你兄弟出气吗，是我们打的，怎么样？”贾环一时气急了，嚷道：“我管你们是谁，天王老爷也不怕，谁打的我就得还过来。”贾蔷板着脸指贾环道：“你不过是姨娘养的，不听话就告诉你父亲教训你一顿，这里那有你说话的份？”说着又扇了钱槐一下子。贾环听他这番言语，似被人捅中了要害，当着众人挽不回面子，索性恼了，一边骂着一边伸手去打贾蓉。一时众人都动起手来，有帮贾环的，有帮蓉蔷的，都打做一团，宝玉唬的急忙躲开了。院子里喧嚷一片，刚好代儒进来，喝令众人快快住手，众人才停手回屋子里，个个面上犹有怒色。代儒将众人狠狠训斥一番，暂时宁息了怨气。

贾环、贾蓉、贾蔷从此各自拉帮结伙，成日不是欺负弱小就是勒索子弟，越发厉害了。学堂里那些粗俗之徒都加到两派之中，时时寻衅吵闹，夸耀各人势力。贾蓉因其父同自己妻子可卿有染，早生出怨恨，不肯听从贾珍训教，贾珍也觉十分尴尬，渐渐冷落了他，父子形同陌路。贾环见府中凤姐夫妇位显权重，自己竟有如同无，再兼品行难以服众，连父亲、亲戚皆不看重他，将来这家中还是贾琏夫妇、宝玉拔了头筹，不免心怀愤恨，要拉帮结派自增势力，故同那些不良子弟结为党派。日子久了，益发学的流里流气，言语不恭不敬，德行恶劣起来，这也非一日酿成。宝玉则远远回避他们，不愿同他们合流。代儒也管个不住，只是叹息。

且说王夫人想到园中众小姐年纪都渐渐大了，有几宗子亲事来日要办，便派小丫头请来凤姐一同商议。凤姐因那回捆绑了两个奴才，邢夫人向他求情放人，当着众人的面给他没脸，早灰心了大半，又绣春囊一事王夫人又疑到他头上，不免有了隐退之意，想返回宁府住着。便找了贾母道："近来身子有些小恙，想回东府（按：原文为西府）里调养，琏二爷又睹物思人，看着尤二姐的旧物伤心。我同他说了，咱们搬到东府里不过是替太太们分分心，如今家里没甚要事，我想同琏二爷还搬回宁府里去住着。老祖宗意下如何？"贾母知他近来受了不少委屈，皆因邢夫人而起，笑道："也好，你就搬回去罢，过一阵子再搬回来。"凤姐点头应了一声告退了。

今日忽见王夫人为府中众人婚事找他，便赶往荣府里来。凤姐道："前儿官媒婆拿了几个庚帖来求亲，有几家要与咱家联姻。"王夫人便问是那几家，凤姐道："有平原侯蒋家的，定城侯谢家的，襄阳侯戚家的，景田侯裘家的，一时也记不完。现今家里除岫烟已说给了薛家的不必提起，还有李婶的两个女儿还未婚配，探丫头、四小姐也不小了，不如提给官媒婆试试看？"王夫人道："我正有这个意思。才刚你姑父说起过，环儿这孩子不成气候，不知要把谁说给他，不如叫官媒婆到那几家问问他们的女孩儿可愿意。"凤姐道："我看太太也别管环儿了，怕是吃力不讨好。赵姨娘或许心里已有准了，咱别去碰这栗炭，得罪了人不说，怕是又闹个天翻地覆，又该讲我们不说好的，只将人家不要的说给环儿。如此来，我们只落得吃力不讨好。"王夫人道："也是，赵婆娘没事还要寻事呢，也不必管他了。这婆娘一心想当家称王，软硬不吃，我也懒的理他。”凤姐道：“太太说的正是。”因又提起贾府宗族里众子弟有年龄大些的都到了娶亲的年龄，便叫凤姐给官媒婆提提，又说了些家务事就散了。

凤姐因贾琏到平安州应差未归，晚间叫了平儿来睡，先是商议些家事。平儿道：“那日彩霞被来旺的小子八抬大轿娶回家，成日闷闷不乐的，新郎官又是个戆汉酒鳖不懂体贴柔顺的，赌博输了一吃酒不是打就是骂，把彩霞委屈的成日偷偷啼哭。昨儿听兴儿说，他们家走失了人口，竟是彩霞同他妹子小霞趁着夜里人都睡下了，偷偷携了包裹逃走了。真是一场冤孽。”凤姐叹道：“从今我也少帮人说媒允亲了，当初还是来旺媳妇央我成就大媒的，眼看着往后公子小姐们的亲事都渐渐的来了，我这个出头鸟还得伸头去张罗这些，得罪人想是难免了。我这身子近来倦的很，何时能少操这些废心，安安生生的百事不问呢？”又要平儿去把彩明叫来，平儿不解。凤姐笑道：“咱们的人都是大字不识几个，不像那屋里的林姑娘、宝姑娘、三姑娘、四姑娘，俱都是读过书的，我也找本书叫彩明教我认认字。”平儿笑道：“奶奶要读书求取功名了，倒也稀奇。”凤姐道：“放你娘的屁！让你去叫人，就这么多嘴多舌的，再不我亲自去叫了他来如何？”平儿忙笑道：“我这就把他叫来。”因起身去了。

凤姐拥被等了片刻，只见彩明进来低首候示。平儿笑道：“刚刚往那边去，几个婆子看见我慌忙往花园里藏，有两个还怀揣着物件，被我叫住了，原是守夜的，要聚赌吃酒。我想着不过是些小事情，就放他们走了。自那日抄检过后，园子里也管的严了，才过了几个月，又思量着吃酒聚赌了。”凤姐道：“什么大不了的，不提也罢。彩明，你过来帮我看看这书里都写些什么，念给我听。”说着从抽屉里抽出一本书来，递与彩明。彩明捧书翻了翻，原是一本医药书，书名《千翼方》，不知从那里念起，便问凤姐。凤姐道：“你找找妇科血症读来看看。”平儿暗想：奶奶定是“血山崩积症”发作，羞于求医问药怕被人耻笑，故自己寻方子，忙把彩明叫了出来，到耳房小声告诉他奶奶所得何疾，要他看看书里有没有可用的方剂。彩明乍听凤姐的病症唬了一跳，把书细细翻看一遍，也是看的不大明白，不敢妄自抄录方子给凤姐。平儿无奈，仍带彩明进来，对凤姐摆摆手。凤姐要他拣几样止血药写了去药房叫贾菖、贾菱抓药，彩明只得依令行事，捧了书出去了。凤姐忽觉一阵头晕目眩下身热痛，忙要平儿倒杯茶来，平儿劝道："这也不是常法，还是找太医看看罢。"凤姐瞪了他一眼道："我那来的病，少胡沁！"平儿没法，只得停口。

话说王夫人因想着黛玉总不肯劝宝玉学好，要劝劝他，因带了小丫头往潇湘馆来。黛玉刚睡了中觉，正歪在炕上发闷。忽见王夫人来了，慌忙翻身下炕亲自去迎，因命紫鹃去倒上好的茶来。王夫人道："我不渴，不用劳烦了。紫鹃雪雁上园子里逛逛去罢，我有话同你们姑娘说。"紫鹃、雪雁知机走开了。黛玉毕恭毕敬坐着听王夫人训示，王夫人道："我记得以前李嬷嬷劝宝玉别吃冷酒，都是你劝的不要理那老货。也从未见过你劝宝玉读书，只是陪他一起顽笑。李嬷嬷也是好意，你不该助着宝玉乱来。还是宝姑娘懂事，可我思量多时，宝姑娘虽好，可他家里有个哥哥不成器，宝玉常和这样人待久了，不坏也学坏了，还是躲着好。再者，宝玉与你最知心素厚，那一年为了紫鹃一句顽话他就急的痴呆了。若牵制你们二人，恐会生出祸事，故来劝劝姑娘日后也劝着宝玉点，别纵着他才好。"黛玉听了，似有一股热流灌入胸腑一般，不觉痴了。

王夫人又道："姑娘也知道宝玉是我的命根子，他若不好了，我也没什么意思了。若宝玉一生事业付之东流，岂不全完了？我把宝玉交给你了，从此你可不宜再陪着他顽闹了。"黛玉点头称是，不敢多言。王夫人又问问他的病可好些，要什么药跟他说。黛玉笑说好些了，若需用时必亲去讨要。王夫人又说了几句话就走了，黛玉送至门外，被王夫人劝说止步。转身回来，坐在炕上只是不语，想起王夫人一篇话，心里倍感暖意，面上也有了笑意，顿觉身子清爽起来，病儿仿佛也轻了许多。因坐不住，索性走至门外看那翠竹芭蕉，但见秋风虽至，修篁仍碧，在风中摇曳摆动。黛玉看了多时，只见紫鹃雪、雁走来，对他笑道："太太往那边去了，我们也逛了一会没碰见什么人。园里冷清的很，不知太太刚和姑娘说了些什么？"黛玉笑嗔道："太太要打发你两个回家成亲呢，才被我劝住了。"紫鹃、雪雁道："姑娘就会拿我们取笑。"乃一同进了院子。黛玉道："我去宝玉那儿一趟，你们可要看好家了，若有偷懒疏忽，回来少了什么东西只拿你们是问。"紫鹃、雪雁笑着应了，黛玉便往怡红院来。

宝玉正歪床上感叹湘云出阁之事，忽听黛玉笑着敲门问道："屋里有人吗？”宝玉笑道：“没有人。”黛玉笑道：“原来没有人，只有一个呆雁。”宝玉“扑哧”笑了道：“妹妹今儿如此高兴，别是捡了什么宝贝不成？”黛玉听罢变了脸色，故意绷着脸道：“又胡说了。我只问你，可听我的话不听？”宝玉道：“听，听，不知又是什么话？说说看。”黛玉道：“听话就好，快把书本拿出来！”宝玉笑道：“《西厢记》还是《牡丹亭》？”黛玉道：“是《孟子》、《中庸》、《大学》。”宝玉笑的在床上打滚。黛玉道：“别笑，听话！我告诉你，今儿我也做一回宝姐姐，劝你读读书。”宝玉笑道：“你学罢，我看学的象不象。”黛玉道：“我知道你讨厌八股文章，说是诓功名混饭吃。我也不说功名好还是不好，只说混个饭吃作作样子也是合该的，不然饿死了就连作样子都作不成了。”宝玉笑道：“我听你的。”心里已明白黛玉定是受父母之托来劝他读书，因不想黛玉为难姑且先答应着。黛玉以为他听进去了，也不多劝，准备告辞。宝玉要他再坐坐，黛玉笑道：“你就不怕我拿着尺棍打手逼你读书？我可厉害着呢。”宝玉笑着送至院内，回来仍是躺着。黛玉刚出门，就见贾政走来，忙垂手站着。贾政摆手叫他莫嚷，也不和他多言，只进屋看宝玉是否在读书。一进门就听见宝玉在念孟子《万章》篇，再一瞧，只见宝玉捧着书本正摇头晃脑念着，不觉微笑颔首走了出来。黛玉陪他往园里来。

宝玉从窗子里见父亲走远了，把书一掷，仍去找闲书解闷。黛玉返至潇湘馆，正见春纤在院里收衣裳，抬头见西天黑云东移，风势也渐渐的大了，似有雨意，便道：“紫鹃雪雁把窗子关好，要下雨了。”紫鹃、雪雁从屋里出来望望天道：“可不是，昨儿热的很，今儿也该有雨了。”忙帮春纤收拾衣裳。黛玉无聊无寄，翻看了几页古诗，看了些离词别句不觉兴动，叫紫鹃磨墨，摊开宣纸，耳听着窗外雨声风声，在那纸上走笔赋诗十首以遣烦闷，约莫一顿饭工夫才得停笔，又在篇首写上“十独吟”[2]三个字，所写乃是：

[2] 第六十四回蒙双行夹批：《五美吟》与后《十独吟》对照。

其一　朱淑真

诗魂恨断镜妆残，良人意薄醉谁管。

孤雁声嘹寒侵被，春衫有泪登眉山。

……

其五　李清照

展眼春尽剩余年，浪迹萦帘夜梦寒。

怅忆君言慰奴身，银月盈亏离恨连。

……

（按：原文共十首诗，因藏本破损严重仅剩下朱淑真、李清照两首内容完整）

黛玉又看了一遍，思虑了半天把笔一搁，又歪在炕上打盹，不知不觉睡去了。紫鹃雪雁进来，见他睡着，忙将被褥盖在身上，都叹气道："姑娘得了失眠之症，夜里晚间也睡不着，翻来覆去的，只在白天偶尔打几个盹。这样身子那能不亏，病根儿怎样能除，吃的药也数不清，怎么就不见痊愈？明儿还得跟太太老太太说说，找个医道深的好好看看。"说罢，二人放下帐子仍到外间做针线，不在话下。且说宝玉一大早起来漱洗了吃了早饭，因秋深气凉被麝月催着多添了几件衣服，要往学堂里去。不知后事如何，且听下回分解。

# 第八十三回

## 史太君临终念子孙　王夫人膏肓托儿女

诗云：

风阙渐闻梦趋深，宦门忍看白头吟。

儿女有情皆泪垂，诗仙曾赋高堂觐。

且说宝玉往家学里来，先去老太太房里请安，只见王夫人正陪着贾母说着话。宝玉忙上前作揖，贾母见他过来，道："明儿便是重阳，叫学堂里放一天假，咱们也聚着乐一天，玉儿也陪我到园子里逛逛。"说着又咳嗽了几声。宝玉见他形容苍悴，病色枯焦，心里便有些不忍心，答应了一声，背转身去偷偷掉泪。只见凤姐也进来了，见了贾母，又回身见过了王夫人，笑道："老祖宗要问我什么？"王夫人便告诉他明日重阳，老太太要众人陪着宴乐一天。贾母问他可曾吃了没有，要他一并吃了再家去，遂叫鸳鸯琥珀等传饭。凤姐又问贾母喜吃何物，贾母叹道："能有什么可吃的，近几年年成不好，田亩减产，家里出的多进的少，不过可着做罢了。你快告诉厨房里，别管我吃些什么，随意做了来，不可使他们作难。"鸳鸯答应了去了。一时端上饭来，果是些家常俗见之物。凤姐喂了贾母几口碧粳米粥，见他推开碗摆摆手，叹道："我身上不大舒坦，你去把太医叫来。"凤姐忙出去叫人。

不大会儿，贾琏同王太医掀帘子进来了。王夫人扶贾母躺着，王太医为贾母把脉。良久，贾琏把他叫到外头耳房，问他病况如何。王太医道："弦脉端直而长，气机不利，六脉弦迟，素有积郁，稍感风寒，药取柴胡疏泄。寸关无力，心气已衰，脉气歇止，止有定数。"贾琏听了明白大半，叫他到正屋坐着，自己则到房里安慰贾母，笑道："老太太不必挂虑，才刚老先生说了，是一时感了风寒，不过吃些疏风的药便好了。"贾母叹了一口气道："你不用虚宽我的心了，我知道自己熬不过今年了。明日重阳大家得快快活活的过，还不知下一次还过得过不得了。”贾琏、凤姐听了心里一酸，差点掉下泪来，忙笑着解慰：“老太太定是长命百岁，福寿双全。”贾母微笑着不做声。一时大家吃完饭就都散了。

且说第二日一大早，宝玉匆忙起来，胡乱喝点薏米红豆粥就急着要往园子里去。麝月忙把穿花大红箭袖给他穿上道：“时值秋令，外头清寒，偏又这样猴急毛躁的出去，回来又要闹头疼了。”宝玉听他口气，恰又是一个袭人，乃笑道：“怪不得袭人临走要留下你，看来他实走却似未走。”麝月笑道：“二爷敢是又想他了，不妨还叫他回来服侍二爷，我也省省心。”宝玉笑道：“是我多嘴多舌了，一大早你出去，有没有看见园子里都在忙些什么？”麝月笑道：“园子里可热闹了，他们又是采茱萸又是吃糕点，都嚷嚷着到城外登高爬山呢。周奶奶刚刚给他们说了，说老太太不许大家走太远，就在园子里行乐即可。老太太吃完饭要二奶奶他们陪着钓鱼呢，还说大家还要猜谜行酒令。老太太这般雅兴，竟是比咱们年轻人还有兴致。”宝玉听了，低头半晌竟掉下泪来。麝月见他伤心，想是自己说的话触动了他，因勉强笑道：“迟一会子再去罢，他们都还没吃饭呢。”宝玉那里憋的住，急急忙忙出去了，先是来到潇湘馆约了黛玉，又到秋爽斋约了探春，在路上又遇见了李纹、李绮，一同去寻贾母。

只见贾母房里花团锦簇，喧阗嬉笑，凤姐、王夫人、邢夫人、李纨及众人都在。大家簇拥着贾母到园子里游逛，贾母笑呵呵的被凤姐王夫人挽着手，边走边说说笑笑。贾赦、贾政、贾琏早安置了众多丫鬟小厮在各处或放风筝，或钓鱼捉迷藏。贾母看了更是欢喜，先是去惜春房内看他画的大观园图画了多少，惜春已画了大半，从里间取出摆在案上，大家评议了一回，又离了这里。转过藕香榭来，走至蓼溆，上了亭子，靠着栏杆看见一片假山石。贾母走的累了，忽然来了雅兴，要大家停下，一同钓鱼取乐。

贾政、贾琏赶上来，命身边小厮把钓竿拿与众小姐，凤姐、宝玉、黛玉、探春、惜春等人都择了空地。一时几个丫头放好了矮凳子，凤姐等将丝绳抛下，扬到水里，安静坐着垂钓。贾母则由邢夫人、王夫人等陪着看他们钓鱼取乐。不大会子，鸳鸯兴冲冲上来笑道：“老太太，二奶奶才刚钓了好大一个鲫瓜儿。”贾母喜的要看，彩明端着小瓷坛过来，大家边看边笑。尤氏笑道：“凤丫头敢是想鲤鱼跳龙门了，老太太快封他个差事做罢。”大家都笑了起来。贾母笑道：“你们快拿竿子把他打压下去，他这鲤鱼是个成了精的，难惹着呢。”凤姐笑道：“老太太专会降妖伏魔的，我这区区一小鱼精，成不了气候。”大家都笑了起来。贾母对彩明道：“不过是取乐，谁还吃他，快别搁清水里养着了，仍放回水里去罢。”彩明答应着去了。贾母也坐在宝玉旁边钓了一回。

约莫一顿饭工夫，宝玉钓了个杨叶窜儿，凤姐又钓了几条小鱼，黛玉、探春、惜春等皆是一无所获。宝玉是个性急的人，抡着钓竿等了半天，好容易看见钓丝微微一动，宝玉喜得满怀，用力往上一兜，不想钓竿往石上一碰折作两段，丝也振断了，钩子也不知往那里去了，众人越发笑起来。大家看着水边的草木都枯萎了，没有一点生机，都有荒凉之感。贾母叹道：“我到咱们贾家已六十多年，从年轻时候到如今，历见了几代兴旺。想当初你爷爷、祖爷爷那辈都是勤勤恳恳持家，不敢稍有懈怠。一转眼到了这辈，子孙们不再谨勤俭约了，皆是安享逸乐无所作为，那些胡作非为暴殄天物的事也渐渐的来了，家境一日不如一日，可是一代不如一代了。我时常做梦梦见你祖爷爷、爷爷，脸上多有愧色，也无颜再见他们，好好的一个家被我弄的益发衰微了，心里怎能不惭愧。”说完不禁落下泪来。众人见老太太伤心，忙笑颜劝解。半日，贾母才拭泪勉强笑道：“我今儿是怎么了，唠唠叨叨的没完了，耽搁了咱们钓鱼取乐。”因和丫鬟要了钓竿，由大家陪着，又坐在水边垂钓起来。钓了一会子，也没钓到什么，贾母有些乏了，贾政因命人抬上轿子，由鸳鸯等搀扶着他先回去了。

众人又钓了一会子，也散去了。贾府宗族子弟贾敦、贾衍、贾珖、贾璎、贾琛、贾蘅、贾芬等也嬉戏游赏多时，皆散去了。贾母体倦神乏，原拟晚间行酒令猜谜打牌的，也一概免了。另有贾蓉、贾蔷等公府子弟到野外或登高或狩猎，高乐了大半日，到黄昏才收弓而归。原是日日以习射养力为由借机吃酒赌钱，趁着今日贾母高兴，想效仿往日烹猪宰羊滥漫使钱，谁知内囊空了多半，叫人去端佳酿美肴，一时却叫不回送菜的，蓉蔷等都暴跳如雷骂骂咧咧的。

那些厨役都来诉冤道：“这一二年旱涝频频，田上的米都交不齐，加上连年蝗灾，年成实在不好。连厨房里去外头也买不回多少新样好菜，且又贵的很，叫奴才们也没法啊。”贾蓉、邢德全不信，挥拳就要打人，幸被尤氏赶来劝住了。尤氏道：“这倒不是假话，连老太太那里吃的也是白粳米饭，想找几样细米也难了。你们还没见乡下那些庄户人呢，连草根子都快吃尽了，这都是老天不开眼，日后只能将就着点了。”众子弟听他如此说，都笑道：“那里又缺咱们的，贵了多出点钱就是了。”尤氏见这些纨绔子弟全然不知世事，只知斗鸡走狗，不知柴米油盐得来辛苦，说服亦难，只叹息着走了。

此时蠢物我回想当初在大荒山青埂峰下，因不耐凄凉寂寞，欲临人世享那富贵荣华，只惭道行不深，虽说可以自行来去，无奈地天之广非我能飞的去的，幸蒙癞头和尚、跛足道人助携来此，得见这般世面。前回元妃省亲，那富丽豪华实难述尽，石头也曾得意未有枉临人世，只惜如今贾家日渐穷蹇清冷，不似以往那般热闹，将来又不知如何，石头已无心滞留，欲离了这里重寻锦衣豪门寄身，故几日来也思量多时，一直未有绝好去处。忽思及一人，顿觉豁然开朗。诸公未必得知，待蠢物细细说来：

江南有处甄府，是个富而好礼之家，那等显贵亦可比肩贾门。府中有个公子，与宝玉同名，容貌无二，性情相近，亦属罕事。待蠢物想来，他定也有随身所佩之物，和在下相似。即便没有，我去了他那里，也会欣然接纳。既已思算齐妥，立马动身离了此处去往甄府。趁着夜深人乏，施展本领腾空而起，往那繁盛京华闹区飞去。一路但见城阙闾阖，楼台林列，好个妙绝人间世，只把石头看的呆了。边行边看，只到了第二日午后申时才到了江南甄府，往大门看去，却也与贾府无两。待进去一看，却吃了一惊不小，只见园里空荡荡的，多处垣断墙颓花木枯败，好不凄凉萧条。蠢物正在纳闷，忽见前面旷地上落叶堆燃寒烟迷离，听见有人哭道：“妹妹，我回来迟了，你死的好惨啊！”匆忙一瞧，只见一个面容憔悴公子正对着一付枯骨泣诉。石头不知甄家出了甚么大事，奇而口吐人言道：“贵府莫非历过一番劫掠不成，公子所泣何人？”公子回头一看，只见一块晶莹鲜润的宝玉离地五尺悬空而言，拭泪讶然道：“怪了，玉石会讲人话，倒唬人一跳。”

石头见他貌同贾家宝玉无二，便知此人乃甄家宝玉也，乃道：“吾本是石头城荣国府贵公子贾氏宝玉所配之物，近来闷了出来逛逛，请不要见怪。”甄宝玉道：“倒也怪异。”又道：“吾哭的是我的红颜知己，先我一步而去，吾家先是被圣上下旨抄没，后又遭贼寇入侵，说了亦是无益，不如不提。”石头再三追问，才知他家有个做尚书的四十余岁兄辈带兵打仗屡获战功，却被奸人诬陷，已经凌迟处死。石头又是惊讶又是嗟叹，忽然从那边走来一僧一道，用些言语机关开导甄家宝玉遁入空门，甄家宝玉听了豁然开朗，感激仙家指点。僧道走后，甄家宝玉对石头道："吾已万念俱灰，意欲投身佛门，石兄还是回去的好。"石头道："吾是施展本领才不辞劳苦飞来贵府，消耗了许多法力，若能藏匿公子袖兜安逸带回贾府，也少用些功力，不必过于劳乏。"便央求甄家宝玉送他回贾家。甄宝玉是个乐善好施的，思量多时，便把它揣入袖内，叹道："待我先完结俗缘，他日若有闲余，必送你归贵府。"说罢葬了白骨离开甄家，先去那佛门寺内剃度出家，再将石头送回贾门。正是：

奕光交汇刹倏缘，心绪支离尘似烟。
痴怨婪嗔为宿孽，意皈思寂寤心虔。

且说贾家无端丢失通灵玉，宝玉忽然神志不清人事不醒，急的众人又是哭喊又是叫人，手足无措，闹的举家不宁。贾母近来体弱年高，身体大不如前，由鸳鸯扶着颤微微道："那是你的命根子，怎么能丢了？"急令众人再去各处找找。贾政叹气连连，在屋子里踱步，一时赵姨娘进来了，又说不中用了要预备后事，早被贾母贾政骂出去了。

贾琏急忙请了张道士进来，贾母迎上去道："老神仙好，快救救玉儿罢。"张道士堆笑安慰贾母道："这都是贵府一时疏忽，忘了给他多系块护身符了，哥儿一旦失玉便会昏厥，须备个护身符代玉护体。"因亲自到床边给宝玉系了。不大会儿，宝玉苏醒过来，叫了声张爷爷好。贾母、王夫人、黛玉、麝月等见了都放下心来。

约过了一月，这日忽听门外有奴才来报："外头来了一个和尚，手里拿着二爷丢的这块玉，说是送玉来了[3]。"贾母忙叫人去请，只听外头传进来道："原来是甄家的宝玉来了。"众人急忙迎了出去，却见贾琏同甄宝玉携手进来。

[3] 第十八回庚辰双行夹批：《邯郸梦》中伏甄宝玉送玉。

甄宝玉先是合掌行了出家人之礼，后又对贾母等鞠躬。贾政忙命人搬了椅子让他坐了。贾母、王夫人与他叙两家交情，谈起往事都嗟叹不已。甄宝玉从怀里掏出通灵玉，尤氏从他手中接了玉过来给贾母。贾母过来一把攥在手里，摩挲半天才道："可回来了。"王夫人拿着玉，由麝月跟着出去找宝玉去了。

黛玉、探春等也松了一口气。众丫鬟打量着甄宝玉，都惊讶笑道："怪了，这人同咱家的宝二爷一个模样。"甄宝玉笑道："那年我到过贵府做客，施主怎么反不记得了？"众人纳罕道："玉儿怎么叫你得了？"甄宝玉道："待贫僧细细讲来。"因一五一十说了一遍，听的满屋子不住唏嘘落泪。

且说宝玉正在怡红院就寝，忽见麝月进来对他道："家里来了客人，老太太要你去见，是江南甄家的宝玉来了。"宝玉听王夫人提起过甄宝玉与自己相貌无二，早就想争睹为快，急忙穿衣往这边来，看到里里外外站了好多人，有个和尚正坐着同贾母谈叙寒温，仔细一看，那人相貌果同自己一样，忙上前拜见。甄贾宝玉彼此都有似曾相识之感，宝玉见他文采斐然对答如流，侃侃而谈识见不俗，甚是心敬。想到那年梦中之景，如今再听他所谈又皆是高论，因把甄宝玉当个同心知己，也坐在他旁边，两个人谦恭的说着话。

宝玉既因初次见面，不便造次，且又贾环贾兰在坐，口中夸赞道："久仰芳名，无由亲炙。今日见面，真是谪仙一流的人物。世兄是万人里出拔之最清最雅的，小弟是极污极浊的一等庸物，忝附同名，殊觉玷辱了宝玉这两个字。"甄宝玉道："施主谬赞，实不敢当。弟是至浊至愚，只不过一块顽石耳，贫僧少时不知分量，自谓尚可琢磨。岂知家遭消索更比瓦砾犹残，佛说觉悟世间无常，国土危脆，四大苦空，五阴无我，生灭变异，虚伪无主，心是恶源，形为罪薮，如是观察，渐离生死。"宝玉听了，心里甚是赞叹，不知不觉把些佛理潜移默化记在心里了，又听他说道："我昔所造诸恶业，皆由无始贪嗔痴，从身语意之所生，一切我今皆忏悔。我本因地，以念佛心，入无生忍，今于此界，摄念佛人，归于净土，佛问圆通，我无选择，都摄六根，净念相继，得三摩地，斯为第一。当舍于懈怠，远离诸愦闹，寂静常知足，是人当解脱。"宝玉听了如醍醐灌顶一般，再次向他讨教。

甄宝玉道："讨教谈不上，不过是这般道理。若诸世界六道众生，其心不淫，则不随其生死相续。汝修三昧，本出尘劳。淫心不除，尘不可出。”贾政见他说了很多，怕他口渴，忙止住了，要李贵端了茶给他再慢慢细说。甄宝玉起身施礼道：“贫僧来了这么多时，也该回去了。”贾母那容他走，忙命小厮将他扶到内间歇息，甄宝玉只得进了套间坐着。

且说宝玉才刚听了他这一番高论，如梦初醒一般，又是嗟叹又是嘻笑，自言自语道：“我原来竟是个痴子，枉在红尘空读多年，竟不知何为形何为心，这回我必是要随他一同走了，离了这俗世凡尘，我也要做出家人。”贾母、贾政等听他说些痴话，都唬的忙过来劝道：“又从那里想起这样荒唐话头，还不快灭了念想。”因命小厮将宝玉搀了出去，大家也都散了。

贾政指示李贵守着甄宝玉服侍他，自己边走边忖度着要多留他住几日，忽见李贵来报，说甄宝玉已经告辞走了，拦也拦不住。贾政急道：“他大老远来了，咱们还没有好好谢他，怎又让他走了？”又骂李贵留个人都留不住，慌忙派人到大门外去找，已经找不见了，不免嗟叹了一回。

且说贾母回去身上发热，扎挣了一两天竟躺倒了，日间夜里脸上作烧，茶饭不进面容枯焦。贾家个个心似油浇。贾政慌了，遍寻京城名医，也花了不少银两，无奈贾母病势越发严重，贾家宗室众子弟儿孙轮番前来探望，都偷偷掉泪。贾母亦知自已阳寿将尽，便想着临终能再见见子孙一面。一时想起湘云，又不敢打发人去瞧他，心想才新婚的人怎可探望待亡之人，因把鸳鸯劝止住。鸳鸯在老太太身旁哭得眼睛红肿，一刻不离左右。琥珀见贾母神色不对也不敢言语，悄悄到门外告诉贾赦贾政。贾政又传张太医进来诊了一回，张太医出来对贾赦、贾政、贾珍、贾琏摇摇头就出去了。

贾赦贾政会意，与王夫人等说知。贾母声音低哑叫琥珀过来，在他耳边说了两句话。琥珀忙告与贾政，说老太太想见宝玉，叫儿孙们都来。贾政出去找人。不大会儿，贾敕、贾效、贾敦、贾衍、贾珖、贾璎、贾琛、贾□（按：原文空缺，后补做“贾璘”）、贾菖、贾菱、贾蓁、贾萍、贾藻、贾蘅、贾芬、贾芳、贾菌、贾芝、贾珍、贾蓉、贾蔷、贾荇、贾芷、贾琮、贾环都来了，在院子里黑压压的都站满了。尤氏、凤姐、李纨、宝玉、探春、惜春也都来。贾母让一个个进来看视一番，又强扎挣着与贾赦贾政贾珍贾琏说了些话，要拿出自己的梯己用来办丧事。

贾家因日渐贫蹇，已不能象往日办可卿丧事那样大手大脚操办了，幸而贾母素日存了不少私房钱，今日全部拿出。贾赦贾政愧的涕泪交流，都道："母亲还要掏钱出来，做儿的怎不惭愧？"贾母又要见宝玉、黛玉两个，道："我最不放心的就是你这两个小冤家，以后可不要再赌气吵嘴了，要和睦。宝玉不肯读书，也别逼紧了。"宝玉、黛玉两个早哭的说不出话来。贾母又道："可惜这辈子见不到你俩成亲，也是我的一块心病。"说着又将此事嘱咐了邢夫人、王夫人、尤氏、凤姐、李纨一遍。又道："我再见一个重孙子就安心了。"李纨也推贾兰上去。贾母放了宝玉，拉着贾兰也说了一番，只见脸上发红再也说不出话来，竟是含笑去了。

贾氏一门都放声痛哭起来，贾赦、贾政、贾琏、王夫人、尤氏、凤姐、李纨、宝玉、黛玉尤其哭的肝肠寸断。赵姨娘见贾母唤进众子弟见一面，独没有见贾环，有些气不忿，拉了李纨哭道："环儿不是他的孙子，为何只见宝玉、贾兰两个？"贾政喝道："闭嘴，老太太精力不够，那能一个个都见了，没心肠的歹妇，这个时候还争！"赵姨娘撇撇嘴出去了。

且说贾家为史太君操办丧事，史鼐史鼎的几个儿女也来了。史湘云和夫君卫若兰也来守灵，史家来的人皆号啕大哭，史湘云更是哭的死去活来，被探春、黛玉含泪劝住了。

谁知皇宫里今年有好多官员犯了事被圣上关了，也不知他们所犯何事，死活不明，故此次来吊唁的官家少了好多，一时不消细说。

凤姐念及当初贾母对他的呵护慈爱，痛哭了几场，也告恙卧床休息。一日，王夫人带着两个小丫头到他那里探看了一会子，转身又往怡红院来看看宝玉读书是否用功。刚走至湖边，忽然从那湖里影影绰绰现出三个披头散发的小鬼，里头还有一个看着眼熟，竟是金钏的模样。王夫人甚为惊恐，只听那小鬼冷笑道："太太好狠毒，逼的奴才走投无路，如今就是来报仇来了。"说着同那两个都向王夫人扑来，那两个小丫头吓的藏在树后，王夫人也大叫着要逃，被那三个小鬼生拉硬拽往湖里推，只听"扑通"一声，王夫人失足坠入湖里，那几个小鬼又不见了。

两个小丫头一边哭喊着叫人，一边折树枝救人，刚好有几个小厮经过，跳身入湖把王夫人救了上来。谁知近日园中阴气甚重，贾家主仆竟病倒了大半，皆是瘴疫鬼气所致，幸好都服了药渐渐好转。只是王夫人一病不起，日间夜里发烧身热，谵语绵绵。

贾政连忙请了大夫看视，并不稍减，更加发起狂来，谵语不清大喊大叫的。众人急的没法，只是啼哭。忽然只闻得隐隐的木鱼声响，贾琏把一个癞头和尚与一个跛足道人请了进来，对贾政道："上回宝兄弟中了邪祟，就是他二位治好的。今儿忽然在那街上又看见了二位，便好言请了过来。"贾政急忙有请，那二人道："太太这是得了冤疾，是被促狭鬼闹的，仍用通灵玉除除邪气，日久便好了。"说着把通灵玉安放在王夫人卧室之内，将玉悬在门上，又道："邪气虽除，然病犹未愈，仍须服药调治。"说着回头便走了。贾政赶着要送谢礼，他二人早已出去了。贾琏等出去去看时，已没有了踪影。

王夫人躺了两三天，省了人事，也不叫嚷了，只是身上依旧发热。贾政在外头请来一个名医，开了方子给王夫人抓药疗治。王夫人不但没有好转反加重了，那名医也骗了钱卷铺盖跑了，不久王夫人便命绝气休了。

贾府深知全是名医所误，百般寻他不着，恨的叫骂不止，然又有何益？王夫人膏肓之际含泪拉着宝玉的手不肯放松，道："我的儿，为娘此去没有其他可挂虑的，只是牵念着我儿未能功成名就，又怕日后荒废了学业，再没人管你，可叫我怎么放心？又怕那促狭鬼嫉恨你，得空便拧一下掐一下，也没有人护着你了，为娘怎不心痛？"宝玉早哭成了泪人，黛玉、探春、凤姐、李纨也哭的抽抽噎噎。贾家一年内竟遭逢两回丧事，都哭的寻死觅活，凄不忍睹。宝玉年少丧母，更是胸腑俱裂，恨不得随母亲一同西去。赵姨娘自是趁心如意，假意啼哭，却不见一滴眼泪。一切丧事办理不消赘述。

只说王夫人病故后，宝玉越发低沉，成日里坐在屋内发呆。众人皆知原由，怕他伤心过度生出病来，都时时来看望，与他说笑，怎耐宝玉郁郁寡欢，总是默不作声。贾政怕他憋出心病，也不过于逼他读书，日间只和一些清客谈天。

贾母逝后，贾家怕委屈了鸳鸯，问他有何打算，鸳鸯暂不离开贾府，只在家里做做针线，独居深深小院。贾赦也无暇顾及鸳鸯，早把当年的事忘了，因见贾家日渐式微，成日和邢夫人商议家务。凤姐之女巧姐也大了，贾琏既忙着官里的事，时时到平安州办事，也未操心家里诸事。

展眼又是夏去秋至，这日一大早宝玉就怔怔的坐着，麝月摆上饭来也懒的吃。麝月连哄带怄催着他吃了一口儿饭又搁下了，仍是闷闷的歪在床上，一时间忽然掉下泪来。麝月摸不着头脑道："好好的这又是为什么？若是闷了就出去走一走，省的闷出病来。"宝玉起身往外就走。麝月喊道："天气凉了，穿的又这么薄，还不回来换件暖和的。"宝玉道："回来再换。"因往门外去了。麝月叹气不语。

宝玉在园中走着散心，却见闲阶朱门杳无人声，西风无情吹尽繁红，池苑花叶凋零，女墙一带香草枯萎，几处门窗掩闭。又听呼喇喇风过，将那树叶吹的哗哗作响，吹得宝玉衣带飘忽鬓发凌乱。宝玉站在风口眺望周遭，心内不觉凄然感伤。忽见那边走来两个丫头，不是别个却是鸳鸯、玉钏儿，宝玉勉强笑道："两位且住，从那里来，到何处去？"玉钏儿笑道："园里都传开了，大老爷升了校书郎，都欢声一片了，你何不过去祝祝？"宝玉道："也没什么。"仍是不语站着。玉钏儿笑道："人人都兴高采烈的，独他呆呆的，真是傻子。"鸳鸯忙拉他道："别说了，咱们走罢。"两个来到沁芳亭，坐下歇着。鸳鸯道："你倒替人家高升高兴，那里知道这官是花钱买的。"玉钏儿讶然道："倒没听说。"鸳鸯冷笑道："人人都知道，你却不知。我告诉你，上月大老爷托宫里的内相帮趁，花了不少银子买来这个官。人家再好，又与我们何干？"不知后事如何，且听下回分解。

# 第八十四回

## 薛宝钗弥望金玉缘　史湘云喜得如意郎

（按：原回目为“薛宝钗弥望□□缘　史湘云喜得如意郎”，其中底本两字蛀毁，“金玉”二字为校勘时后补。）

诗云：

绿媛殊众宁久微，心比盘道播是非。
金锁间色一麒麟，运机转腾谁可违。

话说鸳鸯冷笑道：“人家再好，又与咱们什么相干？将来咱们就有好结果了？大老爷说过，凭我到天上这辈子也跳不出他的手心去。如今他又买官升迁，日后必饶不了我。我也不怕，就等着他来报仇，横竖都是一死。”玉钏道：“那你怎不离了此处往他乡去呢？再说大老爷的性子你是知道的。纵然老太太才去，此刻不敢把你怎么样，等到三年孝满，还不是落在他的手心里？”鸳鸯道：“又能到那里去？他本事大的很，凭你到天边去也能找到你，在这里由众人庇佑着兴许还能平安无事。”玉钏道：“这倒也是。太太那回打湖边经过，不知怎么掉湖里了。园内人都说，那佛书上说的大凡官宦富贵人家只一生下来，暗地里便有许多促狭鬼跟着他，得空便害他。想来太太也是遇着促狭鬼了，多亏一个道人拿宝二爷的通灵玉照了几下说疗疗冤疾，太太一时好转过来。谁知请来一个名医开了个方子给太太抓了药，太太非但没有好反加重了。名医也骗了钱卷铺盖跑了，太太竟一病归西了。”

鸳鸯看左右没人，悄悄道：“你真的不恨太太？你姐姐金钏是谁逼死的，你竟不知道？”玉钏低首道：“不恨是假的，可恨又能怎么样？”鸳鸯冷笑道：“老太太一去我也想明白了，随你怎么服侍殷勤，终究还是白忙一场。主子们又有谁记得你的情，人人都把次序尊卑看的愈重了，个个长着一颗功利心，两个势利眼。这园里没一个好人，你瞧瞧就知道了，一个个仗着权势欺负人，难不成做奴才的天生就是被呼来唤去的？想来都是人，不过名分里头差些，何苦这么刻毒，说骂就骂说打就打？老太太死后，不瞒你说我对府中也只剩怨恨了。什么琏二奶奶，你看把他兴的，我咋不能瞧了呢？还有这姑娘那小姐的，成日把脸一仰不见个笑脸，好象人人都欠他们二百两银子似的。都死绝了也活该！”

玉钏忙“嘘”了一声道：“这话咱姐妹偷偷小声说，别叫他们听到了才好。说实话，你这话说到我心坎里去了。咱们尽心尽忠，到头来还不是被主子恶声恶语骂着赶了出去。那回太太骂我姐姐小婊子我就听不过去，就算怎么着也服侍了你一场，怎么拿那样话去骂一个女孩子家。我姐姐死后太太把他的二两银子分给与我，可又能怎么样？人已经死了也换不回来命了，可见这些主子实在恶毒。”两个人正在嘀咕，忽见远远路上走着几个婆子，由凤姐陪着有说有笑往这边来。两个忙不言语了，离了沁芳亭走开了。

原来贾赦升迁，阖家欢欣雀跃，凤姐等皆是赶来庆贺。代儒放了宝玉假，笑着恭贺，要他回家看看，不可到园子里乱逛。宝玉答应着回来，进了二门看见停着许多车马，只见满院里丫头老婆都是笑容满面，亲戚族中的人来来去去闹闹攘攘着都来贺喜。贾赦、邢夫人正忙着接待来客，贾政坐在堂屋一言不发，几个清客陪他闲聊。宝玉本不喜欢这样热闹场合，只是看见北静王也在大堂安坐，见他人品越发风流俊逸，心里赞叹他好俏丽，不免多看了几眼，偏被北静王看见了，招手要他过来。宝玉含羞走到他旁边坐了，北静王拉着他的手问好，又问他怎么多日不去他府里逛逛了。宝玉笑道：“早想去的，只是学里不曾放假，故抽不开身。”两个说说笑笑，相见甚欢。

王子腾和亲戚家本打算送过一班戏来，想在正厅前搭起行台。只是贾赦说了，老太太孝期未满，故婉拒了。外头堂官都穿着公服陪侍，亲戚来贺的约有十余桌酒。薛姨妈也来了，是邢夫人宝琴陪着，黛玉、湘云、李纹、李绮都在旁席坐着。宝玉见宝钗没有来，走过去笑问薛姨妈何故，薛姨妈笑道：“铺子里还有些事，蟠儿、宝丫头都抽不开身没来。”宝玉笑着仍往北静王这边来坐了。正说着，丫头们下来斟酒上菜，外面已开宴了。宝玉因北静王在场，心里高兴多喝了几杯，宴罢被茗烟、李贵搀扶着回怡红院去了。

因秋闱近了，贾政要宝玉试着科举一场，宝玉近来读书不太精到，却拗不过父亲，只得答应了去赶考。

且说过了几天便是场期，别人只知盼望他作了好文章便可以高中了，詹光、单聘仁等清客都来祝贺贾政，说此一去必是高中，可为国效力了。贾政笑道："众位莫要过度褒奖他，他腹中有多少墨水我是知晓的，只怕是名落孙山，愧对众人啊。"詹光等都说贾政过虑了，贾政叹道："如今国家有难，若宝玉可得一官半职为圣上解忧，也是极好的了，只是未必如愿。"只有黛玉见宝玉的功课不佳未必得中，得知他要去赴考，心里不免打鼓。头一件，宝玉是初次赴考，恐人马拥挤有什么闪失；第二，又怕他厌恶禄蠹，说些不妥的言语惊扰了别人，因而甚是担忧。

次日，宝玉换了新衣裳来见贾政，贾政嘱咐道："这是初次入场，你活了这么大并不曾离开我一天，就是不在我眼前也是丫鬟媳妇们围着，何曾自己孤身睡过一夜。今日各自进去，孤孤凄凄举目无亲，须要自己保重。早些作完了文章出来，找着外面守候的随从早些回来，也叫家人放心。"说着不免伤心起来。宝玉听一句答应一句，又跪下磕了三个头，说道："母亲生我一世我也无可答报，只有这一入场尽心而已，父亲莫要过于牵挂了。"贾政听了，叹了一口气道："只可惜老太太、你母亲不能看见了。"宝玉不免掉下泪来，起身出门赴考去了。

又过了许多日子，贾政看看到了出场日期，命人去看看宝玉一行人有没有在回来的路上。一时有人来报，说宝玉已经回来了，贾政忙命人把他叫进来。宝玉一脸疲悴进来，眼里含着泪道："孩儿文章做的不好，甚是惭愧。我早说过八股文贻害不浅，场里有位贤弟做的不好，发疯一般把文章撕碎，人也疯了，都是被八股文逼成这样了。"一语未了，贾政面含嗔怒道："住嘴，再敢胡说看我不拿鞭子挞你。"宝玉只得低下头去不言一声了。贾政问他都是怎么写的，宝玉勉强念了几句，贾政就叫他出去了。又过了些时日，秋闱揭榜宝玉未有得中，贾政气的训了宝玉一顿，仍然要他用心读书去了，来年再考。宝玉颇不以为然，只唯唯诺诺答应下了。

且说香菱被金桂勒死，薛姨妈、宝钗虽疑惑他颈上的血印系金桂所为，因偷偷商议道："报官万万使不得，一则未有凭证，恐疑到己身；二则他不过是个侍妾，死了就死了。金桂毕竟是主子，不可因小失大。”遂不报官，将他好生安葬了。

薛蝌同邢岫烟成婚一年，也离了贾府，住在城里古董行西南的巷子里。宝钗时时看望他夫妻两个，见他夫妻日子艰难，将些衣物粮米周济与他们。薛蝌父亲虽为皇商，然多年经营下来不懂节余，家况逐渐萧索。如今父亲去世，母亲又患痰症，薛蝌身为长子却并未落得几多遗产，不过是几间房子一个院落，凭着一点碎银子到城里做个小生意，却是入不敷出。眼看天气越发凉了，岫烟还穿的恁般单薄，薛蝌叹气，拿不出银两给他添置衣裳。

这日宝钗来探望他夫妻两个，带来几件衣裳，乃是一件大红洋绉的小袄儿，一件松花色绫子，一件斗珠儿的小皮袄，一条宝蓝盘锦镶花绵裙，一件佛青银鼠褂子。岫烟本不愿接着，被宝钗一番言语劝慰，才羞惭着收下了。宝钗道：“叔叔好歹是个皇商，是替圣上做生意，怎么就没有留下多少产业？”薛蝌道：“父亲一向信奉做官的应清正廉明两袖清风，那些人趁着替圣上东南西北做生意为自己捞便宜，偏父亲不肯，也是怕落人把柄，故没有留下多少家产，如今果真是两袖清风了。”宝钗道：“如此甚是不妥，世人原妒忌做官的营私谋财，巴不得官员个个家徒四壁以博取好名声。然而官员也是俗人，要养家糊口，两袖清风竟不是什么好词。我看见兄弟这样境况怎不心酸，这都是叔叔为了博得好名声才落得一贫如洗白，子孙也没有荫蔽。”说着眼圈也红了，薛蝌、岫烟也低头不语。

宝钗因想着到街上给母亲包药便告辞了，薛蝌、岫烟将他送到街口才转身回来。宝钗买了药往家赶，刚到大门外就听见里面吵吵闹闹的。原来金桂见香菱已死，宝蟾却不肯受他挟制，反向自己寻趁滋事大有独竖旗杆之意，时时占了上风。薛蟠又听他的，自己不免孤立，只后悔当初将宝蟾带至薛家，如今竟成了死对头。

这会二人站在各自门口对骂，薛蟠从里间出来，拽着宝蟾往屋里拖。宝钗见了看不下去，也不搭言径直进了薛姨妈房里，看到母亲歪在炕上捂着胸口生闷气。宝钗一边倒茶一边问道：“母亲可好些了？”薛姨妈道：“岂能好了，我生是被他两个气的，成天吵吵闹闹，成什么体统！”母女两个陪着又是掉泪又是叹息。

薛蟠从贾家借习射之名和贾蓉贾蔷斗酒开赌回来，因输了几局不免烦闷，回来又被宝蟾金桂闹的头疼，进母亲屋子里见宝钗和母亲在屋里做针线，便没好气道："妹妹还有心思做这个，贾家人人都传开了，说等一二年孝期满了就给宝玉办喜事。"宝钗道："哥哥管人家的闲事作甚，又与我们何干？你也别往那赌场里去了。输几个钱倒是小事，那里头没有多少正经人，哥哥跟着他们只怕越发学坏了。"薛蟠一听急了，叨叨道："少来管我，宝玉倒是正经人，你想嫁他就去找他啊！如今人人都传开了要娶的是姓林的，你早没有份了！"

宝钗听了登时气的哭了，对薛姨妈道："哥哥又说些混账话气我。"薛姨妈也气的直骂："半吊子混账东西，在外灌丧了黄汤输了钱就回来混说，真真要把你老子娘气死才心安。从此你不许出去，一点正经事也不做。明儿还给我到铺子里去，快回屋里待着罢！"薛蟠嘟囔几句回自己房里去了，薛姨妈用手抚摩宝钗道："别理那混账东西，你也好久没有去探望黛玉那孩子了，闲了也和他叙叙话散散心。"宝钗点头道："母亲说的对，我们姊妹俩也该聚聚了。"说了一宿的话，母女都安寝了。

天明一大早，宝钗便来贾家探望黛玉，两人多月没见，一见面都说亲道热的。一时说起湘云，宝钗道："湘云怎么不来了，也出阁一年了，挑个日子来看看也是咱们的情意。"黛玉笑道："云丫头现在可遂心了，得了如意郎君竟一会半会也离不开了，那还有心思来看咱姐妹俩，早把咱忘了。"宝钗笑道："看把他得意的，真真勾出我的气来。咱也不差，宝兄弟不比他的才郎强？将来与妹妹成了亲，日日吟诗作赋快快活活的，气死他！"黛玉不觉羞红了脸道："姐姐又取笑我了，不理你了。"说完到里间去了。

宝钗在屋里转了转，恰见紫鹃端出茶来道："宝姑娘喝茶。"宝钗笑道："近来你家姑娘又写了什么诗没有，拿来我读读。"紫鹃道："我帮你找找。"便进了套间，不多时拿出诗稿来，递与宝钗。宝钗见那篇首写着"十独吟"，坐下细看了半晌。只见黛玉抿着鬓角出来道："紫鹃淘气的很，乱拿我的东西，没的叫姐姐看笑话。"宝钗道："倒不是笑话，作的可不错呢。"黛玉夺过来就要撕，被宝钗笑着夺去揣在袖里。黛玉便坐下问他家里近来可好，薛姨妈如何等等。宝钗笑着告诉了他，回头对紫鹃道："这丫头天天也不经心，照顾的姑娘不周，怎么好多日子不来姑娘仍是未愈，病根儿怎么就去不了，待我告诉你一个法子，你才知道。”要黛玉好生候着，因拉了紫鹃到院里细说。黛玉笑了笑仍到内间去了。

紫鹃笑问宝钗道：“宝姑娘既有法子，快告诉我，姑娘的病也不是一天两天了，我们做奴才的看着也揪心。”宝钗道：“我听人家说园子里有邪气入侵，好多促狭鬼暗地里害人，太太就是遇见促狭鬼才出事了。我特特找一个算命的算了，说林姑娘的病也是被促狭鬼牵制的不能痊愈，何不请先生进来看看风水驱驱鬼，林丫头的病可不就好了。”紫鹃听了心窍一动，笑道：“真真宝姑娘提醒的及时，可不就是促狭鬼闹的，多谢姑娘操心了，还得求姑娘带了那人来给我家小姐看看。若治好了病，我一辈子记着姑娘的恩情。”宝钗笑道：“谢什么，林丫头的事就是我的事，我这就回去叫先生过来。”于是进屋和黛玉说了，黛玉也半信半疑，被紫鹃雪雁一番撺掇，心下也有些活动，便答应了。宝钗便回去请人。

忽见麝月进来道：“姑娘在屋里吗，二爷托我来告诉个话儿。”黛玉忙请他进来细说。麝月道：“宝二爷听茗烟说在园子里看见宝姑娘了，不知又为何事，叫我过来问问。”黛玉道：“也没什么，不过日子久了过来叙叙旧情。”紫鹃便告诉他宝钗要请先生为黛玉驱邪治病，麝月笑道：“宝姑娘竟懂的多，二爷知道了一定高兴。”便回怡红院去了，恰见贾政在门口训斥宝玉，忙垂手一边低首站了。

贾政肃色对麝月训道：“宝玉在屋里读书，做丫头的别走开，多看着点，刚刚你又上那儿去了，莫非又是贪顽逛去了不成？”麝月低首说道：“奴婢不敢乱走，只是听见宝姑娘来了，要请算命的给林姑娘驱邪，二爷才叫我过去看看的。”贾政颇为吃惊道：“竟有此事？”因想起王夫人去岁在湖边被促狭鬼推入湖里，已是经了心，今儿又见麝月亦如是说，也不阻拦，只道：“也好，等先生来了叫他过我这边来，我也请他看看风水。”麝月点头称是。

贾政又教了宝玉一番话就走了。宝玉催着麝月进屋，笑道：“宝姐姐竟是这么好，也关心林妹妹的病来了。等会算命的来了，我问问他宝姐姐的姻缘如何？”麝月笑道：“人家的姻缘自有人家来问，你操的那门子心，仔细宝姑娘恼了看你怎么收拾。”宝玉笑着不语，进里面坐着，麝月看着他读书。

且说宝钗约莫半天工夫才带了算命的进了大观园，一路遇见探春、李纨和几个丫头，忙笑着解释说是为黛玉驱邪而来。探春心内诧异，笑道："若是如此，必得一观。"因陪同李纨等一起往潇湘馆来。宝钗边走边对张半仙道："看看风水可以，但不可妄入房间冲撞了姑娘，我们这里规矩多，特叮嘱你。"张半仙笑道："在下也见过世面，大户人家也去过，岂有不知规矩的，小姐尽可放心。"方进了潇湘馆，黛玉躲在屋内不出。

张半仙先是四处转转，说这一处不妥那一处方位不吉，听的几个丫头捂口发笑，被李纨探春喝止住了。张半仙又要紫鹃端水净手，设下香案。一时紫鹃雪雁等安排了，张半仙燃香合掌道："让我起出一课看看。"从那怀里掏出卦筒来，走到案前恭恭敬敬的作了一个揖，手内摇着卦筒，口里念念有词，也不知说些什么。说着将筒内的钱倒在盘内，笑道："内情尽知。"宝钗、探春、李纨便问他详情。

张半仙道："园里果有妖孽，待在下作法事驱邪逐妖。"正说着，忽见贾政、贾琏进来，宝钗、探春、李纨和众丫头忙一边恭敬站了。贾政道："先生既然来了，先住两天，不管有没有，将各府都摆坛做做法事驱驱邪。"张半仙笑着称是。贾政便命贾琏到各处准备，贾琏答应着去了。这一二日张半仙在荣宁两府铺排起坛场，设了香花灯烛，摆了钟鼓法器，引来贾氏宗族子弟围了几层，都指手画脚看热闹。

贾珍、尤氏、凤姐都来看视。巧姐也大了，缠着平儿一同来看。只见张半仙煞有介事将剑指指画画了一回，说是已将妖邪收下，加上封条。一面又撤坛谢将，早出了一头汗。贾政催他道："好了没有，折腾了半天，看你装神弄鬼的倒也好笑。"张半仙笑道："好了，贵府公子乃衔玉而生，据在下看来玉为土，与金相生，公子又名宝玉，须和相生之金匹配才妥，不可与木相配，因木克土，不吉也。"贾政便问其详，张半仙道："公子名玉，不可找名中带木的匹配即可，须找带金的为佳。"贾政摇头笑道："不好，宝玉为土，更不可找金了。人人都知土生金，土反吃了亏。不妥，不妥！既是宝玉为土，还找个名字中带玉的就妥了。都是玉，就没有相生相克了。"张半仙呆了半天道："也是，在下就不多言了。"贾政叫人封了银子打发了他去了。

宝钗、探春、李纨正在黛玉房内说笑，忽见紫鹃探了消息回来笑道："老爷才和算命的说了，宝玉的玉与金不合适，还是要找名字里带玉的娶亲才妥当。"宝钗等不觉呆住了。李纨笑道："好极了，玉玉相配，我等无话可说。"探春等都笑道："正是！正是！"宝钗亦笑着道："林姑娘的终身有靠了。"黛玉红了脸拿帕子往紫鹃头上打来，嗔道："这丫头尽是多嘴，讨人嫌。"探春等都笑了起来。紫鹃笑道："多谢宝姑娘请来的先生，说的灵验的很。"宝钗笑道："要不请先生给紫鹃姑娘也算算姻缘？"紫鹃一撇嘴出去了，大家都笑了起来。宝钗便要告辞，黛玉探春等留他不住，送他往园子里来。

宝钗看见贾政和几个人远远的往那边去了，发怔看了半天也不言语。探春见他呆呆的望着那边，笑道："园子里越发冷了，花儿也谢了，没以前好看了。"宝钗笑道："可不是呢。"一时散去不提。

且说宝钗赶回家里，把门一关，歪在床上默不作声。莺儿掀帘子进来道："姑娘，张半仙怎么说的？"宝钗半晌才道："别多嘴了，出去罢。我身上不爽快，想独自歇一会。"莺儿见宝钗面有愠色，便退了出去。

刚至院内，就见金桂靠着门槛问薛蟠道："大爷今儿怎么回来这么早，敢是又想你的宝蟾心肝肉了？"薛蟠没好气道："在外头不顺心，回来还要听你这臭婆娘絮叨。"金桂道："如今你们合伙欺负我，老娘连话也不叫说，这日子没法过了！"薛蟠道："不过了正好，我这就写休书，你还回娘家去罢，省的闹心。"金桂哭道："好啊，敢情你早想撵我走了！这个和我摔脸子，那个也说硬话气我，你们别想过安稳了，老娘二百年也不走！除非把我勒死了，不然老娘就和你们闹着过了！"宝蟾摔帘子气冲冲出来道："少拿闲话唬人，我就是和你摔脸子说话了，我还咒着你快点蹬腿登仙呢，你敢把我怎样？"说着上去和金桂扭做一团。

薛蟠气得去拉，却见薛姨妈气喘喘过来道："还让不让人过了，这里也不象个人家了，家反宅乱的也不怕亲戚们听见笑话了，都混账的很！"金桂一边撕扯一边哭道："确是个混账世界了，奴才欺负主子，也没有妻也没有妾，不如大家拼完了倒也干净！"薛姨妈明知劝不过，便叫儿子进他屋里去："别拉了，随他们闹去，一时也死不了人，你给我到屋里待着去。"薛蟠乖乖的回屋子里，外头仍是撕打不住。

薛姨妈进来道："我早劝你别到那府里赌钱吃酒，你非不听。"薛蟠道："从今我再不去了，去了也没意思。那府里越来越寡淡了，吃的穿的顽的都大不如以前，奴才们的月钱也减了一半，谁还有多少闲钱去赌？连吃的都舍不得了。"薛姨妈叹道："咱家里还略好些，生意还过的去。你到外头看看，挑儿卖女的都挤满了街。老天一连几年不下雨，地里蝗虫满天飞，天天都有饿死的人。你也别往那府里去了，在家好好待着。"薛蟠道："妹妹去那府里回来怎么说？"薛姨妈道："你那肚子里也装不住事，告诉你了又乱传混说。"薛蟠道："啥话该说不该说我自有分寸，母亲太过虑了。"薛姨妈道："你妹妹的亲事还没谱，以后再说罢。"母子两个又叙了些铺子里的事。

话说贾政叫人封了银子打发了张半仙走了，凤姐急忙赶来道："人已走了吗？我正和琏二爷商议叫他看看巧姐的年庚八字，也算一算，怎么就去了。"贾政问道："巧姐今年多大了？"凤姐道："十四了，想说个好的，提早做打算。"贾政道："等孝期满了再提亲不迟。"凤姐点头称是，于是往自己院子走去。只见几个小丫头并老婆子忙忙的走来，都笑道："史姑娘的女婿真是一表人才，和史姑娘直是天设地造的一对。"凤姐迎上去问道："史姑娘来了吗，这会在那儿呢？"几个人叽叽喳喳道："可不是来了，都在宝二爷那里呢。"凤姐含笑不语，转身回房去了。

原来史湘云和夫君成婚已有年余，早嚷着要来看看众姐妹和宝玉，他夫婿拗不过他，陪他同来贾家探望，来时带了诸多礼物。凤姐命人收了，又预备了酒筵为二人掸尘。黛玉、探春、李纨、宝玉和众丫头在怡红院笑语喧哗，和史湘云说的好不热闹。宝玉见卫若兰穿着白色蟠龙细纹箭袖，束着赤色斑花长穗宫绦，足登黑缎尖翘朝靴。生的魁伟英武，星目传神，好个才貌佳郎，恰与湘云是佳偶妙对。又见卫若兰潇洒开朗快人快语，性情与湘云有几分相似，便和他聊叙多时，更觉此人言谈爽快识见不俗。卫若兰也喜宝玉待人真纯，只寥寥几句两人遂成好友，一同到院子里谈笑。

李纨笑道："怪不得枕霞妹子老是喜气盈腮，原来得了个如意仙郎。"湘云一副洋洋得意道："这话我爱听，也不用遮遮掩掩的，你们若不服气，也得一个佳郎我瞧瞧。”黛玉笑道：“看把他兴的那狂样。”紫鹃一边笑道：“我们这里也有一个佳郎，是林姑娘的，比你那位也不差多少。”史湘云左右顾盼道：“在那里？我看看。”李纨忙岔开道：“紫鹃敢是喝多了不成，怎么胡说起来？”黛玉笑着骂道：“你这蹄子在人面前尽给主子添乱，还不回去坐好了。”大家都笑了起来。紫鹃也自觉失言，不好意思走开了。

湘云摇着黛玉胳膊笑道：“好姐姐，想死我了！这回来非开个诗社不可，我还要和你们比比诗才。”黛玉笑道：“好容易见了就撒起娇来，原来还没有长大。行了行了，明儿咱们就开一社，谁也不许逃。”李纨道：“这有何难，做的好不好都无关大碍，到时我胡乱写几行字就完事了。”探春湘云不觉笑了起来。

外面宝玉和卫若兰谈意正浓，两个聊完家事又谈各人喜好。卫若兰一提起习武打拳便眉飞色舞的，听的宝玉索然无趣，面上却不肯显出，仍不停应和点头称是。卫若兰便问宝玉可练弓否，闲了比比各人臂力眼力。宝玉笑道：“我们这里有个天香楼，时时有家人在那里习射，不如我带你瞧瞧？”卫若兰道：“来日方长，也不在这一时。如今世道不兴，天灾人祸频出，战事不断。只恨不能食戎羌血、餐胡虏肉，为朝廷效力，日日守在家里倒挺憋屈。”宝玉道：“这不过是一时的不兴，将来战乱平定了就好了，咱又何必多虑。”卫若兰正要作答，忽听湘云喊他们到屋里坐，两个不则声往房内来。

大家团团围坐在一起，磕着瓜子说说笑笑，热闹非常。忽见麝月进来，笑着和各位点头。宝玉道：“你刚去那了？连个影子都不见。”麝月道：“这不回来了不是，才刚听茗烟说的街上都关门闭户的，一伙流民闯入衙门，嚷着要杀了当官的，说都快饿死光了，都乱着要造反。咱们待在府里还好，只是以后还怎么到外面买菜呢，真让人愁的慌。”宝玉闻言不悦，低头不则一声。众人亦有烦闷之感。

半晌，麝月道：“邢姑娘刚才来找大太太借粮米，说没有闲钱了。”宝玉细问方知邢岫烟年初和薛蝌完了婚，因家贫难捱，故和邢夫人借银。宝玉又问借到了没有，麝月答不清楚。卫若兰、湘云、探春、李纨、黛玉都道：“咱们也帮帮他，出些银钱给他。”宝玉道：“正该如此，不过宝姑娘和薛姨妈薛大哥怎么不帮？”麝月道：“依我想来也帮过，只是他家里天天吵闹，那两个怕是不愿意帮他。或是邢姑娘见他家里乱着，不敢上前也不敢说。”大家都点首称是。晚间卫若兰同宝玉都在怡红院安寝了。

且说宝玉一大早起来却不见卫若兰，漱洗完毕，便问麝月卫公子去那儿了，麝月说他一向早起习惯练功，到宁府天香楼射圃去了。原来贾珍在天香楼设个圃场，专供子弟习武所用。贾兰、贾蓉等人看见有个佩戴金麒麟的潇洒公子气度飘逸英气逼人，正是湘云平素所佩那只麒麟[4]，大踏步过来取箭弯弓，身手矫捷一射一个准，众人都哄然叫妙。卫若兰亦是踌躇满志满脸自得，那些子弟都纷纷打听其底细，俱是敬佩不已。宝玉赶来在一旁打量多时，不忍打搅，含笑看了一阵就先走了。不知后事如何，且听下回分解。

[4] 第三十一回庚辰侧批：后数十回若兰在射圃所佩之麒麟正此麒麟也。提纲伏于此回中，所谓“草蛇灰线，在千里之外”。

# 第八十五回

## 痴王孙传信牵奇缘　惭妙尼避情乘游槎

诗云：

隔世桑梓情更悠，朋党相携纳尼丘。
佛音梵语未空洁，世俗情孽觅闲愁。
豪门权势视芒芥，金玉仙质欲无求。
王孙重情难续缘，转瞬人随寂棹游。

话说史湘云夫妇在贾家住了两日便要回去。宝玉叮嘱道："如今外头乱的很，你们行路也要惕防些。那些流寇什么不抢什么不干？见了二位如此装扮，难免不动邪念的。"史湘云同卫若兰点头称是，收拾行装便要上路。宝玉见湘云胸佩金麒麟，忙道："明目张胆敢带这个，还不快收起来！"原来此麒麟正是那年宝玉在清虚观打醮张道士献奉那只大的赤金点翠麒麟，自湘云从宝玉处得到此麒麟后一直悉心保管。嫁与卫公子后，两夫妻也十分和合，故湘云郑重拿出此对阴阳麒麟来，自己原贴身带的给了卫若兰，宝玉送的大些的自己带了。卫若兰亦解妻意，欣然接去并时时带在身上。

这里卫若兰也道："女儿家带这个颇为不便，我是大男人，不怕，都与我带了罢。"不由分说取下来挂自己脖子上，霎时一对金麒麟于公子胸前耀目光辉起来。湘云道："你们两个大男人也忒胆小了，有什么好怕的！"黛玉、探春见了，上来道："倒不是这么说。外头实是不安宁，多留点心是应该的。从此也别探的勤了，等世道好些了再来。"湘云噘唇道："我要是会变，就变个男人把那些贼寇杀尽，天天战战兢兢的实是没趣！"宝玉笑道："你若通变化，岂不成了孙猴子了？"大家笑着往外走。史湘云和卫若兰到荣禧堂辞了贾政就回去了，宝玉仍回怡红院作样子读书去了，一时无话。

因外头盗寇蜂聚兵戈四起，贾家众人也不敢随意外出。贾家私学也暂作停歇，贾政又训导着宝玉等不可出外游荡，都在家好生待着，宝玉等都应了。贾珍也遣散了天香楼的弋射之聚，怎奈贾蓉仍是和外面酒邀赌约的，贾珍怕他交结些不良子弟或贼寇流民，虽曾喝斥几回，却被贾蓉拿话顶了回去。贾珍狠心打了两回，贾蓉竟赌气成夜不归了，贾珍管他不了只得随他去了。

贾环、赵姨娘见贾家日渐贫乏，外头又兵荒马乱的，竟有末世之兆，二人不但不忧反庆幸否极泰来，他们也好大展拳脚，便和园子里一些奴仆结为一党。更有赵姨娘之内侄钱槐，因他有些钱势，父母现在库上管帐，他本人又被派跟从贾环上学，瞅着时运不济便要兴风作浪，伺机胡乱作为从中捞些益处，故这一干人连同马道婆成日吃酒聚赌，唧唧咕咕的待风而动。凤姐一时有所察觉，也不过骂贾环几句说他不长进，亦不能多做强求，日久也便不复提起。贾家各处暂时无话。

不觉又过了一二年，贾母、王夫人的孝期满了，园中又操心起众子弟小姐的婚事来。当下已是初冬，刚过了重阳。凤姐和尤氏见园中各房有年龄大了的小厮、丫头都让他们自行嫁娶，又提起官媒婆送来的几个贴子，皆是几家王侯公子来求娶探春、惜春、黛玉的。

凤姐道："林丫头已许了宝玉的，不可提与他们。探丫头、四丫头、四姐儿、喜鸾等皆有份。"尤氏一提起惜春便"哎哟"拍手道："饶过我罢，我不碰四丫头这钉子，要说你去帮着说去。这丫头成日里闹着要剪了发做姑子去，冷言冷语的骄傲的很！你说一句，他能接上一百句，句句是大道理又句句伤人的心，你帮他他还不领你的情，反说你害他。"凤姐道："我也听说了四丫头不好处。如今是姑父当家了，大太太也时时操心。我不敢见大太太，时时给人脸色看，还是交给姑父说去罢，我也办不了。"尤氏道："神威将军戚老爷的公子看上了探春，要来提亲。那一年给蓉儿媳妇办丧事，戚公子来过。他父亲屡次立下战功，他也袭了武官，为朝廷打仗出力，过不了几年就升官加爵了。如今他家的势头不比咱们差，能看上探丫头也是他的福气。"凤姐道："果是个好姻缘，我也替探丫头高兴。"

于是别了尤氏，准备回去同贾琏商议。刚至门外，只见一个小厮迎上来回道："大老爷叫二爷说话呢，说有夏爷爷在外要见二位老爷呢，大老爷要二爷过去一趟。”凤姐笑道：“知道了，你去罢。”心里盘算道：“他又不大来府里，敢是宫里有甚么事？”不敢耽搁，急忙进来告与贾琏。

贾琏匆忙穿戴齐整，往贾赦这边来，却见夏守忠同贾赦贾政坐着说着甚么，贾琏进去施礼坐在一边。夏守忠道：“前日贵妃娘娘欠安。昨日奉过旨意，宣召亲丁四人进里头探问，许各带丫头一人，余皆不用。亲丁男人只许在宫门外递个职名，请安听信不得擅入。准于明日辰巳时进去，申酉时出来。”贾政贾赦等站着听了旨意，复又坐下，让夏守忠吃茶毕，才辞了出去。贾赦贾政送出大门，商议遣谁去看视，因贾母王夫人俱亡故，只得派了邢夫人、凤姐两个进宫看望。因派了贾琏贾蓉看家，凡“文”字辈至“草”字辈一应都去，遂吩咐家人预备四乘绿轿，十余辆大车，明儿黎明伺候。家人答应去了。

次日黎明，各间屋子丫头们将灯火俱已点齐，太太们各梳洗毕，爷们亦各整顿好了。一到卯初，林之孝和赖大进来，至二门口回道：“轿车俱已齐备，在门外伺候着呢。”大家用了早饭。凤姐先陪邢夫人出来，众人围随，各带使女一人，缓缓前行。又命李贵等二人先骑马去外宫门接应，自己带家眷随后。“文”字辈至“草”字辈男丁各自登车骑马，跟着众家人一齐去了，贾琏贾蓉在家中看家。只到戌时邢夫人凤姐才回来，将会见元春所见所闻说了一遍。

原来元春因国事辛劳累成小恙，说国之东北有一岛国屡屡侵犯海疆，另有戎羌觊觎，黄巾赤眉一干流寇造衅。圣上惊慌无措，又无人肯出头迎敌，只得自告奋勇为圣上分忧，亲上战场鼓舞士气，因多日奔波劳苦，不觉病倒。此回千叮咛万嘱咐，赶紧把众公子小姐的亲事办了，自己也十分关心宝玉成亲立业。

贾赦、贾政听了，都哭了一场，心内不免郁结。贾政泣道：“咱们家尚是大不如前，出的多进的少本已是烦心，又出来诸多国殃，怎不让人心悲。”回去多饮了几杯酒，又哭了几场。

凤姐因诸人亲事去找贾政商议，先提及黛玉，贾政喟叹道：“家事、国事都让人挠心，既然有人求娶黛玉就让他求去，怎么还掖着藏着的？这丫头也大了，难道要在咱家住一辈子不成？快给他找个好人家嫁了罢，咱不过多添一副妆奁。”凤姐道：“老爷所思与老太太、太太不同，太太估量着宝玉是个倔强不听人劝的，虽说宝姑娘也劝了多回，可宝玉抬脚就走。想来宝姑娘降不住他，他也不喜欢宝姑娘。”贾政道：“谁说娶宝钗了？那孩子就会人前能说惯道的看人脸色行事，心里丘壑可深着呢！商贾家的孩子心机都深。再说他哥哥嫂子都不良善，没准成了亲后就跟他们学坏了。”

凤姐纳闷道：“那老爷选的是谁？”贾政道：“都这个时候了，所见所听皆是怵目惊心，如今也顾不了小儿女情态了。为家事着想我看好一人，与咱家是世交，也是官宦人家，现在咱家住着。”凤姐想了半日想不出人来，贾政道：“就是妙玉。”凤姐诧然道：“他不是出家人吗？老爷怎么提起他来？”贾政道：“他不是出家人，当初只是身子弱才带发修行，要不是为了留给宝玉，当初我也不会同意他住在咱家。年龄大几岁又何妨，女孩子大了更知冷知热，岂不好？”凤姐道：“这倒也是，只是林丫头和宝玉好，老爷也应该有所耳闻。宝玉离了他不知又要怎么样呢，何不顺了儿女的心意，成全了他们？”贾政思量半日道：“也是，不如这样，等我派人先找妙玉提提亲，看他愿不愿意。若是他不允，仍叫宝玉娶林丫头罢。”凤姐点头称是。

一时又提起惜春来，贾政不觉动火道：“这孩子怎么这么不懂事，好好的出什么家？我去找他说去，若不听就好好打一顿，把他惯的都不知天高地厚了。”凤姐道：“还得老爷才说的服他，西府里没人说的动他。”贾政道：“巧姐提好了没有，想好人家了吗？”凤姐道：“还没有，琏二爷挑剔的很，拿来几个庚贴他都不适意，要说好的，还是等等罢。”贾政拈须称是。凤姐见没有他事就告退了，恰在路上遇见了费婆子。凤姐向来鄙厌此人，知道他专好兴风作浪，因懒得理他掉头往另一条路径走了。

且说费婆子远远看见凤姐往那边去了，正要赶去打个招呼，忽见嫣红从那边过来了，因笑道：“我去找大太太说说，厨房里益发不像话了，主子要吃南菜，他们就借故说家道艰难没有可做的，上头埋怨下人抱怨。瞧瞧家里如今吃的都是什么，跟那些小门小户一样了，那里还有公府大家的作风，定是柳家的私自把好菜都藏匿独吞了，待我找大太太去，看他怎么说。”嫣红笑道：“倒不是这样说呢。”正说着，忽见傅试家的两个老婆子来给邢夫人请安，费婆子陪了过去。

那两个女人因邢夫人正睡晌午觉，就与费婆子说了一声儿回去了。嫣红问道："这是谁家差来的？"费婆子答了他，又道："好讨人嫌。家里有了一个女孩儿生得好些，便献宝似的常常在老太太面前夸他家姑娘长得怎么好，心地怎么好，礼貌上又懂事，说话又简绝，做活计手又巧，尊长上头最孝敬的，就是待下人也是极和平的。来了就编这么一大套，常常说给老太太听。我在一旁听着很烦，真讨人嫌。偏偏我们老太太爱听那些个话，老太太也罢了，还有宝玉，素常见了老婆子便很厌烦的，偏见了他们家的老婆子便不厌烦，你说奇不奇？前儿还来说，他们姑娘现有多少人家儿来求亲，他们老爷总不肯应，心里只要和咱们这样人家作亲才肯。一回夸奖，一回奉承，把老太太的心都说活了。"嫣红听了笑道："老太太这么喜欢，要是还在说不定就给宝玉定了呢。"费婆子冷笑了一声不言语。

正说着，只听见上头丫鬟道："大太太醒了。"嫣红赶着上去，费婆子也上来把傅试的婆子来提亲的事告诉了邢夫人。邢夫人叫来贾琏，亦告诉了他。

且说贾政正坐在椅上养神不语，忽见贾琏进来道："才刚有老爷的门生傅试派了家奴来求亲，说是他家有个妹子人品不错，想与宝玉说亲。"贾政道："我早知道他家有个妹子叫傅秋芳，远近皆赞，这些人不过是看中了这边的势力，也不顾得什么颜面了，家家都抢着来说亲。你过去打发了他，就说宝玉已经定下了，叫他们的人死心。"贾琏答应着出去了。

凤姐又去尤氏那儿议事，掌灯时分方回自己房中。又命平儿拿着石青刻丝灰鼠披风，丰儿打着灯笼，一同走出门来。只见冷月凄照，霜风渐紧，庭榭冷落，满地下重重树影，杳无人声。"唿"的一声风过，吹的黄叶轻舞，栖禽宿鸟惊飞。凤姐只觉身上发噤，跟平儿要过石青刻丝灰鼠披风，忽见茶房窗下几个人影鬼鬼祟祟，象是几个小厮模样，忙喝令站好。那几个人回头见人来了，慌忙逃散了。

凤姐立眉怒道："园子里不管不行，贼都渐渐的来了，明儿得好好查查。"平儿道："近来常听奴才们抱怨说家里拮据的很，月钱也不按时发了，还减了一半，因这个缘故偷东西的也多了。"凤姐叹道："就是多派些人也查不净了，穷极思乱，即便再有能耐怕也治不好了，不如交给大太太管去，他的本事强些。"平儿笑道："依我看，奶奶断不可推三阻四，大太太未必有法子辖治住这些人，还得奶奶多操心，不然园子里越发乱套了，也越发难管了。”凤姐想想在理，便道：“老太太、太太已经仙逝，那些主子爷们没几个操心的了。我再偷闲不问，家里怕是早晚出事。”因回去和平儿拥被商议到半夜。

第二天便叫来林之孝家的、周瑞家的、赖大家的，召集在议事厅道：“近来园里丢失不少东西，有几家来抱怨的。因外头不宁，恐家里的奴才们学坏了也跟着偷东西，故请婶子们帮着到各处查查。”众婆子都笑着称是，于是派了庆儿、昭儿、隆儿、住儿等家奴到园子里挨个去查。忽有人报：“邢夫人来了！”凤姐变了脸色，急忙起身去迎。

只见邢夫人由两个丫头陪着走来，拉了圈椅坐下，眼皮子也不抬一下道：“我才跟他们说了过两天查查园里的贼，你这就抢在我头里把事情揽完。往日老太太、太太信任你叫你管事，我不能不依，如今老太太、太太已不在了，这家里我说了算。我看你身子不大好，就回去养着罢，以后不用操家里的心了。”凤姐红了脸笑道：“大太太说的也是，我这就告退。”邢夫人道：“慌什么，再坐一会。”凤姐笑道：“不坐了，我还有事。”忙和平儿匆匆出去了。

邢夫人望他去了，冷笑一声对林之孝家的、周瑞家的、赖大家的道：“看把他能的，好象人人都没他巧，就他能管家了。”林之孝家的、周瑞家的、赖大家的都笑着不语。邢夫人则道：“往后有事都来回我，不用找琏二奶奶了。今儿这事也不大，你们看着办了。”说完起身就走了。林之孝家的笑着对周瑞家的、赖大家的吐吐舌头道：“都走了，咱自己想点子去办。大太太也不教着点，走的恁快。”都笑着去各处查办。

且说凤姐含泪回到住处，对平儿诉道：“我是吃饱了撑的去揽这些事！让那些奴才骂不说，连上头也得罪了！我往后也懂的惜福养身了，世事不问倒落个清闲自在。”平儿道：“奶奶别生气，身子要紧。”凤姐一挺身道：“又生气什么，我也犯不着生气。”一时无话。

谁知自上回张半仙驱邪逐魔之后，贾家人口还是中了邪气，病倒一半。贾政直骂张半仙同那六安道士一样是江湖骗子，成日着急，忽想起妙玉论才华人品也是神仙一般人物，忙令林之孝家的将他好生请来。

妙玉本不愿来，只因栊翠庵有两个婆子也染疾病倒，妙玉怕病疫蔓延秧及庵内，便由林之孝家的陪着，不顾天色已晚赶往荣府去见贾政，正见贾政同贾珍、贾琏、凤姐在荣禧堂坐着。贾政命众人回避，独留凤姐及几个女眷迎候妙玉。妙玉先把一叠符咒交与丫鬟，让他贴于病人屋内，又将些药丸令人散发给众人服下，道："不久众人即可痊愈。"又说了一会子话便要告辞。贾政忙笑着留道："尊尼慢行一步，还有一事相求。"妙玉笑问何事，贾政道："人皆称尊尼会占卜，想求尊尼为敝府摇上一卦，算算未来吉凶。"妙玉谦让道："贫尼实在力拙才疏，怕是惹人耻笑。"贾政再三央求，妙玉只得占上一卦，遂得一雷火丰卦，须看第六爻辞。妙玉不觉面色大变，知道不吉又不便直言，只好支支吾吾道："此卦主人口平安，家旺业旺。贫尼庵里还有事，先告辞了。"贾政忙命林之孝家的送他回去。

妙玉同林之孝家的走了一会子，便要其止步并速往那边忙发送药丸诸事。林之孝家的笑着要他一路小心，把灯笼给了他，自己往那边去了。妙玉打着灯笼边走边想："刚才所摇之卦乃家乱亡散之象，甚是不吉。不过也未必灵验，还是别过虑了。"因又借着月光匆匆往回赶，刚路过潇湘馆门口，隐约听见有人弹琴吟道：

寒霜染尽窗前影，秋风吟处念凄魂。
今宵弦里尚吟哦，他年子期觅难闻。
思忆萱亲夜辗侧，愁绪何堪愍恻心。
凄步中庭弹锦瑟，感怀触绪望星津。
月色横斜忧心炳，家山何处觅渺音。
千里沉吟风露凉，多少相似叹古今。
时序递嬗叹清秋，天上人间感夙因。
□□□□□□□，□□□□□□□。(按：过录本脱漏此句)
修篁飘逸习古音，斑影婆娑泪粘襟。
弦曲知我颦颦意，人生斯世如轻尘。
风露凉觉罗衫怯，耿耿不寐思古人。
今夜弦中思别意，轩窗明月泻竹林。

妙玉听琴声幽咽满含忧戚，诗句苍凉悲惘。想着此关乎人之气数，颇为不吉，不可再吟读下去，忙敲门要进院出面阻止。

原来黛玉因贾母王夫人去世，家里萧索，如今贾门病倒一半，更兼父亲是九月初三殁的，忌辰刚过，心内伤感难以入眠，便坐在密密的青翠竹林里抚琴吟诗，诉悲解忧。却见紫鹃开门引一人进来，借着朗月一看，那人恍似仙宫天女，容貌雅俊气质风流，原是栊翠庵的妙玉，黛玉怔了一怔，忙笑着往里让。妙玉见竹翠月明，佳人抚琴，甚是清幽雅致，真似妙手所绘难得一见的佳图，笑道："我因听琴声凄苦，诗句悲凉，故赶来劝住，原来是林姑娘在抚琴。"两个在月下站着，妙玉笑道："姑娘所弹莫非《猗兰操》乎？"黛玉笑道："正是。诗仙亲降，稍有怠慢，望请恕罪，能否入敝舍一坐？"妙玉笑道："承蒙盛情，如此清雅月色，岂可辜负？古诗云：'绝代有佳人，日暮倚修竹'。如此月色、翠篁、佳人，岂不比闷坐深户强？"黛玉笑道："诗仙过誉了，吾乃尘世中极俗极愚的一介草木，怎敢冠以佳人名号，卿才是极尊贵极清雅的仙界佳人。犹记那年中秋节月夜联诗，诗仙不出则罢，一出则佳句惊人，令我等感佩称赏。"妙玉笑道："姑娘之才赛我十倍，我是狗尾续貂自不量力罢了。姑娘出身诗书高门，貌比西子、罗敷，又有满腹锦绣，可谓人中翘楚也。苏州自古出佳人，果真不错。"

黛玉笑道："此言差矣，妙卿才是天外天人外人，我等望尘莫及，能与妙公共处，可谓人生一大快事。愚尚有诸多不解之天地人情要向妙公讨教，望妙公那日清闲了，对愚不吝赐教。"妙玉笑道："言过了，你我二人相见恨晚，倒恰如知己。姑娘寄人篱下，未免多愁善感，若能放开心怀把世事烦恼置之度外，则是于神于体皆有益处，鄙人所言若有冒犯之处，望请体谅。"黛玉笑道："人非圣贤，孰能无过。你我既是惺惺相惜，不必顾虑，可敞开心怀高谈快论，指出各人品性弊失，却是好事。妙公论才气、地位无人不服，因何闭关自守，独善其身呢？"妙玉笑道："非是我不食人间烟火，乃是人心险恶不得不防。这些世俗贪得无厌之辈，终日所想无非是权钱功利，看你有可用了才趋奉于你。这都是些无羞小人，即是清洁孤高之躯，与他们相处久了亦难免浸染了俗世恶臭，故而我不肯到那名利场所游逛。”黛玉听了甚是佩服，屡屡点头称是。两个谈叙良久，妙玉见时已夜深，便向黛玉告辞。两个依依惜别，妙玉又返回庵里去了。

话说贾政叫来宝玉，要他好好坐着：“别慌着走，有要紧话跟你说。”宝玉低眉不语坐着，听他指示。贾政道：“你也不小了，该成家了。我已选好一个人，正要派人去求亲。”宝玉心里“咯噔”一下，心想：“不妙，父亲竟提起此事，不知看中了那个，若不是林妹妹可如何是好？”因道：“父亲别逼孩儿才好，宝姐姐我不会答应的。”

贾政道：“谁说是他了，是栊翠庵的妙玉。”宝玉吃了一惊不小，竟不知说什么了。贾政道：“我知道你喜欢黛玉那孩子，只是我觉得妙玉比他强。故思来想去，还是选了他给你。”宝玉道：“孩儿不依，除了林妹妹我一概不允。”贾政怒道：“这事可由不得你，你死心罢！我想过了，妙玉为妻，黛玉为副，都嫁给你。你不答应就滚出这个家去，我们恩断情绝！不肖的业障，你还想着以后为所欲为恐怕难了！马上就派人去提亲，你给我待好了。”说着起身出去了。

宝玉魂神俱失，垂头丧气往怡红院来，一进门就坐在桌边趴着不语。麝月见状，不觉诧异道：“又是谁得罪你了，魂不守舍的。”宝玉摆手叫他别嚷，说要静一静。麝月便不插言，到里间去了。宝玉在屋里转来转去，一会儿又写又撕，一会儿又唉声叹气着，折腾了半天仍是没有头绪，索性躺床上发呆去了。

且说那边贾政找来林之孝家的，命他去向妙玉提亲。林之孝家的怔了半日道：“宝二爷知道不知道？”贾政不耐烦道：“他早知道了，不用管他，你只管去。”林之孝家的只得往栊翠庵来。

妙玉正在院子里修楫花木，忽听有人敲门，忙命侍女去开门看看是谁。侍女从门缝里看了半天也不敢开门，只回来告诉妙玉道：“是个婆子，可能是他们府里的女管家。”妙玉颇为惊讶，忖度半天道：“我向来不和这些俗人打交道，今儿前来拜访定是有什么世俗礼尚往来，真真讨人嫌。不要开门，叫他回去罢。”侍女应了一声往门缝里喊道：“师傅说了，他不认得你，叫你回去。”林之孝家的笑道：“是老爷叫我来告诉你们师傅一声的。”妙玉已站在门旁听见了，想了半天便叫侍女把院门打开。

林之孝家的笑着便要入院，妙玉认出是管家的婆子，笑着让他进来道："大娘今日大驾光临，却不知所为何事。"两个到里面去说，侍女自去别处走动。妙玉要给他倒茶，被林之孝家的笑着劝住了道："我不过受命前来告诉一声的。"妙玉便问何事，林之孝家的笑道："老爷说了，宝二爷也大了，该成亲了。想托我问师傅一声，若是下了聘礼来向师傅求亲，师傅可愿答应？我们也不急着要回音，师傅可以考虑几天再回话。"妙玉听了脸上红晕一团，嗔道："大娘不可唐突，贫尼可要恼了，此话实在无礼！"

林之孝家的笑道："又不是我的意思，是老爷的意思。三天后你派个丫头来我们那里，找我告诉一声就行了。我也不多打搅了，师傅告辞！"说罢起身便走。妙玉呆怔坐着不语，等侍女来了，告诉他："人都走了，怎么还愣着？"妙玉方起身往禅房里去，低头想着身子渐渐的退到床上，向里躺着默不作声。

林之孝家的返回荣府，看见贾政正和宝玉在书房里争执。宝玉满脸是泪哭个不住，见他来了，两个忙不则声了。林之孝家的告与贾政说已去了栊翠庵，贾政说知道了，要他先回去。林之孝家的转身走了。贾政怒道："别争了，既然黛玉为副，还不是嫁给你了，正庶就那么重要？"也不容宝玉多说，离了书房出去了。

宝玉只得返往怡红院来，躺在床上思索半日，心想："林妹妹的风流气度虽与妙玉旗鼓相当，若论品貌确不及妙玉，妙玉乃天上仙女一般人物，出身高门本是攀求不得，只是如今他宦门凋落徒留尊敬与众人，他那诗才连林妹妹等皆不及，如此种种妙玉倒占了上风。父亲逼我求娶妙卿，我对他也有几分情意，若与父亲违抗必然吃亏，不如顺着父亲答应求娶妙卿。虽说林妹妹屈居第二，然今生我们能结成姻缘长相厮守即可，至于名分又有何要紧？他二人若齐助我持家，倒是妙事。即便妙玉不嫁，我此生也不止一妻一妾，贫民小户尚娶妻多人，何况我本是荣国府公子哉。"如此想着心里畅快了许多，只是妙玉如此尊贵万不可唐突了他，须写一封信讨得他的芳心才可。

且说周瑞家的、赖大家的查了一天，查出是赵姨娘的小厮趁着天黑到各处偷窃，来回邢夫人说已捆了三个关在马圈里了。邢夫人命每人打四十大板子，扣两个月的月钱，再关两天后放回。

周瑞家的、赖大家的应了，回去叫来几个奴才，拿着棍棒往马圈这边来。却见赵姨娘、贾环和钱槐及几个小厮正在给三人松绑，忙喝令道："住手！你们怎么胡来了！"贾环怒道："怎么是胡来，你们抓错了人就不胡来？"赵姨娘道："昨儿他们都在环儿屋里掷色子玩，那里又出去偷东西了？"周瑞家的道："别打圆场了，今儿都查明白了，就是他们三个偷了不少东西，想赖也赖不掉！"赵姨娘嚷道："我们的人都是些贼不成，只是不知那些克扣月钱的是什么？我们不服，要找老爷问问。你们什么事没有干过？放高利贷，偷主子的钱。盖园子那会你们也没少克扣银子，这会子装什么好人？"

周瑞家的怒道："看你是个主子，我们不跟你吵，如今我们奉大太太的命来处置这几个贼，你们只站在一边别妨碍着才好。"谁知赵姨娘、贾环和钱槐等人硬是拦着不叫打人。赖大家的忙小声告诉一个小厮，要他到那边去回大太太去，这里仍和他们吵闹。

不多时，邢夫人带七八个小厮来了，骂道："谁再敢拦着挡着的一律责打，没有王法了，都要反了不成！"赵姨娘上前还要解释，却被邢夫人指着鼻子骂："瞎了眼的婆娘，黑白不分，成日里吵吵闹闹的也不害臊，还不快滚回去！"赵姨娘、贾环和钱槐等人悻悻的走了。邢夫人忙命开打，一时棍棒交加往那三人臀上打来，打的三人哀哭讨饶呼爹喊娘。赵姨娘、贾环和钱槐等人远远听了，都咬牙骂道："别高兴太狠了！将来有冤的报冤有仇的报仇，就知道咱们的厉害了。"说罢拂袖而去。

邢夫人赶往宁府来，恰有小厮告诉了贾政。贾政也急忙赶来看看，正与邢夫人打了个照面。邢夫人便一五一十告诉了他，贾政听完气的直骂："这婆娘真是混账，想反了不成？"因又骂环儿、钱槐等人。邢夫人因要回去歇着先走了，贾政叫了两个小厮去把赵姨娘、贾环叫到他那里去。小厮找了半日没有找到，恰在荣府门口遇见宝玉和茗烟，便问可曾见过贾环。宝玉说没有看到，那两个小厮便转身走了。

宝玉从怀里取出一封信笺让茗烟到栊翠庵交与妙玉。茗烟兴兴头头往栊翠庵赶来，及至门前，只往那门缝里一投就转身回去了。妙玉的侍女看到信笺，忙拣了回禅房交与妙玉。妙玉正躺着不语，见信笺递了过来，随手接了拆看，只见上面写道：

"浊物久慕兰姿仙才，不敢亵渎。小姐乃金玉之质，小生则系不才之身，鸠鸩岂近鹰鸷？然达诚申信，愿结秦晋之好，恕吾直言冒犯，多多见谅，敬待佳音。槛内人怡红院浊玉沐浴谨拜。"

妙玉不觉呆了，脸上作烧，坐也不是站也不是，索性起身往门外走去，心里仍是怦怦直跳。绕过河滩，转过几间茅檐，逶迤穿过一条小径，过了桥，身子恍恍荡荡的竟往那山上走来。四顾一望，却见芦花飘舞，水边几个小鬟垂钓，竹桥雅致，有个公子独立。仔细一看，不是别个正是那传信之人在那里发呆，不觉羞红了脸要退回山下。偏被宝玉看见，忙快步追了过去。不多时追上，喘吁吁道："妙玉师傅莫跑，浊玉这厢有礼了。"妙玉又转身往山顶来，宝玉随后紧跟，两人站在山上四顾远望，妙玉也不言语，脸红晕着站着。两人四目以对，似有无限言辞不能尽述。

半晌，妙玉才快步下山去了。宝玉追了多时，无奈东绕西转已是不见，只得转头往怡红院方向去了。妙玉回到栊翠庵，和侍女聊叙贾家之事，先是谈些人口家事，再谈及有几个公府子弟。侍女道："听人说他家有个含玉而生的公子，性情古里古怪。那一年为了一句林姑娘要回姑苏的顽话竟变的痴痴傻傻的，人家都说是为了他的姑表妹林姑娘病的。人人都说他和林姑娘是一对呢。"妙玉往日便知宝玉和那黛玉亲密异常，经侍女提起宝玉为黛玉疯癫一事后愈发感叹。

妙玉呆了半日道："老爷派人来求亲，定是改变主意要宝玉弃黛玉而另择。吾觉不妥，何必又坏人家佳姻，况那日和黛玉在月下一番细谈，更觉自己不及他，若能成全他和宝玉的姻缘，也是一件功德之事。"侍女见妙玉半晌不言语，便问他所思何事。妙玉道："明日离了这里乘船往东南而行。"侍女不敢多言，只得遵命。

次日天尚未亮时，趁着园里人都还睡着，妙玉即收拾了行装和几个侍女急忙离开贾府。妙玉不敢走那闹市，怕遇着流民，只沿小道往江边走来。江上薄雾未散，有个梢公在江畔系缆绳，见他们几个要坐船，忙招呼他们上了船，划动舟桨。妙玉站在船头，望着远远汀洲迷离，天边模糊可见半轮残月，江上冷风吹起衣襟，妙玉不觉有些凄冷感伤。再回头望望江岸，愈行愈远渐渐看不见了。

且说宝玉回到怡红院，贾政又来逼他找妙玉求亲，见宝玉回心转意，因笑着派林之孝家的再去栊翠庵提亲。谁知林之孝家的到了那里，却见人去庵空，回来忙告诉贾政知晓。贾政、宝玉顿感意外，都呆住了。不知后事如何，且听下回分解。

# 第八十六回

## 挑正庶风月断佳偶　祭祖祠清明泣远嫁

诗云：

铁骑戍边护池潢，旗画委地见仓皇。

谁谓裙钗不解兵，汉月曾经照流黄。

话说贾政、宝玉听林之孝家的说妙玉已经走了，顿感意外，都呆住了。林之孝家的问贾政意否派人去找。贾政叹道：“不必了，强求也是无益。让他去罢，不然倒象是咱逼他似的，反为不妥。”因令宝玉仍回去读书，日后再提。宝玉答应一声去了。

岂料近几年大旱不雨，蝗灾肆虐。因之东北距之海路三千里有一蛮夷岛国，人称“玉户岛”，某屡屡滋事侵犯海疆，意图不良。坎方有戎羌入侵，坤方有流寇作反。更有坎方痘疹等瘴疫流传，平民死亡愈万。贾赦被派往坤方听令，贾政等皆被圣上召集前往海疆监督防御工事。平安州亦有流贼造反，节度使命贾琏前去应奉公事，一连数月未归。

不觉冬去春来，展眼又是春日二月。赵姨娘见王夫人病故后贾政无心要他当家，有事也只找周姨娘、凤姐等，不觉动了气，趁贾政不在家便要兴风作浪，却被邢夫人凤姐等弹压了下去。赵姨娘不免怀恨在心，时时在下人跟前道邢夫人凤姐的不是。那些下人因往日被凤姐管的严了，都有些怀怨，故都和赵姨娘串通一气，意图滋事。

这日赵姨娘因月钱减了一半正和几个媳妇婆子埋怨，忽听丫鬟说这园子初盖时总管赖大、来升等贪了不少银钱，便去找邢夫人告状。邢夫人正在家中安坐，忽见赵姨娘领一干媳妇婆子赶来，说总管赖大自己家的园子气派奢华的很，定是私吞了不少赃银，要邢夫人查查。又道宁府的总管来升及俞禄张财家的都私设了小金库，连赵嬷嬷的两个儿子赵天梁、赵天栋都动了盖园子的钱，要邢夫人再查查府里帐目。

邢夫人听罢，沉思片刻才道："好了，我已知晓了。你们先回去罢，日后会查。"赵姨娘道："何必又待日后，何不立等就查？太太指示我们去查，我们腿跑勤点几日就可查个一清二楚。"邢夫人怪道："急什么，你们别得意！你们做的事就干干净净，谁信？这会子催着去查，不过是混人耳目罢了。都会查明白的，琏二媳妇也未必脱得了干系。都走罢，一进门就大呼小喝的，还把不把主子放在眼里！"

赵姨娘还要说，被两个婆子暗暗从后面拉了拉衣角，才不吱声了。赵姨娘一干人走后，邢夫人对嫣红、翠云笑道："说归说，真要查起来，牵一动万，这家里有几个没有干系的？得罪人还是轻的，只怕要抓起来家里都要抓完了，那还了得？日后他们再来闹，就说在查着呢，不过拿一个作筏子堵住他们的嘴罢了。琏二媳妇以往得罪的人多，只把他查清楚了，那些下人遂了心，必拍手称快，别人的事或许管都不管了呢。"嫣红、翠云都答应了不语。

且说赵姨娘领一干媳妇婆子往园子里来，恰见贾菖、贾菱拎着几包药走着，便招手笑道："你们两个猴儿不好生在茶房里管事，跑到园子里来干什么？"贾菖笑道："各位大娘往那里去？咱们是替林姑娘到街上包了几两紫菀、款冬，林姑娘的咳疾越发重了。"赵姨娘笑道："你俩又该趁势扣些银子中饱私囊了。"贾菖、贾菱本是族中贫寒人家子弟，最怕被人轻鄙，听赵姨娘如此说不觉脸上羞惭，都笑道："姨奶奶饶了我罢，说话也忒刺心了。凭我兄弟俩多大胆，也不敢随意营私。"说着低头匆忙走了。

赵姨娘等都大笑道："一句话说的脸憋的通红，顽笑话也当真。"贾菖、贾菱撇撇嘴也不搭言，恰见前面有个逗蜂轩，两个进去歇歇脚。贾菖冷笑道："他不过是个姨娘，说话就恁不客气，跟'缺百眼子'一个德性。几天家里都没有酒吃了，月钱减了不说还延迟了时日，这日子没法子过了。"贾菱道："兄弟所言极是，上回咱们赌输的钱还没翻回本来，借的重利债债主已多次催上门了，可怎么是好？"贾菖左右看看无人，小声道："今晚趁大家都关门闭户了，咱翻墙到怡红院摸点值钱的东西如何？再不想法子弄钱还债他们都要催命了。"两个因偷偷商议起来。

天色一黑，两个就东游西逛，不肯家去。眼见着到了亥时众人都睡着了，两个先是到各个院子翻找东西，又翻墙到怡红院偷东西，直摸到宝玉屋子里，蹭到炕头边把枕头下一个东西摸走了，也未细看，又摸了些别的东西就逃了[5]。

话说宝玉天亮起来漱洗吃了饭就要往学堂里去，麝月往他枕下一摸，却没有摸到通灵玉，唬的满身冷汗，着急道："皇天菩萨小祖宗，你到底把玉弄到那里去了？"宝玉道："不是在枕头下吗？"麝月又东翻西找一番，那里找的到？登时急的大哭。宝玉道："不知是不是昨晚丢在园子里了，还是到外头找找看，问问各房的人有没有看到过。"麝月依言分路各处追问，却是人人不晓个个惊疑。

麝月回来只是干哭，宝玉也吓怔了，找是没处找回又不敢回，正在发呆，只见各处知道丢玉的都来了。探春叫把园门关上，先命个老婆子带着两个丫头再往各处去寻探，一面又叫人在宝玉屋里四处翻箱倒柜找了个遍，皆是空无所获。李纨、平儿、黛玉也赶来了，都道："不止此一处，那边也有人报说夜里失了盗，一些珠宝簪环俱不见了。"平儿又问昨晚都有谁往这边来过，探春出去问丫头们，黛玉、平儿、李纨在屋里候着。忽听外面有人乱嚷："你们丢了东西自己不找，怎么叫人背地里拷问环儿？我把环儿带了来，索性交给你们这一起上水的，该杀该剐随你们罢！得了什么不来问我，丢了东西就来问我！咱们都是生来做贼的吗？"只见赵姨娘、贾环推搡着探春骂骂咧咧进来了，平儿忙笑着解劝。

赵姨娘大哭着对平儿道："他的玉在他身上，看见看不见该问他，怎么问我？宝玉人尊贵，戴个物件也是尊贵的，难不成我们环儿连他屋里的猫儿狗儿都不如，就配做贼了？"贾环也对探春瞪着眼哭道："人家丢了东西，你怎么找我来查问，我是犯过案的贼么？"探春赔笑着赵姨娘道："姨娘这话太多心了，不止环兄弟要问，昨儿到这里来的人都要盘问。"赵姨娘一边解衣服一边道："姑娘如今是主子身份，我不敢不依，若再不信就把我身上也搜一遍。"平儿、李纨急忙替他系上，好言把他母子劝出去了。

这里宝玉倒急了，说道："都是这劳什子闹事，我也不要他了，你们也不用

[5] 第八回甲戌侧批：交代清楚。"塞玉"一段，又为"误窃"一回伏线。晴雯茜雪二婢又为后文先作一引。甲戌眉批：偷度金针法，最巧。

闹了。环儿一去，必是嚷得满院里都知道了，这可不是闹事了么！”众人更加焦虑，知道此事掩饰不了，只得商议着定了话，好去回贾政。宝玉道：“你们竟也不用商议，只说我砸了就完了。”平儿道：“我的爷，你说得倒轻巧，上头要问为什么砸的，他们也是个死啊。倘或要起砸破的碴儿来，又怎么交代呢？”平儿觉此事重大，回去禀明了凤姐，问如何处置，凤姐也慌了道：“快去叫林之孝家的带人到各府里盘查。”平儿答应着去了。

这里李纨等纷纷议论，又传唤看园子的一干人来，叫把园门锁上。再传林之孝家的来，悄悄儿的告诉了他，叫他吩咐前后门上，三天之内不论男女下人，凡是从里头可以走动的，要出门时一概不许放出。只说里头丢了东西，待这件东西有了着落，才可放人出去。林之孝家的答应着去办了。

且说李纨等在宝玉屋里议论到晌午，都散去了。宝玉因有上次丢玉时张道士送的护身符，故并未现异常，仍被督促着上学去了。黛玉心急，仍在怡红院未去，坐着等消息。

过了半日功夫，只见林之孝家的和几个婆子推着两个人进来。黛玉抬眼一看，原来是贾菖、贾菱，专在茶房煎药供茶的。林之孝家的道：“查了半天，原来东西就是他们两个偷的，宝二爷的玉也交出来了，姑娘看看怎么处置？”黛玉冷笑道：“既然是贼，就押送到官府里去。”一语未了，进来两个女人，乃是菖、菱二人之母，都跪下向黛玉求情道：“看在他俩为林姑娘煎药的份上，就饶了他们这回罢，他们也是穷疯了，我这个做娘的回去一定好好教导他们，保证他们下次再不敢了。”黛玉仍执意要送官府，林之孝家的也陪着求情。贾菖、贾菱哭着说家道艰难，才做了如此蠢事。黛玉思量半晌，便未将他们送与官府，仍叫小厮把二人打了几十大板，贾菖、贾菱因此对黛玉生恨。后多人求情，说可怜他们家没有进益，别处又不好谋差使，仍叫二人到茶房煎药。黛玉念二人亦属贾府宗族子弟，不敢妄自发送，遂留下二人仍在茶房应差。

这日赵姨娘往园子里来，忽见茗烟在和扫红、锄药、伴鹤在争什么顽物，便过去问道：“这几个猴崽子敢是偷了什么，在分赃不成？”茗烟四个都笑道：“那有的事，大老爷、老爷已回来了，带回来不少顽意，我们四个分分罢了。”赵姨娘诧异道：“老爷回来了？我们怎么不知道？”因来到贾政书房，恰见贾政歪在椅子上闭目养神，面容枯衰鬓发花白，比往昔更苍老憔悴了些，便笑道："给老爷请安。"贾政皱眉发躁摆摆手道："你出去罢，我烦着呢，有事找大太太去。"赵姨娘知趣出去了。

不一会儿，贾琏、贾珍进来。贾政请他们坐了，说了些在海疆的事情，竟老泪纵横哭了起来。贾琏贾珍慌了，忙发语解劝。贾政慨叹国事舛乱，贾琏贾珍也止不住掉泪。因见贾政有些乏了，朦胧似要睡去，忙叫来丫头扶贾政安歇，一时小丫头进来服侍不提。

贾琏回至房中，只见小丫头进来对他道："方才官媒婆朱大娘来了，我回了他奶奶昨儿没睡好，在里面睡着，他往大太太那里去了。"凤姐迎出来道："那朱嫂子腿也快跑断了，说有什么戚大人家的来和咱们联姻，这两日天天弄个帖子跑来跑去的。"平儿过来为贾琏脱了外衣，见他面上似有泪痕，因好奇歪着头瞧了半天。

凤姐笑道："你不认得他？要不趴脸上仔细瞧瞧。"平儿笑道："二爷这是受了谁的气了，淌眼抹泪的！"凤姐闻言惊讶道："哦？我倒要瞧瞧！"起身凑近了瞧。贾琏道："刚从老爷那儿过来，听他讲的打败仗的事，心里受不住就掉了泪。"平儿、凤姐都敛住笑道："我们也听说了，怎么会败成那样！朝廷多派些兵不就成了。"贾琏道："朝廷也不好办，有好几路子人马来侵。又有瘴疫，又有旱灾，又有蝗灾，都忙的焦头烂额了！"凤姐道："但凡我是个男人，就带兵打他娘的贼寇，老娘可不是谁想欺负就欺负的。"贾琏笑道："不是男人也可以带兵啊，过去有个战死的林四娘不就是女儿身吗？"凤姐道："那也得朝廷任用我啊！"于是笑着收住话头又谈起求亲的事来。

贾琏道："戚将军那日来咱家谒拜，曾见过三妹妹就留了心，回去跟他的公子一说，要替儿子求娶三妹妹，派人拿来庚帖求娶。大太太、大老爷、二老爷也同意他们的亲事了，只是才开个头，还没有议定。戚公子听说探春品貌雅俊，早亟不可待要来偷偷探望，你帮着看看去。明儿戚公子来咱家做客，也是偷偷看看三妹妹的意思，到时你把三妹妹叫出来，同他见个面。"凤姐笑道："不用你操心了，探丫头的事我自有主张。"一时丫头端上饭来都洗了手吃饭，不在话下。

凤姐吃罢中饭赶往秋爽斋来看望探春，先与他说了些家常话，又提起宫中的事来。再及谈至海疆战事，探春止不住伤心，愤而掉下泪来道："太惨了，与海寇打了也有几个月了，死的人都堆成了山，没有粮食就吃死去的人。末了城里将士平民只剩几百人，却无一兵投降，都殉国了。咱们的将士也没有软骨头的，还有个神威将军被俘了也决不求饶，宁可绝食自杀。可咱们竟还是一败涂地！"不觉放声大哭。凤姐怕他伤心过度忙劝住了，又说起戚建辉公子明日来家做客，要他去见见。

探春知道戚公子是为他所来，道："天下不宁，我却耽于儿女私情，不能为朝廷分忧，实在惭愧。"凤姐道："打仗的事自有操心的人，不用咱们多虑。女孩儿家迟早要出门子，三妹妹也是个明白事理的人，不用我教都该知道怎么做了。"探春道："明儿我自去和他见面，你不用多虑。四妹妹的亲事怎么办，可有人提？"凤姐道："他固执的很，谁提他跟谁恼！别管他了，自有老爷去找他。"说着又叫侍书（按：末回"情榜"中为"待书"）、翠墨到他那里领几件新衣裳，叫探春明儿穿了这个去见戚公子。侍书、翠墨笑着去了。凤姐也告辞走了，探春送出门外。

次日一早，侍书起来服侍，见探春已起来要往外走，忙问："姑娘去那里？"探春道："我出去走走。"因信步往园子里来。却见园中起了一层薄雾，晨风起处，露湿芳草，林间鸟语鸣唱，杨柳款款摇摆，晓来谁绣芳园丽？原是春风意。探春站在杏花树下，看那花儿开的正艳，摘了一朵放在鼻尖嗅嗅。忽见凤姐远远走来，便知是来找自己的，怕凤姐笑他起的早沉不住气，忙穿花度柳抄近路回秋爽斋了。

凤姐来到秋爽斋，帮探春梳理打扮，又给他穿上新衣裳，拿了铜镜给他照着。探春羞红了脸道："丑死了，姐姐快拿开罢，别照了。"凤姐道："这还叫丑？只怕是百里也挑不出一个来，上那里再去找这么俊的小姐去？又会作诗，又会理家，谁娶了谁有福气！"探春听罢羞得连声止住。侍书、翠墨都笑道："姑娘一向严厉的很，从来没见过我们小姐也会害臊。"探春道："这两个丫头敢是外头来的，想作反了，敢笑话起主子来了。"因伸手要去打他两个，侍书、翠墨左右躲闪，笑个不住。

梳理完毕，因不知戚建辉公子多时来，凤姐便陪探春候着。又过了半个时辰，丰儿过来告诉道："二爷要我带个话，说家里来客了要二奶奶回去，还要三姑娘也跟着去。"凤姐道："我还以为不来了呢，架子真够大的。"因陪着探春往宁府里来。一路上探春羞的掩面要退回去，被凤姐笑着硬架着胳膊过来了。到了园中，却见众人端坐等候。

探春被凤姐扶着一步走不了几寸，慢慢走到桌边坐了，同几个媳妇婆子凑成一桌。凤姐见戚建辉没有来，起身交代了几句，就往这边来找贾琏。一径来家，刚至院门就听见屋内有谈笑声，却是贾琏的声音。挪进屋来，抬眼轻轻一瞧，只见贾琏和一个公子正站着评议墙上的一幅烟雨画。那公子锦衣纨衫，容貌风流俊朗，体格魁伟潇洒，一身英气，满脸自得。

凤姐笑道："琏二爷，酒席备办好了，戚公子请入席罢。"贾琏戚建辉会意，同凤姐走了出去。待大家坐定了，贾琏笑请诸位启箸开饮。戚建辉左右打量，贾琏悄悄指与他看。这边凤姐也悄拉探春衣襟，二人四目相对，都有些羞惭。戚建辉见探春风流俊逸人材不俗，心中暗喜，探春只是羞怯不语低下头去。戚建辉一时高兴，不免多饮了几杯，见探春与凤姐起身走了，也起身装作洗手要走。贾琏拉他不住，只得罢了。

且说凤姐一路询问探春，在会芳园叮嘱侍书好生送姑娘回去，自己要回宴席陪客。探春、侍书走的累了，看见前面有个小花园，里面有个亭子，二人进去歇着。约莫一顿饭工夫，二人走进花丛，只见春色无边，花开正红，仙降绯雾化桃林，蝶舞香风羡新侣。更喜僻坡有绮丽，却见幽经遍旖旎，赤橙黄绿全用尽，不画春色一点奇。忽然那边杏树下站着一公子，不是别人正是戚建辉。探春羞怯转身走了，戚建辉远远看他走远，一脸欣悦。

凤姐、贾琏久等不见，一路来找戚建辉，看见探春避他走了，戚建辉慢慢移步往探春一方去了，都相视而笑。忽见赵姨娘从那边来了，凤姐皱眉道："他又来做甚，成日胡说八道的。见了他闺女，不知又要说什么掉底子的话，坏了好事。"因迎头赶上道："你闺女往那边去了，你别跟着去了，就在这静候罢。"赵姨娘道："我这个丫头在家忒瞧不起我，我还算是个娘？姑娘是要高飞的人了，我养了他一场，想瞧瞧姑爷都不成？竟比他的丫头还不济了！"凤姐仍挡着不让过去。赵姨娘恼道："怪了，我又不是虎狼，不过是去看看，怎么就不行了？”说着硬是闪开凤姐往那边去了。

凤姐贾琏见他远远的看不见了，只得返回房中。因吃了中饭，不知那边怎样，便派平儿过去问一问。平儿去了多时回来道：“真真是个败门星！赵姨娘这个混账婆子多嘴犯舌的，戚公子已经回去了，说三姑娘是妾生女儿，门不当户不对，已经走了。”凤姐听了不觉气的怔住了，骂道：“人家都盼自己家旺业旺，儿女有个好结果。他却时时生事，搅的家宅不宁，连自己女儿的好姻缘都给胡沁乱嚼倒腾坏了！我这就去他那里，看我不骂死他。”平儿忙劝道：“奶奶别和他一般见识，何必得罪小人，弄得白吵一场也是无益。”凤姐又问探春怎样，平儿道：“三姑娘委屈的什么似的，坐在屋里只是哭。”

凤姐起身要去看看，贾琏进来道：“我也听见了，也不全怪赵姨娘，戚公子自己挑挑拣拣的，再者这事早晚也得说破。戚公子也是个傻子，探丫头论才貌论能力不让须眉，他是打错算盘了，以后我看他还上那里找更好的去。”凤姐道：“怎么人人一提是小老婆生的，就觉得好象龌龊了一大截子？唉，不提也罢，怪只怪探丫头投错了胎，生不逢时。”说着自去秋爽斋安慰探春不提。

且说贾政在家歇息，因海疆战败堵心塞喉，一应大小事务一概懒的过问，都交与邢夫人和凤姐、周姨娘去打理，自己只是躺着唉声叹气，大门也不迈出一步。宝玉亦从别处获知朝廷与海贼打仗大败，似被人抽去七魂八魄一般，成日只落泪叹个不住。麝月劝他看书，他却瞪着眼把书一扔道：“那还有心思看这些混账书本，外面都乱的快到了末世了，朝廷失守惊慌无措，日后还不知怎样呢，只怕不妙。”说罢痛哭不已。麝月半晌不语，叹气道：“日后会怎样也未可知，我也不劝你了。二爷留神点，别让老爷撞见了，时时也摆个样子。”说着忙别的去了。

却说林黛玉因见宝玉心烦意乱，总不出门，也不思着在一处说说话，这日饭后看了些诗词，自觉无趣，便往怡红院去看看宝玉。只见麝月在回廊上搭衣裳，听见房内有叹息声，又见麝月道：“都在里面呢，来了好几个。”黛玉进去一看，原来李宫裁、平儿、鸳鸯、探春都在这里，一见他进来都道：“林姑娘从那里来？”林黛玉笑道：“怎么都愁眉不展的？”宝玉含泪道：“妹妹竟不知道，出大事情了。”黛玉道：“又打败了吗？”宝玉泣道：“可不是，圣上打不过人家就派人说情，说只要与海寇联了姻就是亲戚了，仗保准打不起来了。”平儿道：“圣上竟出如此下策，要南安郡王的女儿和亲。南安郡王比咱有势力，怕自己女儿嫁到那里吃苦，就要到咱家找人顶替。”黛玉道：“这就奇了，咱家又不是他家，怎么可以顶替？”李纨道：“南安太妃刚刚来了，说要认三姑娘为干女儿，替他闺女和亲。”黛玉听了不觉惊道：“竟有此理！”宝玉只趴在桌子上大哭，李纨、平儿忙劝个不住。

探春低头半日才抬头道：“不依也不能，只能顺着他们。”说完泪早已淌下来。黛玉道：“圣上也太没个筹算了，叫人欺负到家门口，尚要和颜悦色讨好他们和亲，竟是昏暧不明了！”探春忙握住他的口道：“快别说了，这话不好听，仔细外头听见。”黛玉低了头不言语了。

正说着，只见邢夫人的丫头进来道：“大太太叫三姑娘去他那里，我找了半天原来都在这里。”探春闻言起身道：“各位先坐着，我去去就来。”众人看他去了又都回来坐着。

探春来到邢夫人处，见来了不少宫里的人都在外面候着，便低头不语进了房间。只见南安太妃一边端杯子吃茶一边同邢夫人、贾赦、贾政叙着。一转头见探春进来了，忙过来拉住手道：“好闺女，越发出挑了，快坐干娘这儿。”探春陪笑着坐他旁边，被他挽着肩膀说亲道热的。

林之孝赖大家的带领众媳妇都在门外请外面的人到那边吃饭，周瑞家的带领几个丫鬟从围屏后面出来上菜上酒，贾赦、贾政忙笑着要南安太妃举筷。南安太妃夹了菜往探春嘴里喂，探春笑着推让。南安太妃因问宝玉、黛玉、李纨等怎么不来，贾政笑道：“他们都吃过了。”南安太妃便没再多问。

吃了饭，南安太妃在园中略逛了逛，邢夫人、贾赦、贾政、探春一路陪着。南安太妃道：“实在仓促的很！这两日别让探春四处走了。明天会来人给探春打扮一天，后天便是启程之日，由水路直接送往海疆那边就行了。”邢夫人、贾赦、贾政都答应着。南安太妃说身上不快，贾政等忙安排丫鬟服侍他往嘉荫堂去歇息了。探春回到秋爽斋，见围了一屋子的人，因知道从此不能见了，这两日众人都聚着陪他。探春忍悲陪大家说笑了一天，晚上也不想睡，又和凤姐、黛玉、宝玉、李纨、平儿等吃酒聊到半夜才散了。天一明就有宫里的侍女来给探春穿衣打扮，外人不得擅入。

清明那天一早，天阴沉沉的，下了一阵雾雨又止住了，园子里诸人都有郁结之感。淑景轻暖，寒烟淡荡，嫣红、翠云等钗环在绿杨边高挂着荡秋千，隆儿、庆儿、彩哥儿踢蹴鞠斗卵。各宗族子弟备办香烛祭物、金钱冥纸，骑宝马、乘香车、踏芳径，众奴仆抬着祭物食盒风尘仆仆，一行人浩浩荡荡往白杨村贾家祖坟而去。只见那郊原野旷男女拥集，车马喧阗，仕女游人踏青不断。几处新烟纸钱飞，春草青青，古墓垒垒。贾赦、贾政率众人牵衣跪拜，酹者、哭者不绝于耳。林之孝、来旺儿提锄除草添土，贾琏以纸钱置坟头，哭声大作，祭罢徒步返之。另有外戚邢德全等列坐食而尽醉，不肯回去。至家，贾赦、贾政、贾琏进入祖祠拜祖宗灵位，虔诚泣语，不可尽述。

探春独自在屋里吃闷酒，虽有侍女劝解都被他推开了，又道："不醉不能启程。"侍女只得依他，探春不觉喝醉。宝玉来看过一回，探春要他把以往大家做的诗词都抄录下来，他一并带着留个念想。宝玉拭泪收集了与他，探春捧着稿子道："将来我在异邦想大家时就看看这些。"说罢又忍不住哭了。宝玉经众人再四劝慰，含泪回去了。

探春穿着新娘装要逛逛园子，道以后恐没机会再逛了，还想顺道再去祠堂祭拜一番。南安太妃因见过了中午才有人来，因准他去了。贾赦、贾政、贾珍、贾琏刚祭祀了祖宗祠堂，见探春一身嫁衣进去了，忙命奴才在外候着。

探春一进祠堂，看见祖宗的牌位，兼有贾母、王夫人在内，不觉放声大哭。又扑在贾母灵位上道："老太太，孙女来看你了！孙女不才，不能复兴家业，自己还要远嫁他乡，难有回乡之日。如今这里没人，我也斗胆说一句，咱这一家子都被那些不孝子孙败坏了。他们成日只知斗鸡走狗，奢侈浮华，把家里都折腾穷尽了！我是做孙女的，又不能去劝，只能苦在心里。如今老天不开眼，连草根子都快吃尽了，圣上也被人欺负到头上来了。天灾重重，争战不休，那些昏庸之辈只晓得陪着笑颜和亲，把个家国都败了！"说完哭的更凶了，又扑到王夫人牌位上泣道："太太，你走的太早了！日后这园子怕就是那些狗彘之徒的天下了，真令人痛惜。"正哭着，外面进来几个侍女把他请出去了，道："姑娘别哭坏了身子。"

探春便往园子里来，只见有两个儿童在台阶上放风筝，不禁苦笑道：“放的好，风筝断了就一去不回了[6]。放风筝，放纷争，风筝是放走了，可纷争却怎么总是没有穷尽呢？”不觉已泪如滂沱。探春还要喝酒，远远看见一个房舍挑着一个杏帘，便磕磕撞撞走着，口中念道：“古人写的好啊，‘清明时节雨纷纷，路上行人欲断魂。借问酒家何处有，牧童遥指杏花村’。”正念着，恰见路旁真有一群儿童，便问他们那里有卖酒的。那些儿童因听人说今日园子里热闹都出来顽，见探春打扮的花枝招展，喝的东倒西歪，都拍手笑道：“这里有个新嫁娘喝醉了，都来看啊！”说着都上来把探春围在中间。探春推开群童，往稻香村去了。李纨迎了出来，将他接住又送这边来。

过了中午，宫里来人把探春接到渡口，江上停着一艘大船，船上乘满了宫女奴才。贾家倾巢而出为探春送行，个个面上有悲伤之色。探春见父亲哭的站立不稳由宝玉扶着，怕他哭伤了身体，忙劝父亲保重，又道：“父亲不必伤悲，自古以来做官的都是命运无常，穷通皆有前定，非人力而为，分离聚散皆是缘分，还是看淡些好。”赵姨娘也哭着上去送行，道：“闺女，虽说咱们母子平素情薄，可你这一走，为娘怎能不伤心？”探春道：“母亲别哭，这都是我们今生无缘，从此我们天各一方，请多多保重！”因向众人挥手踏上大船。贾家俱哭做一团，侍书想到往日情景，早哭的晕倒在地，翠墨将他扶起。宝玉流泪望着大船怒着要上前评理，凤姐见了忙上去拉住了。探春望着茫茫大海，想到此一去有三千路途，风风雨雨必是颠簸辛苦，更兼骨肉家园从此抛开不见，坐在船上不住哭泣。船越发行远了，贾家一门犹站在岸上目送，个个心如刀搅。不知后事如何，且听下回分解。

[6] 第二十二回：游丝一断浑无力，莫向东风怨别离。【庚辰双行夹批：此探春远适之谶也。使此人不远去，将来事败，诸子孙不致流散也，悲哉伤哉！】

# 第八十七回

## 花柳质命断无情兽　绣户女自绝美韶华

诗云：

汉家自古轻闺门，月照帘栊见泪痕。

巍峨殿阁恨难言，池苑多少泣涕魂。

话说船越发行远了，贾家一门犹站在岸上目送，个个神色悲戚，看那船帆渐渐的消失不见，众人犹不肯散去，仍痴痴盯望。

贾珍、贾琏扶着贾政，劝他保重身子，莫要伤心过度。贾政泪如滚瓜道：“咱们家的女孩就都是好的？偏偏来咱家认干女儿。回去赶紧把女孩们的亲事都办了，省的以后又有人来乱认亲。”贾珍道：“老爷这话甚是，回去咱们把官媒婆拿来的帖子都清理一番，有些差不多的就都让他们办了罢。”

正说着，只见赵姨娘赶上来道：“怎么四丫头和林姑娘他们没有选上，偏选上探丫头了？你们欺负我心实，把他们都藏起来，单单叫我的姑娘出头。这会子人也去了，将来也难见了，我只和你们要人！”贾政气的浑身乱颤，骂道：“混账婆娘，都这时候了还闹！探丫头是你的女儿，不是我的女儿？平日里你操了多少心？成日里就知道拈酸吃醋，逞强斗狠，你是要看咱贾家都败了才不闹了！”赵姨娘道：“咱贾家都败了也别问我，只问他们去。老爷天天坐在家里，那知道咱们的钱都落到他们手里去了。”贾珍、贾琏见他出语不妥，忙止住道：“姨娘怎么学会翻瞎话生事了，话是不能乱讲的，快别混说了。老爷身子不好，快扶着老爷上轿子回去歇息着要紧。”

凤姐看不过去，过来道：“园子里怎么不好？任凭怎样还有大太太、老爷管着，又与你什么相干！成日家没见你干过多少正经事，小偷小摸的人倒招了一大堆聚在你屋里。这家里的东西三天两头不见了，都是谁偷的？装什么好人贼喊捉贼的！”尤氏、李纨等见吵的难以煞住，忙唤了丫鬟小厮扶贾政等上轿子回园子。众人陆续散去，赵姨娘贾环见没人理他娘儿两个，只得住了口自便。

贾政返回荣府，在书房里只呆呆的坐着。一时贾珍、贾琏、凤姐过来看视，正在说着话，只见来兴在门外探头探脑的。凤姐道：“又有什么事？进来说。”来兴进屋道：“听张财说昨儿园子外头有一伙流民拿着刀盯着咱家大门看了半天，都嘀咕说：‘这家子看着气派的很，饿死也是饿死，不如拜访拜访。’我怕生事，故来问问老爷要不要警惕着些。还有几个奴才不肯服侍主子，见了主子没有规矩不恭不敬的，骂他们，他们都说以前还吃香的喝辣的，可如今家里穷了，再叫他们好好服侍主子又图个什么，故都散漫的很。问老爷要不要都打一顿，再撵了出去。”贾政道：“不必打了，你先回去，我会处治的。”因叫来兴退下。这里对贾珍、贾琏、凤姐道：“现在比不得以前了，大事小事都跟着来了。趁着你们都在这儿，我们也好商量商量怎么处治。”于是叫了小厮去把邢夫人也请来，小厮答应着去了。

不多时邢夫人来了，因问什么事，贾政道：“张财说昨儿园子外头有一伙流民拿着刀盯着咱家大门看了半天。现在外头乱的很，园子里得提防着点才好，那些流民饿急了什么事做不出来？故以后要周瑞家的等把园门看紧点，门口找几个身强体壮的守着，别让坏人进来了。园门也时时锁着，园子里的人没事不要乱出门，此其一。其二，奴才们也不听话，说规矩太多。说实在的，咱们家的虚礼也太多了，是得改一改。也不是他们不守规矩，而是他们嫌咱家穷了，不想好好过了。问问他们有谁想走的，就都让他们去了罢，咱们家也好节省些开支。”因叫贾珍把园子里的奴才们都召集一块儿，问问他们有谁愿意走的一律不勉强。贾珍便退下去办。

贾政又对邢夫人道：“赵婆娘多次找我抱怨，说赖大来升及俞禄张财都凭着管事之便贪财敛银中饱私囊，我听了也不好办。我想着，若凭他们下去必有内囊尽了的那一天，奴才们早晚要反，故不管他们职权多大一律都要查办，大不了换人，也不能坐视不管落的自取灭亡。”因让邢夫人派人去各处查个清楚。

邢夫人望了望凤姐贾琏道："此话正是！姑息久了，必有祸殃。我回去就召集周瑞家的几个去查。"贾琏道："赖大万万查不得！他儿子赖尚荣是州县官，他母亲赖嬷嬷在咱家又有些身份地位的。如今一旦得罪了，以后又怎么说？"贾政没好气道："有身份地位又怎么着？谁家不是做官的，单单他家有身份地位？不用怕，全查了！"贾琏凤姐都低头答应了不言语。贾政又说了些家务事，就叫他们都散了，自己歪着养神不提。

贾珍先将宁府里众家仆召集在天香楼下弋射场上，问他们谁想离了贾家出去自便。众人大都不肯出去，都道："外面乱的很，天灾人祸的，田地都荒着寸草不生，都人吃人了。又兵戈四起，出门恐被强盗砍死抢光。出去也是一死，不然就是做流寇，早晚还是一死，不如待在府里勉强可以度日。"贾珍见大多不肯出去，也就罢了。

贾政也把荣府里奴仆召集一处，让他们自便，奴仆们也和宁府里一样不肯走。贾政让众人回去，又和邢夫人等商议查处贪私之弊，因将周瑞家的与吴兴家的、郑华家的，来旺家的、来喜家的都叫了来，要他们到各府去查。一时众人分散到各处去查，贾政、邢夫人在议事厅坐镇候着。

不多时有人来报，说有几家都闹了起来，把吴兴家的、郑华家的、来旺家的都打了。贾政、邢夫人便问是谁。小厮尚未开言，忽见赖大、赖大家的及赖嬷嬷进来气乎乎道："奴才们都反了，敢到主子屋里乱翻！"贾政道："是我叫他们去查的，看看各人家里有没有说不清的财物。"赖大道："我跟了老爷快一辈子了，家里有几块瓦几块砖都瞒不过老爷，老爷怎么连奴才也不信了？"贾政道："既然如此，那怎么你家里花园盖的那么富丽堂皇，吃穿用度那么奢侈，一个做奴才的那来的那么多财物？"赖大听了心下一惊，道："老爷今儿是怎么了，竟查起奴才的家产来了？那都是小的家人做生意挣来的，何来贪私敛财呢？"贾政道："还胡说！来人，把赖大全家家产全部抄了，门上贴上封条，免去总管之职，另找忠诚老实的家奴顶替了。"赖大、赖大家的都大呼冤枉，赖嬷嬷颤颤巍巍的指着贾政直骂："老身活了这么大岁数，还没有那个主子敢和我翻过脸。老太太、太太一去，你就过河拆桥卸磨杀驴了，我骂你个没良心的主子！我忠心耿耿服侍老太太一辈子，谁敢招我我叫他不得好死！”

贾政怒道：“少倚老卖老！我管你是谁，犯了错一律一视同仁。别罗嗦了，都下去罢！”赖嬷嬷上来就要拿拐棍打贾政，被邢夫人呵斥住了：“反了，到底谁是主子？奴才竟要打起主子来了，快扶老妈妈出去，别疯疯癫癫的了没有规矩！”上来几个奴才将赖嬷嬷拉了出去。赖大、赖大家的都瞪着贾政出去了。

贾政冷笑道：“他们虽是出去了，也未必肯服，必是找他那个当县令的好儿子来找我求情了，肯定又是拿钱贿赂我。我就等着他们，现在家里穷的连月钱都发不出来，钱都叫他们得了，想我依从了他们，门都没有！”众奴才小厮听了都笑着称是。

又有人回宁国府总管来升来了，贾政冷笑道：“来了正好，一齐办了。”凤姐、贾琏见状便寻借口告退，说到下人屋里查查去，邢夫人冷笑了一声扭过头去。贾政以为他两个乏了，就让他两个先回去，他仍和邢夫人等后面的来好处治。

贾琏凤姐不语回到房中，平儿上来问道：“那边查的怎样了，有人肯服罪吗？”凤姐道：“这回老爷来真格的了，连两大管家都不留情面了，看来咱们也得小心点，别让老爷拿到了把柄才好。”平儿笑道：“这不过是老爷看家里没钱了，让奴才们放放血，再使到奴才头上去，岂有查起主子们来的。”贾琏笑道：“此话不假，你又何必多虑？”凤姐道：“我倒不怕老爷，我怕的是大太太。”贾琏平儿听了怔了怔，都笑道：“大太太又拿不到你的把柄，怕他做甚？”凤姐笑了笑不言语，贾琏道：“不知道老爷那边判了几家了，叫丰儿过去探探去。”丰儿听了答应着出去了。凤姐又道：“平安州怎么也反了，那些流寇还没有退去吗？”贾琏道：“那有这么容易，流寇来了一拨又一拨，节度使也换了几位爷了，可总是灭不尽杀不完的。明儿我还得去忙公事，得几天不回来。”凤姐听了忙叫平儿去找几件干净衣裳叫贾琏带着。

约一顿饭工夫，丰儿回来道：“老爷刚把来升骂了，并革去总管之职。他们的家产也都分了，要发给众家奴和丫鬟们，还有一些留着给几个小姐办喜事用。”凤姐道：“正巧有几宗子喜事缺钱用，这不都有着落了？”贾琏笑道：

“恭喜二奶奶，不用为娇小姐们的嫁妆发愁了，也不用找老太太借当了。”凤姐笑着捶了他一下子道：“油嘴滑舌的，讨厌的很。”平儿也笑了起来。

忽见小红进来拿着个喜帖禀道：“我母亲刚把这个帖儿给了我，叮嘱我交给二奶奶。”凤姐接过来递与贾琏，笑道：“这又是那个园子里有人婚嫁了？”贾琏看了道：“是那府里的小子贾琼要娶贾瑞妹子喜鸾，大太太叫林之孝家的传递喜帖呢。”凤姐笑道：“公子小姐们的亲事都渐渐的来了，我可有的忙活了。虽说贾琼、喜鸾是贫民小户，但也是咱家一门的，少不得按往年规矩给他们添些嫁妆喜礼，不可怠慢了。”因同贾琏商议此事。暂时言不到这边。

且说宝玉听茗烟说老爷今儿忙的很，正在议事厅查什么事，忙将书本一扔，便要到潇湘馆去探望黛玉。刚走至园内，忽见焦大和几个小厮边走边说说笑笑的。宝玉走过去问道：“老爷几时回来，正在查什么事？”焦大大笑道：“赖大也有今天，这些王八羔子总算有报应了，查的好！”宝玉听了还是不明白。内中一个小厮又道：“老爷已经免了两个总管的职，查封了家产，刚刚把奴才们的月钱补发了。我和焦爷爷才领了钱，准备去打酒喝呢。”焦大笑道：“政老爷比那些败家的主子强多了，待下人好又主持公道，也不为自己敛钱，是天底下头一个好主子。”宝玉听了笑道：“你只是看见老爷仁慈的一面，却不知老爷严厉起来翻脸不认人呢，你们就不怕？”焦大笑道：“这样的主子才叫好，你懂什么！”宝玉因对家务事没有兴趣，懒的去管这些事，仍去潇湘馆看黛玉去了。

黛玉正在给鹦鹉喂食，见宝玉进来知他给自己放了假，便笑道：“舅舅正忙着，你又偷闲跑了来，不干正经事了？看舅舅回来不拿戒尺打你的手。”宝玉笑道：“那你告状去啊，没想到你比宝姐姐还烦。”黛玉笑道：“宝姐姐和我已经合二为一了，我看你怎么办？”宝玉笑道：“即是女孩子都一样了，我就将就着接受妹妹罢，谁叫我和妹妹前生有缘呢！”黛玉笑道：“谁和你前生有缘，说话没羞没臊的。”

紫鹃笑着端茶出来道：“宝二爷请喝茶。”宝玉接了道：“笑归笑，可我一想起二姐姐，就为他难过，怎么一连几年都不回家看看？若是孙家的管的紧，那三妹妹远嫁怎么他也不来？”黛玉听了叹了口气，呆呆的坐着一言不发。

宝玉道："我到孙家看看二姐姐去，孙家那混账行子一向逞凶霸道的，我怕二姐姐吃苦。我就是不和他评理，也可探望探望二姐姐，给他出出主意。"黛玉道："看看也好，只是还能出什么点子呢，到那里再撑不住儿乱说着得罪了人，还不如不去。"宝玉道："妹妹也宽些心，养养身子，有了烦心事就找我诉诉。我这就去孙家瞧瞧，回来再来看妹妹。"黛玉道："你去了那里别吹胡子瞪眼的与人吵，毕竟两家联了姻也算是亲戚了，要早点回来。"宝玉答应着出去了，黛玉送了出去又回来。宝玉带了茗烟骑了马往孙家去了。

原来孙家如今在京城兵部任职，宝玉走一路打听一路，总算找到孙家。来至大门前，却见楼阁巍峨，庭院深深，门口也蹲着一对石狮子。有两个把门的见他要找主子，又听说是亲戚，都道："老爷到大同府去了，明日才归。家里只有几个娘子在家。"因进去通报。

宝玉候了一会儿，只见出来两个丫鬟来请，其中一个认识，正是迎春的丫头绣桔，当初一同陪嫁过来的，比以往清瘦了些，愁眉紧锁眼神呆呆的。宝玉唤了一声道："绣桔，还认的我吗？"绣桔看见宝玉，吃了一惊道："宝二爷，你怎么来了？"忙对同来的丫头道："不用带他进去了，我和他在外面说几句话就行，你先回去通报说人已经走了。"宝玉挺身要进去，被绣桔好歹拦住了道："二爷听我说完再进去不迟。"乃拉他往墙角边来。

宝玉因问怎么了，绣桔鼻子一酸，捂着口哭道："小姐才来了一年就被折磨死了……"宝玉闻言大惊，含泪急问："快说，是怎么了？"绣桔泣道："孙老爷和他的几个小老婆们合伙欺负小姐，把小姐打的没地方躲，每次都打的狠狠的，身上青一块紫一块的。上次小姐回家看看，孙老爷硬是逼着小姐多偷些娘家的值钱东西回来，谁知小姐回来什么也没有拿，把孙老爷气的又打又骂道：'你老子使了我五千银子，把你准折卖给我的。如今也捞不回来本了，从今儿起你到柴房里睡去。'小姐也不敢说理，天天睡在柴房里，吃不饱，穿不暖。老爷还把他当作眼中钉，虚报家里的贵重东西被人偷了，谁知又都在柴房里找着了，又把姑娘一顿痛打。姑娘身子吃不消，被打的昏迷不醒，几天后就故去了。"说完呜呜咽咽哭个不住。宝玉听了，大叫："气死我了……""哇"的一声哭出声来，浑身发抖道："好个无情无义的豺狼，猪狗不如！我要去告他，再放一把火把他家烧了，以报切齿之恨！"便要闯入骂他家人，被绣桔好歹劝住了道："二爷别进去，他家里人不讲理，你说不过他们的。快回去罢，孙老爷回来就不好了。"宝玉哭的涕泪交流，从袖子里掏出些银子要绣桔逃走。绣桔感激不尽，也不回去收拾，慌忙逃往人群中去了。宝玉狠狠瞪了看门的几眼，叫茗烟扶了他上马，一同回贾府去了。

宝玉回到家中，哭着向贾政通报孙家早已把迎春折磨死了。贾政听了老泪纵横，找贾赦、邢夫人说了，又哭着埋怨道："那孙家虽是世交，并非诗礼名族，当年他们祖辈求咱家帮趁帮趁才拜在咱门下的。如今恩将仇报，也不念当初咱们怎么帮着他，却反咬一口说咱花了他们的银子。我早说过不是门好亲事，哥哥偏不听。"越说越伤心，竟痛哭起来。

贾赦、邢夫人听了悔恨莫及，只骂孙家的不是人，都道："把人揉搓死了两年也不告诉娘家一声，还遮遮掩掩的，可恨至极！还不知孙家怎么草草完结的呢。"都哭着派人去孙家要人。贾珍、贾琏亲自带家奴登门拜访，白白的吵了一场。人已死了两年，又找不到证据，不过获悉尸首埋在何处，请人修缮修缮罢了，仍怀着一肚子气回来，与贾赦、贾政、邢夫人说了。贾赦、贾政、邢夫人此时亦无可如何，只有唉声叹气互相埋怨而已。

且说宝玉含恨返回怡红院，恰见黛玉正和麝月裁鞋样子，便哭着告诉了他两个，黛玉和麝月听罢也忍不住哭了。宝玉频频到紫菱洲徘徊嗟悼，只见人去房空，池苑依旧。及至进了内间，又见轩窗紧闭，屏帐空垂，棋枰上蒙了一层层尘灰。宝玉轻轻拂去，见案上铜镜里恍惚有人面在梳妆，对他轻轻一笑，再一看又什么都没了。宝玉叹了一声，望着梁上挂的灯笼，早已是蜡灭纸破，空沾旧尘。宝玉望着墙上一幅旧画，乃迎春幼年时惜春为他所作，画上之人巧笑嫣然，可如今又在何处？宝玉越想越悲，因拉开抽屉掏出纸笔，赋诗一首：

自古红妆泪最多，霜侵风□□□□。（按：此处藏本破损，诗词残缺）

……

呆了半日，宝玉才将诗塞入抽屉，默默往回走。刚走至甬道上，看见贾珍同几个人往东去了，心想："他一向不大往这边来的，此时定是有事，不知所找何人？"因不想与几位碰头寒暄，急忙躲在树后，看他们走远了才掉头往怡红院来。

却说贾珍此回是找贾政回禀要事的，待与贾政见了，施礼回道："部里刚刚来人了，部中来报，昨日总河奏到河南一带，报决了河口，湮没了几府州县，又要开销国帑修理城工。工部司官又有一番照料，所以部里特来报知老爷。"贾政道："知道了。四丫头有人提亲，他躲起来不见，你也好好开导训责他，女孩家怎么不听人劝，拗着性子要去参禅打坐。我去劝他他只一声不吭，真真糊涂要死！"

贾珍道："四丫头连老爷的话都不听，我这做哥哥的拿他有什么法子，难不成要打他一顿？他放着好姻缘不要，想是要当一辈子老姑娘。定城侯谢家的要来人看看他，他死活不见，咱也没法子。"贾政道："你去把四丫头叫来，我再好好说说他。"贾珍道："我叫不动他，他定是要躲起来不见人了。"贾政道："你就说我有事找他，总不成他连个规矩也不懂了，连我的话也不听了不成？"贾珍答应着出去了。

约莫一顿饭工夫，尤氏带着惜春来了，贾政要他二人好生坐着，乃道："我听人说你最怕见人，有事就躲躲藏藏的，他们又不是老虎，你怕他们作甚。你也不小了，是个大姑娘了，你就不想想自己的终身吗？"惜春眼皮子也不抬一下，总是默不作声。

贾政道："谢家来人看望你，你赶快回去梳洗打扮了去见见他们。"惜春紫涨了脸皮，蹙眉道："我同他们非亲非故，又见面做什么？我最厌这些俗人，一身腐酸之气，熏的人俗臭逼人，我不去。"贾政听罢，发火道："人家俗臭逼人？可是胡说！他们那个不是官宦贵族家世显赫，你一个丫头不知轻重混说，这坏脾气就先得改改。"惜春冷笑道："官宦贵族就没有昏愦痴傻的不成，家世显赫的子孙后辈就都是聪敏了悟的吗？不过是些酒徒蠢货。"贾政听了甚是忿怒，狠狠批了惜春一顿。惜春索性不开口了，任他说去。贾政见他垂头不语，以为他听进去了，就叫尤氏带他回去了。

惜春听了贾政一番教训，心里受不住，回到藕香榭坐着生气不语。只见丫鬟彩屏进来，脸上犹有泪痕，忙问道："好好的姑娘哭什么？"彩屏道："刚刚我去了那边，听人说二小姐被孙家的打死了，绣桔也被欺负的瘦干了。心里不是味儿，才忍不住掉泪。"惜春听了也吃了一惊道："男人们没一个好东西，就这老爷才刚还过来劝我和那些臭男人结亲，说是官里的来求亲。我好好一个人怎能被这些俗物耽误了？待嫁了人，成日和这些蠢夫愚妇一起度日，不气死才怪。我一辈子不嫁人，也落个干净！"彩屏道："姑娘还想着出家吗？恐怕难了。"惜春道："怎么难了？"彩屏道："姑娘还不知道吗？外面都乱了套了，到处都是流贼造反，官兵天天忙的抓了一批又来一批。连那些庙庵也不安全了，时时有强人出入，姑娘怎么还敢出家？"惜春道："那又怎么样，我出家是真心向佛，不用和那些俗物住一块儿，自己找个清净没人的庙庵也能修行。他们装样子出家，也不过是些俗物，我才不和他们住一个寺庙呢！"彩屏道："刚听人说外面传言娘娘在宫里受气的很，也不知是真是假。"惜春道："宫里的事不好办，家里也是难念的经，老爷居然收缴管家们的家产为奴才发月钱，看来这家里以后也熬不下去了，不如趁早离开了出家为妙。再等官媒婆来求亲，老爷逼着，天天打不完的嘴仗可有的烦了。"因收拾东西要离开贾府。彩屏道："姑娘不可冲动，还是和老爷商议了为妥。"惜春顿了一下道："也好，你去请老爷过来，我和他说。我在这儿等着。"彩屏应了一声去了。惜春仍收拾东西，因翻出一张画来，是当初受众人之托画的大观园全景，已经画完，搁在箱子里多日。乃叹道："既然一心求那清虚，怎可留恋人间俗世。这画儿也是俗物，不必带着。"说罢仍放在箱子里了。

且说贾政听彩屏说惜春请他谈出家之事，慌忙赶到藕香榭，却见房内空无一人，惜春已不见了。不觉顿足道："好糊涂的孩子！"忙回去叫奴才们到园子里堵着不让放行。贾赦、邢夫人亲自到园子里找了半天，早已不见了踪影。贾赦急嚷着命下人到大门外找寻，几个奴仆在街上找了半天，仍是无功而返。贾赦气的落泪道："怎么咱家的孩子都是这么命薄！探丫头远嫁了，二丫头被揉搓死了，四丫头又跑去出家了，娘娘在宫里也没有消息，真是急煞人也，我这把老骨头恐怕不久也要去了。”说着哭的捶胸顿足，一旁仆人忙劝住了。园子里众人皆知惜春出家去了，都叹息不已。暂时讲不到惜春。

却说赖大被贾政查没家产，要倚靠儿子和贾政说说，谁料赖尚荣连县官也不做了，仓皇逃回来道：“强盗已占了县衙，幸亏我跑的快，不然连小命也要丢了。”赖家因见没有法子，只得老老实实待在园子里。来升一家在外头亲戚家藏了不少银子，已全家离开贾府散去了。贾政获知，不以为意，仍命众人继续查抄其他奴才的家产，有几家心虚的提前携了家私逃离贾门一去无回。不知后事如何，且听下回分解。

# 第八十八回

## 邢夫人执意寻舛错　王熙凤聪明误此生

诗云：

恃强逞才何聪明，竭虑殚精神不宁。
善恶终揭危厦崩，家散人去草荒庭。
自比豪英难救世，人妒权倾诟私营。
谁知俗世同我病，情司任上目难瞑。

话说贾政日日坐在议事厅，查办奴才以往之营私敛财，忽听有人来报，说俞禄、张财、赵嬷嬷同他的两个儿子进来了。贾政、邢夫人便道："请他们进来罢。"五位便进来施礼。

贾政道："虽不是什么大不了的事，只是若个个都为自己谋私财、贪便利，你们倒舒坦了，那些奴才们就活该饿死吗？再则，主子的日子也过不下去了，你们过的好不好，就那几个人罢了。也不知你们怎么这么稀罕高贵，要比别人的命好些，你们富不富对主子又有何益？我包庇着你们也没个理儿，故今儿一律不留情查了。俞禄张财查没家产，赵天梁赵天栋在盖园子时敛了不少钱，一律成倍处罚。来人，派几个人到他们家查收家产去！"赵嬷嬷哆嗦着声音道："你就只知道查家产，那园子里有犯过事的没有被查出的你也不问，你就是要银子罢了，老身不服！"

贾政停了半晌，道："赵妈妈说的也在理，那些偷拿拐骗、男盗女娼的事也厉害的很，此次都集中查了。念赵妈妈不晓得实情，他的两个儿子又贪的有限，故只轻轻罚一下，不抄家产，只要你们把所贪的银子如数交齐就算了。"赵嬷嬷领两个儿子退下了，俞禄张财还要评理，被奴仆拉了下去。

忽又有人报："赵姨奶奶来了。"贾政听了道："准又没好事。"正说着赵姨娘已经进来了，也不行礼，只嚷道："老爷太偏向了，只查了几个奴才，为何不查主子？”邢夫人怒道：“这里在办正事，乱嚷什么！大大咧咧进来了也不行礼，还懂不懂规矩，快退下！”赵姨娘道：“不查主子我们不服！”贾政呵斥道：“难道你不懂得刑不上士大夫吗？皇帝杀了人也要判罪吗？混账婆子，快滚出去！”赵姨娘仍不肯走，道：“就算如此，可主子杀了人也饶过不提吗？”邢夫人、贾政听了都呆了一下道：“那得另作别论。是那个主子杀了人，你给我找出来，找不出来休想走人，再痛打四十大板！”赵姨娘哼了一声道：“我也不敢肯定，我只是听人议论过，说琏儿媳妇害死了姓尤的姐妹，我也是听说，不敢确认。罢了，我也不闹了，退下便是。”说完急忙出去了。

凤姐站在贾政旁边气急了，骂道：“别走！你给我说清楚了，是听谁说的？”怎奈赵姨娘已是出去了。凤姐直气的脸色发青凤眼圆睁，邢夫人、贾琏都望着他。贾政笑道：“别理这婆娘，他是造谣生事唯恐天下不乱，真真气死个人。以后他再进来，不用多言即刻轰了出去！”凤姐借口说头晕，要回去歇着。贾政道：“你这几日也操了不少心，累了就回去歇歇罢。”凤姐由丰儿扶着，平儿陪着出去了。贾政笑道：“赵婆娘嚷着要查这个查那个，他自己纠集了一伙子贼在家里，倒忘干净了。”邢夫人笑道：“他怕什么！他保准道：‘谁脸上也没有写着贼字，怎么就说他们的人都是贼了’。”贾政笑道：“可是无理至极。”

且说凤姐在园子里急忙赶上赵姨娘和丫头小鹊道：“贼婆娘别走！都给我站住！过来给我说明白了，我杀了谁了？”赵姨娘回头煞住脚，哼了一声道：“我且不走，看你能吃了我不？”凤姐上来就是两个耳刮子，骂道：“没人理的混账婆娘，天天胡沁乱嚼舌头，老娘不吃你那一套！”赵姨娘挨了两个耳刮子可不依了，拿头就往凤姐怀里撞，泼哭泼闹道：“你再打两下我瞧瞧，在奴才面前逞威风也罢了，竟欺负到老娘头上来了！”平儿、丰儿、小鹊忙去拉劝他两个。

凤姐口中仍骂个不停：“让我把这淫妇的嘴撕烂了，他才不嚼舌头了！”赵姨娘嚷道：“大家都来看啊，主子在外面拿奴才的月钱放利钱喽，这家里的账目都是他做的，让雷神老爷打打这个歹毒贪婪的主子罢！”平儿一边解劝凤姐，一边骂赵姨娘道：“姨娘也别混说胡嚼了，老天爷要打也是打你这长舌妇。你是想咒着咱贾家都过不成了才称愿吗？”丰儿也是骂，去推赵姨娘，小鹊吓的躲一边不敢吱声。幸而周瑞家的和林之孝家的要往议事厅来，恰遇见了才把他们拉散了。

凤姐气汹汹回到房中，丰儿端了茶过来，凤姐只喝了一口就“啪”的摔在地上，怒道：“我不杀了这贼婆娘誓不活着！”平儿忙劝道：“奶奶别和小人一般见识，小心气坏了身子。”凤姐犹骂个不住，忽见贾琏掀帘子进来道：“老爷累了已经散了。吴新登也被查出有克扣银两，已经贬为下等奴才了。”又见凤姐气色不对，便道：“又怎么了，脸红扑扑的，什么时候吃酒了？”凤姐道：“别理我，心烦的很！我要歪一会，就不伺候主子了。”说完到里间往床上一倒。

贾琏跟进来笑道：“二奶奶咋和那起小人辈的较起劲来？赵姨娘说的那话谁都听的出音来，分明是挑拨离间，让大太太二老爷对你心存戒心。我才不信他胡说的，大太太二老爷也不是傻子，难不成会相信他的谗言？快起来罢，还有正事。二老爷叫你到府里去查收俞禄家的家产，你不去谁去？”凤姐一个翻身起来道：“大太太不是说从此这家里不叫我插手了吗，怎么又派我去？我不去！我得罪不起大太太。”贾琏道：“刚刚大太太也提起要你去了，我听的真真的，不骗你。”凤姐笑道：“你也不用油嘴滑舌虚宽我的心了，不过是用着人了就夸成一朵花，用不着了就说是牛粪上的狗尾巴花了。我不去也没人能办了。好了，你别催了，我去不就完了，谁叫我命里就该当出头鸟呢！”因叫平儿拿出新衣裳来，贾琏亲自给他穿上。

忽见小红进来道：“刚才大太太的丫鬟来了，叫二爷去二老爷那里去，说有话要说。”贾琏道：“又是什么事？”便跟着出去了。凤姐招手叫小红进来道：“你没听清楚是什么事吗？”小红笑道：“他没有说，要不我替奶奶问问去？”凤姐道：“你去那里别做声，只偷听着再回来告诉我。”小红答应着出去了。凤姐则揣摩邢夫人的话是什么意思，发了一会儿呆。

且说贾琏来至贾政书房，看到邢夫人和贾政正在那里聊着。邢夫人道：“今儿我特意回去问了问善姐，尤氏妹子是谁侍候的，怎么好好的就死了，莫非是有人下了毒？善姐吓的哭着告诉我：‘是奴才伺候的，那天奉二奶奶的命到他屋里叫他起来，推房门进来看时却已经穿戴齐整死在炕上了，也不知是怎么了。’琏儿过来，我问你，尤氏妹子是怎么一回事？”贾琏见邢夫人提起往事，不免勾起旧痛，回道：“儿子确实不知，可能是他想不开，自己了断了也未可知。太太别听赵姨娘煽风点火的，他也拿不出证据只是混说。”贾政也劝道：“我也不敢说咱们的人都不犯错，可再怎么着也不能查起自己人来。”

谁知邢夫人是个禀性愚犟的，定要查个一清二楚。贾政道：“女人家含酸吃醋也是常事，凤丫头兴许说了些难听的，他受不了自尽了也未可知。这也怪不得凤丫头，只怪他自己没气性。”邢夫人道：“怎么好好的怀了一个胎，就打下来了？必定有人使坏。依我拙见，那郎中也是凤儿请来的，故意教唆他如此做的。不然郎中同他没仇没气的，咋下这么大的毒手？”

贾琏贾政都大吃一惊，贾政道：“如此说来亦有道理，只是别冤枉了凤丫头才好。罢了，人命关天，万一凤丫头为这坐了牢，反是划不来。咱们家人手本来就不够，就权且睁一只眼闭一只眼罢。”贾琏插言道：“老爷不用管了，我和大太太去查一查这事。若是他有了错，不过教他以后别恁刻毒了些，对他也是个劝惩。”贾政想了想道：“也是，你们办去罢，别让奴才们知道了乱传。”邢夫人贾琏便起身告辞退去。

一路上贾琏道：“先别去家里问，只到下人房里问问，不然凤儿知道了就没人敢说了。”邢夫人道：“也是。”贾琏道：“记得那年尤二姐病着，王太医谋干了军前效力，小厮们另请了个姓胡的太医给二姐下的打胎药，当时我气的要死，一时查了出来是谁请的姓胡的来，便打了个半死。他只说是他请的，我看这事蹊跷，不如回去再问问。只是这人早已离开府里没下落了，又该怎么查？”邢夫人小声在他耳边道：“不如这样——”贾琏边听边“嗯嗯”点头。

一时回去之后，贾琏叫来旺儿道：“那一年请胡君荣给二姐下的药的小厮回老家了，就在某地。你去把那人找来，我查查当初他是怎么回事。”旺儿唬了一跳，不知今儿怎么提起这个，偷偷去回凤姐。谁知贾琏是个多心的，派了人过去跟着，偷听他和凤姐说了什么，跟着的人无功而返。邢夫人对贾琏道：“不必跟了，已明白大半了。把旺儿那蹄子叫来，这回看他怎么说！”于是小厮把旺儿叫来，旺儿唬的跪着只是发颤。贾琏道：“好个旺儿，叫你去找人，你去回二奶奶干嘛？是不是你二奶奶指使的，你只实说罢！再有半字假话，我可饶不了你。”

旺儿磕头如捣蒜道：“奴才不是为这个找二奶奶的，奴才是为了别的事。”贾琏道：“别狡辩了！你今儿逃不过的，若不从实交代，看我不打断你的腿！”

邢夫人也冷笑道："你说为什么事找你二奶奶，我再去问他，若说的不一样，岂不败露了！快说实话罢，我保你二奶奶不敢打你。"

旺儿只得如实说了道："那年确实是二奶奶指使人请的胡君荣，与小的无干，请太太饶命啊。"贾琏道："没完呢，还有——"一语未了，只见秋桐进茶房来，冷笑道："二爷，我来说罢。二奶奶叫善姐虐待尤二姐，天天给他端着剩菜剩饭过去，还拿话腌咂他给他气受，尤二姐受不了这些闲话就自寻短见了。"贾琏道："好，好，好的很！我说他怎么这么贤惠呢，原来是面甜心苦暗中害人！可怜二姐死了还要感激害他的人。"

秋桐冷笑道："还多着呢，二爷记得那年有个张华到都察院告状吗？都是二奶奶指使他们告的。"邢夫人、贾琏都道："哦？这又是怎么回事！快快说来。"秋桐道："详情我也不知，二爷找了张华问问不就明白了？"贾琏便命人去找张华。

家奴都说人海茫茫，无从去找。旺儿见已东窗事发，再瞒也无益，便从实招认道："是二奶奶收买张华到都察院告二爷国孝家孝之中背旨瞒亲，依势强逼退亲，停妻再娶。过后又吩咐奴才务将张华治死以剪草除根。我因想：'人已走了，人命关天，何必杀人。'就在外面待了些日子，回去说张华已被强人闷棍打死了，二奶奶也信了。"邢夫人贾琏都唬了一跳道："竟有此事！实在骇人。"贾琏气的要去找凤姐算账，道："待我拿剑斩了这悍妇的头为二姐报仇！"邢夫人忙劝道："不用你动手，咱只把他送到都察院叫官府审理去。"贾琏道："太太所言极是，我这就写了状纸到都察院告去！"于是找人写好状纸，亲自去办。

谁知贾赦那边得到消息，赶来阻道："何必又生牢狱之灾，如今只按府中规矩写休书休了他罢了，仍放他回娘家去罢。他哥哥也在朝中为官，不可鲁莽行事。"邢夫人听他说的有理，又不敢得罪王子腾那边，因劝贾琏打消告状心思，贾琏依言从之，和他一道赶回房中寻凤姐了结。

凤姐正和平儿在屋里商议园子里的事，忽见门外有贾琏吵嚷声，才刚起身贾琏同邢夫人已进来了。凤姐见他二人都面带忿意，心内纳罕，不知何事。贾琏冷笑道："你还有什么要强辩的，好一个歹妇，趁着今儿天气暖和，快收拾了包裹还回你娘家去罢，我这就写休书。"忙命平儿磨墨，平儿诧异不敢走动。

凤姐满脸惊疑，一边弯腰给贾赦、邢夫人施礼，一边亲自拉开圈椅要他们二人坐，笑道：“二爷这是打那里着的魔，竟撵起老婆来了？”邢夫人往大圈椅上一坐道：“你不知道？我就说给你听个明白。”乃把凤姐暗算尤二姐诸事一字一句说了。

凤姐低头占辍（按：原文空缺，后补为“辍”字）半天，情知大事不妙，握着帕子拭泪，跪在邢夫人跟前泣道：“我平日对二姐如何下人们都看在眼里，我是一片赤诚待他从未生过害人之心，即是有也是秋桐、善姐暗中做的，与我无干啊，请太太明察。”贾琏对外喝了一声，秋桐、善姐、旺儿都颤栗着掀帘子进来，跪成一排低首不语。

凤姐情知不妙，忽然撞在贾琏怀里泼哭泼闹道：“二爷索性拿刀杀了我罢！听信小人谗言陷害自己老婆，你再找个好的。二爷必是嫌弃俺们娘儿了，变着法子赶我出去。”邢夫人冷笑道：“你别不知好歹了，琏儿没有抓你入监，让官府断个人命官司就算待你不薄了。你还有什么颜面待在这园子里，就是琏儿依了你，你姑父也不会应允。”凤姐面有愧色，挽着头发跪着。贾琏夺过平儿手中的纸笔，一挥而就，即刻写成休书，往凤姐脸上扔去。凤姐接了也不细看，捂口哭着跑了出去。

只见巧姐同小红迎上来了，见他掩面而泣都上前来，巧姐问道：“娘亲怎么了，受谁欺负了？”凤姐一把搂过巧姐，哭道：“从今咱娘俩就要分别了，你爹爹不要我了，要把我逐回娘家了。”巧姐闻言又惊又悲，大哭道：“我不信爹爹这般无情，我去问他去。”说着跑至门内去找贾琏了，凤姐同小红黯然低首细述着。

巧姐进来看一屋子的人，哭着摇晃贾琏胳膊道：“爹爹怎么撵起娘亲来了？快收回成命罢！”邢夫人近前摩挲着巧姐道：“不怪你父亲，都是你母亲做的恶事太多了，日后自有我照看你，你不用怕。”巧姐哭道：“不管娘亲做了什么天大的恶事，孩儿确不可没有娘啊！”众人劝他不住，巧姐又哭着跑了出去，却不见凤姐。一路往家赶，看见几个婆子，哭着对他们诉说娘亲被休之事。

展眼府中人人都已知晓此事，赵姨娘同那些素日怀怨的下人婆子们都兴冲冲的奔走相告。凤姐正在屋子里收拾行李，忽听门外有人吵嚷，出来一看是两个媳妇，都是府中的下人。内中还有一个是宁府的，那年秦可卿办丧事他去协理，有个媳妇睡迷了起来晚了，被凤姐打了几十板子，革了一个月银米，正在冷笑着同另一个媳妇拌嘴。

凤姐见了道："你是那府里的，怎么不好好待着，跑这里作甚？"那媳妇冷笑道："哟，你是什么货色，竟敢这样大声跟我说话，做了这么多恶事还有脸待着，快滚回娘家去罢！"凤姐怒道："你一个奴才敢这样同我说话，看我不剥了你的皮！"那人哈哈笑道："你打我啊，我伸头教你打，你敢么？如今你不是主子了，连奴才都不是了，还要什么威风！想当初我不过是迟来了一会子，你就罚的恁重，今日不打你这个恶毒婆娘还等什么！"说完上来就拽凤姐头发。凤姐同他厮打着，两个嘴里骂个不停。

旁边那个媳妇笑道："我们今日不是吵架，而是报仇来了！打的好，臭婆娘也有今日！"说着也上来助着那人打凤姐。只见小红从那边走来，忙来拉劝，两人才松手匆忙走开了。凤姐挽着头发，嘴里骂道："都反了，敢打起主子了。"小红急忙上来问他所为何事。

次日，凤姐坐了轿子，同巧姐、平儿告辞，含泪回娘家去了。巧姐虽哭着挽留，然亦是无措，只得哭嚷着见凤姐去远了。谁知一传十，十传百，连外头也知道荣府的琏二奶奶被休了。

且说那回长安府府太爷的小舅子李衙内一心看上张财主的女儿张金哥，打发了人来求亲，不想金哥已受了守备之子的聘定。两家同争一人，李衙内托铁槛寺的老尼净虚央求凤姐找长安节度使云老爷，依势逼守备退亲。守备忍气吞声收回前聘之物，凤姐却坐享了三千两纹银。不想金哥只钟情于守备之子，上吊而亡，守备之子也是个痴情的，也投河而死，三家都没有得好。如今打听得凤姐被休回娘家，势力大减，都商量着告状。三家都翻了脸来告凤姐，说他干涉人家婚事，收了贿银三千，间接害死两条人命。都察院见案件重大，有几家子要凤姐死，便要重判，命人去提凤姐。

且说凤姐在娘家羞愧勉强度日，这日忽见家中来了四个青衣来园中抓人，王家的老小都吵闹着问道："怎么到这里抓人，家里又是谁犯了官司？"青衣答道："奉官老爷命来抓荣国府贾琏夫人王氏，诸位莫要妨碍公事。"凤姐听了破口骂道："放你娘的屁！老娘没有罪，凭什么抓我？"青衣便说出实情，乃是那几宗子事。凤姐听罢如天旋地转大厦倾塌，头晕目眩差点没昏倒在地。青衣上来就要抓人，凤姐又踢又打，哭道："我不去，我冤枉，我碰死了也不去！"青衣不由分说把链子往凤姐头上一套，推推赶赶的往门外走。凤姐终是拗不过，只得依他们上了囚车。眼看将离开金陵地界，凤姐探出囚车回望，想着此生恐难再回故乡，不禁泣不成声。

凤姐被押至都察院后，往日在外面放利钱之事也被查出，罪行深重人人都说天理难容。泼皮市侩张华也闻讯赶往都察院，佐证当初凤姐所犯之事，都察院便将凤姐打入死牢，拟秋后处斩。老尼净虚也获罪入狱。王子腾及家人获悉凤姐被判了死罪，慌忙凑了钱往都察院送，贿赂官老爷请他判轻点。谁知那三家出的钱也不少，凤姐死罪虽免，可终身难出监牢。

平儿、小红哭着来牢里探望凤姐，被监禁卒拦住了，两人从袖子里掏出碎银子买通了禁子，得以探看凤姐。只见凤姐关押多日，身上伤痕累累，脸儿蜡黄云鬓散乱，正坐在破席上低首不语。一见了平儿小红，忙起来扶着监栅哭道："你们可来看我了！他们是怎么判的，家里怎么不来赎我？"平儿哭道："奶奶还不知道，官府里已判了奶奶重罪，奶奶恐怕终身也难出监牢了。"凤姐哭天抢地道："我要找官老爷申冤！我犯的那里就这么重？官府里是非不清啊！"平儿又告诉他家里已经拿钱求情了，死罪已经免了，可终身不得出监。

凤姐悔恨自己为了贪那三千银子把自己终生误了，只泪如雨下，又道："我也没有什么牵挂的，只是牵挂巧姐的婚事未定，以后见不到娘亲，又有谁知冷知热给他一口吃一口喝的？"平儿哭道："奶奶放心，巧姐交给我了，我一定好好照看他。"小红又问凤姐在牢里都吃些什么，凤姐道："这里缺茶少食的，我都快饿死了，带吃的了吗？"小红来时带了几个馒头，递给了他。凤姐抢了往嘴里狼吞虎咽填着，噎的不住打嗝，平儿小红看了不觉放声痛哭。凤姐到墙边取了破碗，只一扬脖便把凉水喝干。

平儿见他衣衫破烂，便问是谁撕的，凤姐道："还不是牢里那些犯人撕打时弄破的，我不怕他们，和他们都干了几架了。"正说着，墙边三个女囚奔过来抢他手里的馒头。凤姐一边骂着一边争抢馒头，被那三个压在身下痛打。平儿小红忙喊着住手，那三人那里肯听，仍打个不停。平儿小红没法，只得去唤禁卒过来。禁卒道："探监时间到了，该走了。"回头见牢里正在翻滚撕打，又道："这也是家常便饭，不必管，管得了一时管不了一世。"又催促平儿小红快走，怕上头来看见了。平儿小红哭着对牢里喊："奶奶保重，下回再来看望！"一语未了，便被禁卒推赶着出去了。

凤姐挨的脸肿鼻青，躲在墙角讨饶，那三个女囚因饿的不轻，到墙边分馒头吃去了。凤姐见平儿小红走了，含泪晃着监栅栏，喊道："怎么都走了，我还没有说完呢！"一时无人理会，凤姐自觉凄凉，失魂落魄跌坐在地上大哭。

半夜凤姐冷醒，因"血山崩"旧疾未愈，在牢中又缺医少药的，病愈发重了。浑身作烧，面上通红，几处疼痛难忍，实在承受不住，抱着胳膊再也睡不着，只呆呆望着窗外一弯细月。那三个女囚已经睡了，凤姐想道："想我聪明一世，人称脂粉英雄，如今自作自受遭到报应，又有疾病缠身无法忍受，活着又有何趣？不如一死也少受些活罪。"因在身上解下一条汗巾，往那监栅高处一投，系个死结，将头探入，把脚一蹬，不多时便咽堵气绝，灵魂出窍。只见可卿隐隐在前，凤姐大为不解道："蓉儿媳妇怎在这里？"秦氏道："我并不是什么蓉儿媳妇，我乃警幻之妹可卿，这有个缘故，待我告诉你。我在警幻宫中掌管情司，奉警幻仙子之命前来接你，你今生罪行甚重本应打入地府，因结怨司无人掌管，又念你颇有些才干，故警幻欲将此司交你掌管。"凤姐道："我从不信阴司报应，今儿才知是我错了，这神仙灵怪原是有的，只是抛却红尘家业着实于心不忍。如今家里诸事未结，不免挂念，怎有心思去管这空职虚司？"可卿叹道："婶子实在痴矣，把那当年之托竟忘了。"凤姐不解，可卿道："如今提也无益，不如不提。快随我去见了仙姑，在情榜上销了号。"凤姐因飘飘荡荡跟他去了。

且说平儿小红回去，哭着和贾琏说凤姐在牢里受罪。贾琏念及往日夫妻情分，亦心有不忍掉下泪来，因找到贾赦贾政哭道："如今他在那牢中受苦，虽是报应，却着实可怜。本以为休了他就罢了，谁知又牵出一串子命案，今生不得放出，大家再聚些银两减减他的罪罢。"贾赦贾政落泪道："谈何容易，家里实在困难的很。"正说着，忽见巧姐大哭着跑进来道："爹爹，娘亲出事了！"

大家赶忙出去，只见都察院将凤姐的尸首放在马车上令两个狱卒送回来了。众人哭作一团，巧姐哭的昏了过去，平儿忙抱起去找太医。贾琏扑到凤姐身上号啕大哭不肯放手，贾赦贾政哭着拉他不动，邢夫人、尤氏、贾蓉也赶来哭了一场。园子里有与凤姐不和的都说活该报应，赵姨娘贾环更是趁心如愿，庆幸不已。贾府将凤姐厚葬了，巧姐小红都为他穿孝守灵，不在话下。

话说贾琏见凤姐逝后屋里少了当家的，便将平儿扶了正，平儿待巧姐如同己出，亦不须多述。有几家要求娶巧姐的托官媒婆拿来庚贴，贾琏看了都不甚满意，扔到一边。不知后事如何，且听下回分解。

# 第八十九回

## 有情人欣遇赏心事　不良妾专煞良辰景

诗云：

迎看春光宜新面，袅娜喜对画如颜。

只知凝意待佳期，岂料欹危乱鸣蝉。

话说贾琏看了官媒婆拿来的几个庚帖，因不甚满意，便扔至一边。平儿笑道："二爷怎么又看看就放下了？这儿家也算是名门，配给姐儿亦属门庭登对——"尚未说完，贾琏打断道："不用你罗嗦，我自有主张，忙你的去罢。"平儿见他累了，因安顿他歪在炕上歇着。

贾琏因凤姐走后，家里顿觉冷清不少，虽说平儿是个贤惠的，却不似凤姐时时插科打诨逗趣发笑，故与平儿相谈甚少。平儿自被扶正做了正室，里里外外都赞他公私分明、勤谨和善、待人诚心，比凤姐更得人心。然贾琏犹未忘却与凤姐的情分，待他不免些许冷落了些，晚间也不大回来。平儿偷偷到内间拭泪，贾琏本看见他眼圈红红的，疑心他是伤感，心内便多了愧欠，心想："平儿贤淑知礼善解人意，家里没有不赞的，如此冷落了他确是不该。"待进了里间一瞧，果见平儿独自垂泪，贾琏心也软了，上去抚他肩膀好言劝道："是我怠慢了你让你伤心了，我对不住你，以后我再不出去夜宿了。"

平儿拿帕子拭泪笑道："二爷多想了，你何曾怠慢于我，是我想起二奶奶往日对我的恩情，心里搁不住就掉泪了。"贾琏道："你不忘当初主仆一场，真是个有情有义之人，日后我更不可待你象以往那般淡漠了。"平儿笑道："二爷言重了。对了，我想起一件事来，今儿一大早听邢大舅说仍接岫烟回咱家来住，说他夫君逃走了，现仍不知下落。"贾琏道："竟有此事，他们家又出什么事情了呢？"一时两个也猜不出。

平儿自去里边收拾衣物，贾琏便往贾政书房来。正见邢夫人跟贾政在议事，一见他进来了，都道："琏儿快坐，有事给你说。"贾琏忙坐了。贾政道："如今凤儿也不在了，家里就靠大太太和你里外操持了。娘娘前儿忽打发小太监送来一封信，说他在宫里事务繁杂，今年恐不能回家省亲了，又牵挂着宝玉大了，让家里赶紧把宝玉的婚事办了，不可一拖再拖。这会和你们商议一下，不如本月就把婚事办了。当下已是春二月，正是万物复苏之时，气象更新。宝玉成家后也可从头做起，勤勉发奋，做个顶天立地的男子汉了，虽说功课进益不大，但文章也都做上来了。娘娘这样疼宝玉，毕竟望他有些实学，日后取得功名才不辜负了娘娘的一片苦心。我想着宝玉和黛玉从小儿一同长大，也算青梅竹马情投意合，且又门当户对亲上加亲，实属难得。琏儿看着如何？"

贾琏笑道："我没有二话。"邢夫人道："虽说家里没以前殷实了，可婚姻大事不可草率敷衍了事，这一切礼仪事宜皆交与你办了。想来往昔这等事都是凤丫头操持的，他时时忙碌着咱也省些心，可如今他不在了，就靠你多操些心了。"说着不觉眼圈又红了，又道："咱是不是对凤丫头太绝情了些？如今后悔也迟了。"贾琏不禁掉下泪来，半日也不言语。贾政也颇为伤感道："去罢，全交给你了。"又起身道："我去那房里吃点伤风药，昨夜没有盖好被子。"说罢起身去书房了。

贾琏便问邢夫人岫烟今儿一大早因何又搬来住着，邢夫人看看左右无人，悄悄道："岫烟自从嫁给薛家的蝌儿，贫苦无依，吃穿用度都是拮据无措。忽然那日在街上遇见了一个人，说是蝌儿父亲官里的同僚，也曾到他们家同他父亲阔谈宴饮，那时候蝌儿还小，他曾送给蝌儿诸多顽意，问蝌儿还记不记得他。蝌儿认出是父亲的要友，一起任过职的，名叫范思言，施礼便拜，请他到家里坐着。范思言看见蝌儿过的贫苦，又是落泪又是慨叹，说他父亲原是贩官盐的，多少该有些家资，谁知竟是一贫如洗，不免责怪他父亲太清廉了，以致子孙没有福荫。又偷偷跟蝌儿说，他仍然在官里贩官盐，在某地弄了些私盐，想找些帮手又怕不是熟门熟路，知道蝌儿老实口风紧，便怂恿蝌儿同他一起贩私盐。蝌儿正发愁家里缺衣少粮，思量半天便答应了，背着岫烟与他做了多回私盐贩卖。谁知后来被人举报，范思言被官府抓走了，蝌儿连夜逃走不知去向，岫烟得知他犯了这样大的事，也不敢独自在家，赶往这边投奔来了，住在咱家里。"贾琏听了，颇为惊讶道："官里定是不会到这里找人，岫烟在这里住着兴许可躲过此劫。"两人又说了一会子话也起身走了。

且说贾政在书房坐着闭目养神，忽见赵姨娘进来道："我特向老爷报个喜讯。"贾政见他来了，冷冷的道："我没工夫听你胡扯，出去罢，我要歪一会。"赵姨娘笑道："怎么是胡扯呢？老爷听了一定高兴。"贾政道："那就快说，我听着呢。"赵姨娘笑道："宝玉大了，也该娶媳妇了。马道婆有个亲戚，他家有个好闺女，长的又俊又巧，又会绣又会织的……"未及说完，贾政喝断道："甭说了！快出去罢。我已经把黛玉许给宝玉了，以后别乱说亲了。那家既然这么好，就说给环儿罢，环儿不成器，谁家的女孩嫁给他都是遭罪。你也多管着环儿，不是我说你，功课不好也就罢了，怎么你还把他往邪道上引，交的都是些什么狐朋狗友！"

赵姨娘道："这有什么？老爷管的也太宽了。依我说，宝玉跟林丫头不合适，林丫头什么规矩都不懂，就会见一个打趣一个，只怕将来生事。"贾政道："还胡说！快出去，这可由不得你。"赵姨娘见状赌气出去了。

且说黛玉在潇湘馆内翻看诗书，忽听院里笑语一片。只听外面一阵脚步响，进来几个人，乃是李纨、平儿、林之孝家的、周瑞家的和几个丫鬟。众人都对黛玉笑道："恭喜新二奶奶，恭喜家里又多了个新主子。"黛玉不觉红了脸道："婶子大娘们又取笑我了，此话不可乱讲。"周瑞家的笑道："不是乱说，老爷已告诉我们了，说本月就把喜事办了，让我们服侍的操些心。我们奉命前来告诉姑娘一声，以后就由这几个丫鬟负责姑娘的穿衣打扮了。做新娘可不能马马虎虎，从今儿起姑娘可要听我们安排着了。"黛玉低头扭过身去，羞涩不语。

周瑞家的笑道："姑娘还害羞了呢。"众人都笑了起来。林之孝家的笑道："你们都来瞧瞧，怪不得人人都说林姑娘和宝二爷是一对儿，原来真是天仙似的，这般好模样儿打着灯笼都没处找去。"大家都笑道："可不是，宝二爷可有福了。"紫鹃、雪雁也从屋里出来笑道："我们盼什么似的盼到今日，倒要好好乐一乐。"大家都把黛玉围着，咭咭呱呱笑个不住。

那几个丫鬟笑道："林二奶奶日后当了家，不要管的太严了才好，也照顾着奴才们点。"李纨笑道："什么林二奶奶的，既然嫁给宝二爷，日后就称宝二奶奶才是。就象那府里称呼的琏二奶奶、蓉大奶奶、珍大嫂子，怎么就没有人叫凤二奶奶呢？”紫鹃、雪雁和那几个丫鬟都弯腰道万福，笑道：“给宝二奶奶请安。”

黛玉见了捂着脸笑着，用手推道：“快干活去罢，又多嘴了。”李纨笑道：“宝二奶奶已经开始当家了，要你们去干活呢！”紫鹃等都笑道：“这几天也没什么活，就是给新娘打扮打扮，姑娘快坐下，我们可是要干活了。”黛玉受不住聒噪，本欲躲开，只见平儿笑道：“快按住了，别让他跑了。”一时众人都来按着黛玉坐下。

黛玉笑着挣扎道：“饶了我罢，我不跑还不成？”一语未了，只听门外有人问：“林姑娘在吗？”众人松手回头一看，原是赵姨娘来了，登时都怔住了。平儿怕他混搅乱说，忙跟林之孝家的、周瑞家的使眼色。林之孝家的、周瑞家的会意，推着赵姨娘就往外走，都道：“姨娘正巧来了，咱们正找姨娘有事呢，快跟咱们到那边好好说。”赵姨娘挣脱着道：“我来看看姑娘，做什么又拉我，都快松开了！”林之孝家的、周瑞家的不容他解释好歹把他支走了，紫鹃几个仍和黛玉说笑。赵姨娘被周瑞家的拉到园子里，说了些家常琐事，不觉已是黄昏，便要回去，周瑞家的也散了。

且说宝玉被贾政叫到书房，告诉他说本月便将他和黛玉的婚事办了。宝玉欣喜若狂，犹不信似的连问三四遍，贾政笑道：“这回不哄你，四五天后就开始办了。”宝玉飞也似的要去告诉黛玉，贾政走出门喊他回来道：“不到拜堂不要见新娘，要懂规矩！”宝玉只得煞住脚，又往园子里来，心内喜悦，眼前万物皆似含情，但见：

芳兰幽芷，东风细细，翠阴庭树小廊静；满树幽香，柳丝万缕，娇莺清婉传香径；数点红英，双燕归来，春风轻揭帘栊；春满我家，谁解我心，相思一夜窗前梦。

宝玉走一路，看一路，不觉过了沁芳闸桥，来至当年黛玉葬桃花之处。宝玉远远望去，只见一丛丛桃花似仙云绯雾，迷离妖娆，向人不住微笑。宝玉折了一枝桃花细细打量，心想妹妹此时定是脸颊羞红和这桃花一般红晕，不觉笑了笑，又想：“管它什么规矩呢，我现在就给妹妹送桃花去。”如此想着，因笑着往潇湘馆来。

没走几步，碰见墨雨、引泉、挑云、伴鹤说笑着走来，一见了他都道：“宝二爷大喜，给奴才们发些喜礼罢！”宝玉笑道：“过几天叫你们吃喜糕吃个够。”四人都涎着脸抱住宝玉的腰搜身，笑道：“赏些东西罢。”宝玉笑道：“别闹了，等新奶奶当了家好好治治你们，看你们还淘气不？新奶奶可厉害着呢。”四人道：“新娘子在那里？我们瞧瞧去。”宝玉笑道：“四个小猴崽子，快干活去罢，老爷要过来了。”说着挣开身走了。

且说黛玉见平儿李纨等散去了，命那两个来服侍的小丫头关了院门。忽然听到外面有人敲门，小丫头去开了门，见是宝玉拿了枝桃花，不觉怔了。宝玉笑吟吟道：“你是那屋里来的，怎么没见过？”小丫头道：“是老爷叫我们来服侍姑娘的，宝二爷回去罢。姑娘说了，这几天若是你来了，一律请回去。”宝玉道：“我进来说句话就走。”小丫头拦着不让进，被黛玉听见了，出来道：“就让他进来罢。”小丫头闪开了。

宝玉拿着桃花笑嘻嘻走来道：“我给妹妹送桃花来了。”黛玉转身要进屋，被宝玉一把抓住了手道：“可抓住了，这回再不放手了，粘着永不分开。”黛玉一甩手道：“不放手又能怎样，你还不是不听我的？”宝玉道：“我听，我听！如今妹妹做了宝二奶奶，就是主子了，主子的话谁敢不听？”黛玉扑哧笑了道：“油嘴滑舌的，讨人嫌。”

宝玉道：“我为妹妹得了一身的病，如今全好了。我知道妹妹也为我添了心病，故来探望探望，叫妹妹放心。”黛玉道：“又有什么不放心的，你快回去罢，过几天再来，老爷见了不高兴。”宝玉道：“妹妹别撵我，我看妹妹愁眉不展的，一定是心病还没有去，妹妹笑两下我就走。”黛玉噘唇道：“我就是有心病，瞧你一口一个宝二奶奶的，你说的是宝姐姐罢？现在说的好听，过两日还是忘不了你的宝姐姐，我怎么笑的出？”宝玉笑道：“管他宝姐姐、贝姐姐的，妹妹不笑，我就不走。”黛玉不觉笑了，宝玉近前猛的一把将其拉入怀中，笑道：“妹妹终于笑了，从此病根儿可根除了。”黛玉扎挣道：“里里外外都是丫头，让他们看见了可不好了。”宝玉只得松手，黛玉低头红了脸道：“二爷回去罢，快有人来了。”宝玉招手笑道：“听你的，宝二奶奶，我回去了，明儿再来找你。”说着转身走了。

紫鹃、雪雁笑着从套间出来道：“刚才的话我们都听见了，也看见了。”黛玉伸手去打他两个道：“你们听见什么了？看见什么了？别混嚼了。”雪雁捂口笑道：“我看见有人道：‘里里外外都是人，让他们看见了可不好’。”黛玉闻言脸红的更深了，追着二人打，二人边躲边笑个不住。

且说园子里都传开了，过几天宝玉要娶黛玉，都奔走相告喜气洋洋的。贾政叫来林之孝和周瑞道：“赖大、来升已经罢免了总管位子，现今安排你二人接替他们的位子。林之孝任荣府的总管，周瑞到宁府当总管去，以后园子的事交给你们管了，你们可要干好了。”林之孝和周瑞谦让了半天只得答应，都笑道：“老爷放心，我们会勤勤勉勉做好的。”贾政道：“你们先散了，去忙宝玉的婚事罢，把怡红院里打扫干净了，各处贴上红‘喜’字，挂上灯笼，收拾屋子，全交给你们指挥着他们去干了。”林之孝和周瑞退下不提。

贾政又命林之孝家的、周瑞家的去把赵姨娘房中召集的一伙人都谴散批评一顿。林之孝家的、周瑞家的带人去找赵姨娘，把贾政的话传了一遍，赵姨娘听罢怒道：“家里就不能来个三朋四友了？老爷也不瞧瞧蓉哥，天天不归家和贾蔷在外头胡混，怎么老爷不管他们偏来训示我们？一定是你们挑拨的，我只和你们闹。”周瑞家的、林之孝家的见他乱说，都不理他出去了，赵姨娘往外喊道：“这园子里的人都跟咱有仇，这里住不得了！”又找到贾政闹道：“老爷偏向的很，蓉哥、蔷哥在外勾三搭四你们不问，偏和我们过不去，是个什么道理？”

贾政喝道：“谁说不问了，他们成日不回家连影子也不见，怎么问？若是回来也必会管教一番。你也不想想，外头这么乱你怎么还把流寇往你那带呢？交朋友怎么这么不仔细，将来家里少了什么都找你们要！”赵姨娘道：“我们干净的很，什么也没有干过。以后来来往往的老爷也别管，你也管不了！”说完转身走了，贾政只气的浑身乱战。

赵姨娘回至住处，看什么都不顺眼，把茶碗也摔了，小丫头弯腰拾去碗片子。贾环从里间出来道：“母亲又受谁的气了？告诉我，我给母亲报仇！”赵姨娘道："老爷已经在为宝玉办喜事了，看来以后家里是宝玉当家了，咱们可没有出头之日了。"贾环道："老爷把谁说给他了？"赵姨娘道："就是那姓林的，姓林的那丫头和咱也说不上话，又小心眼儿、好哭，不好惹、不好处着呢！宝玉若是当了家，这家业必定多分他一些，咱们想得些什么也难了。老爷又见你就烦，咱们在这家里越发没有势力了。人人都嫌弃咱娘俩，不愿意跟咱多说话，这家真的呆不下去了。"说完大哭。

贾环道："母亲莫哭，咱过不好，他们也别想过快活了！咱要和他们闹一场，他们别想把喜事办好了！我不过生的丑些，没有宝玉长的招人喜欢罢了。这家里个个都见脸判人，娶个女人只要模样好，也不论是那里来的野孩子都往家里拉，儿子们凡生的一般的都冷落一旁。这都是他们错了，别怪咱们狠心厮闹！"

赵姨娘道："前儿我小病了一场，要彩云拿银子去街上买些柴胡、细辛回来，他说街上乱的很，尽是些村夫流民结成的弟兄，见铺子就抢见官府就打，把彩云吓的急忙赶回来了。倒也奇怪，薛家的孩子也跟那些流民混在一处了，他是几时入伙的？"

贾环道："这有什么稀奇的，孩儿可不是也跟一伙弟兄们在一处。如今乱为王了，谁不想各人出路呢。那薛大哥同他妹子定是算计着这家里的财势地位，一心想与宝玉结亲，想着宝二奶奶的位子，只是如意算盘落了空，他们大为失望可又不肯丢下这里的油水，如今牙一咬加入帮派，要与亲戚反目成仇了。"

赵姨娘道："那个呆霸王本就是个凶夫恶徒，想当初他打死人命抢走香菱，这样的人岂有慈悲仁德的，趁着乱世他定要增添一层罪了。蓉小子也是盘算着争夺府中财势，薛家也是明争暗斗，府中人口多说不准谁还盯着呢，咱们若不抓紧了干一场，恐要落人地步了。"贾环道："家里上下待宝玉跟宝贝似的，众位都等着他成家立业掌家掌权呢，若是宝玉死了，这家里的爵位不愁我去袭了去，可惜宝玉偏偏不死。"赵姨娘道："不怕他不死，就怕咱心肠不够硬，无毒不丈夫，你领着那些弟兄们呼啦而起，有一百个宝玉也人头落地了。"娘俩因偷偷商议起来。

且说宝玉天明又想去看看黛玉，刚来到潇湘馆，见大门紧闭，仍去敲门。林之孝家的开了门缝笑道："宝二爷回去罢，新媳妇不到拜堂那天不能见新郎。"

因不让进门，宝玉无奈笑道："有理，我这就回去。"只得往怡红院来。刚到院门口，就见贾琏、贾珍正嚷着叫李贵、茗烟、扫红、锄药、伴鹤往高处挂红灯笼，一回头见宝玉来了，都笑着要他别乱跑了，几天后便可成亲。宝玉脸红着回自己书房去了。

贾珍贾琏又要茗烟他们到院子里挂灯笼，茗烟兴冲冲跑里跑外，忙得满头是汗。因想着凳子忘在门口，又到门外去拿，一抬头忽见刚挂的两个灯笼被砸破了一个洞，不觉大惊，忙喊了起来："这是那个缺德的砸的，还要不要命了？"贾琏贾珍闻音忙出来瞧看，也气的大骂，向四周看看又没有人，便叫茗烟取下来另外挂上新的。茗烟挂好新灯笼，与他二人又到院子里去了。

忽见墙边探出一个头，一手握一块石头笑着正要往灯笼上投掷，贾琏贾珍跑上前去大喝道："住手，往那里跑！"那人也不投掷，只站着冷眼瞥着珍琏二人。贾琏贾珍见是贾环，怔住了道："你哥哥成亲是咱家的大喜事，你这是干嘛？"贾环并不惊慌，噘着嘴道："林姐姐配不上宝玉哥哥，婚事还是另拟为妙。"贾珍怒道："放屁！简直胡闹！快叫他父亲来管管，混账的很！"茗烟忙应了一声跑了。贾琏道："你要想娶媳妇就给你挑个好的，怎么坏起你哥哥的婚事来，叫外人知道了不笑你傻吗？"贾环道："不合适自然要阻拦，我母亲已经给宝玉哥哥另找了一户人家，比林姐姐强。"贾珍贾琏便和他争执起来。

稍久，贾政赶到，一边哆嗦着一边骂："坏小子想反天了，还得了不得了？"上来就给贾环几个耳刮子。贾环哭着嚷道："你们就会疼宝玉哥哥。他有什么好，还给他娶媳妇，依我说赶他出去才是正理。"贾政喝道："没叫你找吗？挑挑捡捡的一个也不愿意，把人家女孩都弄的嫁不出去了，也没见你看上那一个，做孽的畜生！"贾环哭着要去打茗烟："叫你多嘴去叫人，看我不打死你这个狗奴才！"贾政气的又抓着贾环要打，反被贾环用劲推坐至地上。贾珍贾琏忙把贾政扶了起来。

正在混乱时，忽听有人嚷道："老爷偏向的很，只会打环儿，偏着宝玉。"贾政停手一看，只见赵姨娘一脸怒色赶来了。贾珍贾琏忙解释道："姨娘这话就不对了。他要是做的对，谁还闲着打儿子吗？"赵姨娘道："老爷一向看不起环儿，今儿说打就打，俺娘儿两个在这里也待不下去了，你要打连我也打了罢！"

伸着脖子要贾政打。

贾政果真就打了两耳刮子，赵姨娘那受得了这气，坐在地上泼哭泼闹起来，又道："反正也是被人欺负，我也不活了！"贾政道："家里儿女一大堆，我也不可能面面俱到。环儿也是我的儿子，我怎么不疼他了？要吃的给他送，要喝的派人给他端。你们还不知足，还要闹，咱家事情还不多吗？你们还继续添乱！"

赵姨娘道："老爷只要把宝玉赶走，我们就好好过。不然就把家业全给环儿，家里交我当家处治，我就不闹了。"贾珍贾琏都笑了起来。赵姨娘道："反正有我没他，老爷不赶宝玉走，我们就走，一百年也不回来！"贾政气的喘着气说不出话来，茗烟忙给他揉胸口。贾琏道："说半天还是要当家、要家业，你们还知不知道害臊？也不拿镜子照照配不配！"贾政喘道："我一个子儿也不给你们留了！你要走就走罢，这里容不下你娘俩了！"赵姨娘哭着要去掐宝玉脖子，被贾珍贾琏死活拉开了。

赵姨娘扯着贾环道："这里容不下咱们了，咱还是走罢。到外面自有投奔的人，将来回来报仇，别怪我们心毒了！"说完拉了贾环走了。贾政喊道："快叫人来，把这没规矩的婆娘和儿子乱棍打死！"却见他二人已经走远了，只得怒道："走了倒好，这一去永远也别回来了，真恨死人了。"贾珍道："老爷别和他一般见识，若听他的叫他当家，园子里的人都没有活路了。"贾琏也道："正是，如今还是忙碌宝兄弟的婚事要紧。"不知后事如何，且听下回分解。

# 第九十回

## 林黛玉嬉春待好音　贾元春托梦警天伦

【回前批：

梦生双翼追春残，疾风吹絮惜惘然。秋魔无情激诗魔，冬寒有意催心寒。

风霜染白旅人发，冰雪增厚卧者绵。几时春花迎风绽，愿居春间到永年。】

诗云：

春暖扁舟荡桨斜，谁顾杨柳背藏鸦。

御殿消息逾层城，梦是人生恨是花。

话说赵姨娘贾环愤而离开贾家往外头去了，贾政也不派人去找，只对珍琏道：“他在那外头待两天就知道那里好了，离了家那有这么舒坦？成日里抱怨天抱怨地的，自己好好想想也不会这么闹，可是人说的蠢妇愚夫不是？”贾琏道：“老爷别理那婆娘，只是他这一出去肯定要招惹外头的流寇，将来这园子也不太平了，老爷还得想想办法才好。”贾政道：“我已经叮嘱周瑞家的看紧园门了。对了，你去再指派二十个小厮轮流日夜守着园门，咱们正在办喜事，别叫他们冲犯了。”贾珍道：“宫里昨儿来了小太监送喜礼，有几家都来贺喜。娘娘也打发夏守忠送来银两，我已叫林之孝查收了。今儿来的人更多，我在嘉荫堂待客，宝兄弟这边交给琏兄弟操持了。”一语未了，尤氏赶来道：“怎么都在这里？家里来了一拨人马前来送礼，我都忙不过来了。”贾政、贾珍忙过去应酬，贾琏回去叫了平儿过来帮忙。

这两日贾家热闹非常，各路官员都来送礼，贾赦、邢夫人、贾政、尤氏俱放下其他事接待客人。因朝廷频于应对战事，今年官家比往年竟少来了大半，更有传闻说宫中内相戴权被皇上查没家产，不久便吊死狱中。另有几家也获罪入狱或被处死，一时牵三挂四多人受到牵连。

且说抬轿打伞往贾府来送礼的官员络绎不绝，有镇国公家、理国公家、齐国公家、治国公家、修国公家、缮国公家，南安郡王、西宁郡王、忠靖侯史鼎、平原侯、定城侯、襄阳侯、景田侯、锦乡伯家等前来道贺。神武公子冯紫英一大早便来了，到了宝玉房内说笑。卫若兰、史湘云也赶来送上贺礼，先是拜见了贾政邢夫人等，又去怡红院看宝玉。

史湘云一进门就笑着拱手道："二哥哥大喜了。"宝玉正和冯紫英谈笑，见湘云和卫若兰来了，忙迎上去道："卫兄、云妹妹来了几时了？忘了叫小丫头去接了。"卫若兰道："玉兄今得佳缘娇妻，可喜可贺！请问这位仁兄是——"宝玉笑道："这位乃是神武将军家的公子冯紫英。"卫若兰道："久闻大名，今日幸会，实乃三生有幸。"冯紫英也听闻过卫家也是将军府第，仰慕许久，和他快谈畅叙起来。

宝玉见湘云急着要去看黛玉，便道："他现在怕见人，快做新娘了自然害羞些，你打趣他别过了头才好，不然他又恼了。"湘云道："不用二哥哥管。我且问你，你以后可听林姐姐的话？我这就过去教教他怎么降伏你去，看你以后还肯读书不肯！"宝玉假意哭丧着脸道："可有的烦了，云妹妹快回来！"湘云笑着跑了出去。冯紫英笑道："世兄怎么好久没去我那儿了？薛大哥也不大去了，他近来可好？怎么也没见他家来送贺礼？"宝玉道："也许迟点才来也未可知。"麝月端出茶来，大家坐着品茶细谈。

且说湘云来到潇湘馆，见大门紧闭院子里却笑语喧哗，敲门半天才有李嬷嬷开门道："云姑娘来了，屋子里正热闹呢。"湘云快步走着笑道："林姐姐在那儿？我来看他了。"只见屋子里花团锦簇，围了一屋子人都在和黛玉说笑。黛玉见湘云来了，忙过来道："云儿快来解救，人多的聒噪的不得了。憋了两天了，快带我出去透透气，快救我出去！"湘云笑道："好，我来救你出去。"说着便来拉黛玉。

众婆子丫鬟忙拦着不让出去，谁知湘云是个气力大的，把他们推到一边，开了门就拉着黛玉走的飞快，紫鹃雪雁跟了出去。李嬷嬷道："有湘云丫鬟们陪着，就让他出去散散心罢。"湘云黛玉在园中随意逛了逛，却见来来去去有小厮丫鬟婆子忙碌走着，有的拿着苕帚，有的提着水桶，有的搬着凳子，有的举着红“喜”字窗花嚷着到怡红院去。湘云见前面有个小花园，只见碧草如毯，杏花似火，柳枝曼长披拂，似腰肢婀娜款摆，丝丝垂落，更有月季、芍药、木槿等趁着春暖日和俏绽芳姿。两只红蜻蜓飞过，湘云跳跃抓握，无奈那蜻蜓看见人来了，只是左右闪躲，湘云懊恼噘嘴跺脚又追了过去。

紫鹃、雪雁向他喊道：“这树上有三个彩蝶儿，姑娘都来帮忙。”湘云跟了过去，和他二人蹑手蹑脚弯腰围着一株花树去捏彩蝶，黛玉站在一株芍药前笑着望他三个不语。大家顽了一会儿又沿着小径走来。湘云见那边有座石桥，桥面雕着游龙飞凤，桥下一条小河蜿蜒曲折通向东北，因笑着招手叫他三个到那边看看。远远望见河中两个驾娘在那里撑舡，湘云拍手笑道：“这里有两只船，咱们坐船去。”一面说着一面怂恿黛玉、紫鹃、雪雁上了舟船。

那两个驾娘认出黛玉来，都向他道贺。湘云道：“姑娘在屋里闷的慌，快带我们去游玩游玩。”驾娘笑着让他们坐好了，湘云黛玉坐一只，紫鹃雪雁坐另一只，由驾娘掌桨顺流而行。湘云夺过驾娘手里的桨大笑着划动，黛玉见他开怀说笑，也撑不住握捂口笑了。只见波光荡漾，四周莺语燕声，花香沁脾，迎面清风宜人。湘云哼着曲子，紫鹃雪雁时时招手逗弄三两只浅飞的蜻蜓。一阵轻风掠过，船上落了些香萼红英，黛玉将花瓣包在帕子里，抬头看见一只蜻蜓落到湘云鬓角上，笑道：“乍一看，还以为是别了个簪子呢。”湘云拿手逮时，蜻蜓已经飞走了，紫鹃雪雁都大笑了起来。

湘云道：“如此春色，岂可少了诗兴，咱们也联联诗罢。”黛玉道：“好久未能结诗社了，趁着这会子佳景良时联句凑趣，倒也是乐事。”我先有了三句：

春懒倚湖风，
坡秀水如蓝。
杂英覆柳渚，

湘云笑道：我也对上了——

喧鸟满芳甸。
春色倍宜人，

黛玉笑道：

淑气愈增暖。

林花添新红，

湘云道：

径草开春灿。

诗家雅趣兴，

黛玉道：

清景晴光转。

绿柳黄未匀，

湘云道：

碧波翠堪染。

船前立蜻蜓，

黛玉道：

波中照深浅。

香风若醇酒，

湘云道：

佳苑脱尘纤。

心事近日成，

妙姻人俱欢。

黛玉不觉羞红了脸道："不对了，还是划船罢。"湘云会意笑了起来。大家说说笑笑甚是开怀，轻轻将船往水中央划过去了。

只说贾家上上下下忙着为宝黛准备婚事，各府里人来人往，有接待贺喜宾客的，有在各府装点门庭的，夜里亦是灯火辉煌人声鼎沸，都无半丝困意。大观园正门上也挑着大明角灯，两溜高照。上下人等皆打扮的容新装换，一时人声嘈杂语笑喧阗。李贵、茗烟点了爆竹烟花，噼噼啪啪作响。

一时贾珍乏了回到宁府，见尤氏旧疾犯了已经提前回来，因问尤氏："蓉儿还没回来吗？这小子越发混账了。"尤氏努嘴道："出去好多日今儿才回来，也不帮着待客只在屋子里坐着，也不知他这些天都做了些什么。”一语未了，胡氏出来拿着衣襟拭泪道：“才刚劝了几句他就骂我多嘴，说明儿还要出去，又得几日不归。家里办喜事他也不问，问他在外头都做些什么他又烦了，举手就打。”说完哭哭啼啼起来。

贾珍听罢登时恼怒，掀帘子进了贾蓉屋子里，正见其在翻找东西，怒道：“不肖的业障！成日不归家在外胡混，回来只会打老婆，你还过不过了？”贾蓉道：“家里不是有人忙着吗？少我一个也没什么。”贾珍道：“我问你，现在家里在忙着办喜事，还有什么事比这要紧？我听人说你在外与一伙强盗称兄道弟的都乐不思蜀了，你怎么能做起贼来？”

贾蓉道：“父亲说的也忒难听了，如今外面流寇众多，象咱们这样大族，岂能少了跟班护卫。若有了事，叫他们上去几下拳脚就能治服，父亲连这竟也不知？”贾珍道：“放屁！不惹出事来恐怕你是不会回头了！现今外头乱如蓬草，到处都在打仗。我且问你，你有没有跟他们也去打杀劫夺了？”

贾蓉道：“嗐，这有什么，人活着不就是图个财字吗？如今家里也没以前阔绰了，都渐渐穷了，再不谋些银钱，难道还等死不成？县衙都被一伙流民占了，上头派兵来镇压，正打的热闹呢！流民象马蜂似的嗡嗡而来，赶也赶不尽。县衙也不过撑个几天，再不来救兵就要完了。”贾珍道：“我不管外头如何，从今儿起你给我在家里老老实实待着，那儿也不能去。要是有人来找你，都乱棍打了出去！”因唤几个小厮进来看着贾蓉。

贾蓉争执半天敷衍着答应了，卧在床上假寐。贾珍要小斯在门外守着，将门从外面锁上，才回自己房里睡去了。半夜，贾蓉逼着小厮开门说要去茅房解手，小厮刚打开门，他就跑的飞快。小厮慌了，追了出去，被贾蓉用脚踹倒，等起来时那里还有半个人影，只得拍贾珍房门。

贾珍闻言匆忙穿衣起来，一听小厮说贾蓉跑了，气的嚷道：“看个人都看不住！”也不寻找，只摆手道：“园子大的很，上那里找去？都回来罢。”只是唉声叹气。尤氏掌灯过来道：“大门不是有人守着吗，周瑞家的在那里看门，快叫伙计把他叫回来。”贾珍叹道：“叫回来又如何？迟早还会跑出去的。”尤氏不听，叫两个丫头提了灯笼走出院子，远远看见灯火通明人声切切，不觉来至园门。听到有人吵闹声，往近走来仔细一看，正见几个伙计提着灯笼守着园门不肯放行，周瑞家的正劝贾蓉回去歇着，贾蓉骂骂咧咧的不知说着些什么。

尤氏赶上前道：“蓉儿无礼！还不速速回去，又去那里？”贾蓉不耐烦道：“我有个朋友在外头病了，我去探望他，休要拦我。”尤氏道：“混账！半夜三更的探鬼去不成？再不回去，叫人把你捆绑了抬回去！”贾蓉便争执起来。忽听墙上有响动，“忽”的一声跳下两个黑影，那几个看门的伙计忙喊道：“有人！快抓起来！”只见那两个黑影快步走来道：“蓉兄弟，我们在外等了半个时辰了，你怎么还不出来？”众人见这二人面生都不认识，喝问是那里来的，上前要抓。谁知那二壮汉有些拳脚，几下子就将看门的打倒在地。

贾蓉忙道：“母亲别误会，这就是我的朋友，我和他们出去办点事就回来。”尤氏怒道：“我也不管别人，只问你回不回去，不回去就到园子里叫人了。”那两个壮汉插话道：“夫人息怒，不过出去两个时辰便归，不必过虑。”尤氏道：“什么事要两个时辰，敢是做恶去不成？本来我只合着说自己儿子，可是你们又这样怂恿他。我只问你们，你见过谁家翻墙入院寻朋友的，你们不是贼是什么？再不出去，立等叫家里人都来，一并抓了送官府去！”那两人只好说走，要伙计打开门。尤氏答应了，谁知门刚打开，这二人就推倒拉贾蓉的，和贾蓉飞也似的跑了，气的尤氏骂个不住，又不敢叫人去追，只得令众人散了。又对周瑞家的道：“由他去罢，家里正办喜事，岂可让强盗冲犯了！你先退下罢，此事别说给那边府里了，免得他们知道了操心。”周瑞家的低首答应了，尤氏回去歇息不提。

且说贾政白天接待来宾，晚间又有几家来送礼，贾政都送出门去，请他们过两天再来喝喜酒，回来仍在怡红院安排众丫鬟小厮忙碌着。贾珍贾琏见他劳累一天要他回去休息，忽麝月赶来道：“老爷，出事了，宝玉的玉又不见了！”贾政贾珍贾琏都吃了一惊道：“什么时候不见的？是不是掉在床下了，都快去找找。这是宝玉的命根子，岂能说丢就丢了？”麝月道：“屋里都找遍了，总是没有。”贾政忙命众人再去找找，大家找了许久，里里外外都看了，仍是没有踪迹。贾政怀疑又被人偷了，因叫来众奴才一个个审问，也没有结果。

原来蠢物事先获知家中将有大祸，故藏在园中某处。【红字批语：通灵玉功能有三，本回俱交代完毕。“一除邪祟”，前回马道婆弄纸人也。“二疗冤疾”，前回有王夫人被促狭鬼推入河中亦有指明。“三知祸福”，既指本回事已现下回抄家也。松斋】宝玉并不在意道：“找不着也不要冤枉众人，什么劳什子，丢了不要了也罢！”贾政因正在办喜事，不好动怒，只道：“明日再找，都回去睡罢。”众人便都散去休息。

贾政回到卧房宽衣熄灯，往床上一躺，辗转良久方合眼睡去。朦朦胧胧听见有众人说什么猿出事了，颇为不解，只见前面是一座宫殿，有众太监、宫女乱跑喊着什么。贾政拉住一太监问道：“什么猿出事了？【红字批语：猿既猴也，猴既侯也】是那个字？是‘园’还是‘袁’还是‘圆’？那个园子出事了？”太监道：“你别拉我，逃命要紧！皇上正在拿我们的错，什么圆不圆的，是元春娘娘出事了！”说完推开贾政跑开了。贾政闻言大惊，吓的大哭，喊道：“娘娘在那里，我来救你！”忽见众刀斧手推着一人走来，只见此人头发散乱五花大绑的，不是别人正是元春，一见贾政就哭道：“父亲救我，孩儿冤枉啊！”【红字批语：原来不是“园”、“猿”、“圆”，是冤也。可叹！可悲！】贾政忙上去拦道：“各位莫走，娘娘犯了何罪，这是去往那里？”众刀斧手道：“我等不知，只是奉旨行事，这是赶往午门去也。”贾政一听“午门”二字，大哭道：“娘娘怎么犯了死罪了？实在荒谬！快放人，我带他回家。”元春哭道：“迟了，恐怕回不去了。众位大哥，且慢行一步，待我与父亲告个别再走不迟。”众人道：“也可，要快点，别耽误了行刑。”元春对贾政哭道：“儿今日才知悔悟，做了官的功劳再大也抵不了一句谗言，儿也没有好说的，只是告诉父亲回去要快抽身逃命要紧。再不回去告诉家人，怕是来不及了！”【红字批语：闻此言只让人涕泪交流】只听刀斧手道：“时辰已到，快别说了，要行刑了。”只见众人一阵乱刀，将元春砍成千百段，贾政吓的大叫，不觉从梦中惊醒，正是：

人生似梦又似真，空教英雄泪满襟。

【红字诗一首：

千古尘网谁抛撒，入彀尘民多少家。繁嚣终有梦醒时，展眼忠骨焕烟霞】

却见窗外依旧昏昧，贾政发了半日怔，心内浑如刀割，泪落如滚，躺在床上辗转难以入眠，思量多时，泪珠儿早把衾被打湿一团。【批语：看此句，批书人亦心如刀割，不知如何作批。只再赋诗一首以发感慨：英雄爱向群山立，古今茫茫秋思飞。伤感不晓因何起，多少壮怀却化泪！】

次日天明，贾政起来身上仍汗浸浸的，垂头丧气又往怡红院来。先叫了小厮丫鬟仍往各房查找通灵玉下落，众人又找遍各处，仍是没有头绪。贾珍贾琏尤氏都来一探，听说通灵玉失落不见，也都吃了一惊。尤氏道："那回甄家宝玉前来送玉，莫非又跑他家去了？那玉敢是可以自己飞来飞去不成？倒也奇怪，看来是个神物。既是这样，也不必去找，定是缘分已到，与宝玉就此分开也未可知。"

贾政道："不如再派人去甄家找找？"贾琏道："不必了，甄家已被抄了。他家有个儿子三四十岁，随圣上带兵打仗，都声传说与戎羌勾结，被人告与圣上知道，圣上发了怒就处死了他，又查抄了家产，家里已经七零八落了。宝玉娶亲，他家也没有来人送礼。"贾政闻言颇为吃惊，叹息半日道："算了，玉儿丢了就不找了，还是忙喜事罢。"又吩咐各人去支配各房里忙活。贾政坐着发愣不语，半天才被尤氏提醒了，起身笑道："昨儿没有睡好，迷迷糊糊的，我再歪一会。"说罢就躺在宝玉床上闭目养养精神，尤氏忙命丫头将衾被盖在他身上。

且说湘云晚间在黛玉房内歇了，两个在床上聊到半夜。天一大早，湘云就把黛玉叫起道："新娘子快起来，我要教教你怎么持家。"黛玉只从被子里探出头道："你说罢，我这怀里还搂着猫咪呢，暖和的很，懒的起来。不是明天才成亲吗？急什么！"湘云坐床边道："那你就别起来了，听我一条条说。第一，对奴才要恩威并施，不可太苛责了，也不能太惯着了。以前迎春姐姐被奴才们欺负的话都不敢说，姐姐若学他那样，恐怕以后就没清净日子过了。"

黛玉笑道："这些我自然知道，只是如今家里奴才们都难缠的很，不是聚赌喝酒就是滋事打架，我若管了必得严厉点才可，只是又要得罪人了。"湘云道："得罪人又怎样，奴才还能在主子面前耍威风？"黛玉笑道："你既这么厉害，不如住在我们家常不回去可好，家里交你管了。"湘云道："岂有此理，那不成笑话了。"又道："第二，宝玉若不听你的，老和那些狐朋狗友来往，不肯读书，姐姐就跟他闹。"

黛玉道："就听你的了。第三我替你说了，家里日比一日拮据，实是令人头疼，想起以前探春妹妹理家，把家里管的井井有条。如今咱也跟他学着，也把奴才们召集一块好好安排安排。"湘云道："就该如此。怎么宝姐姐一直没来贺贺，是不是他家里出什么事了？"黛玉道："我也不晓，可能他也正在办喜事，抽不开身了。"湘云笑了起来。只见紫鹃端水要湘云洗面洗手，雪雁也递给他毛巾，另有两个侍女站着等着服侍黛玉。

湘云拿青盐擦了牙，漱漱口道："林姐姐今儿吃些什么？我叫他们端了去。"黛玉叹道："现今天时不好，地里不生，家里那有什么好吃的？连精米都难找了，胡乱熬些芋头粥，里面撒一点粗米就是好的了，菜叶子也就是平常物。叫他们端一碗稀粥我喝了罢，也没有多大食量，胃口也懒。"湘云道："这就是你病的缘故，总是没有好过，平日里都是谁给姐姐配药？"黛玉道："咱家里专有配药的，谁有了病就熬了端来，现今仍是那府里两个子弟掌管这事。这几天心里好受些，病也轻了许多，竟忘了吃药。"那两个侍女一听黛玉如此说，忙自告奋勇道："姑娘要什么药，我们去药房里叫他们熬了我们好端来。如今姑娘是主子了，我们也请姑娘关照着点才好。"湘云笑道："那你们快到药房里叫他们熬了再端来，宝二奶奶日后不会亏待你们的。"两个侍女答应着出去了。

黛玉道："妹妹在家可好，妹夫待你可好？"湘云道："他敢欺负我？我闹不烦他！幸好他对我百般呵护又疼惜我，说句不是显摆的话，这样的好男人只怕世上再难找，我也知足了，自觉比迎春姐姐、三妹妹、四丫头命好些。"说到他们，不觉眼圈又红了。黛玉正要说话，那只波斯猫从被子里钻了出来，湘云拿手去招它，反被挠了一爪子。黛玉看了不觉一笑，也不睡了，穿衣起来。一时紫鹃端来稀饭，黛、湘喝了一碗，侍女又将熬好的药端来，服侍黛玉喝了。黛玉又对镜梳了一会妆，又搂着猫逗弄了一会。

却说冯紫英在贾家住了一宿，天明和卫若兰辞别道："明日再来喝喜酒。"卫若兰因喜他有些拳脚，在院中聊侠义旧闻到半夜，乃道："日后闲了去我那里再详谈。"宝玉道："昨儿临安伯来贺喜，老爷跟他说乌家庄的租子收不上来了。"冯紫英卫若兰两个诧异道："不是听说已在路上走着了吗？"宝玉道："租子奴才已经赶上来了，原是明儿可到。谁知京外有一伙强贼劫了车，把车上的东西不由分说都掀在地下。乌进孝告诉他说是贾府里收租子的车，他们不由分说只管拉着走，把车夫混打了一顿，还要拿刀砍人，奴才们吓的丢车就逃了。乌进孝来府里回报，被老爷骂了一顿。本来家里就不宽裕，这回连吃的都成问题了。”冯紫英卫若兰两个怒道：“告诉咱们是在那里丢的，咱给你要回来。”宝玉道：“恐怕难了，我只说说而已，你们别放在心上。”又聊了半日，冯紫英有事便告辞而去。

宝玉、卫若兰正要回房，忽见贾琏陪着薛蟠说笑着走来，宝玉本不想理会，只是已被他们看见了，只得陪笑迎了上去。薛蟠笑道：“宝兄弟大喜啊，我已把银子交那边了，明儿再来喝喜酒。”贾琏笑道：“多亏薛兄弟帮忙，租子都要回来了。”宝玉卫若兰都颇为吃惊【批语：吾亦纳罕】道：“薛兄好本事！”贾琏笑道：“那日强人夺了租车，正巧薛大哥和柳湘莲带一干道人路过，一看见乌进孝便认了出来。听说租子被抢了，不由激起愤恨，一起上来跟那群强人厮打，没多大工夫就将强人打退，叫回伙计仍将租子送咱家来了。”

宝玉道：“柳二哥的功夫人皆不敌，只是现今他在那里？多日不见实在挂念，薛兄也把他带来我们续续旧情。”薛蟠笑道：“他本来今儿要来的，只是道观里还有事他又回平安州了，明日便来喝喜酒，还要带几个朋友来。”贾琏宝玉都笑道：“好啊，一定酒筵款待。”薛蟠便要回薛家，宝玉问道：“你怎么和他见的面？”薛蟠道：“巧遇罢了。明儿我来喝喜酒，再与你细说。”说完就要走，贾琏宝玉卫若兰三人送他至大门才返回来。

且说贾政忙了半日，在炕上歪了一会子才歇过神来，起身又往园子里去，忽闻园中一片乱嚷。不知后事如何，且听下回分解。

# 第九十一回

## 锦衣卫查抄荣宁府　御林军戒严大观园

【回前批：

西江月

秀美春光有限，冷凄秋况无情。欲留春影莫作风，插翼欲拈残英。

几处门庭颓败，谁家宦业凋零。善恶终报谁侥幸，试问有情无情？】

诗云：

诏书似山镇微臣，贤众辨冤无一人。

君恩未报任捐躯，西京萧肃泣王孙。

且说贾政正要去往怡红院管事，刚走到外面，忽见园中众奴才乱跑，因喝道："乱跑什么，出什么事了？"小厮道："来了好多官兵，把南大门堵住了，说园内人一概不许放出。"贾政闻言大惊，忽见从南面拥进来成百的官兵，手持缨枪，令园内人都站好了莫跑，急忙赶上去问道："到底是怎么了，谁派你们来的？"官兵们打量他半日道："看你的样子也象个主子，快往那边站好了。我们奉了圣旨前来抄家，一个都不许跑！"便来拉拽他。

贾政急了道："我贾门数世以来，不敢行凶霸道，这到底又是为何事查抄起来？"一官兵道："就是告你知道也不能怎样，圣上说元妃外通戎羌，已经处死，又派我们前来查抄戎羌送与元妃的所贿赃物。快老老实实站好了，王爷马上就过来了。"贾政听了涕泪交流，摇摇晃晃一阵头晕目眩，只见鸳鸯跑来将他扶住了。又见二门上家人跑来哭着报说："王爷叫老爷往荣禧堂听审，琏二爷、珍大爷都被扭送那里去了。"众兵卒听了便将贾政推往荣禧堂来。

鸳鸯停下脚步左右打探，忽见贾敕、贾效、贾敦跑来，嚷道："休要乱抓人，快快松手！”众官卒都乱道：“反了，连圣旨也敢违抗！”围上去痛打三人。贾敕、贾效、贾敦一时性急，竟和官兵踢打起来。众官兵一拥而上，拿缨枪打他们的头。贾政急的哭喊：“莫要伤害他们，子弟们不懂事啊！”兵卒将三人捆的结结实实，赶往南院马棚里去了，贾政也被兵卒浑推浑赶往荣禧堂来。鸳鸯也赶往南大厅来，只见园子里喧闹哭喊声不断，众丫鬟婆子在各个宅院穿堂乱跑，众兵卒吆喝着追赶众人。

鸳鸯正走时，忽见南边嫣红、翠云从仪门哭着跑来，对鸳鸯道：“大太太在那里？快叫他躲起来，王爷在找他呢！”鸳鸯道：“我没有见到，我也在找他呢。”也不顾二人，独往荣禧堂来。嫣红、翠云四处寻找半日，却见邢夫人躲在穿堂里浑身哆嗦，忙跑去扶着叫他藏起来。邢夫人哭道：“他们都来做甚，好好的怎么抄起家来？”嫣红便拉他先躲起来再细述。

且说柳家媳妇从后街买了菜回厨房，刚与几个婆子洗了菜，就听见外面乱嚷。从后园门绕到后门，却见众多官兵推搡着几个婆子吆喝着往里面闯，周瑞及几个小厮奔跑喊道：“快告诉老爷太太们，家里出大事了，来了好多官里的人。”柳家媳妇唬的急忙返回厨房，忽见闯入十几个官兵，进去就是一阵乱砸乱翻，把屋子里弄的狼藉一片，又一脚踹倒柳家的。柳家媳妇掩口哭着往外面跑，看见詹光、程日兴、胡斯来、单聘仁、卜固修、王作梅被官兵推推搡搡的要拿绳子捆起来，詹光急忙哀求道：“各位大爷休要错怪老朽了，咱们都是府里的乡党，前来府中祝贺嫁娶喜事，并无过多牵扯瓜葛啊。”众兵卒看他们衣冠楚楚不像是平民小户，那里听他们争辩，都用绳子捆了赶着走。

贾政被官兵推往荣禧堂来，听见里面大呼冤枉之声此起彼伏。走到厅内，只见坐了一干人，乃是锦衣府堂官赵全与西平王，看见他都仰着脸不理不睬。后面跟着五六位司官，也有认得的也有不认得的，但总不答话。彼时贾赦、贾琏、贾珍都跪着听令，都唬得面如土色满身发颤。且见满堂中筵席未散，众亲友本是为宝黛亲事所来，尚未散去。赵堂官道：“小王奉旨带领锦衣卫来查看贾赦家产，请番役在各门把守。本宅上下人等，一步不能乱走。亲友不必盘查，快快放出。”那些亲友听见，慌忙一溜烟退出去了。

贾政挨贾赦跪下了，赵堂官念圣旨道：“奉天承运，皇帝诏曰：元妃借领兵破贼之际，与戎羌勾结，收受贿赂，已经凌迟处死[7]，现来贾门查找罪证，凡有敢违背者一律处死。又罪臣旧相戴权交代说曾收取三品爵威烈将军贾珍一千二百两银子，为其儿子江宁府江宁县监生贾蓉谋取五品龙禁尉之职，罪不可赦，着革去世职，押送贾珍、尤氏、贾蓉往京内监牢候刑，钦此。"

跪者几位听了号啕大哭，贾珍听见哭的俯伏在地领旨。【批语：秦氏"死封"一回竟应在此回，真乃世人所想不到也。】赵堂官一叠声叫："拿下贾珍！"只见进来两个番役绑着尤氏进来，尤氏披散着头发哭着扎挣道："王爷，冤枉啊！我不走！放手啊！"赵堂官命一并带出去押上囚车带走，番役们撩衣勒臂上去提了贾珍尤氏出去了。

贾赦、贾政、贾琏泪如滚珠。【批语：可叹！可怜！可悲！】赵堂官又道："据都察院禀告：平安州同知贾琏，国孝家孝之中背旨强逼良民退亲，强娶民女。国孝一层罪，家孝一层罪，背着父母私娶一层罪，停妻再娶一层罪，又查出外面尚有重利盘剥诸事，罪大恶极触怒龙颜，下旨打入死牢，几日后处死。来人，把贾琏带了出去！"贾琏放声大哭，上来两个番役把铁链往贾琏头上一套，拽了出去。

赵堂官转过一付笑脸来望着西平王，西平王冷冷的道："另有贾赦买官之事亦已查清，辜负朕恩，有忝祖德，着革去世职。尚有薛蝌贩卖私盐，逃走下落不明，其妻躲在贾府，一概抓获带着。"不大会儿，几个人推搡着邢德全、邢岫烟过来了。邢德全浑身发颤，摇头晃脑要往地上堆，被羽卒喝着拽起来了，岫烟掩面而泣。

正在忙乱，忽见外面进来几人，忙起身笑脸相迎。众人一看，原来北静王已到大厅，边走边一叠声道："贾赦又告知一款，莫要匆忙了结！"赵堂官西平王都笑道："愿闻其详。"北静王道："刚刚有贾家奴婢报告贾赦依势凌弱，霸占良民财物，实在罪责难逃。"赵堂官、西平王仍是不解，北静王道："有石姓良民，人称石呆子，家藏古扇无数，价值连城，俱被贾赦无理夺去。来人，给贾赦上了枷锁，带回宫中受审！"上来两个番役将贾赦揪起，拖了出去。

---

[7] 第十八回庚辰双行夹批：《长生殿》中伏元妃之死。

北静王道："贾政虽无过错，且其女和亲有功，本不应查的，只是圣上说怕有贪酷之罪，要全家搜查一遍，看有无眼生之物。若查的出来，一并治罪不饶。"

忽见贾雨村走来，忙起身让座道："大司马怎么也在这里？"贾雨村笑道："吾本前来贾门贺喜，在一边观看多时。因见贾家尚有一罪未有查出，特来举报。"北静王笑道："哦？快快说来。"贾雨村笑道："前年甄家避祸，曾将家私藏往贾家，是否算作一宗？"北静王笑道："此乃窝藏之罪，定要严惩。"因宣道："贾政革去世职，全家贬为平民。"

贾政怒目瞪着贾雨村道："我问问你姓什么，好个忘恩负义的小人，我上去打不死你个奸雄！"起身便要扑来，被番役拉开了。雨村笑道："罪臣还敢如此猖狂！"西平王喝命将贾政关在耳房待命。有两个小卒推搡着贾政出去了，贾政仍骂雨村不绝。

赵堂官看见詹光、程日兴、胡斯来、单聘仁、卜固修、王作梅捆着站立一旁，便喝问他们是何身份，六人都哭着说不过是附近良民而已，又说愿举报贾府罪状以求自赦，唠叨了半日。赵堂官命人记下他们的言辞，心想六人不过是趋炎附势之流，无甚大碍，且本家亦有此等样人，乃属无涉无挂之人，点头让官兵把六人放出去了，六人匆忙跪谢溜出去了。

赵堂官又命众兵卒去往园子各处查找罪证，众兵卒应声拥了出去，四处查抄。刚走到内仪门，忽见一白发苍苍老叟哭着要进荣禧堂，忙拦道："奴才不许入进！快抓了关起来。"焦大号天蹈地的哭道："今朝果然弄到这步田地！我天天劝这些不长进的爷们，没一个听的，好象我要害他们似的！那些不成器的主子们如今似猪狗般都推上囚车抓走了，早听我一句话也不会沦到今日。我要哭也没有地方哭去，我还活着做什么！"兵卒上来把他捆了，焦大吼道："我活了八十多岁，只有跟着太爷捆人的，那里倒叫人捆起来！我如今也不要命了，和你们拚了罢！"说着往番役身上撞，早挨了几拳，打在脸上。焦大大喝一声，拿头往柱子上一碰，可怜血流如注当即丧命。【批语：又一个冤死的忠臣。】番役将他抬往一边，又往贾赦院中来。

众兵卒将园子里丫鬟婆子就近关在院子里，到贾赦院子里抄了半天。因不见邢夫人，分散几人到各处去找。有一干人去贾珍院子查抄，也不见贾蓉踪迹，派一人回荣禧堂报知，又有一拨兵卒去凤姐院子查抄。众兵卒在屋里开箱破柜，把花瓶杯盘打烂，衣物鞋帽乱扔；书本撕破，纸砚掷地；帐幔一扯，踩着衾被去翻找赃物。查出些用物，皆登记在册，派两人到荣禧堂禀报。

赵堂官便命二人一一念来，二人轮流念道："银碟三十六件，银酒杯十六个；黑狐皮八张，青狐六张，貂皮二十张，黄狐十张，猞猁狲皮十二张，麻叶皮三张，洋灰皮二十张，灰狐腿皮三十张，酱色羊皮十张，猢狸皮二张，黄狐腿二把，小白狐皮十四块；洋呢二十度，毕叽二十三度，姑绒十二度，香鼠筒子十件，豆鼠皮四方，天鹅绒一卷，梅鹿皮一方，云狐筒子二件，貉崽皮一卷……"

北静王不耐烦道："这算什么？别念这些，谁家没有？要念金银珠宝！"

一人念道："珍珠十三挂，淡金盘一件，金碗二对，金抢碗二个，金匙十八把；银大碗四十个，银盘十三个；三镶金象牙筋二把，镀金执壶四把，镀金折盂三对，茶托二件；赤金首饰共三十三件。"

西平王道："一家子几百口就这些怎么度日？荒唐！"贾政跪着插言道："这里面有大半是这两日亲戚朋友为贺小儿喜事送的喜礼，家里那有这么多金器？"北静王道："就算全是你家的也不值什么，还有没有？快快念来！"

又一人道："鸭皮二把，灰鼠六十张，獾子皮三张，虎皮二张，海豹一张，海龙六张，灰色羊十把，黑色羊皮十三张，小狐皮六张，江貉皮二张，獭子皮二张，猫皮十五张；绸缎八十卷，纱绫七十一卷，羽线绉二十二卷，氆氇十六卷，妆蟒缎二卷；葛布三捆，各色布三捆；各色皮衣一百一十二件，棉夹单纱绢衣一百四十件；玉玩十二件，带头九副，铜锡等物二百余件；钟表十八件，朝珠九挂；各色妆蟒十四件，宫妆衣裙八套，脂玉圈带一条，黄缎十二卷；潮银二百两，赤金十四两，钱三千吊。另有房地契纸若干。"

北静王道："这也不算什么，只查出这些回去不好交差。也没有戎羌所赠赃物，看来定藏在亲戚家了，圣上说王家、史家、薛家也全查抄，看贾氏有没有将赃物藏在这几家，明日再办。还有，大观园都未查抄，不知藏了多少，立等叫人去查！"众兵役领命站齐队形往大观园奔来。

且说茗烟正在怡红院点放爆竹，忽见几个婆子哭喊奔跑："来了好多官兵，闯进园子里了！”茗烟唬了一跳，果听见喧哗呐喊声从那边传来，似有千军万马喧嚷，不觉捂额大叫：“强盗来啦，救命啊！”忙跑入院内，把门关上。平儿、周瑞家的正指使丫鬟小厮忙碌着，忽见茗烟把门一关，嚷道：“都躲起来啊，外面有官兵来了！”

还未细问，只见大门被人“嘭”的撞开，闯入一群官卒，平儿等都惊叫着双手捂耳窜到屋内。门口几个官兵见墙上贴着大红“喜”字，不由分说一把扯烂，仰头看见挂着两个大红灯笼，都笑道：“王爷叫咱们查找赃物，这儿却挂着这玩意，想是里面藏着赃物。”用缨枪几下戳烂。一卒笑道：“办喜事办的不是时候，家里有几个主子不久都要赴法场了，先再守三年孝再办喜事吧！”说罢皆哈哈大笑，又命众卒到各屋查抄。

平儿、周瑞家的也惊呆了，都哭着站在墙边缩作一团。宝玉正在屋内与林之孝家的说话，忽见院子里一片乱嚷，忙出来一看，又惊又怒，上前拦道：“谁叫你们来的，还有没有王法？”一兵道：“圣上下旨，元妃勾结戎羌，已经处死，命小的们到贾门查抄罪赃。大观园园门已经戒严，园内人一概不许放出，谁敢抗旨，一律处死！”

宝玉听了不觉天旋地转，“哇”的哭出声来，堆坐地上。茗烟上前将他扶起，到里间安抚他坐下，宝玉又站了起来，哭道：“娘娘是冤枉的，我和官兵评理去！”茗烟急的按住他道：“二爷不可跟他们讲理，小心吃亏。”宝玉失神跌坐椅上哭道：“完了，咱大祸临头了！茗烟，你快去那边瞧瞧老爷他们现在怎么样了，看了就来回我。”茗烟答应了急急走了出去。

话分两头，且说另一路人马奔到潇湘馆查抄。湘云正在帮黛玉对镜梳妆，忽见闯入大队官兵，见人就推推赶赶的。紫鹃、雪雁拦着不让进院子，早被踹倒在地。紫鹃起身哭着奔进来道：“姑娘快躲躲，进来好多臭男人！”湘云、黛玉惊的都站了起来。众官卒进屋乱翻乱砸，湘云怒道：“快住手！休要胡来！”一卒道：“我们是奉旨查抄，违者处死！”湘云、黛玉呆怔着不敢言语。一时没有查出可疑之物，众官兵都散去了。湘云、黛玉都抱着大哭，紫鹃、雪雁进来见屋里箱开柜破，地上扔的都是笔墨纸砚奁盒脂粉，忙拭泪蹲着去收拾。忽见春纤哭着跑进来道：“娘娘薨了！”大家都唬住了。

且说官兵搜到黄昏，没有发现可疑之物，都散去了。赵堂官、北静王、西平王因没有查出贾政过错，留了一小半家产，其他的都令官兵装箱子带走了。贾政被小厮破门放出，捶胸顿足哭昏了过去，林之孝、周瑞赶来用手掐了掐。半天，贾政才“哇”的一声哭出声来，宝玉、黛玉、湘云和贾家众子弟奴仆都过来将他围住，哭的凄声震耳。

贾政哭道：“我贾家都怎么了？祖父勤勤恳恳为朝廷效力立下功勋，得了两个世职。如今到我这辈竟全削去官职，教我如何承当的起？”不觉跪倒在地，仰头合掌对天哭道：“皇天菩萨在上：我贾氏一门虽有后辈儿孙骄奢淫佚暴殄天物，犯下无边罪孽，以致合府抄检，押解入监，凶多吉少。所有罪孽情愿一人承当，求饶恕我家子孙。怜我虔诚，早早赐我一死，宽免诸辈之罪！”【批语：每读此处皆令人哽咽不能作批。】说完便起身要去撞墙，被众人哭喊着拉住了。邢夫人也过来大哭道：“老爷莫要寻短见，家里还指望你执掌呢！”贾政想到元春惨死心似刀割，支持不住，又哭了几声昏倒在地。众人慌忙把他扶起，搀往书房去了。

邢夫人想到贾赦、贾琏、贾珍、尤氏被抓，也哭的站立不稳，嫣红、翠云扶他回去歇着。众人见贾宅被官兵祸害的一片狼籍，都边走边痛骂不止。黛玉想到贾雨村不顾前情，忘恩负义，骂道：“墙倒众人推，他也来落井下石，枉为人师，我为有这样的师傅感到羞耻。他不配为人师长！”宝玉愤然道：“真真人情如纸，宫里竟没有一个替娘娘说情的！忍见小人向皇上进谗，我恨不能闯入宫中指着奸臣痛骂。又想问问皇上，怎么会这么轻易相信别人谗言？”众人只是啼哭。

宝玉见卫若兰含泪站在旁边，走过去劝道：“差点连累卫兄，实在过意不去。卫兄和湘云妹妹还是回去看看吧，家里有老爷操心呢。”卫若兰道：“玉兄何出此言？我岂有不顾亲戚危难而独自回去的。我不回去，定要守着保护众人才妥。”湘云也不肯回去。平儿道：“不妥。刚刚官兵说了明日要到王家、史家、薛家查抄赃物，若再不回去，恐家里有事。”李纨、黛玉等也劝他回去，湘云想想有理便答应了。只是卫若兰仍不肯回去，对湘云说：“官兵要查也只是查史家，不会查卫家的。你自己回去吧，我要多待几日。”湘云道：“我去了还会再来的，你们等着我。”平儿便叫了几个小厮护送湘云回去，又道：“外头乱的很，走路要小心！”小厮应了一声同湘云往园门去了，众人目送他们走远了才往各人房内走来。

话说薛蟠往贾家送了贺银后回家来，在路上看见长长走着一路官兵往贾家方向去了，内中有宫中负责抓人的官员，有些奇怪。忽听路人议论说元春已被皇帝处死，这些官兵要去贾家抄检，不觉唬了一跳，慌忙赶回家来。

刚进门就听见院内吵吵闹闹的，原来还是金桂和宝蟾争吵。薛姨妈见儿子回来，埋怨道：“你以后也别出门了，你前脚刚走他们后面就吵闹起来，可是混账的很！这家里以后也别过了，都散了吧！”金桂嚷道：“奴才欺负主子，婆婆不但不帮，还助着奴才欺负主子，实在混头！”薛蟠忙拉了母亲进屋子，宝蟾也跟了进去。

宝钗从那屋里掀帘子出来进薛蟠屋子里，金桂站在门边窃听。只听薛蟠道：“坏了，坏了！贾家出事了！元春被皇上处死了，派了大队人马去他家抄家去了！”又听宝钗道：“哥哥怎么胡说起来，这话可不能乱讲。”薛蟠道：“哄你我是王八蛋，没有半句假话，妹妹怎么反不信了？”薛姨妈道：“可坏了！贾家这一抄恐怕要连累亲戚，咱们家也保不住要来人查抄了。”

薛蟠、宝钗听了都急道：“那可怎么是好？”薛姨妈道：“咱们趁着官兵没来，赶紧把家里贵重东西装箱子里带到山庄里去。”薛蟠道：“母亲说的是蒋玉菡吗？他现在住紫檀堡，和袭人都在那儿。咱去投奔他，他和我是至交，岂有不欢迎的？事不宜迟，咱这就带了家私去他那儿。”宝蟾道：“咱去是不假，只是别带上这个搅家星！”金桂听了闯进去道：“你才是丧门星呢！不带我去，难道要把我一个人留在这里不成？你们要留下我，我就跟那些官兵说实话，说你们去那里了。不信你们试试！”薛姨妈没法道：“好了，你跟着走吧。留下来也叫人不放心，混说白道的，咱薛家的名声都要传出去了。”宝蟾扑上来要撕金桂的嘴，被母子两个劝开了。薛姨妈因叫来仆人张德辉等收拾一番要去往紫檀堡，大家忙乱着将家私打点了，命几个奴才抬了箱子，连夜赶往紫檀堡来。

话说袭人自从嫁到山庄，那蒋玉菡百般温柔体贴，把袭人照顾的遂心如意。袭人暗暗庆幸自己命好，摊了个如意夫君。因想到当年自己向王夫人密报晴雯的不是，以致晴雯等离了贾家，宝玉体念旧情，不计较他的告密，反把个好郎君说给了他，心中着实感激宝玉，时时想着知恩图报，只惜没有遇到机会。正在感叹，忽见宝钗一家连夜赶来投奔，说贾家遭了祸事，不觉大吃一惊，竟呜呜咽咽哭了起来，被蒋玉菡好言劝住了。蒋玉菡和薛蟠是多年深交，见他举家前来投奔，欣然接纳，另收拾了一个院落让薛家住下。金桂、宝蟾因素有恩怨，都挑了相隔较远的房间住了。薛蟠拿出梯己赠与玉菡，从此在山庄安顿下来。暂时言不到这里。

话说皇帝派赵堂官等去往王史两家抄检，没有发现什么。又去薛家，却见人去房空，不觉生了疑，但又找不出人和证据，只得作罢。贾家经历这番祸患，被抄去许多金银，比以前更穷蹇了。家中成日人心惶惶，不知何为归宿，又有十几个奴才携了行李离开贾门自便了。

贾政、邢夫人遭遇此番打击，痛不欲生，终日以泪洗面，家事也无暇打理。宝玉黛玉成婚之事又落了空，被搁置了起来。林之孝家的来问贾政宝黛何时成婚，贾政道："家里被抓走好几个，生死不知，那里还有心情办喜事？快别提了。"林之孝家的只得作罢。

平儿来找林之孝周瑞两大管家道："老爷大太太成日关在屋里不出，家里日子还要过下去，又没有人操持。如今我被琏二爷扶了正，也是主子了，我做主再让家里振兴起来才妥。林姑娘虽说没有经过仪式，也算是宝玉的人了，也是主子了，以后众人要听他指使才好。"林之孝周瑞满口答应没有二话，都称平儿为奶奶。平儿去找黛玉，要他当家。不知后事如何，且听下回分解。

# 第九十二回

## 家宅乱恶子通强梁　世道艰道人连流寇

【回前批：

寂寞谁人问沧海，涤尽嚣尘喜与哀。我思风尘我亦尘，上古桃花舜时开。】

诗云：

烽烟帝京万里昏，百年基业化烟云。

抛却生死驱恶寇，鸿飞四海泪满樽。

话说黛玉让紫鹃雪雁等将屋子收拾妥当，把笔墨纸砚放好，打开箱子，幸好以往的诗稿没有撕毁。黛玉想起婚礼未成却遭流寇洗劫，又想起贾家获罪，贾赦、贾珍、尤氏、贾琏俱被抓走凶多吉少，一时痛定思痛心如刀搅，又哭了一回。紫鹃、雪雁过来道："天有不测风云，这也由不得你我，姑娘想开些罢，身子要紧。"黛玉睡不着，望着紫鹃、雪雁、春纤等丫鬟收拾屋子，院子里也是抛丢些衣物书本，大家举着蜡烛弯腰拾掇着。

一时有些乏了，黛玉叫春纤把凳子拿来坐了歇口气，忽听紫鹃道："墙边明晃晃的是什么东西？"又听雪雁道："是些流萤，倒也好看，只是家中多年未见流萤，却是稀罕。"黛玉听了，想起古诗里有"于今腐草无萤火，终古垂杨有暮鸦"之句，觉得流萤非吉利之物，命紫鹃捕捉了莫使飞动草间。紫鹃听命到内间找来罗扇，雪雁找了布袋，两个去捕流萤。却见点点萤光似夜星闪烁上下飞动，黛玉又想流萤命短尚要忙碌为他人添光，于心不忍，命紫鹃二人不要捉了进屋就寝。

夜里，黛玉遍身出了些虚汗，扎挣起来，叫侍女盖好了被窝又躺了下去。紫鹃、雪雁服侍他睡下，自己也拭泪躺着睡去了。黛玉翻来覆去那里睡得着，一会儿又咳嗽起来，连紫鹃都咳嗽醒了。紫鹃道："姑娘还没睡着么？"黛玉道："我何尝不肯睡，只是睡不着，你睡你的罢。"说了又咳了起来。紫鹃见黛玉这般光景，心中也知白天发生这样大的事情黛玉怎能睡的着，也忍不住蒙头偷偷哭了起来。忽然侍女来报，说那府里的奶奶来了。

黛玉扎挣坐起，见平儿笑着进来道："我来看看姑娘睡了没有，姑娘既已睡了，我就不打扰了。"起身要走。黛玉笑着让他挨炕坐了道："嫂子别走，没有睡呢！"又问他从那里来，平儿叹道："家里出了这样大的事，老爷太太也只是哭，想着就叫人难受。如今咱家境况实在不好，也没几个主子可以当的家了，虽说家中宗族子弟甚多，可不是年纪小就是没有持家能力。老爷说了，日后这家里还是全靠宝兄弟支撑了。现在宝兄弟还小，等有朝一日考取功名，年纪再大些，就是这家里头等的主子了。现今家里缺少持家的，姑娘虽未出阁，可也算是主子了，家里上上下下也都不敢说个'不'字，故请姑娘帮着一起持家。"

黛玉叹道："我何尝不想家里兴旺，只是我势小力薄，只怕下人不肯听我的话。"平儿笑道："姑娘何必多虑，只要姑娘拿出做主子的样来，谁敢不听？"黛玉心下暗想："我虽然身子弱，多病多灾，但也是个要强的。既然家里要我当这个家，我就打起精神掌管掌管，胖子也不是一口吃成的，等日子久了积累多了自然就琢磨出来了。说实在的人谁没有功利之心，都喜着听别人的赞语，我岂能无动于衷？"于是笑道："虽然如此，还得嫂子教着点，毕竟我一个人能力有限。"平儿笑道："有老爷太太助着，姑娘放一百个心。"黛玉叹道："虽如此说，岂有那么容易？你只看家里的状况就知道了，本来出的比进的多，又被圣上抄去许多，穷则思乱，得想个法子才好。"平儿道："姑娘说的正是，我也想过多回，只是天下不宁天灾无穷，巧媳妇也做不出没米的粥来，你我也无能为力。"黛玉道："如此下去也是等着饿死，何不把奴才子弟们萃集起来，把园子里的空地都种上粮米果蔬，自给自足，免除饥馑之忧。"平儿道："姑娘所言极是，明儿就把园子里众人召集起来，把这事儿说明了。到时姑娘也要过去监看着，那些奴才不敢不依。"因见天色已晚，也不多坐，起身告辞。黛玉亲自送到大门外方转身回来了，歪在炕上握着帕子拭泪，只到二更才依稀睡去。

天明一大早，黛玉就起来梳洗，换了件衣裳。正对镜抿着鬓角，忽见平儿和丰儿来请，黛玉吩咐其他丫鬟照看好屋子，便带着紫鹃雪雁同他二人往议事厅去。邢夫人、周姨娘和林之孝家的、周瑞家的、单大良家的、余信家的、来喜家的、王兴媳妇、郑好时媳妇等一大早都等在那里，见平儿、黛玉进来，都行了个礼。

邢夫人让二人坐了，对众人道："从今儿起，家里仍象往常那么管事，林姑娘现今也是咱家的主子，日后你们见了他都要听他指派。"黛玉起身望着众人点了点头又坐下。平儿道："如今咱家空地不少，婶子大娘们回去召集众小厮把荒地都耕种了，以后粮米这一项也省些心。"众人都笑着称是。黛玉起身道："我也不懂什么持家，望婶子大娘们以后还多关照些。"说完行了个礼。众人都笑道："姑娘太客气了，做奴才的也禁不起。这就回去把指示传达传达，日后也请姑娘多关照咱们才是。"邢夫人道："如今外头乱的很，听人说蓉小子、蔷哥儿竟跟强贼拜了把子，做了不少伤天害理的事。从今园门都关了不许打开，谁都不能放进来，蓉小子、蔷哥儿回来也一概不许开门。"周瑞家的应了一声。

嫣红、翠云端着杯盘碗碟进来摆了一大桌子，邢夫人道："早起忙了这半日，大伙儿的早饭都端来一处吃吧。"众人漱口洗手毕坐下，因见伺候添饭的人手内捧着一碗下人的米粥，并没有什么像样菜肴，众人皆知这三四年旱涝频频饥民遍布，就是家常平民家的米饭、白面亦是难得的了，因此皆不吱声，低头吃着。

邢夫人叹道："世道越发艰难了，家里也一蟹不如一蟹，买的不顺口不过将就着吃罢了。"又问下人们都吃了没有，只见一个婆子进来道："回太太，王住儿家的同费婆子又在园子里骂开了，说要主子开饭，叫了大晌午也端不来一口吃的，既端了来，不是烂菜叶子就是不够吃，说要找主子好好说说。"

原来这费婆子仗着邢夫人势力常倚老卖老，因酒菜不够了不免动了气，同王住儿家的海骂胡沁，一时那些吃不到嘴的下人也跟着乱嚷嚷起来。邢夫人怒道："糊涂攮的蠢妇愚汉，也太张狂了些！主子还不够吃的，那里又找海珍宴席侍候他们去？"因命周瑞家的过去惩治，又道："也不全怪奴才们混闹，可是'巧媳妇做不出没米的粥'来，不可惩治厉害了，让他们散了就罢了。"

周瑞家的答应了去了，正见费婆子、王住儿家的在同丫鬟婆子们骂骂咧咧的，因过去道："什么事也值一个屁！主子们还不够吃，那里又轮到咱们？幸好大太太开恩，不作大事理论，若是平常那些主子心窄些儿，打几下子也是够你们受的，还不退了回去！"只见费婆子笑道："周嫂子这话说的，咱是无事生非胡搅蛮缠的人吗？咱是怕以后日子过不太平了才多嘴胡说了几句。周嫂子可听得一大早宫里的消息，说圣上问琏二爷话，因回的不好已得罪圣上，一时发怒就叫下人提溜着跪着的一班人拉下去砍头了。琏二爷他们都送了命，谁知日后又有什么事情要得罪圣上，若咱们也遭了殃就完了。"周瑞家的忙捂他口道："快别说这个了，仔细主子听见，你还要命不要命了！"诸位只得散去，不再议论。一时府内人心惶惶，都躲在屋子里交头接耳，个个担忧前程。一些刁奴媳妇婆子乱嚼，说贾府行将没落，被贾政知觉都命小厮们把他们各掌了嘴，令他们不可再胡说了。

且说贾环同赵姨娘离开贾府，与贼寇为伍，仗着身上积得财物广招人马。司棋、潘又安亦同狐朋狗友加入流寇队伍，一个个都兴冲冲的，庆幸时运来了，伺机作乱。黑山村的老砍头乌进孝同四个养子也闯进园子杀人了，高喊什么"天有恩与人，人无报与天，当杀尽天下人，以合天意，妇则淫之杀之，孺则煮之食之。"因与柳湘莲的队伍合为一处，到处杀伐作恶。

黛玉听了这番谬论，愤然道："天地之间，最尊贵的是人，人代上苍辖理方地，使之风调雨顺。若人间昏庸，或泰极否来，盛极必衰。天厌世人，当可以洪水、地震、狂风等天灾减摧人口恒之，人有何资质夺天之权行凶霸道？天作孽犹可恕，自作孽不可活，人人皆可死，他们为何不死？管他八大王、九山王的，迟早会有报应，真真人若无知可以祸国殃民矣！"

且说贾蓉在外头吃穿用度一日不如一日，外面局势又乱如蓬草，此时不有所为更待何时，俗语说的成则王侯败则寇，待他将来争战获得功名，又有谁敢说他不好？故把旧日学堂里的顽劣子弟都纠集一处，振臂一呼在庙宇庵堂集中，打磨刀具，到处抢夺烧杀。

话说自那回芳官跟了水月庵的智通，蕊官藕官二人跟了地藏庵的圆心。芳官因不服从智通的管束，成日活也不干只是厮闹拾头打滚，蕊官藕官又跑到水月庵同芳官合伙对付智通，又将另外几个姊妹召集来大家在一处过活。芳官等人本来不足十二人，后在旅途中遇见以前戏园里的人，又补足了十二人，以凑成十二支之数。智通那是他们十二个的对手，只有忍着不语。谁知某日忽然打外头闯入众多流寇把庵里占了，反把芳官十二个兴冲冲的，皆与流寇打成一团。

且说贾蔷同龄官住在尼姑庵里，相处久了龄官之娇情任性令贾蔷颇觉头痛，两个常为了日常琐事吵闹。贾蔷本是个花心的，当年也曾同秦可卿、凤姐都有过不伦孽情，今世岂能只苦守一妻乎，故又勾搭了几个不良粉头。那龄官是个要强的，不允贾蔷胡来，在庵堂又哭又闹的，贾蔷一时烦了，带着粉头逃往贾蓉队伍里。龄官找不着贾蔷，独自蒙被啼哭，芳官等劝他道："姐姐何必自寻烦恼，男人没一个好东西，走了就走了，离了男人一样过活。"龄官道："除了他我谁都不要！我要他回心转意，不要再理那几个狐狸精。"芳官道："姐姐何其痴迷，男人那有专一的？"龄官听罢不语，半日才抬头道："他就是不肯回心转意，我也要惩戒一下与他，咱们去找他去。"只见藕官进来道："又没有菜叶子了，街道亦冷清无人，咱们还得去地里剜野菜。"

于是，十二人都提了篮子布兜往村地里来，只听村子里有啼哭声，打听一番方知又有家的老人孩子饿死了，几个村民蹲在新坟前烧纸祭奠死人。十二人边蹲着剜野菜，边皱眉道："那里还有什么像样的野菜，都被人挖走了，连苋菜、拉拉秧也剩不了多少，只好挖些人人不要的刺儿菜罢了。听人说有的地方连树皮都剥了吃了，还有的把杨树叶子也腌作咸菜吃，这世道没法子活了，贾府里也好不了多少。"蕊官道："贾府虽吃穿用度大不如前，但他府里有金银珠宝古玩摆设，个个值钱，咱们不如去盗取一些。"芳官笑道："他府里少说也有三百人，去了非打断你的腿不可。"蕊官道："咱们也加入蓉哥的队伍，增强些势力。"龄官冷笑道："我不去！有那个负心人在那里，我恨都恨得慌。"芳官道："咱是去投奔蓉哥，不是投奔他，又有何干系？"一时商议定了，十二人回到庵里收拾了东西，去寻贾蓉的队伍。

在乡路上恰遇见好多人背着包袱到处投奔，里头就有认识的，乃是司棋、潘又安及一伙朋友，也是去投奔贾蓉的，十二戏子因与他们一并前往。司棋道："你们何不去投奔赵姨娘他们？"芳官冷笑道："这个娼妇一向恶里恶气愚不可及，当年为了一包茉莉粉砸在我脸上，这仇还没有报，怎么又投奔他去了呢？荒谬！”司棋道：“我倒忘记了，那泼妇在府里就没人愿理他，人品若此又怪的了谁？”两路人合成一路赶往贾蓉的庵堂聚集，贾蓉欣然接纳，暗地里则对冷子兴笑道：“咱们男多女少不免令人泄气，这回可好了，弟兄们也有的消受了。”两人哈哈大笑。

且说周瑞家的往园门走去，想到门里再嘱咐众小厮把园门看紧了，忽见看门的几个小厮乱嚷嚷的不知说些什么，急忙过去问道：“又吵闹什么？”那几个小厮道：“蓉大爷、蔷大爷从外头回来了，要进门！都不敢开，从门缝里瞧了瞧，乌压压的一大片强盗站在身后，怕死人了！”周瑞家的上前看了一番道：“真真怕死人，都顶好了门别开。”忽听贾蓉在门外大骂：“小的们都反了，竟敢不开门！眼里还有没有主子？”

周瑞家的冲着门缝喊道：“管你是谁就不开门，家里已不认得你了，快走吧！带些强盗想打家劫舍不成？你们都听好了，是大太太老爷指示的，说从今儿起大门一律关着不开，想怎么样请自便！”贾蓉气的大骂：“狗奴才！也敢和主子讲理，都反了！他们不开门，咱们就撞门，不然就从墙头上翻过去。”周瑞家的唬了一跳道：“再派几个人堵着门，拿大竹杠顶了，他们进不来。”有几个忙去找杠子去了，不多时都抬了几个碗口粗的竹杠子，气吁吁赶来。周瑞家的忙令顶住大门，忽见墙头上探出几个人头，忙命众小厮拿竹竿用力敲打，只听墙头上都“哎哟”叫着退回去了。

周瑞家的道：“景况真真不妙，从今白天黑夜都得有人守在这里看紧了才好。”众人都应了一声：“是！”稍久，周瑞家的从门缝里一瞧，见外头一个人影也不见了，方舒口气放下心来。有小厮抬了大竹椅放下了，周瑞家的往竹椅上一坐，坐镇指挥。

这时有个小厮上前道：“才刚听外头人说的，县衙都被强盗占了，县令被吊起来打了二百鞭子，已经死了。那些捕快也一哄而散，如今天下乱为王了，都没人管了。还听他们说的，连皇宫里也不安全了，都有流寇快打进宫里了！”说完都大哭起来。

周瑞家的也吃了一惊不小，含泪道：“真真叫人怕死，以后可该怎么得了？咱不管外头如何，只要咱们大门不出，凭外头怎么乱去！”又道：“你们好生看着，我去和老爷太太们再说说去。”忙赶往园子里来和贾政、邢夫人说了。贾政听了也心似火燎道：“赶快把园子里所有人都召集来，在议事厅门外站齐了，我要给他们训话。”周瑞家的忙到各处找人去了。

过了半日，只见黑压压的三四百人往这边来，内中有平儿、李纨、黛玉、宝玉、贾琮等主子，也有管家婆子、丫鬟奴才等，都七嘴八舌的议论着。等到都站好了，贾政、邢夫人要众人肃静，听他们训话。

贾政道：“大家都听好了，外头有强盗要私闯民宅，情况不妙。现在安排安排：这八十个小厮守着园门；那一百二十个不用理会这事，去把园子里荒地耕种了；其余的仍去忙各自的去。”又推黛玉、李纨、平儿、周姨娘等站在前面说：“有了事就跟主子们报告。”众奴才听了都惊讶不已，有几个胆小的都哭道：“怕死人了！强盗都要进来了，可怎么是好？”黛玉和贾政说了一会子话，贾政又道：“我也不敢说强盗进不来园子，你们回去后每人备一件防身之物，刀棍皆可，只是别跟自己人闹着玩误伤了才好。”众人都答应了。

贾政一声令下，众人散开了。那八十个自去园门守着，其余的仍往园子里来。平儿、黛玉见贾政邢夫人都乏了，因扶着他们往荣喜堂来。贾政哭道：“有凤丫头、琏儿、珍哥、珍哥媳妇、探丫头在家帮着治家就省事了。可现在都不在了，只剩我这老朽一枚，真真痛杀人也！”说完大哭。

平儿、黛玉也哭个不住，邢夫人哭道：“老爷犯了事，定是要发配了。他那身子我怎不知，那能受得流放之苦？还有琏儿，连命都丢了。真想不到会有今日之败，痛杀痛杀！”一时都哭的咽堵气噎。平儿怕哭损了老年人，忙好生劝住了，李贵等上来扶了贾政邢夫人回去不提。

且说周瑞家的吃了中饭，仍赶到园门察看。只见那百个小厮分成两班，一班回去吃饭，一班仍守着，便过来道：“诸位辛苦了。”众小厮道：“不累不累，再累也不能放强盗进来，不然大家都完了。”周瑞家的点头称是。

忽听门外有人喊：“母亲速速开门，女婿支撑不住了！”周瑞家的往门缝里一瞧，原来是做古董商的女婿冷子兴，忙道：“你怎么来了，女儿在家可好，铺子怎样了？”冷子兴急促道：“母亲快快开门！强盗们已经抢光了铺子，女婿我来避祸来了。”周瑞家的道：“不能开门啊，外头有强盗啊！”冷子兴道：“强盗们都还没来，母亲快开门让女婿躲躲，不然女婿活不成了！”周瑞家的道：“外头真没有人吗，我不敢乱开啊！”冷子兴道：“母亲怎么连女婿也不帮了，忍心看女婿被强盗杀死？开了门再把门顶好了不一样吗？”周瑞家的又从侧缝里看了看，仿佛真的没有别人，就说：“好吧，你快进来，我好关门。”命小厮把门打开，小厮奉命挪开竹杠子，开启大门。谁知冷子兴把门使劲一推，大喊：“门开了，都进来啊！”众人吓了一跳，只见外面不由分说闯进来持刀拿剑的人，见人就砍，众人慌的一哄而散。

贾蓉、贾蔷也持剑闯入，指着周瑞家的大骂：“狗奴才，你女婿不叫门你还不开门呢！”周瑞家的不觉懵了，大哭道：“你们别胡来啊！园子没有什么了啊。”贾蓉道：“家里一定还有值钱的东西，今儿都借着用用，敢违背者一概杀死！”说完大呼一声：“走！”众强贼往园子里奔来。

周瑞家的指着冷子兴骂道：“孽障！胆敢私通强盗胡作非为，算我瞎了眼，把女儿嫁给一个连猪狗都不如的人！”冷子兴道：“凭你怎么骂，我只当没听见。”转身要走，周瑞家的拦着蓉、蔷不让迈步，贾蓉持剑往他胸脯用力一捅，周瑞家的哀叫一声倒地打滚，又被贾蓉踢了一脚，不多时一命呜呼。冷子兴反笑道：“蓉兄好剑法，兄弟以后也学着点。”贾蓉笑着一挥手与众贼乌压压似飞天蝗阵嗡嗡往园子里奔来。

这下园子里似炸开了锅，众人都狂奔嚎哭起来。众强盗闯入各个院子翻找财物，把屋子里弄的七零八落的，众丫鬟婆吓的哭着往里间躲。有强贼见有美貌的丫头，拉到一边强行奸污；有几个不堪受辱与强盗撕打，被一刀劈死；有的被强盗追的没处藏匿，干脆跳井。

贾蓉正在搜索财物，忽见李贵扶着贾政颤巍巍走来喝道：“住手！财物都在我屋里，不要去惹他们！”贾蓉一挥手，众强贼都拥了过来。贾政怒道：“你们不是讲义气吗，难道小辈的杀长辈的也算义气吗？”贾蓉道：“我不跟你罗嗦，你把钱财都交出来，我们就走！”贾政道：“昨儿官府来抄家，还剩了一些金银在我屋里搁着，你拿走吧，只是别伤害众人。”贾蓉道：“就是这样。”乃指使几人进贾政房里寻找，不多时那几个抬出三四个大箱子，贾蓉一一打开，笑道：“都还在这里，抬走！”众位上来抬了出去。

贾蓉贾蔷抱拳跟贾政道别，又如蜂阵般撤走了。贾政不觉晕倒在地，李贵等大哭着将他唤醒。半天，贾政强展双目，眼中全是泪水，泣道："完了，咱贾家一败涂地，子孙们都当强盗去了。祖宗的颜面都丢尽了，我对不起贾家啊！"正说着，只见邢夫人、平儿、黛玉、李纨和众奴仆都哭着进来道："家里被抢的不成样子了，有几个丫头死的好惨。"

贾政泣道："我有罪啊，我不该养了一窝畜生子孙，弄的自杀自灭。"正说着，忽有小厮来报："才退去了一拨强盗，又来一拨，是赵姨奶奶和贾三爷回来了。"贾政道："都站好了，我跟他们对质，我看他们想怎么着！"又命邢夫人、平儿、黛玉、宝玉、李纨等先回去，然后拉了椅子坐着等着。

不多时，赵姨娘、贾环气势汹汹领一伙流寇闯进来道："老爷偏向，把家财都给蓉儿、蔷儿了！"贾政冷笑道："我只问你们一句，你们就是得了珍宝，心肠不善，守着一堆财宝又有何趣？别人就都夸你们了是不是？"贾环持剑上来道："父亲，别怪儿子无情，只怪你们都做错了！"贾政怒道："我把你们养大，这就是错吗？我只后悔你刚生下来时没把你掐死！"赵姨娘吼道："老爷偏向宝玉不疼环儿，还想着要宝玉当家，俺娘俩竟似有如无。环儿再不好，他也是你的儿子，你无情我无义，休要埋怨！"

贾政骂道："混账挨天刀的婆娘，好好的儿子也被你教坏了，还有脸面胡沁，我起来打不死你个毒妇！"起身要打赵姨娘，被贾环一脚踹倒。贾政捂着胸口道："好，好的很！儿子会打老子了，这是那家的规矩？这样的不孝子孙还用义气招来强盗一大帮子，强盗都瞎了眼了！"贾环嚷道："都这个时候了你还死倔，可是死不悔改。"说完持剑只是往胸口一捅。可怜痴心父母训儿有方，竟招此杀身之祸，不知又是何人之鉴。贾政在地上翻滚多时，两眼一瞪四肢一松，竟是去了。贾环、赵姨娘命众贼到各处搜检财物，众贼呐喊着四处散开，奔往东西两府。

且说邢夫人、平儿、李纨、黛玉刚走到内仪门，忽见周姨娘哭着跑来道："老爷被环儿刺死了，强盗们都追过来了，大家都快逃命啊！"邢夫人、平儿、李纨、黛玉闻言都放声大哭。只见贾敕、贾效、贾敦、贾衍、贾珖、贾璎、贾琛、贾璘、贾蓁、贾萍、贾藻、贾蘅、贾芬、贾芳、贾荇、贾芷领二百个奴才都持着刀剑奔了过来，大呼要斩了贼人的头。卫若兰也拿着宝剑急忙赶来，大喊道："狗贼莫逃，吃我一剑！"邢夫人哭道："老爷已被环儿这孽障杀死了，快把贼婆娘和贱儿子杀了，给老爷报仇！"众人都燃起一腔怒火，奔到强盗群里和贼人拼杀了起来。卫若兰忙命一干小厮护佑着邢夫人、平儿、李纨、黛玉撤往别处，自己也奋力跳到强盗堆里砍杀起来，只见剑光闪处几个贼人倒地，也有几个小厮被贼寇刺死，一时也道不尽。

话分两头，且说赵姨娘、贾环另带了几十个贼寇冲往怡红院来，恰在路上遇见了宝玉，叫嚷道："给我抓起来，先别杀死，要活的！"几个贼寇上去绑了宝玉，旁边的一群小厮都挥着木棍和流寇打了起来，正是宝玉的小厮茗烟、扫红、墨雨、引泉、扫花、挑云、伴鹤、双瑞、双寿几个，宝玉扎挣着一边踢打贼寇一边骂贾环作孽。茗烟见主子有难，举棍冲进贼群里一阵挥舞，忽见卐儿含泪跑过来用身子护着茗烟，嚷道："不要打我茗哥哥。"二人却终不是贼寇的对手，被众贼人团团围住，乱刀砍死在地。其余小厮见宝玉被众贼掠走，不敢恋战，都仓皇逃散。

贾环见园子里杀的不可开交，占不了便宜，忙喝令着让众贼都往园门跑去。卫若兰等也不追赶，回身慌忙收拾众伤亡子弟家奴。平儿哭着命人将贾政尸首抬到大堂里安放，邢夫人、李纨、黛玉都哭的泪天泪地的甚是忙乱，暂时言不到这里。

且说冷子兴、贾蓉一伙在城外荒庙里将那几大箱子财物分给众贼，冷子兴因要回铺子有事，先行告退，急忙走在街道上。忽见那边一阵脚步响，忙躲在商铺前偷看，只见几十个道人也拿着刀剑匆忙赶来，内中有自己的好友一起做过古董生意，忙迎上去笑道："薛兄从那里来？幸会幸会！"薛蟠、柳湘莲回头一看，都拱拳笑道："奇遇，奇遇！"乃站了同他说道："冷兄何不加了进来大家一起干他一场呢？有福同享，有难同当！"冷子兴道："求之不得，请问这又是往那里去？"柳湘莲道："后面还有咱们的队伍，咱们这是去贾家找些东西，兄弟们都等不及了。"冷子兴道："蓉兄弟已经去过了，园子里恐怕所剩无几。"薛蟠道："再去一遍看看，或许还剩一些。"冷子兴不觉点点头道："大门未必进的去，就从西南角角门进去吧。"众道人听了都往贾家奔来。不知后事如何，且听下回分解。

# 第九十三回

## 山雨近闻阖笼霭晦　风云喧末世漫尘烟

【回前批：

平地波澜起朱楼，风侵庭树一院愁。谩言红粉心窍多，为何造衅多汉叟？】

诗云：

角门遭乱乌夜啼，骨肉反目袅柳丝。

雕轮陌尘染宝毂，且看朱门遍荆棘。

话说众道人听了都往贾家奔来，却远远看见赵姨娘、贾环率大队流寇从那边走来，怕和他们遇见了又是一场恶战，急忙退往隐蔽处沿小道返回道观里去了。

且说邢夫人、平儿、黛玉等命人将贾政与史太君、王夫人等相捱埋在祖茔，回来时已是黄昏。黛玉握着帕子哭哭啼啼回潇湘馆来，紫鹃迎出来扶着进了内间，黛玉哭着骂道："狗强盗没有仁心，无端杀死无辜之人。连自己的父亲也要杀死，真是灭绝人伦，天地难容！"紫鹃也哭着不知怎么劝慰，忽见春纤哭着跑进来道："不好了，大太太哭昏过去了。"紫鹃道："一进门就咋咋唬唬的，没见姑娘正难过着吗？"

黛玉握口流泪道："那边自有解劝的人，不用咱们操心，只是这强盗还会再来园子里打杀，咱们的人又敌不过他们，可该怎么是好？"紫鹃道："大门已叫小厮们用石头堵住了，外头一时进不来了。"春纤仍坐着垂泪不语，半天才道："姑娘，有句话我不知道该不该说。"紫鹃愕然道："这丫头怎么心事重重的，有什么事就快说吧！"春纤哭道："宝二爷已经叫赵姨娘、老三抓走了！"黛玉听了，"哇"的一声从口中喷出血来，肝肠崩裂，哭晕了过去。

紫鹃、春纤只是哭叫："姑娘怎么样了？快醒转来罢！"忙喊那两个侍女进来服侍。半晌，黛玉才回过气来，手指着门外，推开紫鹃，哭着喊道："宝玉，宝玉！"往外头奔来，紫鹃、雪雁和侍女哭着把他拉劝了回来。黛玉坐在炕上呆呆的只是流泪，侍女端来稀粥，拿勺子往嘴边送，他只是把头一扭，眼泪却象断了线的珠子流个不尽。紫鹃不免哭了道："姑娘总是哭，这眼中到底能有多少泪珠儿，流的人心都碎了。"春纤和那两个侍女也哭着劝黛玉多少喝些稀粥，黛玉勉强喝了两口又咳嗽了起来，拿帕子握住口，用手把碗一推，摇摇头往墙边倒下去了。

半晌，黛玉又坐了起来，望着窗屉怔怔的，紫鹃端了茶过来，劝道："姑娘莫要伤心太过。"黛玉道："你去把书箱子搬来，我这会子睡不着，想看会子书。"紫鹃答应了到套间，叫了雪雁一同把个檀香雕花箱子搬了出来。黛玉道："这是我从苏州带来的箱子，里头都是素日我爱看的书，那年临走又把父亲的甚多书摆箱子里了。"说着打开箱子，一本本翻看起来，对紫鹃道："眼下贼寇侵犯，想从书中找些御敌之法。"

只听得园内的风自西边直透到东边，唏哩哗喇不住的响，穿过树枝打在窗纸上，透过一阵木樨清香来，檐下的铁马也只管叮叮当当的乱敲起来。想着："父母若在，南边的景致'春花秋月，水秀山明，二十四桥，六朝遗迹，香车画舫，红杏青帘'，唯我独尊。如今寄人篱下，亲友有许多照应，倒也安详。不知前生作了什么罪孽，今世竟遭流寇洗劫，父亲带来府中的家产怕是也保不住了，真是李后主说的'此间日中只以眼泪洗面'矣！"

看到历年兵荒马乱，民众流离失所，哀鸿遍野生灵涂炭之处，不觉又握帕掉下泪来。看到书中有一句"妇抱孺子弃草间"，叹了一声，那眼中滚下泪珠儿，凄然道："古往今来，年年岁岁，何其惨烈，何其相似！纵有前车之鉴，警拔之句，难敌世人造衅逆乱之心。死生之地，存亡之道，君子葬于危墙之下，谁人可躲？既是人人皆惧兵者，夫焉乐而趋之？"

紫鹃道："那些贼寇都是穷疯了，缺衣少食才揭竿而起的，姑娘没听说过梁山贼寇吗？人皆称是'官逼民反'。"黛玉叹道："物不平则鸣，自古王道威严，鲜有体恤民众疾苦，倒像举国紧要惟他一人，万千百姓命若芥末。实则不然，民为贵，君为轻！如今兵临城下，不全在贼寇之责，然以暴制权，贻弊无穷。小人本是无赖恶徒，假意信奉义气加入贼寇，貌似甘心服从统领，实则忍声忍气，不过借机窜升高位，大行杀伐。若是小人有朝称王天下，品行不端，必将显出当初凶相，把将帅一一剪除，所谓‘义气’、‘仁义’皆是谎话。若是小人新建王朝，重蹈覆辙，民生多艰，迟早亦是官逼民反，命断魂丧。历代更换，换汤不换药，百姓几时有过富庶平安？上行不义，下必效仿，王者以暴夺权，高呼‘天经地义’，百姓必然亦是学而习之，再以暴夺权。以不正教习民众，民众岂能心正？”紫鹃也叹了一声，黛玉说的乏了，又躺了下去。紫鹃拿被子往黛玉身上一盖，道：“雪雁，姑娘的药煎好了没有？快去端来。”雪雁道：“我到茶房里看看去。”起身往茶房里来。

走到聚锦门时，看见十几个婆子小厮在吵吵闹闹的，上去一问才知他们没有吃饭，都嚷嚷着到厨房里翻找东西吃。另有秦显家的撇着嘴道：“这算什么，几天都没有吃饱饭了，还强留咱们在府里，人都快饿昏了。依我说，只要能吃饱饭，叫我给强盗做厨子我也做，总是比饿死强！”众人笑着不信。秦显家的果真往南门去了，说要投奔流寇，众人不好拦劝，看他走远了。雪雁本是个老实的，不好管这些闲事，叹了口气往茶房里来。

原来这家中专有配药煎药之人，说起来也是贾家宗族子弟，名唤贾菖、贾菱，生性贪顽好赌，正在茶房里追逐嘻闹。一个跳上桌子笑着又跺又叫，象开了锁的猴子，另一个边骂边举凳子去打一个小厮。那小厮禁不起他两个如此聒躁，抱着头慌忙逃窜了，正撞在雪雁身上。雪雁不觉嗔道：“作死啊你！”又见贾菖贾菱追了出来，忙问道：“林姑娘的药煎好了没有？”两个不耐烦道：“还早着呢！”一见那小厮跑远了，都对雪雁吹口哨说些污言秽语，上来推搡捉弄他。雪雁气的哭着跑回来了，见黛玉仍躺着独自流泪不语，因不好告诉他怕他动怒，只说药没有煎好。

紫鹃又等了一会子，亲自去茶房把药端来，服侍黛玉服下，自己也睡去了。黛玉拿着帕子拭泪躺着睡不着，思虑了半夜才朦胧睡去，不知不觉走出园门，身子恍恍荡荡来到城外，看见一座古庙，匾上题着“嶽神庙”。庙里灯烛辉煌人声鼎沸，不觉迷迷糊糊进去一探，正见庙里挤满了贼寇，更有赵姨娘贾环在内，正狂笑着说些秽言，不知骂的何人。再一看，见一个贼寇按着宝玉的头要他下跪，宝玉被绳捆着，坚持不跪，被贾环往脸上扇了几个耳刮子，嘴里骂骂咧咧的。黛玉气急了，冲上去推贾环道："狗贼放手，莫打我宝玉！"赵姨娘忒斜着眼道："打还是轻的，一会就把他剐了！"黛玉闻言大惊，忙跪了下去哭着摇着赵姨娘的腿儿道："姨娘放过宝玉吧！这家里什么都给你了，这个家也全交你们当家了。我只求和宝玉住到乡下去，自种自吃，绝不依靠别人。"赵姨娘一脚踢开黛玉道："宝玉必须得死，他活一天这家我们也当个不成！那些下人会说主子还在，不肯容许俺娘俩当家，宝玉死了就没有人多嘴了。"说完扒出腰上别的刀子，往宝玉胸口上只一剜，掏出一颗血淋淋的心来。宝玉"扑通"倒地，向黛玉伸手道："妹妹，我活不成了，快来救我！"黛玉吓得魂飞魄散，忙扑上去抱住宝玉痛哭："宝玉，宝玉！"赵姨娘、贾环与众贼都哈哈大笑，黛玉拼命放声大哭。

只听见紫鹃叫道："姑娘，姑娘！快醒醒，快醒醒！"黛玉不觉哭醒，额头汗涔涔的，身上也尽是虚汗，泣道："宝玉出事了，我要去找他去。"忙起身要掀开被子，被紫鹃急忙按住了道："小心着了风。"刚巧那两个侍女披着衣服也起来了，忙叫他们拿来干手巾递给黛玉，要他自己在被窝里擦擦身子。黛玉想着梦中光景甚是揪心，心想若宝玉真的被贼寇弄死了，那可怎么是好！一时痛定思痛，神魂俱乱，又哭了起来。紫鹃不免伤心坐在他旁边，陪着他坐了一会子，黛玉才躺下睡去了。

天色刚明，紫鹃穿衣起来，却见黛玉已经醒来，拥被坐着仍是流泪发怔，额头汗浸浸的，把发鬓弄的湿乱，忙要他再躺一会儿。黛玉道："我不能再躺了，家里还有一大摊子事要做。老爷不在了，就平嫂子、大太太两个也支撑不了，我得为他们分分忧，从今可要勤快着了。"于是穿衣起来，带了紫鹃雪雁到贾赦院里去看望邢夫人。

邢夫人一夜没有睡好，云鬓散乱，目光呆呆的坐着也不梳洗，脸上犹有泪渍。嫣红、翠云端来一盆水要他洗漱，邢夫人勉强起身去拿手巾，却见黛玉进来，忙叫他坐好了。忽然小丫头来报，只见平儿进来也满脸倦容，比往昔憔悴了些。邢夫人哭道："家里就咱们三个支撑门庭了，昨儿死了那么多人。强盗还是会来，虽说园门已堵上石头，可也保不了一世，咱们婆姨家的怎能跟那些大男人似的会带兵打仗？我一见了血就头晕，昨儿也晕了好几回。”平儿道：“家里有大半奴才不肯出力和强盗对仗，也使不动，还有一干人嚷嚷着要回老家。可恨玉钏儿昨儿煽动几个奴才加入贼帮，叫我痛骂了一回，他还不服！”黛玉愤然道：“你咋不打他几个嘴巴子，如今家里人心思动，再叫这些人乱嚼嚼松动了，咱们还有什么指望？”平儿道：“玉钏说了，他们量着官府里不清不正，故而打打杀杀，为民请命。”

黛玉道：“甚是可笑，行凶了还说是为了行善，等于说我生了一个儿子，怀疑他长大是恶徒，干脆一把掐死了。还有个比方，只要老子有了错，儿子就可以杀死老子，用‘不善’来行善，就是用‘不当’来做正当之事。人人都效仿了，大家振臂一呼，拿了人的错一概上去剿杀，那些恶人也用行善作幌子一路作恶，谁晓得又有几多屈死的冤魂呢！”

平儿叹道：“自古黄巾、赤眉之流皆是以暴制乱，所谓‘官逼民反’，想是行暴竟是对的了。”黛玉道：“否也！君子杀死小人，理所当然，光明正大无有顾虑。可是小人谋反杀死君子，无理无据，必然神思摇摆不定，心生郁结自取矛盾。纵使百万人聚于一处，若是为了作恶酿成混乱，人再多又有什么益处，莫非人聚的多了就是好处了不成？”

正说着，只见李纨、李婶、李绮、李纹、林之孝、周瑞等一大群人进来了，邢夫人忙命他们坐了。邢夫人道：“家里实在不好，那几个子弟又手无缚鸡之力，还得众人帮着才好。林总管带一干奴仆守着园子正门，周总管带人守着后门。另每个主子派二十个小厮护着，其他几处角门也派人守着，都令他们时时看紧了点。”于是吩咐出去，大家忙开了。

黛玉由紫鹃、雪雁陪着往潇湘馆来，忽在园中见一群小厮正围着不知做些什么。走过去一瞧，乃是贾菖、贾菱正口吐秽语用脚去踹一个小厮的脸，不觉大怒，走过去道：“住手！你们这是干什么，他犯了什么事要这样踢他？”贾菖道：“也没有什么，我看他不顺眼，他又不肯听我的，他欠打！”黛玉见那小厮脸都踢肿了，认出是贾政那边的小厮，一向忠厚老实不敢惹什么事，便知这些小厮欺负他软弱罢了，喝道：“你们没有一个是男子汉大丈夫，连女人都不如！”【批语：此话不解，且听他说。】贾菖道：“我们不是男人，难道他这个熊包是男人？被人欺负了还不敢还手。”黛玉斥道：“我倒问问你什么才是男人？男人心胸宽豁，大肚能容，象你这样为了一句话、一点鸡毛大的事就打了起来，这能算是心胸宽阔吗？这是心胸狭窄，比女人尤甚！”贾菱插话道：“姑娘这话就不对了，男人不凶猛点怎么能御敌打仗呢？男人坏点心肠狠些才敢打敢拼。”【批语：世上所有男人皆是这么想的，何错之有！】黛玉道：“可是狗屁理论！照你这样说，坏人才勇敢了，正直的人都下不了手是不是？我今儿就告诉你，正直的人不会为了一点小事去打闹，如果别人有了危难，正直的人才会不忍心见其遭罪而挺身而出。坏人没有良心，怎么会怜悯别人而出手相救？”【批语：倒是头一次听说，颦卿不知得罪多少看官，只把世上所有男子批倒。松斋】

贾菖冷笑道：“姑娘不是男人就别妄加评论。”黛玉道：“成日没少见你们口中骂爹骂娘的，好象男人嘴里不干不净才显出男儿气概，却不知邪是渐渐滋生，盛极则危，一旦收个不住，岂不学坏？”【批语：颦卿谬论多矣。可叹！】贾菖听了气不忿，掉头要走，被黛玉挡住道：“打了人岂能随便走了，给我站住了！”恰好林之孝带二十个奴才走来，问是怎么了？黛玉因素恨这些臭男人，命都站定了，叫众人每人打十个嘴巴子，林之孝便让人每人扇了十个嘴巴子才罢。【批语：世上所有男人原来都是臭男人。颦卿既然恨男人，也该想着坏人一时也可一用。到末了只作奖赏，不令其有势力掌权不就是了？何必一概抹倒？错！错！此乃颦卿一生大误矣。松斋】贾菖、贾菱平时都是欺负别人，从没有被人当面羞辱过，不觉恼羞成怒，指着黛玉道：“你厉害，我们走！”【批语：原来真的心胸狭窄生气了，不是男人！】黛玉又让林之孝他们去那边忙着去，自己又来到议事厅。

原来黛玉因家中遭了劫难，宝玉又被掠走，惊慌失措又无计可施，心中愤恨无从排解，就拿贾菖、贾菱发泄一番。又想着园子里有大半人不肯听命抵御强人，不免焦虑成疾激起一腔忿怨，命林之孝家的把那二百多人叫来他好训话。林之孝家的道：“既然他们要走，就都叫他们走了吧，何必强求得罪人。”黛玉道：“贪生怕死不是君子，君子面对重重险恶而不胆怯后退才是行有尚矣，就似流水所经之处不论坎坷险阻皆浩浩通过，岂能为了求生而耻为逃兵？人谁不死，子曰：‘朝闻道，夕死可矣。’活着不明白事理，也是个瞎子！”【批语：颦卿

一番高论令人汗颜，吾皆不如。服则服矣，是爱不起来。】

林之孝家的听他激昂快语，也不大听懂，知道他是急了才说出这些言论，却不象闺阁作风，乃笑道："就依姑娘所说，立等叫了人来。"黛玉坐着等候，心里却似辘轳乱转，思道："我今日竟如此放的开，皆是强人逼的，可是猫急了还搂一爪子不是？"不觉掉下泪来。话说那二百多人陆陆续续过来，都被黛玉骂了一顿，不免怀怨道："姑娘说话甚是刻薄，你解释一句他就回上十句二十句，叫人颜面丢尽。"都有些气不忿。黛玉牵挂着宝玉生死，又指派几个小厮偷偷到城里打听宝玉下落。这几个小厮出了园门，见街道上冷冷清清关门闭户的，都道："上那里去找得到？找到了怕是会被强贼杀掉，还是逃命去吧！"乃沿着小径逃往别处去了。

话说黛玉在议事厅说的唇干舌燥，见日正当午便叫众奴仆散了，自觉身子酸麻，叫紫鹃雪雁陪着便往潇湘馆来。

且说邢夫人带了二十个小厮要赶往议事厅，忽见园子里一片乱嚷，众丫鬟婆子哭着乱跑，一见了邢夫人，都站住急忙道："太太快躲起来啊，强盗从西南角门闯进来了！"说完慌不择路逃往林子里去了。邢夫人也唬了一跳，忙叫众小厮带着往沁芳桥跑，偏偏和一群道人打了个照面，众小厮呵斥道："你们这些求仙访道的不在道观里待着，跑这园子里做甚？还不退了回去！"柳湘莲冷笑道："我早说过，这家里除了门口的两个石狮子干净，其余的都不干净了。兄弟们，快把他们都杀了，老大重重有赏！"邢夫人见众道人都持刀拿剑的，气的浑身哆嗦道："道士也做了强盗来抢劫了，真真老天不长眼，生出这么多畜生孽障！"

众道人呐喊着冲了上来，和那二十个小厮拼作一团。邢夫人急忙奔窜，被几个道人拦住，持刀要砍。邢夫人瞪着他们冲上去要掐某个人的脖子，被后面的道人一刀劈倒在地。邢夫人在地上翻了几个滚，仍骂不绝口，终久死去。可怜邢夫人一生好强倔犟，竟残死贼手，死不闭目，怒瞪着苍天。【批语：读至此不觉泪如雨下，愤而赋诗一首云：霓旌血污添新魂，官高衰歇何足论。胡虏未灭古人空，家破吞声谁申恨。】

这二十个小厮那是道人对手，都跪着磕头如捣蒜，俱被一一砍死。忽那边又呐喊奔来百名流寇，都与道人笑着招手，柳湘莲笑道："咱们的人都来齐了，这家我以往曾多次拜访地形颇熟，都跟我往那边去找人。”于是大手一挥，众贼寇如飞蚊般往荣府而来。

忽见贾琮带二百奴仆持刀大喊着奔了过来，林之孝、周瑞也挥着大刀夹在众人之中，又是一番混战，双方死伤甚众。林之孝也被众贼包围，周瑞慌忙来救，皆被砍死在地。贾琮见力不敌众，急忙往西边撤退。众贼边追边追逐园中丫鬟小姐，喜鸾母哭着四处寻找女儿，却见喜鸾被两个道人推来推去，哭着上去和道人撕作一团，被道人用剑刺死。喜鸾鬓发凌乱，与贼寇厮打不肯受辱，贼寇一时烦了，将他用剑刺死。有三个道人见四姐美貌，笑着追来欲行侮辱，四姐跑到湖边投到水里，不一会儿就沉了下去，湖上只荡开几个圆圈。

且说费婆子的兄弟亦在府上做事，他有个孙女叫做霁月的，年仅十六岁，看到贼人追来，来不及投湖，跳到一个井里，谁知却是个枯井。赶上来一伙贼寇找不到人了，正要返回，忽然有一贼嚷道："这井里有个丫头！”众贼拥了过来，果见里面有个女孩子，有二贼跑到一边找来挂钩合力将他挂上来，见霁月貌美，即刻起了争夺之心，都嚷嚷着拉拽撕扯。忽听霁月拼力喝道："不要胡来，我则是林姑娘，是这府里的主子！”众贼见他正气凛然，都想起钱槐等人说过，林姑娘人人都不可乱动的，要赐予钱槐的，都唬住了不敢贸然行辱，便将她带来拜见贾环赵姨娘。经二人看过，认出不是林黛玉，本想拉出去处死，然贼群中有个叫罗照的【批语：罗照，罗唣也】，最是能杀能战的，颇受贼人推崇，看见霁月有花惭月羞之貌，喜不自胜，赶上来就要搂抱，被霁月一把推开。

贾环大笑道："罗兄近来功劳卓著，正要赏赐，就把此人赏赐给你吧。”罗照喜的抓耳挠腮道："多谢环三爷了，择日便可成亲。”于是带往贾赦院内派人看守，晚上一同陪眠成欢，霁月反大方笑道："不用捆绑，我不会逃走，承蒙将军厚爱，小奴受宠若惊。”夕间掌灯摆下宴席，霁月陪饮，席间罗照被灌得烂醉如泥，霁月见之，忙从怀中掏出利刃，对着喉咙一刀将其刺死。又自言道："我一弱女子，杀一贼寇足矣。”言毕举刀，猛然朝自己的喉咙刺去，当即身亡。后人知之，莫不叹赏感慨，称其人乃是世间难逢之女中豪英。

话说贾琮领家奴跑入南院房内，把门关紧了。众贼寇在外面放火烧屋，那火顺着风势熊熊燃烧起来，不大会儿就见贾琮头面乌黑跑了出来，后面跟着众子弟奴仆都捂着口咳嗽不止。道人上来又是乱砍，又有几个奴才丧命。贾琮见院外站满了强盗，慌忙退到后门，撞开门跑了出去。众强贼正在搜寻园子，忽见玉钏领二三十个丫鬟小厮跑来，正要挥刀迎上，忽听玉钏喊道："莫要动手，我们是来投奔的。"众贼笑着接纳，玉钏便告诉他们园里的情形。司棋同潘又安一伙，还有十二个戏子也兴冲冲的前来淘些好处，又打又骂。

话说傻大姐见邢夫人被砍死，吓的跑到潇湘馆哭道："宝二奶奶，不好了，强盗闯进园里杀人了！"黛玉正拿着帕子哭啼，听罢惊的站起奔到门外往那边观望，却见浓烟滚滚，吓的哭喊："紫鹃，快去叫平嫂子把家人都召集起来抵御强盗！"紫鹃、雪雁慌忙应了去园中叫人。不多时，贾敕、贾效、贾敦、贾衍、贾珖、贾璎、贾琛、贾璘、贾蓁、贾萍、贾藻、贾蘅、贾芬、贾芳、贾荇、贾芷都带了众奴仆往园中奔去，与贼寇拼杀了起来。黛玉在潇湘馆由二十个小厮护着等候消息。

约半个时辰过后，听小厮来报，说从西南角门闯入赵姨娘、贾环、钱槐的队伍和道人干上了，贾环分散一队人往园子里别处搜查财物，又杀死几个丫鬟小厮。黛玉见家败人微，众家人被强盗当作草芥任意作践，大哭。紫鹃见他这几日身心疲惫面容枯瘦，眼儿肿的老高，也哭了起来。

钱槐以前被主子训过几回，说他聚赌小窃，怀怨久深。今日得大展拳脚，庆幸可以报仇，逮住贾衍贾璘，一番踢打痛骂好不快意欣然，又百般侮辱折磨二人。贾衍、贾璘禁不住他的虐待，哭着讨饶。钱槐道："皇帝年年坐，今年到我家。你们当初多么猖狂，竟也有今日。哈哈，真乃天助我也！"仍虐打不止。

忽然彩霞同他妹子小霞从那边过来了，看见赵姨娘急忙要躲开，偏偏被他们看见了。赵姨娘向二人招手，二人不情愿走过来堆笑着对赵姨娘问好，贾环便问二人可否加入队伍，二女都笑着应允，又拦众人道："他两个都已经死了，不必打了，往湖里一扔了事。"钱槐便笑着命人将贾衍、贾璘投掷湖中，只听"扑通"一声，二人沉入湖中不见了。

赵姨娘忽见那边有众多府中丫鬟小厮提水救火，要过去乱杀，被钱槐劝住了，不解问道："钱兄弟莫非动了恻隐之心？"钱槐冷笑道："非也，园中着了火，蔓延各处财宝就得不到了。等他们扑灭了火，再把他们斩了不迟。"赵姨娘贾环都拍着他的肩膀夸他聪明，钱槐心中甚为畅快，也哈哈笑了起来。

彩霞、小霞转身跑到荣府去了，看到几处着了火，花木或被践踏或被烧尽，庭轩也烧成了残垣断壁，都握口哭着往这边来。一路看见很多小斯丫嬛婆子，并偷偷告诉他们赵姨娘贾环他们现在何处，要他们提防着点。忽然迎面与贾环赵姨娘等遇见了，贾环喝骂道："这一会往那里去了？不见个人影，人多杂乱切不可乱跑。"二女笑着点头称是，走到队伍里。又见几个贼寇提溜着来旺妇一家过来，内中便有他的夫君和小子，都跪着哭着求饶，被贾环等捆住了推到一个屋子里。

彩霞、小霞趁众人忙乱之际，来至屋内为他们解开绳索，让他们快快逃命去，旺妇一家哭道："当初不该仗势强娶姑娘，如今不计前嫌尚要救助我等，实在感激不尽。"说罢叩头而去。然却惊动了贼人一伙，呼拉拉追将上来，无奈旺妇一家早已逃远了，只见彩霞小霞竟在屋内，赵姨娘大喝道："定是你们两个小蹄子放跑了来旺一家，还不速速招来。"彩霞见此番难再辩驳，抬头冷笑道："真是老天不长眼，我当年在奶奶身边，每每有什么好的都不忘给汝留了点子，如今竟变成了歹毒没人伦的孽障狗贼，真真辜负了我的一片真情实意。"赵姨娘贾环闻言大怒道："下人竟敢教训其主子来了，真反了天了！"言罢持剑便刺向二人，可叹彩霞小霞姊妹双双被刺死在地。不知后事如何，且听下回分解。

# 第九十四回

## 骨肉泯良女落风尘　贵贱失恶奴劫浮财

【回前批：

白骨叠重谁人收，新鬼旧鬼声啾啾。千秋遗恨一捧泪，京邑零落草木朽。】

诗云：

繁花落尽风絮阶，趋荣避危鱼贯列。

骨肉相剥幸偶缘，泪眼论世情味切。

话说贾蓉贾蔷带领一路强贼朝贾家而来，队伍正在街上走着，忽然迎面笑嘻嘻走来一女，摆着手儿喊道："大哥哥弟兄们辛苦了，小女子赶来投奔了。"蓉、蔷、薛蟠惑然一看，原来是个妖佻女子，乃是多姑娘也。

贾蓉笑道："此女乃淫贱无羞之徒，恰好队伍里弟兄们都欠缺娘子，那十二个戏子又傲慢的很，几十个分一个他们还挑三拣四的，此女是个情场使惯了的，一个人可应付诸多，就纳归队伍吧。"薛蟠不等说完，乜着眼嘻嘻笑着跑上去拥抱多姑娘道："老相好，想死大爷我了，快做个嘴。"多姑娘果真把嘴迎了上去，又跑至队伍里摸摸这个亲亲那个，弄的众人都狂笑不休，个个上来去抓弄于他。多姑娘因丈夫不知去向无处投奔故赶来加入贼帮，瞅准机会想捞些便宜，又可填补些淫欲，却是佳事。

话说黛玉不敢妄自走出潇湘馆，怕与贼寇逢迎，只是问问紫鹃外头怎么样了，紫鹃说："园子死了不少人，好惨！"黛玉听了心有所触，握帕子频频掩泣，对紫鹃道："那些人不知那来的虎狼心肠，对人这般凶毒，弄的人心里五味杂陈了。上天有好生之德，百姓沐天地之恩，本应仁德待人，然民众多逞一时之快，喜好凶暴损折之事，虽有天神地狱因果报应之惧，然又有几人看见神了。故众人不信世上有鬼神，因而越发恣意放肆起来，竟有快意之感。施暴于人，己无不适，他人体痛，吾觉甚乐。坏人之伦常，损天物，折美景，煮鹤焚琴，何其快意，何其侥幸！故贼寇多乐于行恶积祸，实乃藐视天神败坏伦常，此其一。其二，贼人真的四处作恶却自觉阻碍不通，毕竟他人有何罪责却遭杀戮，又己方贼友多有死伤，日日觑着敌我死死伤伤皆非正义，恰是违背天意。善恶正邪搅在一处，情情恨恨偏偏相牵，纠结迷惑缠绕心头，苦痛寂寥无尽挣扎，本欲以暴觅欢，到头来还是拿了己矛戳了己盾，却是何必当初悔亦晚矣。谁说男儿皆聪慧？杀伐者持以正道坦然自在，行暴者不合礼仪仁义必然迷惑刺心。”

紫鹃道：“姑娘所说恰是如此，只是这世上未有后悔药可吃，谁也不能预见未来，历练多了，心绪也凌乱浸染诸多，又有几个人知道知难而退见好就收呢？”正在谈论，忽见春纤进来道：“平奶奶来了。”黛玉急忙迎了出去。平儿笑着进来，问黛玉身子可好了些，黛玉笑着说好些了，因同平儿商议把园中众多族中子弟趁夜从角门放出去，先在外头避祸多日，等他日家里太平了再让他们回来。众子弟应允了，都打扮成小斯模样在半夜往宁府南角门往外走，谁知道外头埋伏了甚多流寇，抓走两个，有几个拼命奔跑逃了出去，余下多人仍然回来了，对黛玉说了根本不好出去，黛玉听了甚是焦虑，成日伤感落泪病情愈发加重了。

平儿趁乱由王仁、旺儿及几个小厮护着，带着巧姐欲从贾府西南角门偷逃出去，无奈早有流寇隐藏门外，只好叫人找了软梯翻墙过去。此去投奔的地方平儿早就暗暗盘算好了，就是离府不远庄子上姓周的一个地主，其人家资殷实，虽是一介乡绅但极通文墨风雅不俗，早年就与贾政相契合，并有一子名周新贤，爱如珍宝，自小喜读圣贤书，整日舞文弄墨，小名世示，文采极好，本欲求取功名，可惜时值末世难以施展一身才学为国分忧，每日家唉声叹气无可如何。周乡绅因见巧姐年岁与其子相近，也曾向政老暗明此意，无奈贾琏自视甚高，不找个王孙公子誓不罢休，从未把个土财主放于眼里，只能作罢。因时下淑德贤良女子越发难寻，其子自今仍未娶亲。此事政老与凤姐说过，故平儿知道底里，如今贾府遭难平儿便想到周家也是巧姐个好归宿，便带着巧姐搭上软梯，王仁先攀了上去，意欲墙外接应巧姐。

话说赵姨娘、钱槐一伙在园中遭逢一路人马，乃是柳湘莲、冷子兴率领的道人及强梁汇成的队伍，都是为贾家余财而来。两派在园中打的昏天暗日，一时分不出伯仲。贾蓉、贾蔷带另一路强贼在院门外尚未入进，推门久久不开，从门缝里一探，看到已被重重石头堵住。正在叫骂，忽听园内杀声震天，似有千军万马在里边征战，都甚为诧异。贾蓉道："定是赵姨娘那起狗贼在里面混搅，此时进去未必得益，不如撤了回去，等他们都散了再来不迟。"忽见墙头上慌慌张张翻下一人，背着包裹拿着软梯，认出是凤姐之兄巧姐之舅王仁，忙命众贼把他揪了过来。

王仁吓得浑身发软两腿打转，哭道："蓉哥儿，念在咱都是亲戚，就放了我吧！"贾蓉笑道："放你也不难，你只把家里银钱所藏何处交代的清清楚楚，就没你什么事了。"王仁道："我那里知道？须问老爷太太们。"贾蓉道："那我留你也没有用了，就杀了吧。"王仁大骂道："孽贼！你就想着咱家的银钱，连骨肉亲情都不要，你还是人吗？"

忽听墙头上有人哭喊："舅舅，我下不来了，快来帮忙！"众人一看，只见旺儿扶着巧姐骑在墙头上。贾蓉心内一动，喊道："哥哥救你下来！"于是叫几个弟兄过来，在他们耳边低语一阵，这几个贼寇过来道："你骑我肩膀上，一个摞一个，去把人救下来。"于是众位人摞人把巧姐救了下来。旺儿也要下来，被上头的那个人偷偷一推，旺儿在墙上站立不稳一个跟头栽了下来，摔的七窍流血，蹬了几下腿就一命呜呼了。

巧姐哭着要过去救他，贾蓉笑道："他伤的这么重，你过去也无益。"因喊道："你们过去把他抬走找人去救！"过来两个贼答应了抬了旺儿走了。一时平儿也翻过墙来，看到巧姐与贾蓉在一处大惊，叫王仁搭好软梯，顺着王仁搭好的软梯下来，搂着巧姐呵斥贾蓉不要乱来。

冷子兴、柳湘莲的队伍和赵姨娘、钱槐一伙血拼多时，因占不了便宜，只得从东南角门撤了出来。赵姨娘、贾环忽然看见有二十个小厮护着嫣红跑入贾赦院内，忙命人去追。嫣红让小厮赶紧关上院门，不曾想却见众贼追了过来，暗暗叫苦。

众小厮都持着刀棒用身子顶着门，众贼在外面撞门不入，大骂不止。嫣红忙命其内十人在院子里间找东西往外抛掷，以图砸到墙外之贼。这十人有的捧着花瓶，有的捧着花盆，有的拎着椅子都往墙外扔去，只听外面一阵惨叫。嫣红冷笑道：“快去找愈多的东西去，勿让狗贼进来了。”自己也到里间搬着香炉过来递给小厮。

贾环、钱槐这一回学精了，都往后退了好远。赵姨娘道：“叫他们砸吧，把屋子里东西砸完了，我看还拿什么来投！”有小厮从墙洞里看到众贼躲的远远的，忙过来告诉嫣红道：“奶奶，不好了，他们都退后了，砸不到了！”嫣红听了甚为心焦，忙到后院来察看，却见墙头足有两人之高，难以攀爬。又听墙外有人低语吃了一惊，急忙赶往前院来，只见那十个小厮仍在用身子顶着门，另十人正吃力推着一个大缸滚到门边。

嫣红忽见墙上露着一个人头，唬的叫了起来，两个小厮忙用花盆投掷，把那人又逼了回去。谁知后墙上也爬上两个人，顺着墙身跳了下来，嫣红忙令四个小厮上去和二贼搏斗，二贼扬着刀喊着奔了过来。小厮忙让嫣红躲里间去，嫣红无奈只得进了贾赦书房。墙上爬来的贼越发多了，渐渐的积了二十人之多，众小厮和诸贼呐喊着拼作一团。

一番厮杀过后，院门被撞开，赵姨娘、钱槐、贾环也带人闯了进来，这二十个小厮不是诸贼对手，都被砍死在地。钱槐与众贼闯入各房寻找嫣红，不多时奔入贾赦书房，都拥了进去。钱槐等持刀走向嫣红，只见嫣红也不闪躲，站在桌边冷面低头不语。良久，一贼持剑刺向嫣红，嫣红倒了下去。【批语：又一个薄命裙钗，叹叹！】

赵姨娘、贾环见嫣红已死，舒了一口气道：“又死了一个主子，这回好多了，家里就剩姓林的一个了，好对付的很。”钱槐笑道：“婶子依侄儿一事，侄儿感激不尽。”赵姨娘道：“什么大不了的事只管提出，婶子都依你就是。”钱槐道：“侄子以前看中柳家的五儿，可惜他命短病死了。如今侄子又看中一人，望婶子成全。”赵姨娘道：“怎么婆婆妈妈的，赶快说了吧！要娶谁都答应了，正立等着往那边去呢。”钱槐笑道：“侄子想娶着姓林的。”贾环听了不高兴了，道：“什么人不好，偏看中他，我烦他！”钱槐道：“林姑娘那容貌世间稀有，侄子还得了相思病呢。”赵姨娘道：“好了好了，答应你了！马上就告诉兄弟们知道，若见了姓林的，要他们留下活口，不可动了毫毛就是了。”钱槐道：

“就是如此！”于是众贼又赶往潇湘馆来。

只见虽是春季，因多年大旱，地里远远望去庄稼枯黄草树蔫萎，几个乡婆子弯腰在剜着野菜。平儿巧姐与几个小厮急匆匆走着不敢顿言，路上走过几个村童讶然打量他们，皆不敢上前盘问，因世道不宁谁都不肯惹是生非。平儿等正在行路，却见后面急促奔来十几个拿刀拿剑之人，唬了一跳匆忙往小路跑来，谁知那些人跑的甚快，不大会子赶上来了，都吆喝道：“这回看你们往那里逃？”

众贼人便一拥上来把平儿巧姐等围个铁桶一般，平儿护住巧姐大喝道：“朗朗乾坤，贼人竟敢拦路抢人，眼里还有王法吗，你们就不怕天打雷劈么？”众贼人闻听不由得一迟疑，忽见赵姨娘贾环同一伙人从那边来了，大骂道：“你们这些耳软心善的，还不上去把他们绑了。多亏小六在那边哨探住了，认出是荣国府的人，不然那有今日。”不由分说上来便要抓人，小厮奋力保护平儿巧姐，与贼人一番拼杀，皆被乱刀砍倒在地。有四个壮汉上来便把平儿巧姐二人捆绑了，一贼嚷道：“快带往嶽神庙看押[8]。”

赵姨娘、贾环素来对凤姐怀怨，一路命令众贼对平儿巧姐又踢又打，狠毒折磨二人，平儿尽受殴打虐待，面色红肿，哀求道：“各位兄弟，求求你们不要打巧姑娘，他还年幼，要打就打我罢。”那里有人听他的，仍是一路揉搓推搡赶往嶽神庙，早有钱槐等在门口嘻笑道：“逮着个主事的，环三爷颇有本事。”贾环得意挥挥手，众人进了庙里。

宝玉正被捆绑着缩在墙角，猛然看见平儿、巧姐也抓了进来，大哭喊道：“你们这些挨天杀的，连小姑娘都不放过，赶快放人，我和你们拼了！”扎挣着起身，被几个贼人按住了朝脸就是几拳，打的腮红颊肿低头恸哭。众贼拥了上来，把平儿、巧姐围着，你掐一下我捶一下，笑着折磨取乐。巧姐头发凌乱，被人生生拽掉一撮，疼的大哭。平儿绷着脸不语，任他们虐打，耳环被人一把扯掉，耳朵滴下血来，一贼挥拳对着平儿面上一阵雨点打来。宝玉扎挣着起身哭喊不停，被贼人死死按住。

---

[8] 第四十二回蒙本侧批：“应了这话就好”，批书人焉能不心伤？狱庙相逢之日始知“遇难成祥，逢凶化吉”实伏线于千里，哀哉伤哉！此后文字不忍卒读。辛卯冬日。

平儿被人推倒在地，众贼上去笑着踩踏，贾环笑道："给我往死里打，真是大快人心。"平儿又被拽着头发拉了起来站着，一贼拿刀在他脸上划了几刀，血流如注。平儿骂道："那里来的饿不死的野狗杂种，要动手就快点，别磨蹭了！"贾环道："就依他说的，捅了他。"巧姐惊恐哭喊不停，不觉晕倒在地，被人拽到一边。几个贼人围着平儿，持刀往其身上狠命捅了几十刀，平儿倒地而亡。

宝玉瞪着眼睛看平儿被杀死，脑子"轰"了一下，自言自语道："天底下竟然有这样无情的事，世人竟比豺狼猛兽还要凶残。"忽然又哭又笑，不知咕哝着什么，不觉扑倒在地昏了过去，几个人把他拖到后院去了。贾环、赵姨娘看巧姐昏倒在地，笑道："谁叫你生不逢时，生在官宦之家。"使眼色要人把巧姐弄死，忽然听见有人嚷道："赶快住手，不可胡来。"

赵姨娘、贾环转头一看，只见一个老妪颤颤巍巍同两个人进来，原来是刘姥姥同贾蓉贾蔷进来了，颇为吃惊。钱槐道："好大的胆子！竟敢闯入咱们队伍里来了。"赵姨娘笑道："咱们可是死对头了，来人，把他们都乱刀砍死！"贾蓉厉色道："住手，你们看看外面是什么？"赵姨娘等往外一瞧，只见黑压压一片都是人，怒道："想打还是想求和？说罢！"贾蓉道："今日咱们不是奔着打杀来的，只求你把巧姑娘放了，咱们立等就走。"赵姨娘笑道："他与你们什么好处要这样拼死救他，这位刘姥姥我也见过，你怎么也搀和进来了？"刘姥姥颤颤巍巍道："我是路过此处，看见你们队里有俺们庄子里的几个邻居，听他们说巧哥儿被你们抓进来了我就来了，求诸位发发慈悲把他放了。"赵姨娘笑道："又一个知恩图报的主，你说放人就放人，说的好轻巧。"贾环看外面人多，对赵姨娘道："罢了罢了，母亲就放了他罢，来日方长，又不在这一时。"赵姨娘点头应允了，挥手要众贼放人，贾蓉、贾蔷上去搀扶着巧姐，同刘姥姥出去了。赵姨娘诧异道："贾蓉贾蔷这样帮刘姥姥，敢是刘姥姥给了他银子？"钱槐笑道："谁见钱不亲，一定是刘姥姥用钱求他们了。"贾环命人把平儿尸首抬野地里埋了。

刘姥姥看巧姐昏迷不醒，拭泪哭道："好狠毒的贼寇，把人打成这样。"贾蓉、贾蔷道："姥姥放心，巧姐就交给我们了，你老人家也该回去看看了。"刘姥姥对贾蓉贾蔷道："你们都是他的亲哥哥，我把他交给你们了，那边还有几个乡亲叫我一同赶路呢。"说着告辞同两个村民走了。

不多时，巧姐呻吟着醒过来了，看见贾蓉贾蔷唬了一跳。贾蓉、贾蔷笑道："巧儿可醒了，是我们救了你，咱们快赶路罢！"巧姐抽泣道："多谢哥哥搭救，他们怎么轻易放人了？"贾蓉、贾蔷笑道："我们路过那里，看见他们要置你于死地，就花了银子把你救出来了。"巧姐感激涕零，又哭道："二娘怎么样了，我好害怕。"贾蓉低头叹了一口气道："他被乱刀刺死了，他们太歹毒了。"巧姐闻言放声大哭，贾蔷急忙止道："到处是他们的人，别叫他们听见了，咱们还是赶路罢。"

巧姐只得忍住哭声同他们匆匆赶路，心想："他们俩的话也颇多疑，怎么花几个钱就能救人出来，好生奇怪。罢了，先安顿了再说。"三人走了一会歇歇脚，巧姐道："如今我有了危难，哥哥一定要帮我，当初娘亲给了你们多少益处，你不帮我就不对了。"贾蓉笑道："怎么不帮？叔叔婶婶已托我们给你找个好婆家，就在城东的渡口一带。家里你是回不得了，不如现在就跟咱们去那里把你交给你的婆婆吧，你婆婆家是大富人家，这回巧妹可遂心了吧？"巧姐不觉红了脸道："家里我没法回去了，你带我去吧。"

贾蓉、贾蔷便将巧姐带回城外的城隍庙里，叫众贼去给巧姐端吃的来，又摆了一桌酒菜招待王仁。巧姐在里面饿的不轻，狼吞虎咽的，一贼笑道："小姑娘生的着实俊俏，能卖个大价钱。"巧姐怒瞪着他道："你胡说什么，看我不告诉蓉哥哥去！"那贼忙道："我是顽笑话，姑娘别生气。"巧姐噘着嘴把头扭到一边。那边贾蓉一边夹菜一边嘱咐王仁道："你带了巧姐到瓜洲去，在那西岸渡口有个烟香院，你把这信笺交与鸨母，他就知道了。我没有工夫去那里，这边还有事。若派了别人去，怕是巧姐也不相信他，他就信你这个当舅舅的。"王仁接了信笺，笑道："蓉哥就放心吧，交给我了。"贾蓉道："就怕你取了钱就不肯回来了。"王仁笑道："到处兵荒马乱的，我能去那里？我又不傻，回来同兄弟们一同打天下，可不比四处流浪强，再说你还分我些不是？"贾蓉笑道："明白就好。"王仁吃饱喝足，抹抹油嘴，起身便到里面找巧姐道："巧儿吃好没有？舅舅带你去瓜洲见你婆婆去。"巧姐红了脸，也不说话，只是含笑点头。王仁便带他出了城隍庙，贾蓉已安排一贼驾了马车在门口等着，贾蔷也装模作样笑着和巧姐挥挥手作辞。巧姐含泪坐上马车向蓉蔷摆手道："哥哥要常来看我啊！"蓉蔷笑了笑转身回庙里去了。赶车的一扬鞭子，马车飞驰而去，一路扬起漫天尘埃。

且说王仁带着巧姐在路上奔驰了几个时辰，到天色暗了才来到金陵津渡瓜洲渡口。只见潮落月起烟笼夜江，远远有几点星火人家。秦淮河畔停着画舫，舫上灯火通明，时时传来官客歌姬的狂笑。【批语：怎不闻《后庭花》曲？可叹！】马车过了朱雀桥，来到了州南一条街道，在偏僻的乌衣巷停了。赶车的叫王仁巧姐下了马车，说要回金陵城隍庙，先坐上马车走了。王仁带巧姐往巷子深处走来，只见有几个门庭挂着通明的大红灯笼，里面娇笑浪叫不断，有两个客官一人扒着一个浓脂艳粉的女子大笑着出出进进。巧姐见状不妙，扎挣道："舅舅怎么带外甥女到这污浊之所来了？"王仁笑道："到里面找一个熟人就出来。"巧姐疑惑着往后退了两步道："那舅舅先进去办事，我在外等着。"王仁不耐烦道："这闺女怎么连舅舅也不信了？你在外等着，那些客官看到了还把你拐走呢！"不由他多说，硬推着往院子里来。

里面停着些车马，有几个挺胸叠腹的锦衣客官在追逐歌女。巧姐惊恐着藏在王仁身后，被他带到里面，与鸨母见了。鸨母上下打量了巧姐半天，又摸了摸下巴，笑道："是个上品货，还未有破瓜，值些银子。"于是付给王仁四百两银子，又安排了客房让他住了，叫了个女儿陪他，明日再走。王仁喜的浑身痒痒，抓住妓儿就要亲个嘴，被妓儿笑着打了两下，拉他要往楼上去，巧姐被两个壮汉生拉硬拽往后院里去。

巧姐一边哭喊一边骂道："好个狠心的舅舅，把外甥女往火炕里推。还有那两个奸诈的哥哥把我卖了这里来，还算甚么一家子骨肉！"鸨母呵斥道："你是我几百两银子买来的，就得听话，不然弄瞎你的眼，嚎什么嚎，死了爹妈不成！"一脚踢到身上，巧姐不敢吱声，被拖到后面受训教去了。可怜豪门千金，家亡势败，被狠舅奸兄拐卖，从此沦落风尘，玷污清白，可悲可叹！【批语：凤姐琏兄若地下有知，不晓该作何感想。癸酉九月夜窗泪笔。畸笏】

话说黛玉见宝玉被贼寇掠走，生死不知，派了几个人去外头查问也不见人回来，不觉心急如焚。忽见贾环之鬟彩云在门口探探头，不觉吃了一惊，以为贼寇已打了过来，慌忙站了起来。紫鹃命小厮把彩云抓了进来，彩云流泪道："林姑娘，我是来给你报信的，赵姨娘已经在村里把平姑娘杀死了，姑娘快跑吧。我是趁他们不注意才赶来的，我就是死了也不跟这些贼寇为伍。他们都不是好人，我情愿来护着姑娘。"说完泪落如泻。

黛玉听他说平儿已死，不觉昏了过去，紫鹃等忙把他扶起，搀到炕上。半天，黛玉才"哇"的哭出声来道："这回可好了，主子就剩我一个管事的了，你……你们快去跟强盗拼了，我也不活了。"紫鹃、雪雁都哭了起来，再看黛玉这几日饮食懒进都瘦成一把骨头了，早起头儿也不梳鬓发散乱，一直哭到现在目光也呆滞着，都心如刀割哭的更凶了。

彩云见屋子里只是啼哭没人理他，也流着泪跑了出去，跑到荣府正见赵姨娘马道婆领众贼在凤姐王夫人院内翻找东西，忙迎上去道："我来报个信，姨娘。林姑娘已经翻墙跑了，咱们是不是到外面去追？"赵姨娘扇了他两记耳光道："吃里爬外的东西！撒谎骗主子，环儿过来，打他一顿！"马道婆咬牙冷笑道："象这样的叛贼应乱刀砍死。"赵姨娘果然夺过一贼的剑把彩云一剑刺死，彩云哀叫几声倒地而亡。【批语：他竟有这样心胸，肃然起敬。】

赵姨娘、马道婆正在翻找首饰，忽见一贼进来道："那边来了一队人马跟咱们的人干上了。"赵姨娘、马道婆忙跑出去寻看，只见有一队人马来历不明，正挥刀砍向自己的人，见起来势凶猛自己的人都招架不住，忙喊了贾环钱槐先撤出园子去搬救兵。贾环、钱槐只得骂着领众贼撤出园子，仍往嶽神庙去了。

原来冯紫英因见贾家遭难，忙领着朋友和一群官里的军卒前来搭救，与卫若兰等奋力杀寇一时取胜，赶回潇湘馆向黛玉报喜。黛玉听了也欣喜不已，只是一想起宝玉又哭了起来。只见贾芸、小红夫妻俩进来道："奶奶休要多虑，咱这就去外头打探宝二爷的消息，再设法把宝二爷救出来。"黛玉道："就有劳二位了。"小红因父亲被贼寇杀死，发誓要取了他们狗头为父报仇。他与贾芸已成婚半年，此回贾府蒙难，夫妻两个也出了心力。黛玉一心想知宝玉下落，忙命二人出园门到城外打听去了。一时胡乱吃了晚饭，看了些书就躺下睡了，紫鹃也依枕睡着了。

黛玉翻来覆去睡不着，拥被坐在炕上，望着窗屉发怔。轻轻下得炕来，走到窗边，打开窗子，只见银河耿耿，明月清朗，寒气侵人，秋气日深，顿觉浑身发凉，望着迢迢银汉，模糊几颗星儿，心内愈发感伤。轻轻踱步披了衣裳坐到桌边，又从抽屉里翻出两个帕子，看到上面写着三首诗，乃又想起那年的事来，不觉拿着帕子滴下泪来，心想："宝玉不知此时身在何处，那些贼寇不知怎样对他？"越思越痛，竟伏案抽泣了起来，惊得鹦鹉也□（按：原文空缺）动翅膀叫道："姑娘，吃药罢！姑娘，吃药罢！"那边紫鹃早已惊醒，披着衣裳过来服侍，急切问道："姑娘怎么哭了，已经是亥时了，穿的又这么单薄，仔细不要受了风了，快躺下捂着。"黛玉拭泪慢慢的走到炕边，眼里仍是泪珠儿不断。紫鹃知他是挂念宝玉，也止不住掉下泪来道："我也不知怎么劝姑娘，这失眠之症也不是一天两天了，又每日眼泪不停，只是要姑娘好生珍惜身子。夜深了，姑娘安歇了罢。"黛玉听从躺着，看紫鹃去睡了，自己仍是忧心炳炳，一夜不曾安睡。

黛玉因见平儿已死，只余自己一个支撑局面，不免心急如烧，待下人未免草率苛求了些，半夜三更也催着众奴仆起来在园子里等着抵御贼兵。想贾府势败人亡，只有一个裙钗勉强维持，黛玉既非男儿，岂有领兵之道？心慌意乱只是瞎指挥，刚愎不明只是一意孤行，又多疑心窄，故不得人心[9]。那些下人见他是闺阁弱质，贾家又势败无望，都不肯听他指挥，只是贪生惜命懒散无为，一心想着逃出园子自便。有几个跟黛玉顶撞了起来，黛玉女子家不免又生气叫小厮打了他们一顿，他们就私下造谣说贾家已无指望，都说黛玉待人刻薄狠毒，说了黛玉不少坏话，渐渐的越发有更多的奴仆都不肯听黛玉指示了。只有个别丫鬟小厮还听着些，但也是少数人罢了。【批语：可叹颦卿不通战事又妄加指挥。若阿凤、贾政、贾琏、探春犹在，贾府何惨败如此？叹叹！畸笏叟】黛玉见势单力薄不得人心，更发了狠，心急之余更刻薄起来，白天黑夜也不停的哭，泪亦殆尽。

冯紫英、卫若兰守在园里蛰伏不动，等着御敌。鸳鸯在园中冷眼察看多时，觉的贾家已无指望，自己也私下拉帮结派，偷偷笼络了一伙奴仆丫鬟待机而行，等贾家灭尽就揭竿而起，占了贾家地盘自己好称主子。只是见几路人马来袭不好插一杠子，先让他们鹬蚌相争自己好渔翁得利，故不让自己的人动手，只静观

[9] 第四回甲戌侧批：这一句衬出后文黛玉之不能乐业，细甚妙甚！

其变。

且说冷子兴、柳湘莲带贼寇复又闯入贾家厮杀，任人怎么说只一口咬定贾府尚有财物藏在某处，不信贾氏豪族不剩一文一厘。冯紫英、卫若兰见贼寇又来，奋起抗杀。谁知此次冷子兴柳湘莲带的人极多，甚而有几人带有枪弹，冯紫英卫若兰暗暗叫苦，拼杀多时，伤亡了诸多弟兄。冯紫英不慎腿部中弹，一瘸一拐由友人护着从西南角门撤了出去不敢再来，一时也下落不明。

贾敕、贾效、贾敦、贾珖、贾璎、贾琛、贾藻、贾蘅、贾芬、贾芳、贾菌、贾芝、贾荇、贾芷见状不妙，忙带众人拼死抵抗。幸好卫若兰连夜赶回卫府又带了一干子弟和一些枪弹回到贾府，又把贼寇打退出园子。黛玉急忙令人将各处园门堵死，墙头上都插上蒺藜。

且说小红、贾芸来至城里打听宝玉下落，却见城里空无一人，都关门闭户的，也找不到人问。正在焦虑，忽见瘦子、王短腿牵着马从巷子里探出头来，忙招手喊了一声向二人走去。瘦子、王短腿这几年做了不少生意，也换了几样，都因世道不兴而赔了不少，此回正要带了家人藏往深山躲避战乱，忽见贾芸、小红走来，都笑道："芸儿从那里来？"贾芸便问二人可知宝玉下落。王短腿道："这个倒是不知，想以前咱们去他那府里借银，他家的太太也不嫌弃，施舍了不少东西给咱。如今他家遭了难，咱也该知恩图报，出点力帮着些。这样吧，我跟瘦子去西北角打听，你二人往西南去问，咱们分散了走，到了晚间就在我家聚了可好？"贾芸道："多谢王哥帮忙，芸儿不胜感激。"

王短腿又把马匹牵回巷子里自己家中，同老婆儿女说了要到城外去找宝玉下落，他老婆女儿都埋怨道："你是不要命了去管这闲事，咱们还立等着逃走呢，怎么又冒死去找强盗的住处！"王短腿道："咱只是打听着宝二爷关在那里就不用多管了，又有什么！"王妻想着当初得了贾家不少恩惠，也不好意思答应了，只是催他快些回来才是。王短腿便与瘦子往城外来。

且说贾芸、小红走在城西南，忽见路边匆忙走着一人甚是眼熟，仔细一看原来是芳官挎着竹篮，篮里搁着野菜，心想："反正也问不着人，不如见一个问一个，也许就有线索了。"乃笑着走上去道："芳官！"芳官回头一看，认出是贾府的人，乃道："小红姑娘怎么乱走动，现今到处都有杀人越货的，你就不怕？”小红笑道：“那你怎么出来了，你竟不怕？”芳官冷笑道：“我怕什么！我们十二个都有人护着，谁都不怕。”贾芸、小红听他说的奇怪，乃道：“不妨说来一听。”芳官道：“现在谁不找出路，我们已经跟柳二爷加入帮里了，就在那边一个庵堂里住着。不怕你笑话，庵里还住着好多男人，都是咱们的兄弟，二位何不加了进来，大家一起干。”贾芸道：“正有此意，只是大仇未报，也没心思入会了。”芳官道：“你和谁结了仇？”贾芸道：“是贾家的宝玉，以前屡次欺负我们，真想取了他的狗头！”芳官笑道：“我知道他在那里——”话未说完顿觉不妥，忽然又停下来打量二人半天，又闭口不提了，转身就走。

贾芸、小红忙追了上去问个不住，芳官一句也不说，仍是不住行走。贾芸、小红见他不理不睬，只得停下脚步任他走远了。贾芸道：“他一定走不多远，这边有个尼姑庵，旁边那多远有个嶽神庙，我以前来过。咱们就探庵一问，可能宝玉就关在庵里也未可知。”小红道：“这回可有线索了，立等就去。”于是二人往庵堂走来，走了好大会，只见庵门口守着几个贼寇拿着大刀站着。二人也不顾生死，一直走了过去。不知后事如何，且听下回分解。

# 第九十五回

## 水月庵龄官挞贾蔷　嶽神庙茜雪慰宝玉

【吾拟一回目："醉金刚风雨行侠义 痴丫鬟危难献忠贞"，可作筛选。松斋】

诗云：

黄巾电扫苑已暮，哀弦一曲向谁诉？
天地变幻敌我用，人情反复鬟救主。

话说贾芸道："这儿不远有处水月庵，离水月庵一里之外有处嶽神庙，往日我外出买香料多次经过，故而很熟。这一带十分荒凉，没有几处人家，芳官定是和贼寇住在这尼姑庵了，咱们去打探一番。"

走不多远，忽见远远走来两人与他二人打个照面，仔细一看，不是别人却是倪二和一个面善的丫头，一时也想不起叫什么。小红道："这个不是宝玉屋里的茜雪吗，已被宝玉赶出府里多年，怎么跟倪二走在一块？"

原来这倪二是个泼皮，专放重利债，时时混迹于赌博场，专管打降吃酒。近年因世道不兴，几处场子都关了，他也不知了下落。今日竟偶然巧遇，倒也意外。茜雪自从被逐出贾府，往恒舒典当铺当钗环，遇见同街的倪二是个仗义疏财的汉子，同他诉了遭遇，倪二生了怜悯之情，要他有了难处去找他接济，二人日子久了就常来往了。茜雪时时在街上卖些菜果度日，倪二见有恶霸欺凌他了就上前助他一助，茜雪尚未出嫁，拜了倪二干哥哥。因近年天灾人祸不断地里收成不好，茜雪也进不到菜果去卖，只好替人做些零活。

倪二大笑着迎上来道："敢是芸儿不成？多年不见了，这又是去往那里？"贾芸道："倪大哥从那里来？那年多谢你借我十五两银子，小弟才解了燃眉之急，大哥真侠义心肠也！"倪二笑道："不算甚么，哥哥我要到城里办件急事，回去咱们摆了酒菜好好聊。"贾芸道："那就不妨碍大哥了。"倪二和茜雪急急走了。

贾芸、小红仍往前边赶路，不多时果见一庵，便和小红信步走来。那几个看门的强贼都持着刀眼神凶凶的迎上来道："从那里来的，干什么的？"上来便要抓人。贾芸急忙笑道："我们是来找人的，你们庵里有叫芳官、藕官、龄官的没有？我是他们的老乡，来探望他们。望各位大哥行个方便，容我们进去找找。"那几个听了都道："这里头可都是帮会，是要杀人的，你们就不怕被人抢了伤了？"贾芸笑道："俺们就是投奔你们来了，是芳官他们引荐的，快叫了他们出来和我们一见，我们好好说。"那几个贼听他说的合乎情理，忙叫其中一个进庵里把芳官等叫出来。

贾芸、小红稍等片刻，只见芳官、藕官、葵官、荳官、艾官走了出来，一见了他二人愣了一下，都转身要回去。贾芸、小红急忙赶上去笑道："诸位混的威风了也不理老乡了，也帮衬帮衬咱们。"藕官忒斜着眼道："可是胡说！我们和你们又不熟，只是认识而已，谈何交情呢？"小红笑道："看在认识的份上就帮帮咱罢！咱是诚心来投奔众位大哥的讨碗饭吃，诸位就忍心看俺夫妻俩饿死？"门口那几个都笑道："既然你们认识，他们又诚心来投靠，就让他们进来罢。"芳官道："你那里懂的他们是为何而来，是不是来救人的还不好说呢！"贾芸、小红都道："姑娘这真是冤枉我们了，我们真来讨碗饭吃的啊！"葵官、艾官不耐烦道："好了好了，就让他们进来罢，又能吃了谁，怕他们做甚？"

贾芸、小红道了谢往庵里走来，只见里面站着坐着躺着一大片贼人，都在嘻嘻哈哈打闹，一见了贾芸小红进来都不认识，瞪着眼拥上来问道："他们是做甚的？"艾官道："是来投奔咱们的，有什么稀罕的！"那些贼都笑道："我们只稀罕你们十二个，晚上要服侍殷勤点，别挑挑拣拣的叫弟兄们埋怨吃醋。毕竟僧多粥少，众姑娘就将就点罢，男人不还是一样！"芳官吐了一口道："也不撒泡尿照照什么德性，就这獐头鼠目的还想和本姑娘好，连门也没有！"众贼都笑道："不依就强来，看姑娘们怎么躲来。"芳官几个气的举手要打，被他们闪开了，只得往里面来。

贾芸、小红跟了进去，芳官道："那后院有个厨房，你们先进去洗碗涮碟去，等柳二哥冷大哥回来了，我再和他们说你们的事。"贾芸、小红都笑道：

“那谢谢诸位了，俺们这就去洗碗。”芳官便带二人来到厨房，对里面两个洗碗的小尼姑道：“你们可以歇着了，叫他二人洗罢。”二尼求之不得，起身走了出去。芳官也往那边去了。

贾芸蹲下洗碗，叫小红到四下里探探。小红会意，轻轻放慢脚步往院子里来，忽然听见那边有人喊：“柳二哥冷大哥回来了，都倒茶去！”小红透过窗子打量，只见柳湘莲冷子兴领一个人进来了，不是别人正是贾蔷，不觉唬了一跳，心想：“叫这狗贼看见我和芸哥可就糟了，前儿在园子里一战我们打过照面。若就这样走了难探出消息，他又看不到我这里，不妨先听听他们说些什么。”只听冷子兴笑道：“蔷兄弟日后就跟咱们一块干了，有难同当，有福同享。”贾蔷笑道：“小弟遵命。”

忽见芳官进来道：“蔷大哥，有人找你，叫你去一趟。”小红吓了一跳，忙往树多的地方藏，不觉找到一处叶稠枝繁的茂树草丛蹲了下去。忽听旁边屋里有人道：“等那个没良心的负心人进来了，咱们都上去拿树枝敲他。”有些不解，抬眼往窗子里一望，只见芳官引贾蔷刚进了庵堂里，忽然从观音像后面跳下来十一个女子，都拿着树枝道：“薄情人，吃我等一打！”贾蔷吓的用手护着头要逃，忽见龄官含泪骂道：“我为你痴情守候甚苦却换来薄情人的抛弃，今儿不打你不能泄恨！”十二人都上来举树枝打来，贾蔷道：“何出此言，不过几日不见而已，谈甚抛弃。日后我们仍可以卿卿我我，有话好说。”龄官执意要打，贾蔷抱头窜出庵堂往柳湘莲那儿跑来。

冷子兴笑着走来拍手道：“好一段风流佳话，羡煞人也。”贾蔷没好气道：“冷兄何时学会说风凉话了，女人家很烦的。”【批语：前回龄官用树枝划“蔷”划的是湿地也，本回直划贾蔷自身，一笑。】冷子兴笑着引他进屋一叙。

小红蹲着正要挪动，忽听芳官道：“便宜了这行子了，咱们待在这里也没有好结果，白白的叫男人占了便宜。不如到嶽神庙里把宝玉劫了，与咱某一个成了亲，也好接管他们贾家的家院。”又听藕官笑道：“我们不去，你去罢！你喜欢宝玉就明说，干嘛转着弯儿说我们。”芳官道：“呸！你们别装正经人，那一个没有算计过和宝玉结姻。”

小红听了心内一惊，暗想：“原来宝玉关在嶽神庙，今儿没有白费，终于查了出来。”急忙离了这里，往厨房去告诉贾芸知晓。贾芸听了把碗一扔，急忙走了出来，和小红往庵外走去，守门的见他二人出来了，都道：“又上那里去？”贾芸笑道：“回去拿礼物孝敬冷大哥去。”二人走的飞快。看门的不以为然，依旧说笑打闹。

贾蔷进了内堂，冷子兴见他拿帕子不住拭汗，笑道：“蔷兄弟不必忧虑，为兄这就过去劝那几个妮子去，不管怎么样咱们的人可不能自己跟自己闹起来，和为贵嘛。”一语未了，忽见芳官十二个进来道：“负心人在那里，休要逃走！”冷子兴忙起身迎上去笑道：“什么大不了的，那屋里男人多的是，姑娘们随便去拣，何必又生事端？咱们可不能学别人家，自己人打自己人，和为贵。”【批语：“学别人家”一句指的那家？谁家是“自己打自己”？】芳官等都“哼”了一声出去了。冷子兴、柳湘莲哈哈一笑。

话说夕阳渐渐退去，薄暮笼罩村驿，路上行人越发稀少，云淡碧天飘出一弯皎月，惊起枝上乌鹊。钱槐和一个强贼醉醺醺的相扒着肩头往庙里走来，仰头看那匾额书着“嶽神庙”[10]三字，蒙上层层厚尘。二人踉踉跄跄进了庙堂，见那梁上蛛网密挂，泥像脱去鲜彩，都笑道：“怎不叫人打扫了？尽是些陈灰。”一贼兵站在阶砚上笑道：“钱大哥又去花柳巷找快活去了，怎不带上兄弟同去？叫兄弟日日除了吃酒就没有别的可解闷的事，好没趣味！”钱槐道：“明儿带兄弟们占了姓柳的尼姑庵，把那十二个小戏子都抓了来供弟兄们消受。”又嚷着再到里面痛饮几杯。

只见庙里前院后房都站满了贼寇，各个禅房灯火通明，时时传来众人的嘲骂声。钱槐推开那人，磕磕撞撞差点被门槛绊倒，不觉骂了一声，只见两个小兄弟按着宝玉的头喝着要他跪下，宝玉挣了半天才被二人踢倒跪了，绷着脸把头扭过一边。贾环手拿着酒杯往宝玉脸上一浇，道：“一刀结果了你的狗命又太容易了点，不多陪你玩几天岂不便宜了你？来人！把纸笔拿来，叫他写字。”

一时有人递过纸笔来，叫宝玉接了。赵姨娘笑道：“平日里就老爷夸他，

[10] 第二十七回庚辰眉批：此系未见“抄没”、“狱（嶽）神庙”诸事，故有是批。丁亥夏。畸笏。

说他诗写的好。园子里的匾额都是他起的名字，俺们环儿就写的不好了？”贾环冷笑道：“你不是写的好吗，我叫你写几个字你写不写？”宝玉仍是望着一边不语。贾环道：“你给我写着‘我宝玉是个贱狗’七个字就行了，还愣着干什么？快写啊！”说完朝背上狠踹几脚。

宝玉骂道：“没人心的畜生，连亲哥哥也欺负，算甚么英雄！”贾环朝脸就是几个嘴巴子，喝道：“你是谁的哥哥，平日里你叫过我兄弟吗？你们欺负我不是太太养的，冷落俺娘俩。你其实就是废物一个，快写了，不然打你个满脸开花！”有几个小兄弟按着宝玉的手往纸上凑，又往头上□（按：原文墨污不能辨认）了几下。宝玉痛的只捂头，贾环又往脸上狠踹了两脚，立马肿了一片，鼻子也流出血来。

宝玉无奈低头写了，贾环故意拿着念了一遍道：“原来你是个贱货啊，哈哈！”众人都笑了起来。宝玉道：“真就这么有趣？父亲待你也不薄，干嘛争这闲气？”贾环骂道：“你再吭一声试试，这里是你讲理的地方吗？”又踢了几脚道：“宝玉就交给你们要两天，要够了再把他宰了，拔去这眼中钉。”旁边几个弟兄笑着把宝玉提溜着带后院，把他往禅房里一推，用绳子捆了，连踢带赶要他靠墙坐了，把门儿一关都出去了。

宝玉望着屋子昏暗，正在流泪嗟叹，忽见门儿一开又进来一人，因看不清脸面心里又是一惊，吓的往墙角蹭来。只听那人低声道：“宝二爷，我来看你了。”宝玉听声儿熟惯，是个女孩子，却想不起是那一个来。只听那人道：“二爷还记得我吗？我是那年被你撵出去的茜雪啊！”

宝玉大吃一惊道：“怎么是你，你何时到这里来了？”茜雪道：“我是这几日才混进来的，打听的二爷在这里受苦，我于心不忍，赶来看看二爷。”宝玉听了心里一热，不觉落下泪来道：“我对你那样，你还不忘旧情前来看我，我怎不惭愧？”茜雪也哭道：“二爷莫再提起了，那都是过去的事了，如今把二爷救出去才是要紧。”又安慰了他一番话，要他莫要焦虑，他这就回去找人来救他出去。宝玉感激涕泣道：“多谢恩人搭救，只是他们人多势众，你能找着几个人来救我？还是罢了，别为了我一个反把你也害了。”茜雪道：“二爷不必过虑，我那边有好多弟兄都有些本领，我若救不出二爷，我也不好意思活着了。”说完，又开门出去了。宝玉见他走了，一时触动往事，又哭了起来。

这里钱槐对贾环道："香料铺的老板卜世仁昨儿来说了，如今世道不济，想有一番作为，要关了铺子投奔咱们呢！过一会儿他们一家三口就要往这里来。咱们还欠他二十两银子的香料钱，既然他来了就让他们住下罢。"贾环道："也好。"忽见门口乱嚷，只见一贼来报："外头有三个人找钱大哥。"钱槐道："就带他们进来罢。"这人答应一声出去把人带进来，正是卜世仁和他娘子、女儿银姐。

贾环打量银姐半天笑道："好俊的小娘子，吃了饭没有？"银姐嚷着要走，被卜世仁骂了一声道："环三爷问你是看的起你，再不听话就打你。"他娘子笑道："环三爷现今是有本事的人，以后还要多关照着点。"贾环笑道："走了也有一程了，快坐着歇歇。"又把银姐打量了几眼。卜世仁道："这闺女怎么犯起傻来，我养了你这么大，你花了我多少银子，你多早晚能还的清？既然来了这里就多动动脑子，你还要我养你多时？"【批语：此公实吝啬无情之徒，不是人也！】一语未了，忽见门口那几个弟兄跑进来道："外面下欢了，都进来避避雨。"

贾环道："外面下了吗？咱们也到后院掷色子顽去。"正说着，忽见外头跑进来四个人，都用手护着头道："恰好这里有个庙宇，进来躲躲雨。"众贼都喝道："谁叫你们进来的，这里是我们的地盘，不想活了？"贾环一看四人，内中有两个认识的，便道："你不是那府里的芸儿吗，怎么黑灯瞎火的跑了这里来？"贾芸一抬头望见贾环，一跺脚道："哎哟！原来是环三爷，我们正找你呢！多月没见比往常更威武了些，既然今儿遇见了就得照顾着咱点，俺们也加进队伍里来罢，还请环三爷不要推辞。"

贾环道："这两位是——"贾芸道："这都是生意场上的朋友，也是诚心诚意来投奔的。"王短腿、瘦子都点头哈腰笑道："给环三爷请安。"赵姨娘过来道："我记的你好象常去宝玉那里，你不是跟了宝玉吗？"贾芸道："宝二爷那有环三爷有本事！环三爷是有大作为的人，宝二爷不过是个没能耐的白面书生罢了。"贾环听了，也颇为得意道："宝玉给我提鞋我也不要。来人！给他们四位收拾两间屋子，让他们住下了。"贾芸、小红、王短腿、瘦子都谢之不尽。

卜世仁和他娘子过来道："外甥这几年都干过什么，怎么不大见着了？"贾芸笑道："舅舅什么时候来的？外甥这厢有礼了。"卜世仁道："你能来投奔，俺们就不能凑凑份子？"贾芸笑道："不是这个意思，我今儿见了舅舅着实高兴，以后咱们都陪着环三爷干一番事业，舅舅要多帮衬着外甥才好。"卜世仁道："明儿你买些东西孝敬舅舅，舅舅就欢喜你。"贾芸道："要不是外头下着雨，外甥早回去拿些礼物去了。"一边说一边都往后院来。到了后院禅房，贾芸和卜世仁、几个贼寇挤了一屋，小红、银姐、卜妻住了一屋。

到了半夜，贾芸蹑手蹑脚下了床，见院内众人都睡了，门口几个守护的也歪在门槛上睡着了，便往关宝玉的屋子来。只见有四个贼寇睡在里面，宝玉缩在墙角捆着手脚却不曾睡着，呆呆的发怔。贾芸悄悄走过去，宝玉愣了一下，贾芸帮宝玉把绳子解了，拍拍身子二人轻手轻脚赶往院里来，正见小红站在花树后面等着。三人正要往门口走去，忽听卜世仁喊道："芸儿把宝玉放走了，都出来抓人啊！"

这一喊不打紧，门口四个守门的都惊醒了，拿起缨枪便要过来抓贾芸三个。贾芸、小红、宝玉大惊，都捡了石块向那四贼扔去，四贼躲开，又扑了上来。贾芸、小红、宝玉与他四个撕打一团，王短腿、瘦子也赶了过来与他们撕打。院子里众贼也都穿了衣服拥了过来，贾环、赵姨娘、钱槐都嚷道："别叫他们跑了，抓住照死里打！他奶奶的，我说怎么这么殷勤着投奔咱来了，原来竟是为救主子来了。"

忽然从门外闯进一干人，和众贼打作一团，众贼寇都举着火把一照，原来是醉金刚倪二、茜雪和几个壮汉，贾芸、小红、宝玉都怔了。雨下的更大了，把火把都浇灭了。那倪二果然有些身手，三拳两脚把近身的人都打倒在地，忙命宝玉快快出去，贾芸、小红、宝玉急忙往门口跑去。倪二、茜雪仍在和众贼搏斗，贾环急命众贼射箭，只听"嗖嗖"几声，倪二、茜雪急忙躲开跑向门口。

众贼都追了出去，钱槐赶上茜雪，往腹部狠捅了几刀，茜雪惨叫一声倒地[11]。倪二忙背起茜雪就跑，背后染满了血晕。眼看众贼就要追上，忽然从那

[11] 第二十六回甲戌眉批："狱（嶽）神庙"红玉、茜雪一大回文字惜迷失无稿。

边呐喊着奔来一伙人，都扬着大刀，宝玉一瞧竟是柳湘莲来了，又是惊讶又是感激，恨不得上前道谢一番，只是正值乱糟糟的，不好表白。却见柳湘莲在雨里拿刀和众贼拼杀多时，砍倒几人【批语：湘莲拼死救友真侠义之人也】，又转身拉了宝玉就往林子里钻。

贾芸、小红浑身湿透，因夜黑看不清路面，找不到宝玉。正在焦虑，忽听赵姨娘喊道："宝玉叫他们带到林子里去了，大伙快追啊！"又听贾环道："不必追了，咱们的弟兄伤亡了好几个，着实不合算。"又都退回庙里。贾芸、小红躲在树后听的一清二楚，知道宝玉被倪二柳湘莲救去了，也就舒了一口气，也匆忙逃到林子里去追他们几个。谁知东绕西转倪二宝玉他们竟全不见了，二人坐在青石上喘气，互相埋怨道："这回可该怎么回去交差，把个人也弄丢了。"只见王短腿、瘦子远远的往林子里跑走了，也不叫上他们。

于是赶回贾家，正见黛玉、卫若兰在潇湘馆和一干奴仆说着什么，忙向黛玉回禀了一番。黛玉开始听二人说宝玉救出来了甚为高兴，又听他们说叫别人救去了，颇感意外道："宝玉已经平安了，我也放下心了，以后不信宝玉不回来看看。那起狗贼都散去了，一日没来骚扰了，咱们也不能大意，仍要守好园门，以防万一。"贾芸、小红、卫若兰都应了一声散去和众仆人商议去了。

黛玉拿起铜镜照了照，只见镜中之人憔悴呆滞都瘦了一圈了，忽见紫鹃进来，道："你给我端一碗粥去，我有些饿了。"紫鹃见他今儿高兴，欢欢喜喜到厨房里端了一碗过来。黛玉梳理了鬓发，气色也好了些，紫鹃雪雁都站在身后笑着看着不语。

黛玉想起宝玉被人救去，那些人又不是正道中人，不免有些顾虑。到了晚间见宝玉仍然没有消息，有些郁闷，乃伏案独自落泪。紫鹃、雪雁在院子里搭衣裳，春纤进来见他无端哭了，劝道："姑娘莫要伤心过甚了，宝二爷想是不久就要回来了。"黛玉勉强笑道："我不是为他哭了，是想起家乡父母了。"春纤笑道："姑娘等宝二爷回来了，大家又能在一处开开心心吟诗作赋了。"黛玉道："这些日子家里风波不断，我也想通了，什么主子奴才的，什么宝二奶奶的位子，我已看的淡了。还是李后主说的好'一棹春风一叶舟，一纶茧缕一轻钩。花满渚，酒满瓯，万顷波中得自由。'权势、征战吾不尚，春风暖雨、落絮飞雁乃我所求。想人生苦短，乱世纷争，若能讨取独善一己，不作歹恶，虽未能为国效力，然亦无大恶，比起祸殃国贼强之甚矣。”春纤听不大明白，只是笑着不语。黛玉一时兴起，命春纤到套间找来笔墨纸砚，他思量多时，提笔赋诗道：

桃李俏绽春又度，数点莺语柳约住。
谁知风狂雨来急，芳菲不见尽愁楚。
红锦扯烂地衣皱，金炉坠地香兽无。
佳人惊色金钗堕，馆苑遥闻尽悲呼。
家山萧瑟矢刃摧，君恩未报死生负。
一片忿怨千万绪，白骨恨无安排处。
风华绮丽变颓垣，哗兵蜂至南北路。
遭际艰险忧众境，丹心托与烟云渡。
座中当年多豪英，往事凄咽余累骨。
千里万里故客稀，山水皆非生死苦。
此际薄命无可避，不肯合流誓绝污。
若可红妆照汗青，宁化白骨散尘土。

题罢又看了一遍，歪在炕上沉思不语。

且说倪二背着茜雪，柳湘莲拉着宝玉浑身湿漉漉的往城外奔去，见后面确实没有追兵了，才坐在石头上喘气歇息。雨忽然停住了，倪二把茜雪抱着，哭道：“姑娘别吓我啊，快醒醒啊！”湘莲、宝玉也围上来瞧看，只见茜雪捂着胸口喘气道：“我支撑不了多久了，你们快逃罢。”宝玉哭着抱住茜雪道：“我真混啊！当初不该为了一点小事把你撵走，我对不起你啊！”茜雪喘吁吁道：“二爷别自怪自责的，奴婢不怨你。今生能为二爷死了，也是值了。”【批语：一句骂死宝玉，也喝醒天下识浅之徒。】宝玉涕泪交流，哭个不住。

忽然山上有人喊道：“倪哥，柳兄，你们来了吗？”柳湘莲道：“薛大哥、宝姑娘、姨妈已经在山上等候多时了，我们快去罢。”倪二抱着茜雪起来，见四周黑漆漆的辨不出东西，一边和湘莲宝玉走着，一边喊道：“我们在这里呢！”

走不了多时，只见薛蟠、宝钗、薛姨妈站在山上等着，一见他们来了都欣喜道："宝兄弟可救回来了！"围上来道："茜雪姑娘这是怎么了？伤的这么重，快背到紫檀堡去抢治！"大家赶往紫檀堡，见玉菡、袭人夫妇已起来了，见宝玉被救了回来，茜雪受了重伤，都吃了一惊不小。

袭人打量宝玉多日羁留嶽神庙都瘦了下去，脸上肿起一块，身上也有多处伤痕，不觉哭道："宝二爷受苦了，我来迟了。"宝玉也泪如雨下。一时大家进了屋子，七手八脚把茜雪放倒床上，宝钗道："我这里有些止血药，我去里面拿去。"转身往里间来。只见夏金桂披了衣裳进来观看多时，撇撇嘴又出去了。宝蟾也慌忙过来帮忙。

大家围着茜雪七嘴八舌说个不停，忽见茜雪身子一挣头一歪，竟是去了。满屋子的人都大哭起来，宝玉更是哭的肝肠寸断，用力晃着茜雪道："恩人醒醒罢，玉儿不让你死！"宝钗拿了药出来看了也怔住了。不知后事如何，且听下回分解。

# 第九十六回

## 贾宝玉参无知无识　花袭人信有始有终[12]

诗云：

紫堡云深隐玉郎，失巢憔悴望镜伤。

消息隔断闺有泪，谁知历熬一度霜。

话说宝钗拿了刀伤药从内间出来，却见茜雪身子僵直的，头往枕边一歪，两眼直愣愣的不言一声，众人围着都拿帕子擦泪，也怔住了。上来拿手试试他的鼻息，那里还有出气的份儿，都已经死了，想起素日情景颇为伤感，也捂口抽抽噎噎哭了起来。宝玉此时恨不得替他死了，只把肠子也悔青了，泣道："我真是个没见识的戆汉愚夫，这样忠贞的丫头都叫我撵了出去，如今后悔也迟了。"

薛蟠、玉菡都问他因何事撵他，宝玉低头半天才道："不过是当初他打碎了一个茶钟子，我一时恼了就逐他出去了，我还算是个男人？古人尚知包无鱼，起凶，君子包荒吉。我自觉读了些诗书，竟是无知无识一般，我想这个人生做他什么？天地间没有了我，倒也干净！原是有了我这样无知之人，便有了事端，有了事端便有无数的烦恼生出来，恐怖、颠倒、梦想，更有许多缠碍。似我这般庸夫之徒，自古屈死多少英雄豪杰。万事皆有诸多因果，无有凭空生事，无有凭空仇怨，那些暧昧不明的君子只看了一点，便要大施刑罚，古来屈子、子胥何其多矣。当年诸葛孔明是刘玄德三顾茅庐请来，忠臣可请不可召，他要为你托付终生赴汤蹈火，你怎可呼来嗟去，他若对你置之不理，你又能奈其何？那些所谓的明君对臣子稍有不悦，便施以凌迟杀戮、满门抄斩，临到社稷颓亡还要埋怨别人，我就像这些不明事理的昏君一样，好似读了不少诗书，真真却是个无知无识的蠢

[12] 第二十回庚辰眉批：茜雪至"狱（嶽）神庙"方呈正文。袭人正文标目曰"花袭人有始有终"，余只见有一次誊清时，与"狱神庙慰宝玉"等五六稿，被借阅者迷失，叹叹！丁亥夏。畸笏叟。

夫。孟子曰：民为贵，君为轻。如今倒好了，君王对臣子下人任意杀害，丫鬟妻妾尽行虐打，所谓八股文中庸之道，全是子虚乌有。人心都是肉长的，他们那管得女儿也有聪明灵秀百般苦楚，制定的国律就是饱填男人私欲，他们就是懂得杀戮，何曾知道体恤别人的苦楚？”

众人听他说的过了，急忙劝他停口不要说了，宝玉眼中带泪，不禁长叹一声。袭人泣道：“二爷别自怪自怨了，这都是赵姨娘那起小人害的，日后这笔账定要找他们算清，茜雪也不能白死了。”薛蟠道：“娘的，也不瞧瞧他们那模样，都算计着害人夺位，死了叫阎王老爷把他舌头割了，来世再托生个猪狗，叫万人骑千人骂的！”湘莲道：“咱们拟妥了三更去嶽神庙救宝兄弟，怎么那府里的芸儿小红和两个市侩也来了，是倪大哥事先告知了他们不曾？”倪二道：“绝无此事，巧合罢了。咱们走的恁急，也不知他小两口逃走了没有。”宝玉听了忙道：“芸儿不是跟你们一道来的？那可坏了，他再被贼人抓起来我的罪孽可更深了。”又低头哭了起来。

湘莲忙劝他道：“宝兄弟休要烦恼，我亲眼见的，他二人已出了庙宇躲了起来，这时候也该到了府里了。”宝玉听了才放了心。袭人擦着眼泪道：“这会子也不早了，估计也有四更天了，先把茜雪姑娘抬那里间停着，明儿再好好将他葬了吧。宝二爷也走了这一段子路了，脚上都是些湿泥，快脱了鞋躺炕上去歇着。我到厨房里再做些热饭大家垫垫肚子。”倪二湘莲都说不饿只是有些乏了，要到外间睡着，明日再做。宝钗用手阻袭人道：“不必做了，都困的不行，那还有精神吃东西？大家都睡了吧。”于是袭人把宝玉鞋儿褪去，扶他往炕上睡好了，又把床被子盖在他身上。宝玉脚软神倦，只一歪着就呼呼睡着了。倪二背着茜雪搁在隔壁耳房炕上，自己也找屋子睡去了。

袭人回到自己屋内，见琪官坐床上脱鞋褪袜，嗔道：“你还好意思回来，这多久家里不留几个钱，想买点桂花油搽头也不够，这些日子你都死那儿去了？”蒋玉菡笑着把他脸儿一捏道：“好个娇媚的娘子，爱死个人。这些日我不是和薛大哥外出四处打听宝二爷的下落吗，故多留了几日，就几日不归你就想我了？”袭人“呸”了一声道：“臭美，谁想你了。你走则走了，怎么只留下些粮食，不留些脂粉钱？”玉菡笑道：“你这样温柔可爱，我怕你打扮的明艳了，勾起那薛大哥的心思来，趁我不注意偷着跑回来调戏你。他是个什么人你又不是不晓。”袭人笑着捶了他两下，玉菡因见他娇媚撩人，道：“你看天河牵牛织女都相逢一遭，咱们也该入帐罗一共春宵了。”回头吹灭银灯，放下帐幔，强推袭人倒入帐中。袭人笑着又捶又打，不免依了他。

且说众人酣甜一觉，直睡到大天亮。袭人揉着困眼起来，起身往宝钗屋里来。宝钗正坐在炕上整理衣物，见他进来了，忙命他好生坐了，问道：“宝兄弟昨儿说茜雪是他撵出府的，不知又是什么缘故，我昨晚见他吞吞吐吐的，象是说不出口来。”袭人低声说：“那都是早几年前的事了，虽说是由李嬷嬷引起的，但我知道绝不是为了这些撵他，还是有别的缘故。”宝钗诧然道：“哦？你不妨说说是个什么缘故。”袭人道：“还不是茜雪成日在宝二爷面前老嘀咕那个姑娘厚道，那个姑娘小性儿讨人嫌。宝二爷一时烦了，嫌他挑唆多嘴，就找个借口把他撵了。”

宝钗猛然触动往事，想起当初和茜雪一来一往的情谊来，不觉点头道：“是了，定是为这个了。那府里也不知怎样了，林姑娘还没有和宝兄弟拜过堂，竟被抄家的冲散。听人说赵姨娘带了伙贼寇时时侵犯那园子，府里实在不安宁，若宝兄弟贸然回去，恐再遭劫掠。我昨晚思虑了一整夜，不知怎么安置宝兄弟才好，留他住着又怕他不安心想回府里看看，怕是劝不住。”袭人道：“才离了虎狼窝，又要把头往火坑里探，断断不可再这样傻了。我跟他说去，想我服侍了他一场没有尽心，今儿有机会能再为主子效力，必得尽着所有酬答他罢了。”

一语未了，只见薛姨妈跟张德辉进来，后面还跟着几个年长的庄民。宝钗忙让他们坐了，自己回里间取了些银钱交给那几个山民，要他们赶制出棺木，把茜雪移到山坳里好生葬了。那几个山民应允了一声去了。薛姨妈叫袭人到厨房里和莺儿、麝月去做一桌酒菜出来，他仍和宝钗坐着谈些家事。

袭人、莺儿、麝月在厨房里正忙活着，忽见金桂进来忒斜着眼道：“做了什么好吃的？先叫我尝一口！你们装腔作势闹了一夜，还让不让人睡了？这会子又是杀鸡又是戮鹅，定是哄那傻子，叫他知道你们姑娘的好，再把你们姑娘娶了，好接管他那一大家子的房产园子。别叫我替你们恶心了，想房子都想魔怔了。用这样手腕骗人，不过是苦肉计罢了，只哄那些呆子吧，可瞒不过我！”

袭人听了这话，把勺子一扔，不觉动了气道："奶奶这话什么意思，大清早的就吵嚷嚷的，说的都是什么混话？既是做主子的，就拿出些样子叫下人学着，成日家不是挑拨是非就是浑搅厮闹。这里不是你夏家可以随着性子来，这里是我家，奶奶再好也灭不过我的次序去，这里那有你说话的份儿？若不想住了，就请搬到别处住去，少在这儿胡说八道的叫人嫌！"

金桂道："我不知道你们姑娘那里好了，你们只护着他。你们都站在他那一边，必是人情冷暖，你们见我夏家不济了都冷遇我，我就是待在这里又有什么趣味？"拿帕子捂脸嚎了起来。袭人见他成心滋事，推着要赶他出去，惊动了那边，倪二、湘莲、薛姨妈、宝钗、宝蟾都赶了过来。

金桂哭道："我不过进来讨杯茶吃，他们三个就拿话挤兑我，欺负我老实没有势力。"莺儿、麝月道："奶奶这是怎么说，又管我们什么事？"忽见薛蟠举着一根木棍来，一径抢步进了房里，口里骂着朝金桂面上就要打来，被倪二湘莲一把夺去道："薛兄休要着恼，好男不和女斗，一家子没有不磕碰的碟儿，咱还到正屋里坐着去。"硬推着薛蟠往那边去了。

宝蟾又拽住金桂的头发要骂，被宝钗薛姨妈急忙拉开了。金桂见他们人多自己占了下风，只得掉头回自己房里去了。薛蟠、湘莲、倪二赶往正屋来坐着，莺儿在桌上摆好了碗筷，又往茶钟里沏了茶，三个漱了漱口，都问莺儿宝玉醒了没有，唤他过来吃饭。莺儿道："还在那屋里睡着呢，我这就去看看。"转身走了。

湘莲道："薛兄有个堂弟近年怎么不见，在那里做生意？"薛蟠道："你是说薛蝌吧！说来话长，上次贾家抄家把赦老爷抓了，连累了邢大舅一家和他内人岫烟妹子都发配南方蛮夷之地了。幸亏蝌弟提前获悉有官府抓他，他就独个先跑了。现如今连我也不知他跑那里去了，只等着以后有消息再联络吧。"只见袭人、玉菡都掀帘子端盘子进来笑道："小菜已齐备了，诸位先吃着。"玉菡也往桌边坐了，亲自给三位斟酒。

袭人到隔壁房里叫宝玉起来吃饭，却见莺儿躲在夹道里偷啃着鸡腿儿，不屑一笑，也不理他，进屋里来叫宝玉。只见宝玉眼仍闭着，额上全是热汗，转着头道："救命！求求各位大哥别踢了，头疼的很！只要能和林妹妹在一块儿，这园子地皮全给你们了，我情愿和妹妹住乡下去！哎哟，疼死我了，头都冒血了，饶命啊！”袭人知他在说梦话，忙轻轻将他推醒。

宝玉猛然坐起道：“别打，别打，我听话，我听话！”双手抱着头。袭人掉下泪来道：“没人性的畜生，把个好好的哥儿打的都留了心病了，真真勾起我的气来！那赵姨娘是个什么东西，也这样拉帮结派起来，四处造孽害人性命，神天菩萨打不死他个贼妇！”宝玉见是袭人站着，红着脸道：“又做噩梦了，都习以为常了。”袭人笑道：“二爷快洗漱了到堂屋吃饭去。他们早起来了，菜都摆好了。”宝玉“哦”了一声道：“怎么我睡的这么死，都大天亮了。”起来到盆边净手洗脸，袭人递过毛巾来。宝玉打量了他半日，流下泪来道：“做梦也料不到我们还能见面，仿佛还是当初在怡红院里一般，往年都是你给我递的毛巾。”袭人再也忍不住，捂着口哭着跑出去了，宝玉也怔怔的流泪不语。【批语：看及此处不觉令人心酸泣泪。可是好景不常，美韶华去之何急？不觉批书人两鬓又成霜矣。】

只见麝月进来，见他站着流泪，也心里酸楚，强忍着泪道：“薛大哥叫你去那边吃饭。”宝玉擦擦泪道：“知道了，我这就去。”又擦了把脸，拿铜镜照了，见镜里容颜消瘦、鬓发纷乱、眼中似醋，不见了往日风华公子模样，越发失意神伤。【批语：看至此句，亦有时过物换之嗟。赋诗一首以寄感叹：王孙断翼一恨别，侥生犹疑照颜色。绣罗蹙金成旧梦，世路萦纡谁能测？】

且不说这边宝玉伤心，只说那府中潇湘馆竹林内亦有个悲凄之人，正扶着修篁望眼欲穿，那泪珠儿滴在竹上，留下斑斑泪痕。紫鹃拿了衣裳赶来，见他拿了两个旧帕子在那里垂泪，帕上新泪痕间旧泪痕，把字迹儿都浸模糊了，忙赶上来道：“姑娘才吃了药好了些，怎么又站那风口里潮地上吹着，快回来吧！”黛玉定定望着遥处道：“宝玉不是被人救了吗，怎么还不回来？”紫鹃道：“必是还被人宾住了，一时回不来，再等等吧。”黛玉哭道：“那救人的我认识，不是正经人，我怕宝玉回不来了。”只望着林间呼道：“宝玉快回来吧，你上那里去了，家里都等你回来呢！”又哭了起来。

半晌，黛玉移身要回潇湘馆去，不觉咳出一口血来在帕子上。紫鹃见了唬的急忙扶住了他，见他颜色雪白，口里仍是不停说着：“宝玉，你快回来罢。”紫鹃一边哭着一边扶他进了内间炕上，黛玉因病势加深，兼牵挂宝玉不归，益发头脑发沉隐隐微痛。紫鹃含泪道："姑娘不要过于思虑了，宝二爷想是不久就要回来了。"黛玉微笑一笑，也不答言，又咳嗽数声，吐出好些血来。

紫鹃看去心中暗惊，明知劝不过来，惟有守着流泪。黛玉见他伤感，笑道："我这肺虚咳疾虽说重了不少，然又非无药可治，不过是我近年不懂保养的缘故，更兼操心诸事，故而好的慢些。宝玉与那起不明不白之人一处，多日没有音讯，着实让人挂念，你去找个香炉，我要焚香祷告上天，保佑他平安无事。"说到这里，气又接不上来。紫鹃听了一阵心酸，早哭得说不出话来，迟了半日去套间找香炉去了。

黛玉对着案上观音大士白瓷立像燃香，合掌跪拜道："大慈大悲观世音菩萨，小女子原是姑苏一微芥女流，只因家父病重托付外祖母家寄养，如今尚未婚配。舅舅家风波不断强贼侵犯，以致人口伤亡家道萧索，公子宝玉又下落不明生死难辨，小奴诚恳请求娘娘保佑宝玉早日平安归来与家人团聚，小女子也会多烧高香答谢娘娘。"又说了些祈福祷告之语，直到夜深才隐隐睡去——只见紫鹃、雪雁捂耳跑进来大惊失色道："姑娘，贼人杀进来了，快逃啊！"只见一群流寇拥了进来，都面目狰狞持刀拿枪的，看见猫儿狗儿就砍，看见人儿便乱杀。黛玉大惊，喝道："快快住手，是谁要你们胡作非为行凶霸道的，你们又有什么好处？"众贼寇冷笑道："休要多费唇舌唠唠叨叨，是皇帝老儿逼我们反的！他不仁不义、不中不正，只知淫靡享乐、巧取豪夺、胡乱杀伐，百姓却哀鸿遍野、衣食不周，横竖也是饿死，不如反了。夺取河山，尚有活路；如此下去，必无立锥之地。"

黛玉道："诸位所言我不敢强辩，只问各位夺了江山又如何？"贼寇笑道："夺了江山，咱们也过过皇帝的日子，吃喝玩乐样样不愁，想杀谁就杀谁，想怎样就怎样。"黛玉道："那么可会为百姓谋福祉乎？"贼寇笑道："百姓不过是地位低贱的猫狗、贱奴，自古皇帝有几个是为了做善事坐朝的，都是奔着享乐去的，我们也不能免俗。"

黛玉冷笑点头道："世世代代都是周而复始循环往复，原来都不是为民挖井洌、奉寒泉，就是改朝易代又能如何，都是一丘之貉。"众贼听了大怒，上去就要撕扯黛玉，紫鹃、雪雁急忙跑来推开众贼，却被贼人砍倒在地。黛玉吓的大哭，慌忙跑了出去，忽见风卷漫天黄尘，遮天蔽日，路上奔走着烂衣破衫的老老少少，都惶惶然哭喊着逃命，后面似有千万骑兵追逐呐喊。黛玉看见处处皆是抓壮丁、毁民居、抢物财，生灵涂炭，惨状刺心，不觉大哭着喊道："这个世界都是怎么了，昏天暗日的，说是为民揭竿而起，为何到处烧杀抢掠？对人又编谎说百姓都是慕名自愿当兵入伍，说什么均田地、同富贵，不过是强盗的借口、谎言、欺骗！"说着泪流如涌瘫软在地，忽见一贼持剑向他刺来，吓的大叫一声，却从梦中惊醒，唬的紫鹃急忙起来披衣问他，他说做了些噩梦。紫鹃一边为他擦拭额头虚汗，一边轻声安慰他睡下了。

次日一大早，有家仆在帘外回禀黛玉，说宝二爷依旧没有下落，去了冯紫英家探消息，得知他腿部中弹，在家养卧。他夫人生了两个双胞胎儿子，照料的辛苦，去药房抓药都找不到药铺，些许日子冯紫英就无药可治而亡了，他夫人携着两个婴孩逃往他乡了。黛玉听了不免悲从心生，又哭了几场。

且说宝玉陪众人吃罢饭，在外间屋里坐着一言不发。袭人、宝钗过来拿了新衣裳要他换上，宝玉推开起身要走，道："我回家去，林妹妹还等着我呢。"宝钗急忙拉住袖子道："宝兄弟且别忙着回去，听我说来。"宝玉垂眉道："宝姐姐救了我，此生无以报答，让我回去带了谢礼再来双手奉上。"宝钗又好气又好笑道："你我还分什么彼此，谈什么报答不报答的倒外道了，亲戚间互相助着也不对了不成？"宝玉道："也是，只是怕林妹妹挂念，故急着回去看看，好让他放心。"

宝钗道："你思家心切我也是明白的，只是外头乱的很，寇盗云集杀戮四起，你那府中也正打着激仗，回去怕还是被流寇抓了，不如留在这里还安全些。"宝玉急道："那林妹妹岂……不安全了？"宝钗笑道："赵姨娘跟颦儿又没仇没气的，他只是想占着园子，就是见了颦儿也不会拿他怎么样。他一个女孩子家能把赵姨娘他们怎么样，竟是互不相扰各自为安。"宝玉听了似乎有理，又坐了下来。

忽听门外有人喊："谁放宝兄弟走了？我跟他没完！"忙起身看时，却是薛蟠进来了，忙道："没有谁赶我走，是我自己要回去瞧瞧的。"薛蟠嗐（按：原文空缺）了一声道："我以为又是那个丫头赶你走呢，急的我过来要打他一番，宝兄弟是亲戚不是外人，你们谁也不能苛刻对他！"莺儿、宝蟾站在他身后都应了一声道："不敢。"

宝钗笑道："你们去把宝兄弟的鞋袜衣服拿去洗了晒了，天刚晴好日头已出来了，洗好就在那院子里搭上竹竿晾了。"莺儿、宝蟾都答应了出去了。宝钗把薛蟠拉了出去，不让他和宝玉多叙，薛蟠边走边挣手道："妹妹拽我做甚，我又不是老虎，能把他吃了？"宝钗道："你那嘴里什么不敢说的，怕你言多必失，又说出些无理的话来。"推他到自己房里去。薛蟠只得依了他，进了屋子自便。宝玉在袭人屋里坐了半日，有些发闷，便要出去走动。蒋玉菡陪他在山上山下闲逛，赏些山野风光。只见：

春景妖娆，雨后新晴，林径落花池水明；柳丝粘燕，翠叶藏莺，望断芳草人伤情。登高怀远，凭石处，杳杳迷离神京。聚散难期，几许山盟，脉脉诉与清风。

宝玉望见山崖上乱石垒堆，象重重白骨，唬的用手指道："强盗又来了，在那山头砍杀呢！"不觉两眼一翻，昏倒在地。玉菡也吓了一跳，四周看看一片空荡，幽谷寂静，那有半点人影，见宝玉昏倒忙背了喊着往山庄奔来。众人正在堡里谈叙，见玉菡嚷着把宝玉背回，宝玉昏迷不醒，都急了，都上来把宝玉扶下抬到炕上。

湘莲道："快熬了姜茶灌到他嘴里，一会儿就好了。"又问玉菡宝玉是怎么了，蒋玉菡道："也不知他看见什么，乱嚷嚷的就昏倒了，是惊吓过度，停一会儿就好了。"袭人一边给宝玉盖被子一边责怪道："你也知道他才从那虎狼群里受了惊吓出来，又把他往外头领，吓坏了可怎么是好？"此时宝钗已烫了一碗姜茶端了过来，袭人接了徐徐灌入宝玉口中，倪二帮着分开双唇。不多会儿宝玉醒来，一把抓住倪二道："大哥，饶了我吧，别杀我，我求你了！"【批语：倪二可承受不起此话】倪二笑道："二爷，是我，怎么吓成这样？着实可怜。"

宝玉看见自己仍躺在屋子里，才舒了一口气道："我这是怎么了？净在大家面前丢人。我还算是个男人，我不能连累你们了，我要回去。”起身便要往外走，被众人急忙按住了。宝钗叹了口气道：“论理我不该说，可看你这个样子又不得不说。”欲言又止。宝玉见他吞吞吐吐的似有什么隐瞒，忙问他道：“宝姐姐快说，又是什么事了，我急死了！”宝钗道：“实在是说不出口，你那府里已叫流贼全占了，大太太老爷都被贾环刺死了，家里一个人也没有了，下剩的不是死了就是逃了。还有，你林妹妹已经跳井自尽了！”【批语：宝钗好刚口，亏他想的出。】

宝玉听了，抱着头“哇”的大哭一声又昏倒在炕。众人急的又是推搡又是掐“人中”，直捣腾了多时才把宝玉弄醒。宝玉坐着两眼呆呆的道：“好，死的好，都把人杀绝了，好人不留一个，让这天地都充塞着邪恶流气吧！强盗们在纵情欢呼了，你们都赢了，只管摆开筵宴，痛饮豪庆！待将来再从那天上降下一团神火，把这天地都烧个一干二净，大家一起化烟化灰，岂不好？”

宝钗不觉嗔道：“什么你们我们的，什么大家一起化烟，宝二爷怎么疯疯傻傻乱说起来？”宝玉半天才醒过神来道：“是我气急了混说白道的，没的叫诸位看笑话。”大家笑道：“没有什么，二爷既是身上不爽快，就歪一会子吧，停会儿我们再来。”都转身出去了。宝玉独个躺在床上泪落如滚，思来想去难以抑制，咬着枕头哭了起来。麝月进来见他难受，也陪着掉了点泪，拿被子盖在他身上，自己掀帘子出去了。

且说宝钗出去叫住莺儿道：“如今宝兄弟嚷着要回去。你也知道，他家里都乱的那样，回去岂不送死？你过会儿装作失惊跑他屋里喊着，说山下驻扎了一拨强盗，大家都出不去了，让宝兄弟也死死心。”莺儿道：“也好，姑娘拿什么谢我呢，我那奁盒里已空了几日了。”不觉歪着头撒痴撒笑起来。宝钗悄骂道：“死丫头会钻营了。”回自己屋里开启奁盒，取出一串子铜钱递给了莺儿，拍拍肩膀要他快去，莺儿笑着吐着舌头跑了出去。

且说宝玉正在炕上悲凄，忽见莺儿慌慌张张跑进来道：“出祸事了，吓死人了！”宝玉动了一下道：“又怎么了？”莺儿道：“才刚我下山去买脂粉，见那山下驻扎着一伙强盗，吓的我赶紧跑回来了。柳大哥说是赵姨娘的人在那里安营扎寨，嘱咐我以后不要下山了，怕被他们遇到行凶。以后出不去，可怎么买胭脂头油啊？”说着作啼哭状。

宝玉听了也吓了一跳，忙叫他走近了道：“那我以后可怎么办？我身无分文，也不能老连累他们养我。我走又走不成，不走也不成，可作难了。”莺儿道：“二爷不用担心，蒋大哥家里储存了不少银子，先熬过一二年你再回去也不迟。”

一语未了，忽见袭人掀帘子进来笑道：“正是，二爷就安心住下吧！以往你待我这么好，我也没有尽心服侍。如今二爷有了难，我怎能坐视不管？我偏要对二爷好，就让那起乱嚼舌头的瞧瞧，我袭人也是个忠心不二的人。”宝玉道：“那怎么妥当？你如今也有一家子了，岂能为了我多些牵累？”袭人道：“二爷这样说，就是要奴婢难堪了。我不但不谢你，还埋怨你不成全我的好名声了，何苦来呢？”宝玉只得依他。

从此袭人待宝玉如往昔一样尽心竭力，蒋玉菡也没有怨言，实心善待宝玉[13]。宝玉感谢袭人待他有始有终，时时见人就赞。【批语：袭卿忠心不忘旧主，愧杀天下无情人】宝钗等也都笑夸袭人温柔和顺，人好心好。宝玉从此安心住下，只是一想起黛玉魂丧深井，不免又背人痛哭了好多回，想着某一日回去好好祭奠祭奠他，也不枉自己的一往情深。不知后事如何，且听下回分解。

---

[13] 第二十八回庚辰眉批：茜香罗、红麝串写于一回，盖琪官虽系优人，后回与袭人供奉玉兄宝卿得同终始者，非泛泛之文也。

# 第九十七回

## 鸳鸯女谮语泄天机　绛珠仙泪尽抛全生

【回前批：此回只叫人哭也不是，不哭也不是。情愿没有此回，批书人也少些眼泪。】

诗云：

春尽山河叹憔悴，杜宇泣血梦已空。
啼笑颠倒恨携愁，聪愚难辨逆似忠。
红粉飘零泪一斛，朱楼幻灭悲万重。
卿愧月夜我怜卿，展眼恩重亦前生。

话说宝玉在紫檀堡由袭人夫妇供养，日日无事可做，不用自己操心起居。麝月本来还在荣府，因宝玉被掠走，他从西南角门携了包裹欲行逃走，在山下忽遇宝钗莺儿在赶路，把他请到山庄一住，不想仍与宝玉重逢，从此尽心和袭人服侍宝玉。

暂不说宝玉在山庄浑浑噩噩度日，只说黛玉因见宝玉总是不归，日日落泪，屋子里也待不了片刻，自己坐在竹林里的青石上望着遥处发怔。紫鹃催他不回，只得陪他站着遥望。不觉月色横斜夜气发凉，黛玉才缓缓挪动步子往内间来，脸上犹有泪渍。

一时雪雁进来伺候，紫鹃便问道："白天晒的衣服都拿进来没有？夜里凉，拿一件衣裳给姑娘披披。"雪雁走去取了一件过来，却从那衣上抖搂掉一件东西。黛玉一瞧是个剪破的香囊袋，下垂着铰折了的穗子，忙拿了过来，不觉勾起往事触物伤情，又滴下泪来，坐着低头看着香袋不语。

正在伤心，忽听门外有脚步走的急促，只见林之孝家的进来道："宝二奶奶，门外聚集了百十个家奴，正携了包裹趁夜要散去呢，我怎么也劝不住。”黛玉听了急的说不出话来，只按着胸口咳嗽，喘道：“快……快……快把人都叫回来，都走了谁还护着园子？”要紫鹃扶着他走到院外。

只见众家斯、丫头、婆子都背着包裹要走，乱嚷嚷的。林之孝家的抬手要众人肃静，听林姑娘训话。那些奴仆都道：“有什么好训的！这是关碍到个人性命，万一叫坏人杀死了，着实划不来。”喧哗着要走。忽见小红从黛玉身后探出，大声嚷道：“叔叔大娘们且莫要走，听我一番话再走不迟。如今外头更乱，那里都有强盗出没，除非你逃到山旮旯里饿死。咱们的亲人都叫强盗害了，咱们再去入了贼伙，岂不是认贼做亲吗？不如大家拧成一股绳，齐心赶走贼寇，待日后世道好些了，咱们又能在一处了。”众人听他讲的有理，都断了念头嘀咕着散回各房去了。

黛玉笑着望着小红道：“还是你有法子，不然我可没有主意了。”忙把小红请到屋里细论。小红笑道：“姑娘的事就是我的事，我们做奴才的就是为主子捐躯了也是应该的。”黛玉见他说话简便爽快，行事利落，便笑道：“他们也统领不好下人，不如都交你指挥了吧。”小红笑道：“小奴无能，还请姑娘另择惯家。”黛玉不容他推脱，只把家仆都托付与他。小红想起当初晴雯等嘲笑他好爬高枝，怕自己揽了差事受众人诟病，仍是推辞不已。怎奈黛玉已起身走了，自己再跟上去解释就嫌罗嗦了，就暗自应了，要费心劳力好好大干一番。

且说贾蓉、贾蔷与冷子兴、柳湘莲、薛蟠的队伍合为一党，休整了两日又来侵犯贾家。小红奋起带众家仆拼死抵御，三番五次都把贼兵击溃。蓉蔷心里失望至极，咒骂了小红几句勉强退回城隍庙。又赵姨娘、钱槐一队人马也来进犯，亦被小红指挥着家奴赶出。

黛玉见小红果然人材出众，是女中豪英，脸上也有了笑意。众家仆也盛赞小红清廉无私、纪律严明、持法公允，小红名声大振，深得人心。

鸳鸯本来想趁着贾家落败，自己也好浑水摸鱼，谁知无端冒出一个小红精明强干，几次三番把贼寇击垮，心上那点冀望也要化为乌有。拿定主意，偷了各房一些东西用衣服裹了，趁夜黑逃出贾门，另作高就。只见夜已三更，碧云横空，月华如泻，心想：“前儿是三月十五，月又大又亮。今儿十七月还是这么圆，直照的地上明晃晃的，只是别叫人看见了才好。”因把脚步放轻，下了甬路行至一湖山石后柳树荫下，转往石后树丛藏躲察看。只见角门上闩，有十几个小厮在那里或睡或坐，暗自叫苦。正在犹疑，忽然有人从背后捂住其口，拖往一边。

鸳鸯不敢叫嚷，被三个黑影推到一个山洞里去了，洞里漆黑一片看不清三人颜面，扎挣道：“饶命！”“休要罗唣！”一人低声道，“不稀罕你的银子，只要你帮一个忙。若不肯依从，一刀抹了！”鸳鸯纳闷道：“又有何事要我帮忙？奴家不解。”那人低声道：“你只在姓林的跟前说一番言语即可，明日午后我们还在这里等你，会赏给你五十两银子。如若不听，我们的人饶不了你。”鸳鸯问他是什么言语，那人在他耳边如此这般说了一番，就把鸳鸯用力一推，鸳鸯踉跄退出山洞，见那三人跟出渐行渐远消失不见。发了一会怔，一路走着一路思量着转回自己院里来。

鸳鸯进了小院，把院门掩了，掌了灯。正在挑着灯芯，忽听墙上有响动象是进了贼，吓的缩在被子里发抖。只见门儿被人推开，探进一个身子，忙道：“是那个丫头往这里来了？这院里自从玉钏走后就我一个，黑灯瞎火的别开顽笑了，挺惧人的。”只见挨次进来三个人，都小声说：“是我们三个，快别大声嚷嚷。”鸳鸯一见原来竟是司棋、潘又安及一个汉子，忙下床道：“大哥请坐，我去倒茶。”只见那个汉子道：“快坐好了，不必倒了，谁喝你的茶！”鸳鸯只得老老实实坐了。

司棋流泪道：“当年姐姐守秘的恩情我还没有报，今日咱们有幸见了定要叙叙交情。他府里早已没了实力，你还死忠心守着林姑娘，咱们联合干他一把，有福同享，有难同帮，岂不好？”鸳鸯心下也有了活动之意。潘又安道：“不瞒你说，是蓉大哥叫我们来的，他说明日你在姓林的跟前只说看见了小红和蓉大哥有过来往。”鸳鸯道：“我说了林姑娘也不信啊！我这几日又没有出去，我又怎么知道小红在外头的事呢？”潘又安道：“你把这个牌子交给姓林的，他不信也不行了。”鸳鸯道：“什么牌子？”司棋从袖子里掏出一个令牌递与鸳鸯，鸳鸯接了，看上面有字迹也不认识，问道：“这上头写的什么我又不认得，我一个做丫头的那识什么字！”三人道：“你不认得姓林的认得，你只交给他就是了。”鸳鸯“嗯”了一声答应了，三人告辞而去。鸳鸯往院外探了探头，见周围没人，才又把大门关上了。

且说黛玉一清早起来就对镜梳妆，气色也比近日强了些。紫鹃、雪雁都笑道："小红姑娘可真厉害，那些流贼都不敢来，这一夜竟是没有动静了，姑娘也睡了安稳觉。"黛玉笑道："他原是跟着琏二嫂子的，定是在那府里学了琏嫂子的治家本领，不然竟是跟他父母学的。往日不大注意这个丫头，原来这么好。一会儿等他来了，你把这盘点心端给他吃去，这个家离了他还不行了呢。"紫鹃笑道："功臣当然要多受些奖赏了，姑娘就放一百个心吧，那些强盗再不敢来了。"黛玉笑着不语，叹了口气道："想我也是个糊涂的，心眼窄，只因他的名字叫个林红玉，我就不大高兴，搞的府里人都不敢叫他红玉，都改作小红。我是冤枉了他，认真抠死字眼，觉的红玉就是流血的玉，林红玉岂不说上我了？以后还改过来，仍叫他红玉吧。"紫鹃笑道："红字必然就是流血吗？我看是走红运，喜庆才是。姑娘遇见他，以后要交好运了。"黛玉笑道："正是，紫鹃姑娘怎么今儿变聪明了，我都不认识了。"紫鹃笑道："服侍谁的就象谁，谁叫我跟了姑娘呢。"黛玉笑道："这丫头不是这里的，定是琏嫂子手下的，会说话恭维主子了。"雪雁和那两个侍女也笑了起来。

正在谈笑，忽见春纤进来道："刚才我在门外见鸳鸯姑娘在门口转来转去的，总是不敢进院，好象有什么心事。"黛玉诧然道："他和我没说过话，今儿莫非有什么事？快请了进来。"春纤应了一声出去了，紫鹃也颇为纳闷。只见鸳鸯低着头腼腆着走了进来道个万福道："给林姑娘请安。"黛玉道："不必拘礼，大家随意，紫鹃倒茶去。"鸳鸯忙止道："别，别，我不渴，我来是给姑娘报告个事儿的。"【批语：好个阴险的奴婢，恨不的剥其皮食其肉！大哭！】又望了望紫鹃、雪雁、春纤，三人会意，走了出去。

鸳鸯见他们出去了，才道："我说出来姑娘不要乱传才好。"黛玉笑道："你说吧，我不乱讲。"鸳鸯道："昨儿夜里我因多喝了些水，半夜起来。开门出来，忽在那树丛里听见有几个人嘀咕，趁着月光一瞧，原来是小红姑娘和几个男人说话，我就有了心，偷偷躲在了树后。只听一个人说：'这是蓉大哥给你的银子，你好生收了，事后还有重赏。下次林姑娘再叫你去查宝玉的下落，你查了别告诉他，先跟我们说了，蔷大哥会再给你银两的。'我听了吓了一跳。后来他们就散去了，我到那里一瞧，发现树下遗落一个令牌，上面还有字。我又不识字，故拿来给姑娘瞧瞧。”【批语：狗贼，满嘴放屁，吃我一喝！】说着从袖子里掏出令牌递给了黛玉。

黛玉接了翻看多时，见那上面写着一溜字“防护内廷紫禁道御前侍卫龙禁尉”，不禁大吃一惊，捂着头道：“我有些头晕，谢谢你来告诉我这些，我要到里面歇一会儿。”鸳鸯忙道：“姑娘身上不舒服吗？我搀姑娘进去。”黛玉摆摆手道：“不用了，你先坐着。紫鹃，给鸳鸯姑娘倒茶！”鸳鸯忙起身道：“不用了，我还有事，要回去了，姑娘请安歇吧。”一径走了。

黛玉见他走了，手拿着令牌又观看多时，心里说不出什么味了，酸辣苦咸搅在一处，腹中似是翻江倒海一般。扑到炕上，那眼泪又滚了出来，心想：“这令牌分明是贾蓉的，怎么被鸳鸯拾了？莫非小红真的和蓉蔷勾结一处？神天菩萨帮帮我，颦儿心里迷惑的很。颦儿求求神灵提示我，到底小红是个什么样的人？万一冤枉了好人，岂不误事！是鸳鸯扯谎吗？他这些天那儿也没有去啊，他又不识字。小红倒是为探宝玉下落出去了两天，看来定是小红和强盗有勾结了，我说他怎么这么好，人人都击不退贼寇，怎么他有这么大本事？一定是他们合伙演戏蒙骗我，这世上怎么会有这么忠心的奴婢？我看错了人，差点被他害了。要是信他的话，以后家败人亡，我可是头一个昏主了！”

如此想来，不禁恨从心生，拿定了主意急忙起身往门外来，急忙召集三个小厮去把小红叫来。小红正和母亲在家里谈着这几日的事，忽见有家奴来请说林姑娘要见他，便笑道：“我这就去，母亲在家好生待着。”林之孝家的笑道：“我的儿快去吧！林姑娘定是有事相商，不可耽搁了。”小红笑兮兮往潇湘馆来，【批语：可怜忠臣不知祸将至矣】却见迎出两个小厮道：“林姑娘在那边院子里等你呢。”小红有些不解，同二厮赶往这边来。

只见黛玉在花园里已站好等着了，一见他来了冷冷的道：“你过来看看这是什么东西。”小红笑道：“姑娘拿什么要我看？”黛玉把个令牌往地下一扔。小红心内大异，察觉黛玉今儿脸色不对，低头弯腰把令牌捡起，看了半天不解何意，道：“这又是那里查来的贼赃，姑娘要我去找这偷牌的人吗？我不认识字，这上面写的什么？”黛玉呵斥道：“别装了！你会不认识？你和贼寇私下往来的事这么快就忘了？”小红听这话不对劲，心里更迷惑了，道：“姑娘今儿是怎么了？说的话都听不懂。”

黛玉道：“做贼的都会打掩饰作样子，只哄不住我。已经有人举报了，说你跟贼寇有勾结，贾蓉贾蔷给你不少银子。你今儿逃也逃不掉，快爽爽快快交代了吧！”【批语：颦卿好糊涂矣。且住！且住！】小红急了，眼中溢出泪来道：“这是那起小人造的谣，姑娘怎么不辨是非，听信谗言。”黛玉此时心里被怒火烧的不明晰了，只是愤恨，也不容小红解释，硬说他和贼寇有勾结，收受了诸多贿赠。小红大呼冤枉，见黛玉扭过头去不愿多听，哭道：“怪不得人人都说这林姑娘孤高自傲心窄多疑，果然不假，被小人蒙蔽了眼睛。”黛玉听罢怒从胆生，气的浑身哆嗦道：“你们上去拿皮鞭把他打一顿，看他还狡辩不了！”那三个小厮依令都上去把小红用绳子吊在树上，小红一边挣扎一边呼喊：“姑娘再容奴婢解释，我真的冤枉啊！”黛玉只叫嚷着用力打。那三个小厮果真使劲抽打起来，只打的皮开肉绽，黛玉仍不肯喊住手，口中说道：“要这样阴险小人做甚，打死正好！”【批语：且住！且住！】小红哀号啼哭求饶，黛玉仍无动于衷。

不多时，三个小厮打累了，过来问黛玉还打不打了，已经没气了。【批语：看到此处，直把人的心搅碎，不忍再看。颦卿过甚了，不禁泪如泉瀑。】黛玉道：“死了就死了，这些日子见过的死人够多了，我泪也流干了，心也变硬了。”小厮们七手八脚把小红放下，只见脸色煞白全身是血，已魂断命绝了。黛玉命叫了他母亲过来把他安葬了，自己往潇湘馆来。

一时林之孝家的赶来，见女儿已气绝惨死，瞪着眼睛大哭，扑了上去嚷道：“我女儿犯了什么法了？死的这么惨！你们去把林姑娘叫了来，我问问他去！”起身就跑。一时贾琮等子弟也惊讶赶来，见小红一命呜呼，都嚷道：“出了什么事了，怎么好好的把人打死了？”三小厮都摇头说不知，他们只是奉命行事。

林之孝家的咬牙发狠跑到潇湘馆，指着黛玉问：“我们忠心耿耿为主子卖命，却被无端打死，还有没有道理？”黛玉道：“他私通贼寇，我也无可奈何。”林之孝家的道：“姑娘怎么知道他私通贼寇的，是那个说的？”黛玉道：“你别问了，我不会说的。”林之孝家的坐地上大哭起来：“我的儿啊，你死的不明啊！我满以为忠心待主就能讨得主子欢心，谁知君子易从小人难侍，那些苛刻的主子实难讨取他的欢心，这样的主子不是君子啊！”【批语：骂的好！天下所有心安理得者都来吃一棒喝。】直哭的涕泪纵横。黛玉听了，心中烦恼，起身走了。

林之孝家的又赶往花园来，却见贾芸正蹲着抱着小红大哭，走过去扶贾芸道：“咱们走，离了这园子。自古主子都难服侍的很，咱别自作多情了。”贾芸泪眼红红的瞪着他道：“林姑娘怎么这么混，我问问他去！”林之孝家的忙阻道：“别去了，人家高傲的很，待人理也不理的，没的碰一鼻子灰。”贾芸仰头悲愤望天哭道：“天神老爷，快教教芸儿，怎么自己人还跟自己人过不去了呢？”林之孝家的忙弯腰去抱小红，贾芸从腰上扒出一把刀子，往腹中猛的一插，大叫着倒地翻滚。林之孝家的吓的大喊：“女婿，你怎么也做起傻事来！”哭着又去抱他。忽见贾琮等众宗族子弟又跑了过来，将贾芸小红抬走了。

却说黛玉在房里心乱如丝，理不清个头绪。忽见侍女哭着跑进来道：“姑娘，芸哥小红姑娘都死了！”黛玉猛然一惊，沉思着又坐了下来，心想：“我一时气的急了，将他打死。虽说罪有应得，可鸳鸯的话也有几分可疑，怎么坏人这么不小心，把个令牌就遗失了呢？若是故意丢下叫鸳鸯拣去，岂不糟了。”越想越觉自己太过冲动，忙喊了侍女去把鸳鸯叫来，侍女说：“鸳鸯姑娘刚刚背了包裹从角门出去了。看门的问他为何出去，他说是林姑娘要他去外面打探宝二爷的下落。”黛玉听了如天旋地转，不觉昏倒。

侍女忙喊了紫鹃雪雁出来，又是灌汤又是哭叫，才把黛玉唤醒。黛玉一睁开眼就要往墙上撞，吓的三人急忙拉住了。紫鹃哭道：“姑娘怎么了，早上不还是有说有笑的吗，怎么又不对了？”黛玉哭道：“要我死，我有罪！我错怪了小红，我没脸活着了！”紫鹃等听了都呆住了。黛玉大骂道：“赶快叫人把鸳鸯这个叛贼抓回来，我要剥了他！”侍女“嗯”了一声跑出去叫人。

黛玉挣手不开，喝道：“紫鹃别抓我，我出去给他们道歉去。”紫鹃松了手陪他一道出来。黛玉找了半天也找不到林之孝家的，问了问别人才知他已经和园中百多人离开贾家走了。黛玉听了这一句，如同一个疾雷心头乱跳，站在山坡上望着遥处，浑身瘫软倒在地上。紫鹃急忙扶他起来，往回来的路上走。

黛玉颜面雪白不住咳嗽，握着帕子颤巍巍的，走一路哭一路，几次要投水撞树都被紫鹃拦住了。黛玉此时心里酸辣苦咸堆于一处，“哇”的吐出一口血来，道：“咱们家完了，走了一百多年，这个家亡在我手里了。”紫鹃也哭得心碎肠断道：“姑娘何必自怪自怨，这都是他们的罪过啊。”黛玉也不回去，站在沁芳亭依着栏杆望到日落黄昏，哭个不住。紫鹃劝也无益，只好陪他站着落泪。

话说园中众人听说黛玉刚愎不明乱杀功臣，不肯服从了，都商量着一同离开贾家另觅路子。黛玉不顾天色已晚，跑到各房里去游说道歉，说的嗓子都哑了都说不动众人的心，众人都待他冷冷的。黛玉直哭了一夜后悔了一宿，天明也不梳洗，叫紫鹃到园中看看众人都走了没有。

紫鹃来到园中，见众人背着包袱要走，哭着拦劝。众人不听，抬脚要走。忽见园门大开，赵姨娘、钱槐领贼寇又闯了进来。众人吓的抱头就逃，众贼寇不由分说，见人就砍见人就杀，只杀的尸骨遍地，堆成小山。紫鹃吓的哭着跑回潇湘馆，侍女端着金盆要黛玉洗面，黛玉呆呆的发怔。紫鹃哭道：“姑娘快走，强盗们又来了。”黛玉满脸是泪，只呆呆的说：“你们逃命去吧，不要管我。”紫鹃又跑了出去探看，一会儿回来道：“卫公子和琮三爷带着人正和强盗打着呢，咱们的人都英勇的很。”黛玉仍流泪不语。

外头打了一阵又一阵，直打到天黑还没有停休。紫鹃到茶房里去端药，刚走到窗子下就听见贾菖贾菱说：“吓死人了，外头死了这么多人，幸好他们叫咱们只管着煎药，不然咱们也得上去迎敌了，岂不怕死人！”只见紫鹃进来道：“药煎好了没有？林姑娘等着喝呢。”贾菖、贾菱道：“已煎好了，你端了去吧[14]。”紫鹃一边端着一边说：“还是个男人，怕成那样，平日里就会欺软怕硬。”贾菖、贾菱都道：“你懂什么！”见紫鹃出去了，都冷笑道：“这回姓林的可有罪受了，里面加了剂量比以往大了一倍，又添了些如狼似虎之药，谁叫他平日里待咱刻薄了，这都是他自找的。”都偷笑了起来。

且说黛玉见紫鹃回来端来了药，本不想喝，被紫鹃等催了几遍，才勉强端起喝了。因问：“外头怎样了？你们出去瞧瞧。”紫鹃出去一瞧，慌忙回来道：

[14] 第三回：贾母道：“正好，我这里正配丸药呢。叫他们多配一料就是了。”【甲戌侧批：为后菖菱伏脉。】

“不好了，咱们的人死了好多，都趁夜躲起来了。姑娘快想想办法吧，园门恐怕被强盗守严了，出不去了。强盗们都提着灯笼搜屋子呢，倘若叫他们搜到了咱们，可怎么是好！”掩面而泣。雪雁也泣道：“外头那些贼叫嚷着说见了林姑娘莫要乱动，说有个钱大哥看中姑娘了，要留着给他。”黛玉听了气得浑身乱颤，大骂：“狗贼信口胡沁！不如把我命要了去！”忽觉腹中翻江倒海一般，霎时药劲发作，说不上什么味了，可谓生不如死，扎挣着伏在炕上，大汗淋漓，喘道：“紫鹃给我端的什么药？喝下去要死不能活，难受的要命！”

紫鹃唬的急忙上来帮他捶捶，黛玉叫他不要捶了，强忍着叹道：“我不怪你，如此看来咱们是极易落入狗贼之手了。”紫鹃听了，不言一声，流泪与黛玉相偎着。黛玉喘道：“打我进了这府里以来，老太太太太待我无不尽心，你虽是我的丫头，可却像我的亲姊妹一般，说什么主子丫头，以往我把这些名分看的过了，大家都是人，谁又比谁多出什么来呢？我以往待你太苛刻了些，如今后悔亦迟了。”一席话说的紫鹃低头哭了起来，道：“今生能伺候姑娘，就是我的福分了，我要守姑娘一辈子。”黛玉强颜笑道：“那些贼人立等要闯进来了，古来国破争战，女人总是被践踏，或卖到青楼。我好担心你和雪雁，我是誓死要保持清白了，就是一头碰死了，力拼一场，也不可被狗贼玷污了！”

紫鹃偎着含泪笑道：“我同姑娘想的一样，想咱们都是女儿清洁之身，未曾沾染了男人气味，我决意以死全节。”只见雪雁过来急切说道：“姑娘快想想法子罢，园门怕是被强盗守严了出不去了，咱们再叫坏人抓住侮辱了可怎么是好？”黛玉听到“侮辱”二字，神色一惊，又转而笑道：“那里到这个利害份上了，你们到外头看看，有没有山洞可以躲起来，我想起来宝姑娘院子里有假山石。雪雁快收拾了东西，备些吃的，咱们都趁夜藏在里头。”雪雁点点头，“嗯”了一声去里间找吃的去了。

黛玉又对紫鹃道：“你快给我找根绳子，我把诗稿书本捆了藏山洞里，万一叫他们看见了也是烧毁。”紫鹃应了一声到屋里屋外找了半天，找来一根绳子，说：“用衣服一包不一样吗？”黛玉夺了绳子道：“快到里面收拾去，找些吃的，咱们到山洞里藏几天，再趁他们不留意跑了。这绳子可用的地方多，岂能少了？”紫鹃到里间去找诗稿书本。

黛玉因被菖菱下了虎狼药，浑身难受，欲死不能，欲活受罪，拿了绳子就跑了出去。紫鹃翻找多时才抱着书本诗稿出来，却见黛玉已不见了，吓的急忙到门外去找，又不敢呼喊怕被贼寇知觉，只是偷偷的寻找。却见外头虽有朗月，只是比不得白天易瞧，故找了好几处都没有找到，心里如火烧油浇一般。

且说黛玉趁着明月高照在园中急走，只见到处都是尸骨堆积，全是自己的人，心里虽悲愤交加，只是因长年哭啼眼中已经泪尽，哭不出一滴泪来。知道大势已去，加上药劲攻发，浑身辛苦，又怕被贼人侮辱污了清白，不如一死倒也干净。不觉来至柳叶渚边，只见槐柳成阵月泻树林，四周树影纷纷花影丛丛，正是：

红粉佳人林黛玉，才比道韫貌绝伦。
呜咽沐月出绣闺，匆踏落花嗟怨深。
可怜离人遥双看，今夜相思孤月轮。
山河恨重情何极，举国缟素泣万门。
天运舛乱馆苑灭，满目凄惨鬼声吟。
只恨世人呲目凶，妙龄奈何泉路寻。
哀声何处诉知心，生未挽手死独人。
心知君心重缘份，亡家今夕愧思君。
诚叹世乱非汝罪，请速消念回转身。
污浊天地谁清洁，权钱世界虎狼蹲。
孤身决守生死念，却是众心又何忍。
无奈卿意实难挽，唯见树影落满身。

黛玉靠在一棵柳树上喘了口气，不禁仰天悲望，想道：“我今之罪可算罄竹难书，错杀小红致使贾家败于我手，众人也受我连累丢了性命，如今我死有余辜。怪只怪苍天无情，包容贼人恶行，轻纵他们肆意作乱，我亦似嫦娥悔意甚深，欲赴广寒宫，真真恨入骨髓。我此刻虽然死了，又怕别人发现不知名姓，虽得了个全尸，却未必有人肯埋。”不觉灵机一动，从袖子里掏出两个旧帕来，乃当年宝玉病时赠与他的，又想：“日日当着人面拿它擦泪，人人都知是我之物，且上面还有字迹，下人会看的出来。”寻了个柳树洞放在里头，仰首见上面枝繁叶茂可以挡的些风雨，莫淋坏了帕子，倘若有人见了俯首即拾。又在柳树旁边的槐树下站了，将绳子往高处一投，穿过枝桠过来打了一个死结，望着远处连呼三声宝玉，将头儿望绳里一伸，足儿一蹬，忽然眼前漆黑，辨不出方向[15]。

忽然听见阵阵音乐之声，只见一群仙女抱着各种乐器奏乐跟从着一女飞来，心中正自恍惚，仔细一瞧竟是秦氏飘飘荡荡而来，对他作个揖道：“我等奉警幻仙姑之命来接绛珠妹子回太虚幻境。”黛玉愕然道：“此话怎讲？”可卿道：“我本警幻之妹可卿是也，因妹子生前是西方灵河岸上三生石畔之绛珠草，受赤瑕宫神瑛侍者日日以甘露灌溉，欲酬报他甘露之惠，故下世为人，用一生所有的眼泪还他。今已还尽，故请妹子到太虚幻境司掌朝啼司、夜怨司、春感司、秋悲司几处，妹子快随我前去销号。”黛玉听了，恍然大悟道：“谢谢姐姐指点，不然妹子一生不得明白。”可卿携了其手，飘飘荡荡飞往仙界去了。

话说紫鹃四处寻找不到黛玉踪迹，忽在柳叶渚边看见黛玉吊死在槐树上，吓的大哭。不知后事如何，且听下回分解。

[15] 第十八回庚辰双行夹批：《牡丹亭》中伏黛玉死。

# 第九十八回

## 系新绦嗟慰失意人　拾旧帕悲悼寂寞骨

诗云：

萧萧落英皆陈迹，错认红尘堪痛惜。

王孙倏归悲风动，一片相思化欷歔。

话说紫鹃在柳叶渚边找到黛玉时已经迟了，黛玉已经吊在槐树上气绝身亡。紫鹃将黛玉抱下，大哭着扶着晃道："姑娘，醒醒罢，别吓我啊。"黛玉只是往地上歪倒。紫鹃抚尸悲声大放道："姑娘怎么这么傻，你去了家里可怎么办啊？"又晃了几下，情知无望，忽然又哭又笑的，也不理黛玉，起身摇摇晃晃走着，嘴里不停说道："姑娘，这里冷啊，该回去吃药了。他们是虎狼心肠，会下毒手的。姑娘，回去罢！"边走边哭笑不住，又道："这里容不下咱们，咱们是该回去的时候了。"又忽然高声喊道："姑娘回去罢，他们不是好人啊！"走一路喊一路，声音里带着凄楚悲凉，听的人悚然惊畏，惊飞些栖鸦宿鸟，扑楞楞飞往空中去了。紫鹃未觉疲倦，在园中走了一夜，喊到大天亮，才歪倒在沁芳亭下睡着了。

赵姨娘、钱槐一伙夜间把园中杀的昏天胡地，一时乏了，都在宁府各个房里睡了。天刚亮，养足了精神又持刀往园中呐喊着奔来。贾家昨儿死亡甚重，只余下卫若兰、贾琮、李纨、贾兰、贾菌母子扛着梯子，贾珖、贾璎、贾琛、贾藻、贾蘅、贾芬、贾芳、贾芝、贾荇、贾芷和二十多个奴仆都慌忙往菜圃里跑。贾琮焦急问道："林姑娘也不知往那里去了，院子里一个人也不见。"卫若兰来不及回答，把个梯子放在墙上，叫李纨、贾兰、贾菌母子先爬上去。忽见强盗们乱嚷着奔了过来，都吓了一跳。李纨、贾兰、贾菌母子已经翻过墙去，贾琮刚把脚迈上梯子，就上来几个强贼把他砍倒。贾珖、贾璎、贾琛、贾藻、贾蘅在菜圃里和贼寇拼杀，又被砍倒两个。

只见一个佩戴金麒麟的公子急匆匆赶来，正是史湘云之夫卫若兰，其所佩戴之金麒麟正是史湘云所给。卫若兰弯弓射向贼寇，两人中箭惨叫倒地。赵姨娘、贾环边跑边喊："快抓住那个姓卫的，别让他跑了！"卫若兰一脚踢倒一贼，又弯弓往菜圃里射了一箭[16]，只听"啊呀"一声，钱槐胸口中了一箭，疼的倒地扎挣。贾环唬了一跳，忙跑过去扶他。卫若兰见寡不敌众，无计可施，含泪翻越墙头逃走自便了。

余下子弟、家仆拼杀了多时，俱被杀死。赵姨娘笑道："他们的人都死绝了，咱们胜了。"众贼都哈哈大笑起来。贾环弯腰哭着摇晃钱槐道："钱大哥，醒醒！钱大哥，醒醒！"赵姨娘急忙和众贼围了上去，见钱槐两眼一翻头儿一歪，死僵僵了。赵姨娘含泪骂道："姓卫的，我和你有不共戴天之仇，以后走着瞧！"忙指使着众贼抬了钱槐及几个伤亡的弟兄往园中来，众贼埋葬了钱槐等。

日已当午，赵姨娘、贾环在荣禧堂摆开宴席，庆功贺喜。贾环举杯道："晚间咱们再痛喝一夜，既是阖宅已归我有，我就是头一个主子了，明日论功行赏封职。"马道婆笑道："日后大家都跟着沾光了。"与旁边一贼碰了杯，一扬脖喝了。

赵姨娘道："园子里白骨堆的如小山似的也不好看，以后住着也不雅，叫小的们把尸骨都用车拉往城外白杨村青枫林里去！"于是唤了十几个弟兄去忙这事。赵姨娘正和马道婆说着话儿，忽听远远有哭喊声道："姑娘回去罢，他们不是好人啊！"声音凄惨悲怆，听的人身上发毛，忙叫了下人过来道："这是那个不怕挨刀的乱嚷，还不教训了？"一贼笑道："不知那府里一个丫鬟，喊了一夜。这回又喊了起来，嘴里都吐出大口血来，仍不停口，原是个疯子。"赵姨娘道："疯子理他做甚！咱们喝咱们的，听他喊的象唱小曲似的，挺有意思的。"众人都笑道："正是，正是！有他一边唱着小曲，咱们喝着小酒也挺悠哉悠哉的。"

贾环多喝了几杯，忒斜着眼踢了一贼一脚道："听爷爷的话不？日后我也疼惜着你，快给爷爷跪下磕个头，爷爷我赏你一杯酒。"那人忙跪下仰头道："求

[16] 第二十六回庚辰眉批：惜"卫若兰射圃"文字无稿。叹叹！丁亥夏。笏叟。

爷爷赏一口罢，我们做奴才的也尝尝什么味。”赵姨娘、马道婆都哈哈笑道：“他给你倒的是马尿，他哄你呢！”众人都跟着大笑起来。那人笑道：“是马尿我也喝，谁叫是主子赏赐的呢。”贾环颇为得意，令众人抬过箱子来，把里面从各处抢的珠宝首饰往地上一倒道：“这是给你们的赏赐，谁抢着了归谁。”众贼都一哄而上，乱嚷着争抢，有几个还骂骂咧咧的去夺一件手镯。赵姨娘抓了一把铜板往空中一撒，慌的众人都弯腰去拾，头撞着头也不觉的疼了。大家喧闹了一天，夜间仍摆着酒筵，喝个昏天黑地。

只见一贼笑着进来禀告：“园子里的尸骨都已拉到城外埋了，下剩的可能还有，明日再逐一寻查。”贾环皱眉道：“那个疯子是姓林的丫头名唤紫鹃的，咱们喝了一天，他也嚎了一天，尽是什么不如归去，讨厌的很！快把他扔湖里淹死算了。”一贼笑道：“刚派人过去瞧了，那丫头吐了一路的血，已经死了，明日也带着扔城外罢。”贾环疑惑道：“怎么姓林的没听说他在那里，死活也不知？”众贼都笑道：“白天埋了这么多尸骨，不是男人就是女人，也许里面就有也未可知。”贾环听了只得作罢。众贼正在豪饮，忽然一贼来报：“贾大哥，姓柳的那群狗道士跟贾蓉那一伙又闯进来了！”贾环听了大惊，忙命众贼集中了去跟他们拼命。众贼寇持了刀剑奔了出去，和外头闯入的厮杀起来。

且说柳湘莲、冷子兴、贾蓉、贾蔷、薛蟠率众寇和赵姨娘贾环的队伍干了一夜，将他们逐出园子，又追到城外，誓要剪除干净。赵姨娘、贾环都跺脚喟叹道：“咱们的人竟敌不过他们，倒死伤了大半，只好逃往外地另作打算了。”怀恨蒙羞而去。贾蓉、贾蔷、薛蟠、柳湘莲、冷子兴见赵姨娘势败逃走，都拍手笑道：“园子又夺回来了，该咱们好好庆贺一番了。”

于是大设筵宴，由妓女云儿、多姑娘、芳官等十二个戏子陪宴。那多姑娘原是晴雯的哥嫂，最是风月场里惯家，自打府中家反宅乱一来，他便见风使舵大肆招揽才俊，拿出看家本领同那些贼寇日夜鬼混，一则保全了性命，二则足了他淫浮之念，可谓是招蜂惹蝶炙手可热，毫无羞耻之心，其夫多浑虫亦不知逃往何处去了。

薛蟠一边调笑云儿、多姑娘，一边令芳官几个唱曲助兴。薛蟠举杯要龄官唱一套《盘丝洞》，龄官冷笑一声道：“先到里头穿了戏服，待会儿出来。”薛蟠笑嚷："那就快点扮了出来，我看看扮相俊不俊。"贾蓉、贾蔷、柳湘莲、冷子兴都笑着要他忍着性子等，忽然一贼进来报："不好！那十二个戏子偷了一箱子珠宝跑个没影。派人到外头去找，见他们跑远了，追不上了。倪二骑马追去了。"

贾蓉听了大骂："我早说这十二个娼妇手脚不稳，果然应到今日。"薛蟠也唉声叹气道："内中那么俊的几个也跑了，小曲儿也听不着了。"贾蔷举杯笑道："女人多的是！何必自寻烦恼，还是饮酒要紧。"柳湘莲、冷子兴也笑着举过杯来，大家觥筹交错划拳行令起来。不大会儿，倪二喘吁吁进来道："林子里树密，他们东绕西拐已看不见了，我只好回来了。"

贾蔷举杯笑道："跑他娘的腿！倪大哥快坐在这边，大家豪饮。"倪二挨着薛蟠坐了。冷子兴笑对薛蟠道："薛兄功劳不小，要多饮几杯。"薛蟠道："我有什么功劳！不过是兄弟们上前，我只是在后面谋划罢了。"冷子兴笑道："若不是令妹出计叫鸳鸯在姓林的面前说小红的是非，咱们还攻不进来呢。"薛蟠道："也没什么，不过妹妹读了些兵书，比我多识了几个字，才出了这个……什么来着？"贾蓉笑道："反间计。令妹高明的很，薛大哥以后要学着点。"薛蟠笑了笑，因心里高兴痛饮了几大杯，自觉有些醉了便要回山庄歇歇，起身便要告退。

这时，一下人过来扶着他道："大爷不是要拿什么新鲜玩意给小的们看吗，怎么又忘了？"薛蟠一拍脑袋道："看我这记性，说了几次都记不住。"那人撇嘴道："大爷没有那玩意就别夸下海口，要兄弟们等的心焦。"柳湘莲、冷子兴凑过来问："什么好东西，我们也看看。"薛蟠道："不值一提，是我那年在苏州买的香袋，搁箱子里几年了，都没有拿出来过。兄弟们没有见过，我这就回去拿来给他们一观。"说着要倪二扶着出了园子往紫檀堡而来。

薛蟠回到山庄，一进了屋子就翻个不住，找了半天也没找到，怕见了兄弟们不好说，又叫他们说嘴，不觉动了气，喝问宝蟾道："这箱子你开过没有，怎么那个十锦香袋不见了，谁拿去了？"忽见金桂掀帘子进来道："还不是你那人见人敬的好妹妹拿的，那年巴巴的放在贾家园子山石上，闹了一场风波。你们也不知安的什么心，做出来的事都够使了。"薛蟠听了发了个怔道："又有你说嘴的了，没有了就没有了，以后再买罢了。你那时又没有嫁到咱家，怎会知道这个？”推着金桂往外赶。金桂冷笑道：“你忘了那日你喝多了，要拿给我看，说要助助咱们的兴来着，我去找，莺儿偷偷告诉我说那年已被你妹妹取走，不知做什么用场了。我听贾府的婆子们说抄捡大观园就是因一个香袋而起，我估量着你们得不到宝玉，就去陷害别人。你们做的事怕别人知道，我偏要嚷出来，看你们还怎么哄人！”

薛蟠怕宝玉在那屋里听到，只得陪着笑道：“好了，别嚷嚷了，今儿我服侍你罢。”金桂鼻子眼里哼了一声摔帘子出去了。宝蟾道：“留着他也是个祸害，不如打发了他。”薛蟠道：“怎么打发，出去他还不是乱说咱们薛家的不是？难道要把他宰了不成？”宝蟾听了不觉一怔。

且说宝玉在那边屋子里听见金桂在吵闹，起身要到里间回避。袭人道：“他们成日吵着过了，咱别管他们。二爷带的玉怎么丢了，是那个偷的？”宝玉叹了一口气道：“什么劳什子，丢了就丢了，提它做甚。”袭人道：“宝姑娘昨儿找了一块，和你那块式样不差多少，就找人也照着原来的刻了字，我去拿来给二爷带上，也好驱驱邪。”

宝玉此时心情烦闷，想到自己来这儿多时，家里事情一概不晓，黛玉是投在那个井里宝钗说的不详，自己要祭祭他也没有机会回去，不觉长叹一声堕下泪来。袭人去宝钗屋里拿玉，见莺儿已把绦子打好了，正在拿给宝钗看。宝钗道：“青色配上金边，正是好看。袭人，你拿了给宝兄弟系在脖子上，再把玉络在里头就妥当了。”袭人答应着接了玉往这边来，见宝玉坐着流泪，自己也忍不住掉下泪来，把绦子挂在宝玉脖子上。

宝玉本讨厌这些世俗玩意，又怕扫了袭人的兴，只得任他系了。袭人安慰他道：“人死不能复生，再记挂着又有何益？宝姑娘挺不错的，没有不赞的。二爷也不小了，该想着婚姻大事了。”宝玉叹气泣道：“如今家破人亡的，我那有心思娶亲，以后再提罢。”倒向炕里歪着，袭人擦着泪往自己房里去了。

且说冷子兴、贾蓉、贾蔷、柳湘莲和众道士贼寇在荣宁两府嬉闹了两天，日日把盏划拳，夜里都寻房子睡了。谁知半夜园中闹鬼，那些死去的冤鬼影影绰绰的悲惨哀号，吓的众贼寇浑身毛骨悚然，更有几人亲见有鬼到屋子里要掐死他们。贾蓉贾蔷夜里也被几个冤鬼追逐，都抱头鼠窜，躲在草垛间不敢出来。因外地战乱不断，贾蓉、贾蔷把众贼召集了离了贾府到异地打仗去了。贾府空空无人寂寞清静，一连数月都没有人来，园中的花草林木因无人照管都渐渐枯萎了，到了深秋更是凄凉荒芜。

到了第二年，宝玉又在紫檀堡住了几个月，不觉又是深秋。因惦记着家里，趁宝钗袭人等不留心偷偷跑出山庄，星夜赶回府中来，人倦神乏在贾府门口睡着了。天色刚明，宝玉醒来，强睁涩目揉了揉眼睛，抬头看园门的牌匾被人戳了几个洞。忽见两个儿童从门边露个头，不认识，喝问二童道："你们是那里来的，跑府里做甚？"那二童过来打量了宝玉半天，道："我们见过你，你不是这府里的公子吗？这园子一个人都没有，凄清的怕人。刚刚我们从里头出来，啥宝贝也没有见着，在那渚上柳树下看到一具白骨，吓死人了。又从那柳树洞里掏出两个旧帕子，以为包着什么值钱的首饰，展开一看空空如也，扫兴！"二童摇摇头走了。宝玉听了也颇感伤，信步往园中走来，却见：

楼阁依在，厮人已空。时艰年荒，骨肉流离。吊影孤愁，谁知凭栏意？天际飞鸿，排成人字。

又把荣宁两府走了一遭：满目凄凉，空念旧事。浮生千万绪，化作泪千行。聚时如春梦，散时无觅处。

又来至潇湘馆，却见竹林被人砍去不余半点，只留平地。寒烟漠漠，落叶萧萧[17]，人面不知何处寻，空留热泪情难寄。步入房中，却是桌翻椅倒，纸片撒了一地，药炉打碎，帐幔铺地，梁上结满蛛丝。

忽然听见有人念道："侬今葬花人笑痴，他年葬我知是谁？"不觉一惊，听声音是从窗外传来的。走出去一看，只见黛玉的鹦鹉站在一棵枯树上不停吟哦，原来鹦鹉失去了主人独自外出觅食，恢复了野性，叫道："林姑娘回来了，林姑

[17] 第二十六回：凤尾森森，龙吟细细。【甲戌双行夹批：与后文"落叶萧萧，寒烟漠漠"一对，可伤可叹！】

娘回来了。”宝玉伫立鹦鹉面前饮泣，鹦鹉念道：“一朝春尽红颜老，花落人亡两不知。”宝玉用手抚之，鹦鹉扇动翅膀惊飞起来，往遥处飞去了。

宝玉不觉大哭，自语道：“林妹妹，你上那里去了？我回来迟了！”忽然想起早起门口那两个小童说的在渚边看见一付白骨和两个旧帕，不知又是那个冤死的丫头，不如过去凭吊一番，以诉悲愁。于是又把大观园各处逛了一番，不觉来至柳叶渚边，看见槐柳成阵，空寂无人。果在槐下看见一付白骨，近旁柳树下搁着帕子，走去弯腰拾了仔细一看，大吃一惊，心想：“这不是那年我病了时托晴雯送给林妹妹的吗，怎么扔在这里？”再一想，全明白过来了：“这白骨不正是我朝思暮想的林妹妹吗！”不觉天旋地转，昏倒在地。

良久，宝玉被冷风吹醒，疯了似的大哭着扑到白骨上喊道：“林妹妹，你死的好惨啊！神天菩萨对你不公啊！别人都有寿终正寝之所，你却孤零零死在这荒渚野外，连个葬身之处都没有。我来迟了！我好恨啊！”说完望着苍穹瞪着双眼哭道：“神天在上，你怎么不开眼啊！我诅咒你这厚地高天，连好坏都不分。老天，你何时才睁开眼啊！”低头望望白骨，又哭道：“妹妹，我思念你肝肠都要哭断，你怎么狠心独自去了！”说着，在地上插了几根树枝，又找了一根木棍，在那地上边哭边念，写下长篇诔文道：

维干戈寥落之年，霜凄风紧之月，悲艳伤红之日，怡红院落魄公子含悲洒泪，唏嘘考答苍茫高天，感怀触绪，长歌当哭，嗟悼亡妻。思及奠祭之所非祠非堂，仅荒渚野陇，衰蓬枯草，怎不悲恨盈腑，愤怨塞胸？然一无香烛佳酩，二无乐奏拜毯，三无果品腊猪，四无陪祭献帛，仅拔茅以茹折柳插槐而已，终不免愧悔嗟泣，无可如何至矣！思及当初妹妹所作“天尽头，何处有香丘”语，而今竟成谶言！浊玉泪亦殆尽，思慕感悼，岂有另备奠仪？凄恻哀痛，恨无瑶台仙药。然情真意切，足表诚心，望妹妹泉下息怨体谅。吾今实乃瞻前不能顾后，唯有以虔诚痴心感我知音。又记卿诗曰：“尔今死去侬收葬，未卜侬身何日丧。侬今葬花人笑痴，他年葬侬知是谁？试看春残花渐落，便是红颜老死时。一朝春尽红颜老，花落人亡两不知！”字字句句，似沾泪血。

吾妻林氏黛玉自临人世，迄今凡十有九载，乡籍姑苏盛地，杰出名宦高府，桑戟抛却故里，远投亲眷新庐，萱椿终不相首，永作他乡之客。思其容则清雅飘逸，堪同西子比娉婷；思其度娇姿弱态，敢与飞燕赛婵娟。其品貌则花月犹觉浅庸，其风度则茝兰自为惭怜。看其眉娟丽似蹙若颦，横云卧柳，一番韵味，华章莫述；看其目明秀似凝凄含露，点漆灼星，万般怜爱，斐文难赋；量其才则道韫掷笔，宋玉神疏；念其尊则金玉陋俗，珠翠粗鄙，禄蠹看官惭颜，世俗孺媪咸仰。其为洁冰雪尚有微尘，其为尚昆仑犹在足下，其为节劲竹可同比肩，其为德松柏堪誉深长。妙笔兴咏有章，诗社菊花魁夺，文雅点洒馥郁，似闻桂醑兰香，俭约惜物尚古，闺性严毅平修，持家以宽克众，德美旦奭清一，疏昵惟善是嘉。孰料晴日蒙蔽乌云，姣兰偏逢狂飙，浊雾弥掩清灵，碧空泼染浓墨，遂使明妍褪尽罔屈，佳思沦为幽沉，飞龙陷于曲沼，遗恨无尽无穷。蒹葭似闻冤啼，匝地疑有悲声，悲呼恍出荆棘，愤怨如聚蓬榛，蔓延天地，直上苍穹。赤子黼黻，愿以众命换取玉容仙质；银汉霜娥，齐助月兔捣杵回生之药。然芳姿终散，倩影难寻，一把辛酸，唯叹夭折！枫杨萧萧，阴阳浩浩，杳杳潜寐，千载不寤。年命譬如朝露，失我故欢；人生忽如风絮，余之永伤。

忆昔妹妹抛家别父，孤苦无依寄身府下，姊娣悉慕诗才，奴婢咸仰深恩，虽有慈祖仁亲呵护，忠婢贞鬟勤侍，然内心凄苦又谁能知？曾记妹妹初来始见，睹颜面善，权作旧时相识，心有灵通，恰似远别重逢。

感慕娇颜弱姿，送妹颦颦妙字。厌俗高低不择，癫狂狠命摔玉。

亲密友爱意重，青梅竹马情深。晨夕言和意顺，行止略无参商。

金玉谣言生妒，熟惯难免求全。赌气荷包误剪，躬自俯就回转。

笼袖喜闻奇香，俏语笑学咬舌。畸角同埋花冢，桥石共读西厢。

我是多愁多病，卿乃倾国倾城。情重愈发斟情，一心反成两心。

卿自临风洒泪，吾则对月长吁。虽系人居两地，实为情发一心。

紫鹃慧辞试玉，公子魂魄失守。桩桩件件难忘，朝朝暮暮谨记。

良缘喜待佳姻，宅院风波四起。蜥蜴谣诼龟龙，贞烈见嫉遭危。

仕途人情纸薄，盍府竟被检抄。恶子外通流寇，姨娘内引强梁。

遮天黑云污浊，遍地白骨重叠。楸榆飒飒鬼泣，蓬艾啼猿哭屈。

官高尽遭杀戮，骨肉自相戕伐。血污游魂惊心，草舞腥风溅泪。

世情万事衰歇，兄弟天伦丧乱。

幽冥日近，蓬莱路远。厮园依旧，卿何薄命？柳遮槐隐，孰何孤骨寂寞？青枫鬼吟，惟独佳人无坟。绳碎巾沤，鞶鞶怀恨自缢。帕陈泪浸，潇湘旧迹模糊。今日归园，紫鹃芳影难觅。新仇旧恨，凭自堆上心头。仰天泣号，青帝缘何无情？低首沉吟，地府忘收悲魂。昔景如影，思之历历凄梗。思虑趋深，难解失妻之惑。必定自缢槐枝，古今多少相似！

屈子怨深，悲投汨罗；庞涓有恨，师败自刭；西施功空，沉江泥葬；

飞燕遭诋，贬庶己亡；如是运舛，郁郁投缳；楚王愧心，乌江刎颈；

扶苏情苦，泣昭抛生；文种愤主，剑逝楚郢；子胥诚心，夫差逼杀；

不韦受牵，忍泪服毒；叔齐节高，首阳饿亡；幽王宠姒，骊山命归。

林林总总，不可尽述。

被诼谮兮悲兮愁，心烦愦兮哀兮忧。

虎兕争兮咸京晦，狼蝎侵兮旧邦堕。

宫廷蒙兮不见光，道遐迥兮业勋垂。

凌惊雷兮而狐疑，违紫都兮沼水堵。

犬戎为患，自尧舜侵扰中华；汉唐诸朝兮，深受其害。

胡虏成势，于秦楚觊觎长城；宋元各代兮，尽遭之袭。

不幸兵戈之祸兮，蔓延当今之世。

欺舜之正裔，辱圣虞之功德。

嘲父辈之仁孝，蔑赫赫之灵天。

朝中跳梁兮，小丑猖獗。

世代剿袭之难灭，日月亿兆兮不绝。

恨不能操戈被甲兮，以灭胡虏；车毂短接兮，报切齿痛。

带剑挟弓兮，以破戎羌；持长矛兮，以除贼首。

帝阳司权，缘何包恶邪兮。

贼寇举国施虐，四野血肉遍地。

胡骑满城扬尘，八方哀声载道。

天何如是之无情兮，龙战于野血玄黄。

地何如是之冷漠兮，宦民奔逐孺妇丧。

华夏饮泪，黎庶含悲。

甘采菊逸兮，携同颦卿。

仙乘辇车兮，不问尘寰。

人面何处兮，荒渚有骨。

神灵有验兮，不容佳侣。

恨如春草兮，划尽犹生。

朱楼有梦兮，历历如近。

欲生双翼兮，探寻鸿蒙。

碧落仙界兮，颦卿静居。

烟萝为障兮，临兹莫睹。

破苍蒲荆棘兮，誓携卿手。

献诚心怦然兮，忘却烦愁。

结缡于瑶池兮，普仙同贺。

倏忽嗟叹兮，幻影成虚。

唏嘘涕泣兮，佳缘不再。

人生不如意兮，遗恨难遣。

欷欷怅怏兮，彷徨语寂。

志哀无尽兮，虔诚是祷。

聊成礼兮，志为期祥。

呜呼哀哉！尚飨！

念毕犹在嗟悼，忽听背后有人戚戚然叫了一声：“宝玉，你好。”宝玉回头看那花遮柳隐处，影影绰绰走来一人。不知后事如何，且听下回分解。

# 第九十九回

## 林黛玉还魂证前缘　贾宝玉展衾触旧情

诗云：

苏州旧梦金陵魂，颦卿情尽入仙门。

新妇故宅意可平，公子腹知拭泪痕。

话说宝玉刚念完诔文，忽听身后有人叫他。回头一看，竟是黛玉穿花度柳飘然而来，身上仍穿着家常衣裳，睁着一双含凄似泣的眼睛瞅着他。宝玉不觉欣喜若狂，上去抓住手道："妹妹原来没有死，这回可好了，咱们又能在一处了。"一摸，手却是凉的。

黛玉凄然道："哥哥何其痴矣！我早在暮春三月死了，就吊在这棵槐上。因听你一番痴情感念，妹妹颇为愧疚，故来劝劝哥哥。不要为我枉自伤悲，我是个有罪人，不配让哥哥牵念，你忘了妹妹吧。"宝玉听罢怔了，霎时如轰去魂魄一般，滚下泪来道："妹妹怎么不等我回来就独自去了？要死咱们也要死在一处，你把我孤零零的扔在这浊世污地，活着又有何趣？"

黛玉道："哥哥勿要有这般痴念，妹妹死有余辜，怎能连累哥哥为我一死？"宝玉道："妹妹有何罪过？哥哥甚不明白。"黛玉发出一缕悲音道："妹妹没有护好家门，听信奸人谗言误杀好人，弄的家败人散，妹妹死不瞑目啊！"宝玉见他说的悲切，眼中却无泪滴，甚为奇怪道："即便如此，哥哥不怪你，只恨老天不公，生生拆散你我。"黛玉道："哥哥不怪罪妹妹，妹妹亦悔恨自咎。只求哥哥别再记挂感怀妹妹，我的眼里早已泪尽，此生还够了给你，咱们的缘分也一笔勾消了。"宝玉听他说的奇怪，乃道："妹妹何出此言？"黛玉道："你我前生缘定，我本是西方灵河岸上三生石畔之绛珠仙草，哥哥是天界赤瑕宫神瑛侍者，你既下世为人，我也去下世为人，用我一生所有的眼泪还你，以偿还君之灌溉之情甘露之惠。既然吾泪还尽，前缘已证[18]，我还怎么再拖着哥哥为我挂虑，你叫妹妹又用什么报答你的厚爱？”宝玉听了如雷灌顶，不觉哭道：“你我何分彼此！没有妹妹我活着又有何趣？谈什么报答不报答的。”

黛玉黯然道：“想我从苏州乘舟投奔府中，祖母、舅舅、舅母无不疼爱，姐姐妹妹们也是待我亲密友爱，这园中一草一木、一蕉一鹤，一亭一阁莫不让我牵念。如今人亡物非，再也回不到从前了，这一处处断井颓垣衰草寒烟令人心伤，可是李后主说的‘别时容易见时难，流水落花春去也，天上人间’。”宝玉泣道：“自从不见了妹妹，我每天都似度日如年，以泪洗面，想念妹妹！谁料想妹妹竟舍我早先一步辞别红尘了。天地是如此惨淡，人世是如此凄凉，相思是如此痛楚，怀念是如此断肠，春花秋月，前尘往事，一切都变了。”

黛玉悲道：“咱们好歹是团聚了，可紫鹃、雪雁等又在何处？我有多少牵恋的话要同他们说，可眼前是空空无一。”两人望着飒飒秋色，荒凉景境，却见西风卷起团团枯蓬，不知飘向那里。两人互诉相思之情，依依难舍。

黛玉道：“妹妹也是偷空跑出幻界，如若天神知觉，妹妹回去又要遭罚了。哥哥忘了妹妹吧，我得赶紧回去了，哥哥保重！”说完一闪又不见了。宝玉两手在空中乱抓，大哭道：“妹妹，你上那里去了？快回来啊，哥哥还有好多话都没有说，妹妹怎么走的恁快！”只见风吹柳摆落叶纷纷，那里还有半点影迹。宝玉仰天哭道：“苍天何其毒也，夺走我的眷恋之人，我如今又成孤家游子，这世上怎么都这么无情？”

忽然天下起了大雨，宝玉仍在雨中指天而诉，浑身淋个湿透，仍不肯挪动步子，口中喊道：“林妹妹，我要你回来！你别丢下哥哥啊！你回来啊！”料着无有回音不觉黯然低下头来，望着大地不语，眼中满是落寞冷寂。

忽听柳树后面有人喊：“宝兄弟，快到这儿避避雨，怎么呆站着凭雨淋去，真痴人矣！”宝玉回头一看是宝钗来了，也不搭言，低头走了。宝钗急忙跟上，两人来到亭里坐着。

---

[18] 第七十九回靖本眉批：观此知，虽诔晴雯，实乃诔诛黛玉也，试观证前缘回，黛玉逝后诸文便知。

雨已经停了，宝玉望着遥处不则一声，宝钗道："你怎么一声不吭离了山庄走了？那边都找疯了。"宝玉道："怎么我就不能回来瞧瞧吗？"宝钗生气道："这是什么话，难道我们还羁留了你不成？真是好心没好报。"宝玉道："那我也问姐姐，姐姐怎么骗我说林妹妹跳井死了，害的我们没能见上一面。"

宝钗道："这就冤枉我了，我也是听人家说的，再说那时你真的不可贸然回去，赵姨娘心毒的那样，你又不是不知。"宝玉道："是我错怪姐姐了，刚刚我在那树下见到林妹妹的白骨，我想把他葬了，姐姐能否助我一把？"宝钗道："我和他姐妹一场，怎么会这点旧情也不念？我来时就带了袋子，万一见着颦儿的尸骨也好装了，再把他葬了，不能让他做个孤魂野鬼。"说完，不禁捂口抽泣了起来。宝玉见他伤心，自己也哽咽着哭了，泪珠儿流了一脸。

这时，雨又止住了，宝钗擦着泪催宝玉跟他到槐树下把白骨装了。宝玉望着宝钗暗想："他不忘旧日之情，也是个有情有意的人，不可小看了他。"两人到树下匆忙收拾了白骨装在袋中，宝玉背着往园门走，宝钗随后跟着。

两人来到城外，却见黄土垄上荒草萋萋，青枫白杨遮掩座座坟冢，乃是贾氏祖茔所在。只见那边隐隐走来一荷锄农夫，宝钗招手要他过来，掏出些碎银子给他，要他掘坑将黛玉白骨埋了[19]。

农夫在垄中挖了大坑，将白骨一一放妥，扬锄添土，不多会儿堆成一个坟丘，宝玉宝钗站在坟前落泪凭吊多时。农夫回去找些纸钱点火烧了，一缕青烟弥漫空际，熏的宝玉泪眼婆娑，宝玉定定望着坟丘哭道："妹妹，我对不住你，连个棺木都没有竟这样草草埋葬，我羞愧无缝可钻，只骂死自己。以后你在这荒郊野外，岂不冷清寂寞？待将来玉儿化灰化烟，再葬在这里陪你。"宝钗也哭道："颦儿安息吧，姐姐还有甚多亲密的话，日后就只能跟灯说了。"二人望了望远处，却见西风吹遍村落，黄叶满天飞舞，陇上漠漠清寒，甚是凄凉惨淡。

宝钗劝宝玉回紫檀堡，宝玉道："就让我在府里再住几天，也好怀念旧人。"宝钗擦泪道："我也到原来住的地方待几天，日久不来确实也想的慌。"两个赶往贾府来，路经乡间岔路，见那边柳树边亭子里坐着一个麻子，围着一堆

[19] 第一回：昨日黄土陇头送白骨【甲戌侧批：黛玉、晴雯一干人。】

人拭泪听他说着什么。

走向前来，原来是个说书人，口中念叨：“杀，杀，杀，痛睹国亡十有八，戮男淫女屠全城，孺子老弱尸枝趴。哭，哭，哭，千里弥望人烟绝，贼寇残绝吃孺妇，惨苦万状尽殃害，瓦屋楼阁尽毁诛……”

宝玉驻足欲听，宝钗不忍听闻劝宝玉一同离开，两人回到府中，宝钗自去梨香院一探。宝玉则往怡红院来，只见庭深门掩，绮疏雕槛蒙尘，花木枯败，一派红稀绿瘦。飘叶声声寒，斜飞透纱窗，憔悴人归后，流光把人抛。园中丫鬟风流云散，听不见娇笑俏骂，晴雯秋纹何在？唯有自问清风。不觉泪流如泻，空自嗟叹感怀。

宝玉掀了葱绿撒花软帘进去，只见四面墙壁铺满尘灰，墙上琴剑瓶炉已不知去向，锦笼纱罩变作蛛网污迹，金彩珠光顿觉黯然失色。书架倾倒，书籍散落一地，被人踩的纸破页污；衣镜碎裂，照出百个憔悴颜容；床上红绡帐落，摊在地上；锦被塞在床下，显出几个齿痕。宝玉拾起帐子又篷在床阁上，往床上一倒忆起旧时情景，泪珠儿早把枕头打湿。

忽见宝钗进来道：“屋子乱的很，以后还要住着，咱们收拾收拾吧。”宝玉急忙起来，同他忙碌着拾掇一番。宝钗坐在椅子上把书本磊好道：“什么少了都好，就这些书不能丢。”宝玉听了不语。

一时天色暗了，宝钗到街上敲开几家住户，出钱买些吃的带了回来，陪宝玉坐在桌边吃了。宝玉此时身无一文，纳受宝钗惠赐，也颇为感激道：“还多亏姐姐相助，小弟实在惭愧。”宝钗道：“都是亲戚，说这些干什么。”宝玉也确实饿了，似风扫云卷一番吃个干净。宝钗看着笑了笑，又催他安歇，自己回梨香院睡去了。宝玉躺在床上唉声叹气，辗转反侧难以入眠，想起自己以后无所依靠孤苦伶仃，日子又该如何度过，只到夜深才朦胧睡去了。

第二日，宝钗又陪他把荣宁两府逛了一遍，见了些断壁残垣，寂寞池苑。风卷枯草寒气凉，坠叶成阵飘阶砌，往事渐远，故人何处？今生难报深恩。一襟幽怨，满腹悔恨，新愁旧愁堆积。蘼芜杜若，零落风化，慈颜仁亲今日懂。残荷横斜，满地凄婉，不尽苍凉清泪。又到祠堂跪拜了良久，不觉又到了黄昏。宝玉见宝钗不顾辛劳陪自己游逛，毫无半点怨言，心里感激不尽，几次要他歇着都被宝钗打断了。

宝钗道："天都黑了下来，我去厨房里看看去，你先坐着。"于是来到厨房，见里面确实没有什么可吃可做的，炉火已灭尽，菜蔬也不见半点，摇了摇头离开贾门到街上走来。忽见一老妪从门里探出头来，忙笑着上前道："老妈妈，你家里有可吃的吗？我出银子买。"老妪道："你是那里来的小媳妇？模样儿挺俊的，这街上好久都没有做生意的了，那还有吃的？家里倒有一坛子老酒，自从老头子死后儿子被朝廷抓去打仗，也没有人喝了，一直都放在厨房里。"

宝钗道："那就把酒卖给我吧。"从袖子里掏出些银子交给了他，老妪眉开眼笑道："姑娘快随我到里面来，你住在那里，我亲自给你捧了去。"宝钗道："不必了，我自己抱的动。"老妪带他进了宅院，把一坛老酒端了出来。宝钗接了正要离去，忽见院子里卧着一只鸡，又问他卖不卖，老妪说："家里就这个值钱的了，都舍不得杀，你拿去吧。"宝钗道："你帮着把鸡杀了，熬成一锅，我再带走。"老妪到案板上拿了菜刀提了鸡到井边去了，宝钗则坐着候着。

且说宝玉在怡红院秉烛枯坐无语，忽见宝钗带了酒菜进来，脸上惭意更浓。宝钗要他多饮几杯热酒暖身，宝玉此时正值愁闷，不免借酒浇愁多饮了几大杯，酒上了头，趁着醉意哭诉心中烦怨。宝钗也陪着拿帕子拭泪说："怪热的，喝出一身汗来。"乃把外衣脱了，又把袖子挽了，露出一段雪白酥臂。

宝玉呆呆的瞅着他的胳膊发怔，宝钗顿觉不好意思起来，低头红了脸扭到一旁。宝玉借着烛光打量宝钗，脸若银月，眼似漆杏，堪比王嫱，妙似杨妃，不觉浑身躁热，凑近了细看那胳膊。宝钗拿手推他，被他一把抓住了手。

原来宝玉虽同黛玉定了亲事，然二人终未有夫妻之实，待到黛玉死了也还是未破瓜之身。宝玉深悔误了一段佳缘，如今便不肯错过机会，便要抓紧了，嘴里含糊不清道："姐姐好姿容，小弟倾慕许久，能否一亲芳泽？"宝钗推阻道："不可罗唣，宝兄弟喝多了。"宝玉听他说了甚是懊恼，拿手去扇自己的嘴巴道："我不是人，我是禽兽。"宝钗忙拉他手道："宝兄弟休要自责，姐姐不怨你。如今你是孤身一人，无依无靠，我再不扶持你，你这一辈子又该如何度过？既然宝兄弟对我有情，姐姐也会真心对待。愿将终身相托，望你以后莫要辜负姐姐才好。"宝玉听了，也不容他多说，一把抱住了走到红绡帐里。

宝钗羞的满脸通红，不再推阻，任他施为。两人兴起意浓，成就鸳鸯，相眠了一夜。晨时宝钗挽着头发起来，见宝玉仍在酣睡，望望窗子天色大亮，便催他穿衣启程同回紫檀堡。宝玉懒懒的躺着不动，对他轻轻一笑，宝钗嗔道："懒虫要睡到几时，再不起来拿板子打手。"宝玉见他妩媚嫣然，又拉他再赴阳台，同领警幻所嘱之事。宝钗推辞不过，少不得又依了他。两个你恩我爱，不消细说。

宝玉穿了衣裳，同他匆忙赶回紫檀堡。薛蟠见他二人回来，动气道："这两日你两个到那里去了？害的大家白找了一通。"薛姨妈见宝钗低头红着脸不语，宝玉也憨憨的微笑，明白了大半，把宝钗拉至内室盘问了良久，又出来对众人道："宝玉这几日和宝钗成婚，大家都忙碌着办喜事吧。"薛蟠、玉菡、袭人、宝蟾都怔住了，又都笑道："好事啊！恭喜宝姑娘、宝二爷了。"于是大家赶紧收拾屋子，忙碌起来。蒋玉菡更是忙里忙外，麝月也不言不语在屋外贴"喜"字。大家忙活了一天，蒋玉菡又拿出银子到外面置办了东西。

第二日，倪二、柳湘莲、冷子兴都拿了礼物前来祝贺。院子里热闹非常，又来了众多弟兄前来帮忙。宝钗从怡红院里带来当年晴雯补的雀金裘，要作嫁衣。宝玉拿着展开，想起旧事，晴雯音容笑貌犹在眼前，不觉掉下泪来，心想："宝钗生的圆润丰美，然俗世中相似者无可尽数，倒打了些折扣，未若黛玉、晴雯有绝代稀世之美。若能得晴雯相伴一生，也是美事一桩，晴雯未必不想嫁给自己，只是枉为他人作嫁衣裳，我等今生着实无缘。"不免添了些感叹。

晚间吉时已到，薛姨妈道："按规矩要拜堂的，我已经叫薛蟠找了些戏子来吹吹打打，也热闹些。"宝钗蒙着盖头穿着雀金裘，喜娘披着红扶着，下首宝蟾做了傧相紧随。宝玉宝钗赞礼拜了天地，请出薛姨妈受了四拜，行礼毕，送入洞房。还有坐床撒帐等事，不消细说。

紫檀堡人声鼎沸，来了一拨人前来助兴，多姑娘同妓女云儿也来凑份子。大家猜枚行令，吆五喝六，狂笑不断。屋外鞭炮齐鸣，烟花腾空，众伙计都笑语喧哗，拍手望天。是夜薛蟠偷偷携了多姑娘到山下松间亭中偷欢去了。

次日一早，宝玉宝钗过来探看薛姨妈等。宝钗见薛蝌在正室坐着，问道："兄弟几时来的，这些日往那里去了？"薛姨妈道："你这个兄弟为躲抄家，在山沟里才回来。"薛蝌道："如今外头已经不乱了，听人说又是平安之年了，新帝刚刚登基。我才从山沟里跑回来，听人说大家住在这里，今儿一大早就赶来了。”薛蟠道：“邢家妹子有消息了吗？”薛蝌道：“自从贾府抄检，岫烟跟大老爷、邢大舅都充军了，想是还在路上走着也未可知。”薛姨妈因女儿才办喜事，不可谈些丧气之事，忙给他使个眼色。薛蝌会意，起身要薛蟠陪着到花园里逛着去了。

宝钗、宝玉又坐了一会，说了些家常话，也起身回洞房去了。薛姨妈见女儿终身有靠，甚为满意。正在高兴，忽见金桂进来，不觉扫了兴道：“你不在那屋子里待着，又跑来做甚？”金桂噘着嘴道：“姑娘出了阁，我也凑凑兴，怎么就不能进来了？”薛姨妈不耐烦摆摆手道：“去吧，去吧！那屋里有好吃的，你去吃去吧。”金桂道：“我是没吃过东西怎的？我只是来问问姑娘使的什么魔法把个娇郎骗回来的，我好学着点。”薛姨妈见他说话颠三倒四，动怒道：“你学个什么？你是有婆家的人了，你怎么胡扯起来！”金桂撇撇嘴出去了，又往宝玉宝钗屋子里来，正见他两个在里面叙话，笑着上前道：“好一对金娇玉娃，羡煞人也！”宝玉宝钗都不理他。

金桂望着宝玉半天道：“果然是个好模样，爱死个人。”宝玉道：“嫂子别疯疯癫癫的，外人看见笑话。”金桂道：“嫂子比他们疼着你，以后有什么难事只管找我，你那一大家子宅子也分给嫂子一份才好，别叫歹人都占完了。”宝钗怒道：“这是你做嫂子的说的话吗？简直是不知羞耻！我忍了你也有一段日子了，这家里没了你还清静些！怎么你就只会翻话滋事，没干过一点正经事？”金桂道：“姑娘是个贤惠的，我们都是小人，不如姑娘何如？”宝玉宝钗知道跟他说不到头，都转身出去了。金桂回头瞪着二人不语。

忽见袭人带众多亲戚笑嘻嘻走来了，宝玉宝钗忙笑往里请，袭人笑道：“他们都是我的姨表姐妹，宝二爷见过的。”宝玉仔细一瞧果然见过，是那年同茗烟去袭人家见的，内有一个俊俏非常的袭人表妹，就是在袭人家看见的，当年穿红衣裳的，袭人说他叫作银妖的[20]。宝玉打量他比宝钗姿容强了几倍，多看了几

[20] 第十九回：此时袭人之母接了袭人与几个外甥女儿【庚辰双行夹批：一树千枝，一源万派，无意随手，伏脉千里。】

眼，银妖含羞笑看宝玉，又对袭人道："我们是赶来祝贺的，明日走了姐姐可有好东西送我？"袭人笑道："好容易来了，怎么又嚷着要走，这回不多住几日我绝不放人。"众人笑道："我们倒不想走，只怕你管不起饭。"袭人笑道："你们是笑话我小气，不肯给亲戚饭吃，我偏要多留几天！"大家坐着站着说说笑笑，银妖因见宝玉容貌俊秀脱俗，生了丝丝情愫。打量宝钗似乎不过如此而已，配不上这才貌玉郎，便有些不屑，暗暗和宝玉眉目传情，弄的宝玉也心猿意马，心乱如麻。幸好被袭人察觉，好言把表妹劝下山了。多姑娘亦曾几次骚扰宝玉求欢，皆被宝玉冷言打发去了。

且说李纨、贾兰、贾菌母子逃出贾家，在山中隐居了起来，贾兰时时到山上摘些野果拿回来给母亲吃。贾菌母子在山上一处荒地上耕作了几亩田，李纨在屋外支起竹篱笆，漫成一个院子，守着贾兰在茅舍里读书。这日贾菌到城里逛了逛，回来对母亲道："如今天下又太平了，城里贴满了告示说新帝已经登基，新天下不容再有战乱，要好好治理，大家过太平日子。街上又热闹了起来，做生意的都站满了街。"李纨在一边叹气道："虽然如此，但我也不再想去那世俗场合居住了，守着兰儿在这山上挺安宁的。既然世道平静了，我们也该到城外走一遭，祭祭家人。"

贾菌之母也擦着泪道："事不宜迟，咱这就启程吧。"于是四人带了行李赶往贾府看了一番，见家破人亡，空寂无人，都哭成一团。又来到城外的青枫林里祭祀祖宗，只见衰草遍地，直通地之尽头，又添了几座新坟。忽见王夫人的坟边多出一坟头，立个青石碑，再一看竟是"黛玉之墓"，不觉都放声大哭起来。

四人焚烧纸钱，摆了果品，正在痛哭，忽然看见小径上走着一人，是个尼姑打扮。李纨呆住了，唤道："四姑娘，你怎么出家了？"惜春冷冷的道："你认错人了，我不是什么四姑娘，我是个出家人，只是打这儿路过而已。"李纨道："好狠心的四小姐，绝情的很，连祖宗都忘了。既然到了祖坟前，就祭奠祭奠，怎么头也不回就要走？"惜春道："你误会了，我不是四小姐，这些世俗之事与我无关。"掉头而去。

李纨四人都气的大骂不止，无奈惜春已经走远了。李纨等又哭了一场，才相扶着起身往山中赶来。一路上李纨对贾兰道："你要用功读书，将来考取功名也为娘亲增增光，不要学那无情无义的四姑娘，连爹妈都忘了。”贾兰点点头。李纨又叮嘱贾菌也要好好读书，日后立身扬名。贾菌是个有志气的，道：“咱们家就靠我来兴业了，我岂能偷懒荒度时光？”李纨拍拍他的肩膀，夸道：“好孩子，婶子相信你，以后必成大气！”四人回到山里，贾菌母子因住不惯山野要回城里去，又劝着李纨母子也一同去往，怎奈李纨心如死灰不肯回去。贾菌母子只得别了他二人到城里去了，李纨母子送到门口，站在岗上见他们走远了，才转身回来。不知后事如何，且听下回分解。

# 第一百回

## 邢岫烟魂断大庾岭　赵姨娘命丧平安州

诗云：

自古豪华终一梦，君臣佐使蓬作冢。

汉宫唐苑伤零落，家山有恨君王空。

话说那日贾府阖宅被抄之后，贾琏因强娶民女，国孝家孝之中偷娶，罪不容诛，激怒圣上而被斩首。贾珍为了儿媳办丧事体面，花银子为儿子买个龙禁尉的执照，被查处关押流放，尤氏受牵连一同前往。贾赦因买官、霸占石呆子的古扇子也被抓获，连累邢德全、邢岫烟一同发配交趾。加上众多涉案的官员，用绳子捆了双手，一个随着一个俱穿在一起，扛着锁枷一路上由官兵持鞭吆喝着往南路赶来。法令严酷，规定当年内必须赶往千里之外服役，众押解官怕耽搁行程，一路持鞭子催促众犯人急急赶路，凡有生了病疾者亦不留情，连踢带打似赶猪狗一般，有的犯人活活折磨死在路途。

不觉行走了几个月，到了八九月份行到大庾岭径道，正值十月梅花岭上香。邢岫烟孤苦无依，心里惦记着家里诸人，看见梅花绽放，想起当年贾府亦有此情此景，园中众人赏鉴梅花，宝玉曾踏雪寻梅，妙玉赠他一枝梅。亦曾想起诸多往事，越发怀念故乡，不禁泪流满面，大病了一场。官兵命在山脚下打火造饭，暂停行路。

原来这大庾岭位于广东以北，又名梅岭，自古以来是闻名的险关峻道，山形极为崎岖不平，只有一条旧朝铺就的栈道直通西南。山上虎狼成群，毒蛇出没，又有瘴气侵人，一向少有人逗留。沿路长满了柿树，因正值柿子成熟季节，柿子都掉落滚动，把整个栈道都铺满了，放了几日臭气熏鼻，众犯人中有多人染病。恰贾赦、邢德全、邢岫烟编在一队赶路，三人一路奔波劳苦，又闻了腐臭柿气，都病倒了。

贾赦本是老朽病身，怎经得起流放之苦，竟有夕阳落山之哀，乃拉着邢德全哭道：“早知今日，何必当初！如今只后悔莫及矣！”邢德全也哭道：“咱们出来几个月了，也不知家里怎么样了？怎不想念的慌！”三个俱哭作一团。邢岫烟见贾赦扛着重锁枷压的脖子发红病容发青[21]，脚面脚跟红肿溃烂，面容枯焦难以支撑，哭着要他歪着养养精神。贾赦老泪纵横道：“我是快要西去的人了，虽说造下无边罪孽，终身被贪婪所误，但世人有几人不系如此，偏我遭了报应，也是我的运蹇命薄。我死了不足惜，只是连累家人陪我受罪，我的罪孽深重，活着亦无指望，让我一头碰死了吧！”说着，摇摇晃晃就要往石头上撞，被邢德全、邢岫烟哭着拉住了。

邢岫烟哭道：“姑父莫要乱想，再咬咬牙就挺过来了。”贾赦摇摇头喘道：“你不必虚宽我的心了，我知道自己熬不了多久了。我死之后，你们要好好活着，以后会有释放回家的一天。”这时，一道被押解的几个犯官罪臣见贾赦不好了，都围上来瞧看。镇国公牛清宗，理国公柳彪、锦乡伯公子韩奇都含泪道：“咱们都是罪臣，不知何时才有出头之日。”贾赦因崴了腿，走路疼痛，扎挣着要起来，踉跄着走不远，口中道：“我若再见一眼咱们的人，死了也闭眼了。不知咱们家现如今怎么样了？珍哥、琏儿也是不知死活，让人揪心。”

这时，押送官卒见贾赦走路踉跄慢吞吞的，执起鞭子就打，嘴里喝道：“死老贼，走的这么慢，几时能赶到交趾，俺们如何能交了差？若推延时日，俺们也要吃罪入牢。”邢德全“扑通”跪下哭求道：“给官老爷磕头了，老人家崴了腿走不动啊，行行好吧！”押解官不依，见贾赦是年高不久之人，因不敢违抗上命拖延时日，仍踢打不止，邢德全只得搀扶着他走。

修国公之孙侯孝康忽然指着坡上走着的一行犯人道：“贾爷爷，那不是你们贾家的人跟上来了吗？”贾赦、邢德全、邢岫烟仰头望去，只见贾珍、尤氏也扛着锁枷坐在坡上与众犯人等着炊饭，都哭着喊道：“那里坐的是贾家的人吗？”贾珍、尤氏转头一看，也哭着喊道：“大老爷，我们可见面了！”贾赦扎挣着要起来，踉跄着要过去，口中急道：“我再见一眼咱们的人，死了也闭眼了。”这

[21] 第一回：因嫌纱帽小，致使锁枷杠【甲戌侧批：贾赦、雨村一干人。】

时，押送官卒执鞭子扬着要打，嘴里喝道：“快老老实实坐好了，往那里跑？”邢岫烟“扑通”跪下哭求道：“给官老爷磕头了，那边是我们贾家的人，就让老人家和家人见一面吧。”押解官不依，旁边众犯人都央求起来，说通融通融。

押解官见贾赦亦是年高不久之人，就踢了一脚道：“滚过去吧，说几句话就快点过来。”贾赦连爬带滚的往山坡上摸索来，贾珍、尤氏把他拉了上去，三人抱头痛哭。贾赦颤巍巍的捧着贾珍的脸道：“你们受苦了，脸上身上都是鞭子抽打的血痕。”又见尤氏也满脸尘灰，瘦的不象样子，身上伤痕累累，大哭道：“咱们都被功名误了，到头来还不是漂泊异地？咱们贾家完了，子孙们现在还不知怎样呢！”尤氏哭道：“大老爷要保重身子要紧，莫哭坏了身子。”贾赦想到一家子竟然在这里重逢，不禁伤心悲泣。

又行了半日，忽队伍中有人生了瘴疫之病，已经蔓延众人之中。押送官卒恐疫情扩大，把若干得病者十几人扔到悬崖下摔死。贾赦终病倒气绝身亡，贾珍、尤氏慌忙哭喊道：“官老爷快来救人啊，有人昏过去了啊！”押解官急忙赶来，把贾赦抬到这边来，摸了摸鼻息，已经没有气了，道：“他撑不住了，已经死了。”邢德全、邢岫烟悲声大放，对贾珍尤氏哭喊道：“大老爷去了，痛杀人也[22]！”贾珍、尤氏听见都悲恸欲绝，嚎啕大哭。

邢德全哭着仰天喊道：“神天老爷，你看看地上的人吧，都为了一个‘财’字而亡。这‘财’字竟是那毒药，把人逼上绝路，厉害，厉害啊！”说完，往悬崖边奔去。众人吓了一跳，还未来的及追赶，只见他往崖下纵身一跳，展眼不见了踪影。岫烟、贾珍、尤氏都哭喊不绝，众犯人也陪着大哭。押解官把贾赦尸首往路边草丛里一扔，便催促众人快吃了好赶路。岫烟哭的难以下咽，官卒不耐烦踢了一脚道：“每次都是你吃的忒慢拖延时日，又想挨鞭子了。”岫烟只得急匆匆把草根野蔬吞进腹中，不敢不从。

一时众人吃毕，又起身赶路。刚走没多远，忽见山上呐喊着奔下来一群强盗，都扬着大刀。众官卒吓的慌忙拔刀与众贼寇拼杀了起来，一阵血战过后，各

---

[22] 第七十六回：可怜你公公已是二年多了【庚辰双行夹批：不是算贾敬，却是算赦死期也。】

有死伤。尤氏惨被贼人砍死，贾珍、岫烟都号啕大哭。众贼寇撤了回去，喊道："如今皇帝已经死了，京城被人攻占了，你们还押解什么犯人，多此一举！"众官卒犯人都听见了，闹哄哄哭如雷震道："朝廷完了，咱们亡国了，好不痛杀人也！"众官卒把犯人们的锁枷全都摘去，要他们散了道："国破君亡，天下落入贼人之手，已经没人管你们的事了，你们都走吧！"众犯官一哄而散。

贾珍、岫烟也拉着手拥入人群中乱跑，谁知对山形不熟，乱跑了一阵还是迷了路，不觉又都转回原路。忽然那拨强盗又回去叫了人往这边赶来，众官卒犯人急的没法，只得从地上捡了刀剑，迎上去与贼人一通厮杀。

贾珍、岫烟东躲西藏，钻入山洞中，却见里面盘桓着几十条毒蛇向他们扑来，二人惊叫着又跑了出去。只听三品威远将军马尚喊道："我们都是汉人，不找戎羌报仇，却自己人打了起来，国破家仇何时能雪？"犯臣子弟蒋子宁、戚建辉、裘良、陈瑞文等也都喊了起来，要大家住手。众贼寇听了，都停下手道："言之有理。如今皇宫被戎羌占了，咱们汉人被人夺去权位，国仇家恨重比天高。咱们联合起来，组织队伍都反了，到京城把戎羌赶跑，咱们汉人仍做朝廷，恢复河山！"大家都泪流满面，站在一处齐声喊道："誓灭胡虏，还我河山！"一时推举戚建辉为头儿，大伙儿编成队伍，浩浩荡荡往北方挺进。岫烟随从一病不起，几日后不治而亡，魂断庾岭。

贾珍将他和尤氏葬了，随众赶往京城，意欲和戎羌血拼，夺回大权。一路又招兵买马壮大队伍，只惜沿路与新朝的官府血战时屡屡失利。贾珍在路上被官府军卒杀死，众人又退回某地养精蓄锐，伺机再发。因不知后来如何，故不敢妄拟，丢开不提。

话说赵姨娘、贾环在贾府被薛蟠、柳湘莲的队伍击败，逃到外地，又遭逢村户庄主组织的队伍围击，伤亡惨重，含恨退回平安州欲作休整。一时众贼进了破庙藏身，夜里赵姨娘、贾环仍在禅房密谋。马道婆见二人境遇不佳，生出异心，欲离了他们去投奔贾蓉贾蔷的队伍。趁着夜深偷偷起来往门外去，看门的俱已睡着，马道婆匆匆赶路，在丑时找到贾蓉贾蔷的队伍寄身在古庙里，踏步便要进门。被看门的道士拦住了，喝道："那里来的？快抓起来，偷偷摸摸的定是个贼。"马道婆扎挣着解释道："哥儿不要误会，俺是来投奔你们的，我要找你们的头报个信儿。”

贾蓉、贾蔷闻声出来道：“先把他带过来，好好审审。”马道婆点头哈腰给各位作揖道：“给大王请安了。”贾蓉、贾蔷打量了他几眼道：“你不是姓赵的婆娘一伙的吗？跑这里来当奸细来了。”马道婆急忙摆手道：“不是，不是，我是来投奔的！想告诉大王一声，他们的人都在平安州的古庙里安歇呢，你们还不快点趁夜攻打了他们。”贾蓉冷笑一声道：“有这等好事？我只不信！你是个九国贩骆驼的不知羞耻的婆娘，要是听了你的话带人赶往那里，必遭埋伏。”说完拔出剑来将马道婆一剑刺倒，马道婆在地上扎挣着死去了。

贾蓉命人把他扔到外头喂野狗，只见冷子兴过来道：“蓉兄弟何太急矣！此妪所言未经证实，怎知是真是假？咱们权且信他一回，带了队伍杀到那里。若有埋伏，再及时退出即可，不妨一试。”蓉蔷听他说的有理，便把众贼赶了起来。

众人站好了齐往平安州来。赵姨娘、贾环刚脱衣睡下，忽听寺外杀声震天，有一喽罗来报说那起坏家伙又来了，吓的匆忙穿了衣裳，叫弟兄们快快持家伙抵抗。众人应了赶了出去，里里外外都杀作一团，呐喊声不绝于耳。贾环要母亲在里面好生待着，自己提了刀跑了出去。

赵姨娘在屋子里急的转来转去，不大会儿一喽罗哭着来报说贾环被他们的人杀死了，他们来的人太多了，问怎么办。赵姨娘“哇”的哭出声来，嚷道：“咱们不行了，都各自逃命去吧！”自己带了些银两翻院墙跑了。

蓉蔷的一伙越战越勇，把赵姨娘的人杀的片甲不留。又到寺里寻找赵姨娘，却见靠墙放着一架梯子，知道人逃跑了，忙命人去追，又把寺里的金玉珠宝都装在口袋里带走了。

且说十二个戏子裹了珠宝逃走，贾蓉、贾蔷亲为前往捉拿，找了好多村子，没有寻到踪迹。这日探子来报，说西南有个村子，是个三岔路，众人必经之路，听村民说近来多有生人走路，贾蓉、贾蔷急忙带人去寻看。谁知赵姨娘也往这个村子来了，连夜往三岔路赶来，累的脚乏气喘，在田间的一处草垛间睡着了。待晨起鸡唱，强睁酸目，扎挣起来，又起身赶路。刚在乡路上拐了一个弯，忽从草丛里跳出十二个人来，吓了一跳，展眼一看竟是芳官、龄官十二个小戏子，忙点头哈腰笑道：“原来你们在这里，巧的很。”芳官等都围过来睁着怒目呵斥道：

“挨天刀的臭婆娘！成日兴风作浪，做下无边罪孽，今儿便是你的死期！”都大喝着拥了上来又掐又打。赵姨娘口里骂着又挣又打，那里是他们的对手，早被按倒在地，被他们骑在身上挥拳痛击，只不大会儿就一命呜呼了。

芳官十二个挽着头发把赵姨娘往那边坡下河里一扔，只听“扑通”一声沉入河里不见了踪影，又朝河里吐了几口唾沫，都道：“死娼妇，也有今日！”都哈哈拍手笑着走了。十二人各自背着包裹匆忙赶路，刚走了半里路，忽见那边奔来一队人马，正是蓉蔷的队伍，都唬了一跳道：“姐妹们快跑，他们追来了。”

蓉蔷一干人马见前面有人，急忙追来，为首的几个骑着马喊道：“戏子那里逃，拿命来！”芳官十二个都往庄稼地里跑来。幸好前面有条东西贯通的长河，十二人见河上停着大船，有个渔翁在撒网捕鱼，忙招手要上船。渔翁对他们不理不睬，十二人不顾衣湿趟着过去把渔翁脖子一卡要他开船，渔翁拗不过他们，只得划桨把他们带往对岸去了。蓉蔷一干人赶来看时，他们十二个已经往对岸的密林里跑去了，不多时不见了踪影。蓉蔷一干人气的骂天骂地，无计可施，只好掉头走了。

且说新朝初建，又广贴告示昭告天下，说世道恢复太平，不许再有贼寇横行，要剿捕强贼。蓉蔷等只得把队伍遣散，各奔前程去了，一时也不知下落。冷子兴仍去做古董生意，柳湘莲则别了众人云游四方。薛蟠在紫檀堡闲居无趣，仍旧到集上开香料铺去了。

张德辉在铺里忙碌，忽听街上一片喧嚷，到门外一看，只见几个捕快抓着两个人匆忙走着，边走边嚷道：“如今世道清明，不许再有犯案滋事的。若有敢以身试法者，定抓不饶！”

且说贾雨村那日回到京城，却见流寇攻入皇宫，天下大乱，唬的带了家眷逃往村野避祸。等日久新帝登基世道好了，又想谋个官做，找到张如圭等几个在京交的幕友，晓行夜宿，带了银两赶往京城谋官。因巧舌善辩，又花了些财物，买得金陵州县一职。即日见过上司，即到任拜印受事，才老实了几日，便借着查盘各属州县粮米仓库为自己婪财，查出州县折收粮米勒索乡夫愚民诸多弊端，假装出谕严查要详参揭报。那些胥吏甚是畏惧，都把银子送往府中，雨村欣然笑纳，免去各人罪错，任他们舞私钻营去了。

不说雨村怎么胡为，只说薛宝琴和梅翰林的儿子成婚数月，因正逢末世，梅家在宫里被皇上寻了错，都阖府查抄，所有子弟妻妾皆被带京治罪。宝琴见机识时，趁人不备提前逃出梅府，赶来紫檀堡投奔宝钗。姊妹多月未见，未免抱着痛哭一场。宝琴哭诉梅家遭遇变故，从此自己无依无靠，宝钗便将他安置下来，和自己同住。薛蟠、薛蝌也未敢亏待与他，时时要他在铺子里帮忙。宝琴有了安顿之所，脸上也有了笑意。

这日宝玉在屋子里坐着烦闷，便找宝钗道："咱们成婚亦有月余，我怎能闲吃闲住？我也找个生意做了，家里也有些开支。"宝钗道："官人甚大点出息？男人一世以求取功名为紧要，岂能为了经商而把大事忘了！我带了一些书本，你从今儿起那里都不能去，在家好好读书要紧，以后还是考取功名为重。"也不容他解释，把门儿一关从外头锁住，不许他出去。

宝玉经历一番磨难，早已对仕途心灰意冷，视官宦如禄蠹，见宝钗从外头锁了门出去不得，气的拍门不止。金桂赶来，在窗外道："我帮你找钥匙去。"转身却与宝琴撞个满怀，一声不吭要走，被宝琴拉住道："姐姐要他正经读书，你却助着他，我告诉姐姐去。"金桂冷笑道："你们都是一气的，想告就告去吧，我偏要去拿。"宝钗在那边探头看见了，急忙过来道："嫂子越发混账了，我们夫妻的事又与你何干？"金桂道："你们拘禁人就不对，我看着不合适。"宝钗把门打开，怒道："我就是开了门又如何？"金桂讨了个没趣走了。

宝琴道："家里怎么会有这样混账的嫂子，管起弟妹的事来了。"宝钗道："这不是个省油的灯，有他在这里总是祸害。"宝琴道："我去劝哥哥把他休了，成什么样子嘛！"宝钗急忙拦道："不可！哥哥以前也说过赶他出去，他就说要到外头编派咱们家的不是。要是他出去了，咱们家的名声可保不住了。"宝琴听了气的掉下泪来。

这时，宝玉执书出来道："我一看书就头晕，姐姐还是饶过我吧，要我做个生意。"宝琴笑道："姐夫这样子怎么都不象个生意人呢，要是叫你去做生意，不陪光才怪呢！"宝玉只得又进屋里装样子看书去了。宝钗进来道："看到那里了？"宝玉没好气道："才看到《孟子》上部。"宝钗拿了针线在旁边坐着，守着他读书。

宝玉虽有一万个不乐意，想起自己受宝钗相助，才有安身之处，宝钗毕竟是个高尚之士，乐于助人世上罕有，不能违背了他，只好硬着头皮看了会书。不觉又想起黛玉来，那泪珠儿似断了线的珠子把书都打湿了。宝钗一边见了，摸不着头脑，嗔道："大男人哭个什么劲，读点书又不是叫你去死，哭成那样，真没出息！"宝玉只得把泪擦了，捧书吟读。

且说宝琴往宝钗房里走来，正见袭人端着茶走来，笑道："家里又来了客人了不成？"袭人道："宝二爷如今又用功读书了，我给他端茶过去，他读的渴了就喝上几口润润喉咙。"宝琴笑道："姑娘不忘本，真令人敬仰，我辈皆不能为之。姐姐也帮着宝玉哥哥够尽心了，想他家本是破败之户，他本是无可依靠之人，又没什么本事，姐姐还委屈嫁给他，可见姐姐品格之高羞煞世人。"袭人笑道："宝姑娘的好处不止这些，与他接触久了，没有不赞的。琴姑娘有什么打算，要不我给你说一户人家？"宝琴笑道："我还不想再嫁，以后再提吧。"于是低头进了屋子，袭人望他笑着不语。不知后事如何，且听下回分解。

# 第一百一回

## 呆霸王惹祸牵旧案　悍妒妇作歹设新谋

【余献拙拟一回目："时艰年荒骨肉漂泊 运蹇命薄裙钗流离"，化用唐诗古意，或可一用。畸笏老人】

诗云：

从来游宦多踌躇，平野孤嶂泪凄楚。

华筵终散孰思过，世事循环近汝吾。

话说袭人端茶进来，见宝钗坐着看着宝玉读书，也不好打扰，微笑不语又退了回来。往那边屋子里来，迎面与薛姨妈、薛蟠、薛蝌打个照面，站着和他们说了一会子话，就上自己房里去了。薛姨妈边走边道："此次外出到南边置货要多带些衣裳，都十月的天气了，伙计们别叫他们乱吃酒，吃醉了误事。"薛蟠道："这一去得几日不归，家里还得母亲妹妹操心了。那娘们再吵闹，就关在房里不让他出来，我回来再好好收拾他。"于是和薛蝌带了张德辉和几个当铺里伙计往山下去了。

宝琴过来道："大哥这又是要去那里？"薛姨妈道："他是和一个叫冷子兴的兄弟到外头做生意，得几日不归。"宝琴道："大哥也知道操心了，不象以往只知流荡，荒废时日。只是冷子兴这人不知怎样，信不信的过？"薛姨妈道："那是他出生入死的好弟兄，岂有不帮衬着的。"又道："你大哥的事不用你多虑，只是你现今空悬着一个人也不是事啊。那府里的蓉哥儿自从离家外出闯天下，身边也没有个贴心人。我想着你也是寡居，你婆婆一家早已没了音信，想是凶多吉少，不如你就跟了蓉哥吧。他也攒了些梯己，在外头做生意，昨儿托人捎来书信一封，要向你哥哥提亲，想是他看上了你。你也别挑挑拣拣的了，岁数大了不好说人家。”

宝琴低头半天道：“侄女一生不嫁，望太太成全。那边还托人照顾着两岁的儿子，没有带过来，拖着个孩子怎么再醮？即便有人应允了婚事，以后也未必待孩子好。我守着儿子把他抚养成人，考取功名，再娶了老婆成了家就遂心如意了，何必再提再嫁痴理？”薛姨妈道：“你孤儿寡母的也不好度日，又有多大指望？”宝琴道：“婶子莫要逼侄女才好，我在这里住了几日，孩子还在别人家寄养的，我明日就到那家带了孩子到外地去，婶子不必挂虑。”薛姨妈道：“你那儿也别去了，就住在这里我们还能照应着你娘俩。”宝琴因有自己的想法，不肯淹留山庄执意要走，众人劝解无益，只得罢了。又过了一日，宝琴背着包裹离了众人而去，薛姨妈同着宝钗袭人等送他到山下，数只泪眼目送他走远了才转身回来。

且说多姑娘几次上山闲逛，看薛蟠不理他，又打起薛蝌及下人的主意来。宝钗、宝蟾、金桂都屡次斥骂逐撵，然多姑娘乃厚颜油滑之人，脸上堆着笑脸儿，嘴里也是花腔花调，弄的人不好当面与他生起气来，况当初攻打贾府他也出了不少力帮了不少忙，只得随他而为。忽不久，多姑娘得了素婴风疾，不愈而死。大家才松了口气，庆幸少了一个障孽。

薛蟠、薛蝌带奴仆到城里和冷子兴及他的弟兄伙计相见，大家兑了银子合伙做生意，到外省买香料。一路上晓行夜住饥餐渴饮，有了店家就住着，到了罕有人迹的旷野只得打地铺将就着，感受风路草霜，颇为辛劳，也非一日。

那冷子兴是个花花肠子的人，见薛蟠呆憨薛蝌老实，又随身带了不少银两，不免生出不良之念，连哄带骗把薛蟠的银子赚去不少。薛蟠有些不兴头，但碍于体面不敢得罪，只是吃些哑巴亏，思量着冷子兴一班人欺负自己，时时饮酒动气埋怨不已。

这日进城与众位在个铺子里吃饭饮酒，因多喝了几杯，就无故和冷子兴的一个伙计吵闹了起来。众人越劝他越发动了气，就骂起来了，伙计不依，薛蟠就拿起酒碗狠命砸了几下脑袋。冷子兴等唬的去夺他手里的碗，也被他往脑袋上砸了一下，头上即刻肿起一包，捂着头道：“兄弟敢是真恼了，动起真的来？”又见那伙计大叫着在地上翻滚，捂着脑袋流出大片血来，原是砸中囟门，忽然把腿儿一蹬竟是死了。

冷子兴抓住薛蟠脖领道："大伙快去报告官府，出了人命了！"众人急忙把薛蟠扭往当地县衙，薛蝌见状不妙，慌忙坐了马车赶回山庄去告诉薛姨妈宝钗。冷子兴亲写了呈子递与官府，看他本县怎么批了再作道理。本地县令因觉此案不系本地人氏所犯，又派人将呈子连夜骑马赶往金陵，把案子推给当地州县官，恰逢雨村接了此本，要坐堂审案。薛蟠也被送回金陵审理，冷子兴和众人也赶了回来。

话说薛姨妈、宝钗在山庄做针线消闲，忽见薛蝌满头汗闯进来道："婶子，大哥出祸事了！"薛姨妈、宝钗听了吓了一跳，忙问怎么回事，薛蝌便一五一十说了。薛姨妈、宝钗骇得面如土色，都哭道："怎么这么糊涂！又闯了恁大的祸。"薛蝌道："打死了总是要偿命的，且商量怎么办才好。依我的主见，今夜打点银两赶去给县太爷送去，说大哥是误伤不是故意的，先把死罪撕掳开，回来再求亲戚朋友去上衙门说情。"

薛姨妈哭道："我也不活了，赶到那里见他一面，同他死在一处就完了。"宝钗急的一面劝，一面道："兄弟快办去罢，我先到里间取银五百两来。"到了屋里取出银子交给薛蝌。薛蝌急忙往外走，宝钗道："有什么信即刻打发人回来报与家里，不可叫老年人操心。"薛蝌答应着去了，这边宝钗解劝薛姨妈莫要伤心。

只见金桂闯进来道："大爷明儿有个好歹不能回来了，撂下我一个人受罪！你们各自干你们的去了。"□□（按：朱笔涂抹去二字）说着，又大哭起来，这里薛姨妈听见，越发气的发昏。宝钗又气又急，骂金桂不停，金桂是个不畏惧的，和他对口起来。幸好宝蟾进来帮着宝钗呵斥金桂，金桂才"哼"了一声出去了。

且说雨村接了呈子，即传原告之人来审。冷子兴与两个伙计进来磕头道："被砸死者乃小人拜把子兄弟，薛蟠原系金陵一霸，仗着财势无端害死性命，他只当作儿戏。望大老爷作主，严惩凶犯，剪恶除凶为死者伸冤，百姓感戴天恩不尽！"

雨村因昨夜刚收了薛蝌五百贿银，又想着以前曾有冯渊一案皆是薛蟠所为，当初自己也是徇情枉法胡乱判断了冯案，今儿便要效法往事敷衍乱判。只是看见旧交冷子兴在内，遂没有了主意，乃道："据查此次人命是误伤，不是故杀。案件既明，事实清楚，各位退下，明日听审。"说完正要退回。

忽见冷子兴向他使个眼色，心下战啜道："冷子兴近年定是做了些生意发了财，今日穿戴不凡颇似个豪门巨富，不可大意。看他的意思还有话说，不如令侍从退去，把他带至密室详谈。"乃道："冷子兴先留下，其他退下。"众人都应了一声退了。

雨村带冷子兴进了密室，先续些交情，再笑问还有何话要说。冷子兴道："老爷有所不知，本省最有权有势极富极贵的大户人家不过贾王薛史四家，然那都是前朝的官了，如今早已没落。薛家也已失了势，把王八脖子一缩，躲在穷山上度日。老爷碍着情面不敢惹他，其实有何可惧，不过是个草民罢了，他家里只怕再拿不出几两银子了，老爷怕他做甚。"一面说，一面从袖子中取出一叠银票。雨村接了，竟有二千银两，比薛家所送多出几倍，不觉笑道："本官糊涂，没有细查，差点把个杀人凶手放走了。明儿定要重新审理，把凶手打入死牢。"冷子兴笑道："老爷明察，小的告退。"雨村笑着送出门外。

第二日升堂重审，众衙役吆喝一声，薛蟠被带了上来，跪倒在地。冷子兴与几个弟兄也跪着听讯。雨村喝道："薛蟠，你知罪吗？"薛蟠道："本人只是误杀，求老爷明察。"雨村冷笑道："放屁！好个歹民，连杀二命，还想抵赖。"薛蟠不觉愕然。雨村道："你还记得那年的事吗？本地一个名叫冯渊的乡绅之子，被你抢了妻子，还逞凶喝着手下人将他打死，你便没事人一般，生拖死拽把人抢走强娶回家。如今又犯命案，还要狡辩，你当衙门是你家啊，可以随来随去的？来人，把薛蟠打入死牢，暨日处斩。"薛蟠听了大叫道："狗官！你又收了多少贿银，贪赃枉法，不怕雷神老爷打到头上吗？"雨村喝道："别跟他罗嗦，快带了下去！"上来几个衙役把薛蟠拉拽出大堂去了。冷子兴等也含笑退回。

且说薛姨妈、宝钗在山庄获知薛蟠判了死罪，本秋后处斩。恰时序正是深秋十月，到了斩期，几日后就要刀起头落，都抱头痛哭。连忙叫薛蝌再往衙门里送银子，结果白白打了水漂，薛蟠还是被处斩了，在外头的包裹银子也被冷子兴等吞占了，查不出头了。薛家遭逢如此飞灾横祸，不啻惊风密雨，皆愍恻悲泣。薛姨妈因日夜啼哭，不觉病倒。薛蝌自悔没有照看好哥哥，离开山庄到外地谋生去了，一去不回失去了音信。

宝钗一边照料母亲，一边对付金桂的吵闹，可谓煎心焦首，伤痛欲绝。宝玉见宝钗悲戚，放下书本来劝，反被他嗔着劝回去了，道："家里不用你挂虑，你还是认真读书是正理。"宝玉只得进门关了窗子看书，神思却早飞往别处去了，想到自己虽和宝钗成婚住在山中，终是寄人篱下，日用起居全靠薛家协助，自己竟是个无用书生一般。素又讨厌经济文章，贾家一败涂地皆由做官而起，不愿再奔仕途，谁知宝钗却强求他读书。二人志趣不投，他似枯鱼失水，泥涂索居，甚不顺心如意[23]。

正在伤心，忽见窗子被人推开，有人在外笑道："宝兄弟读了这会子了，该饿了。这是四碟果子一小壶儿酒，我给宝兄弟送来当作宵夜吧。"宝玉尚未答言，已见金桂推门进来，"扑哧"的笑了一声，把杯盘果子往桌上放。又见他松挽着头发披着衣裳，打扮得妖调非常，露出雪白肩膀，拿眼忒斜着笑望着他。宝玉已知其意，要把他拉在浑水里，弄一个不清不白的名儿，又羞又急，不尴不尬的又不好斥逐，遂不得主意起来，乃道："嫂子费心了，倒是叫小丫头们送来就完了，怎么又劳动嫂子亲自送来呢，再说我又不饿。"金桂道："自家人何必说这些套话，嫂子关心你，你难道不领嫂子的情？"宝玉道："嫂子请回吧，我要吹灯睡觉了，果子放着我一会儿吃。"金桂忽然一把抓住了手道："你嫂子现在死了男人，守着活寡日子难熬的很，兄弟就跟我离了这里，咱们到外头度日去吧。"说着硬往外拽。

宝玉不觉红了脸，正色道："这是什么话，简直混账透顶！嫂子快松手，不然就嚷了。"谁知金桂是个力大的，只把宝玉拽到大门外要往山下走，只见外面黑漆一团，碧云遮月不辨人面。宝玉挣扎着，听见身后不远处有人声嘈杂声，只见那边火光冲天，原来几处房屋着了火，人影憧憧的嚷着去救火。金桂冷笑道：

[23] 第二十回庚辰双行夹批：妙极！凡宝玉、宝钗正闲相遇时，非黛玉来，即湘云来，是恐洩漏文章之精华也。若不如此，则宝玉久坐忘情，必被宝卿见弃，杜绝后文成其夫妇时无可谈旧之情，有何趣味哉？

“火是我放的，他们只顾救火不会顾及这边来。宝兄弟，快随我下山罢！”又用力拉拽宝玉起来。

忽听门里有人喊道：“贼婆娘休要逃走，快把手放了，简直是恬不知耻！”原来是薛姨妈宝钗赶来了。金桂一边拽着宝玉往山下走，一边拿脚去踹薛姨妈宝钗，喊道：“我如今连男人都没有了，白白的守寡！你们倒快活了，也不管我难受不难受！”薛姨妈怒喝：“反了！纵火犯案，连婆婆都踢了，真是个恶毒婆娘！”金桂仍拽着宝玉往山下走，嘴里道：“我就反了，我还要烧死你们呢！”薛姨妈、宝钗上来打耳光，夺手挣开。

金桂和他娘俩撕打一团，宝玉急忙又拉又劝，只见蒋玉菡、袭人、宝蟾、莺儿都匆忙赶来。薛姨妈嚷道：“我如今也不怕人笑话了，我非打死这个不要脸的！”宝蟾也上来对金桂拳打脚踢。蒋玉菡、袭人慌忙拉劝，要众人停手不要打了。

张德辉与几个伙计喘吁吁跑来道：“太太，火已经救下了，不知系何人所放。”薛姨妈忿然道：“反流天龙，家里出了祸害了。”金桂见他们人多，怕他们上来动粗自己未免吃亏，匆忙奔往院子里去了，薛姨妈等都骂骂咧咧的。一时大家回到屋子里，金桂关了房门吹灯假装睡了，薛姨妈宝钗等聚着痛骂了一阵也睡去了。等到半夜，金桂又起来要放火烧了宝钗房子，幸被麝月起来撞见，歹妇恶计未有得逞，悻悻转身回自己屋子去了。

薛姨妈、宝钗从此多了心眼，时时防范着金桂再兴风作浪。金桂假意向薛姨妈宝钗道歉，哭道：“我是糊涂脂油把心蒙了，竟打起宝兄弟的主意来。如今我孤苦无依，要把我赶了，我又到那里去？求婆婆姑娘原谅我，以后我再不闹了，老老实实度日。”薛姨妈、宝钗知道他是扮给人瞧，但见他一连数日安安静静的不哭不闹，只是在自己房里做针线活，暂且信了他的话，不去理他，各忙各自的去了。

时至深秋，天气清冷，树上罕闻秋蝉唱。李婶、李纹、李绮母女三个自那日逃出贾门，背着包裹一路漂泊，不知去往那里投奔。李婶虽操心女儿的终身婚事，然二女皆同李纨一样，似死灰槁木，暂作未嫁贞节女，李婶叹了口气，不好说些什么，正是：

家败岂罕宦游人，漂泊无心物候新。
东皋村牧驱牛返，薄暮树色摇落纷。
心绪凄凄嗟运命，情怀戚戚怀故人。
风鸣月照雁南度，两行清泪悲无尽。

这日流落江边客栈，母女三人难以入眠，走到江边坐了，黯然神伤诉说贾家往事，都不禁落下泪来。只见江上划过客船，船上灯光掩映，时至夜深，鲜有人声。忽闻舟首传来呜呜咽咽的笛声，不知是哪个失意之人坐在船首独自吹笛释闷，母女三人听笛声凄凉，趁着夜深江寂，越发感伤。

你道吹笛之人是谁，原来就是离开紫檀堡流浪的薛宝琴母子，因无处可往宝琴携两岁儿子往江南漂泊。孤儿寡母日子过的艰难，冷风吹过衣单体寒，宝琴忙裹紧怀里儿子，面色凄然持笛再吹。心内悲苦，前程何处？水波漾漾，月色凄寒。泪光中仿佛又看见大观园俏影奔走捕蝶摘花，耳边似又听见怡红院诸人欢声笑语，真是肝肠寸断，旧梦难寻。

宝琴到了南方，给人做衣裳谋生，日日教儿子读书写字。这日黄昏，忙了一天又伴着儿子读书写字，猛然看到“梅”字，眼中却掉下泪来。儿子看他眼中有泪，讶然问他道：“娘亲好端端怎么哭了，又是那些邻里欺负你了不是？”宝琴道：“我是看到‘梅’字，想起你父亲来，心一酸才掉泪的。”掩口走至自己屋里，伏案无声而泣。良久，又拿起桌上残镜，抿了抿鬓角，看到年华匆促青春不再，所到之处皆有恶人纠缠调戏，孤儿寡妇过的艰难，更加伤心，只得打起精神去给儿子做饭。一心想着守节苦熬，养到儿子十二岁他得了大病一场，不治而亡。稚子力薄势单，含泪亲将他葬了，无人帮衬，独自承家过活好不艰辛，人人皆谈而神色感伤，摇摇头叹息。

却说李婶、李纹、李绮母女三个漂泊异地，却被当地官府查问，获悉是前朝官员后人，以扫清前朝余孽为由，将李纹、李绮发配东北。李婶幸好上街买针线逃得一劫，然骨肉分离，生不如死，日日以泪洗面。

且说东北有个宁古塔，是专接收犯人之地，李纹、李绮一路辛苦到了宁古塔。为保贞洁誓不与男人多言，有男人上前搭讪都被他二人冷言相拒，两人终身未嫁，命运实堪嗟叹。暂时说不到这里。

只说那日小鹊逃出贾府，回到江南亲戚家度日。不觉又是夏日，村子里收割了水稻，欢声笑语庆祝丰收，家家举杯痛饮。小鹊同几个姐妹也在村子里奔跑嬉戏，来到村头河边，见圆月挂在枝头，明晃晃的煞是好看，一阵清风吹过，夜深蝉被明月惊动，又鸣叫一番，河里蛙声一片，天外几点星光。那几个姐妹都弯腰到河里捉泥鳅去了，小鹊独自一人去捉树上鸣蝉，忽听路边有人哭着念道："城阙辅三秦，风烟望五津。与君离别意，同是宦游人。海内存知己，天涯若比邻。无为在歧路，儿女共沾巾。兄弟，这首诗就当做离别赠言给你，从此咱们多多保重，日后会有重逢之日。"小鹊惊讶走了过去，只见五六个公子正站着淌眼抹泪道别呢，看着甚是眼熟，再一想认出来了，原来是贾府的几个落难子弟路过此处，乃是贾蓁、贾萍、贾藻、贾芬、贾芳、贾荇六个。小鹊不觉含泪过去望着六人不语，六位唬了一跳，见是当年家里的丫鬟，都道："竟然是你，你怎么到这里来了？"大家流泪说着往事，都唏嘘不已。六公子本是路过此地，连夜还要赶往异地谋生，小鹊劝他们暂不要过于匆忙劳累，带六人到一处无人居住的农家小院将就睡了一夜，还拿来当地人庆丰收未吃尽的瓜果给六人吃。第二天一大早，小鹊急忙起来看视六人，却发现六人已经不见了，流着泪走到村外，远远望去只见六个身影渐渐消失天际，甚是感伤。暂时丢开不提。

只说卫若兰在贾家菜圃射杀钱槐之后，翻墙逃走，赶回自己家中。史湘云与卫老爷、太太、众家仆见他胸佩金麒麟仓皇回来，都迎上去问长问短。卫若兰叹气皱眉道："贾家完了，人都死绝了，我也差点命丧贼手。这世道都乱成这样了，做官的不是被皇上处死，就是被贼寇杀死，实是划不来。"史湘云急忙含泪问道："宝玉哥哥和林姐姐怎么样了？"卫若兰低头叹道："一个被强盗掳走了，一个活不见人死不见尸，想是凶多吉少。"湘云不觉大哭道："我要去找他们去！"挺身要往门外走，卫老爷忙一把拽住道："外头正在打仗，你上那里找去？"湘云捂口跑自己屋里哭去了。卫老爷、太太忙命家奴做饭，给儿子洗尘，一家人坐着边吃边谈论国事，个个有悲戚之色。

湘云在屋里把茶杯打碎，哭成泪人儿。翠缕一边收拾一边劝道："奶奶忍些悲吧，如今连皇宫都被贼寇占了，圣上还不知死活，只怕你伤感不了呢。与其伤心，不如忘去尘事，也还好受些。”湘云那里听他的，把他骂了出去，自己闭门啼哭。卫若兰见劝他不住，只得随他去了。

湘云难过多日，时时谴家仆到贾家打听宝黛下落，终不得要领，只得罢了。夫妻两个安心度日，倒也清静。想湘云襁褓中父母双亡故，与叔叔婶子住在一块儿，少有人疼惜，反遭婶子苛刻对待，日日拿些针线逼他去做。幸湘云性情豪爽气量宽宏，不计较得失，故在婶婶家也可勉强度日。谁知天公遂人愿，把个佳貌仙郎配给了他，两个情投意合，琴瑟和合，羡煞旁人。虽说贾家众公子小姐未有好姻好命，都烟消云散，偏湘云能自得圆满，空使众人羡妒。本以为可得个地久天长，谁料风波平地生，终有家散人离的一日。

原来，戎羌夺权登基做得皇帝，没几日便要把旧朝官宦清理干净。这日，卫家正在家中筵宴，忽然从门外闯入一队官兵，皆头戴簪缨，持枪便来抓人。卫家惊愕问所犯何罪，众官兵道："圣上有旨，来查叛臣，即刻抓了，一个不留！"卫家乱成一团，家仆不顾安危上前与官兵撕打一团。卫若兰大喝一声，夺了官兵的大刀，与官兵一阵拼杀。卫老爷、太太终被抓走，史湘云被几个奴仆慌忙扶上梯子爬墙逃去了。卫若兰终因人多势众，被捆绑了抓走了。众奴仆一哄而散。

湘云势单力薄，只好急步逃往城外，黄昏躲进破庙寄身，仇恨满胸却无可奈何，只有啼哭抹泪。想到自己以后无处安身，女儿家在外多有不便，为怕遭恶人侮辱，遂打扮成个乞丐模样四处沿街讨饭，一心到贾家查找宝黛下落。

这日辗转来到荣府门口，却见匾额歪斜，门口冷清，不见了看门的壮汉，只有几个小孩出出进进到园子里找些东西。湘云走入园中，因时逢秋日，花木枯零，到处都是断壁颓垣，想是经过一番争战。又到各处寻看，唯有庭轩寂寞，楼阁寥落，不见半个人影。哭了一场，又到街上打听贾家消息，都说人死家亡一败涂地。湘云因找不到宝黛下落，心里又悲又急。正在焦虑，忽然想起贾家祖茔尚存，便踽踽独往那里一探，只见寒烟轻扬，枯蓬飘飞，梦随风万里，故人魂飞尽，不觉萦损愁肠，泪湿襟袖。

忽在乱坟之中看见一碑，上有"林黛玉"三字，恍如隔世，摇摇晃晃扑到碑上大哭道："林姐姐，你怎么抛下妹妹去了！到底都是怎么了？一个个都走了。"乃望天悲呼："苍天不长眼啊，非要把人的肝肠哭断才肯作休，好人都死绝了。你也不睁开眼瞧瞧，这到底是个什么混账天地啊！”又扑到碑上泣道：“林姐姐，我还有好多话没有说，我还有好多诗句藏在腹中，等着和你一较高低，我还想多开几回诗社，咱们姐妹们比比诗才。可如今你孤苦死去，我心中忿怨更与何人说？记得当初咱们在中秋夜联诗，恍如昨夜之事。还记得姐姐的诗句‘冷月葬花魂’，竟成谶语，我对的一句‘寒塘渡鹤影’，又何尝不是我如今的写照。想前儿我一人漂泊在异乡，路过一片池塘，从那芦苇丛里穿过，真真叫人心也破碎。咱们怎么都这么运蹇命薄？我是萧疏篱畔科头坐，清冷香中抱膝吟，姐姐是数去更无君傲世，千古高风说到今。我是举世无谈者，惟有姐姐系我知音。姐姐是登仙非慕庄生蝶，绕篱欹石自沉音，眼前却是衰草寒烟无限情，姐姐孤坟西风依。”越思越痛，只把枯草揉碎。

湘云伴着坟茔坐到天黑，仍不肯离去。天上一轮皓月照着青枫林，湘云望月长叹难以入眠，直到夜深才靠在石碑上睡去了。天明村鸡唱，湘云起身走在黄土垄上，眼前迷迷茫茫，不知何处才是归宿，抓了一把草叶填入口中，蹒跚着往前走去。西风掠处烟云凄迷，浪迹天涯萍踪无定，可叹公府千金，沦为乞丐竟如同草芥。不知后事如何，且听下回分解。

# 第一百二回

## 冷惜春甘伴青灯佛　洁妙玉泥陷瓜洲渡[24]

诗云：

林噪蝉鸣渐静息，隐者不问鸾鹤心。

虎落平阳龙潜池，风过梵铃尽悲音。

话说薛蟠被处斩过后，薛姨妈不觉病倒，成日躺在炕上啼哭，思念儿子。宝钗也曾多次劝慰，陪着淌了不少泪。贾蓉、贾蔷几次来山庄找宝钗谈论分割贾府房地的事，宝钗道："荣宁两府外加大观园竟占了大半条街，若是每人分得一处，也空旷的很。再说如今世道刚刚安宁，城里生意还是冷淡的很，分的这么多房子，开门面也没有人光顾。我先不去住着，你们带兄弟们随意住去吧，我怕宝兄弟回去又勾起伤心事，等再过几年他忘了旧事再搬回去不迟，那么大的地方谁住着都怕。"贾蓉道："那我就带了弟兄们先住进去，把大观园都留给你和宝叔了。"宝钗道："正是如此。"于是蓉蔷带王仁、倪二、柳湘莲、卜世仁及众弟兄搬了进去，外头有赁屋的也都打了钱住进来，租金由蓉蔷收了。宝钗仍陪宝玉住在紫檀堡读书，宝玉一时读的烦了，和他吵了几句嘴不肯再读，宝钗便软硬兼施让他收心。宝玉不想跟他吵闹，只得暂时依了他，一时也说不尽。

话说妙玉自那回离了贾府往东路而来，经过常熟，因与当地一个老尼姑是旧相识，就住在他庵里。此尼乃长安师傅之同门师妹，好生收拾了庵堂让他住下了，把随身所带日用物品同珍稀古玩都锁在妥当之所，因当初受师姐之托，若有日见了妙玉定要体贴善待，妙玉一时安心住了下来。同庵的还有几个小尼姑，生性俏皮贪玩，见来了一个标致师姐都笑呵呵去问候他，熟料妙玉为人孤僻高

[24] 第四十一回靖眉批：妙玉偏辟处。此所谓"过洁世同嫌"也。他日瓜洲渡口客示劝惩，红颜固能不屈从枯骨，不哀哉！

傲，凡俗夫庸辈皆看不上眼，只是冷冷对待诸位，把个诸尼惹出一腔忿怨都不愿理他。

时有当地富贵人家太太小姐来庵里敬神，听闻这里来了个气度不凡的富家小姐带发修行，都来他庵里拜访，都被他嗤之以鼻概不相见。就是某人生生硬闯人他室里看他有多么傲慢，他仍是一语不发，一时烦了就下起逐客令来。从此，本地官宦女流皆嫌他清高，不再来探看，一时传开了，本地好多大富人家都知道这里有个出奇高傲的尼姑了。

且说当地有诸多纨绔子弟听闻得妙玉容貌绝色，气度文采风流，都慕名而来，都被老尼姑好言劝了回去。众子弟闲了聚在一处饮乐，都口口相传妙玉的风采，议论他的出身和容貌，个个有艳羡之心。

这日大家聚在某人大堂宴乐，又提起妙玉的人品风度，个个舔嘴咂舌摇头晃脑，竖起拇指夸赞。忽有家奴来报，说本地最有财势的陈富豪之子陈也俊同家奴赶来赴宴，都整衣正冠出去迎接。说话间已见一个翩翩风度俊雅公子进来了，都拱手抱拳笑道："贵客降临，不胜荣幸。"

原来这陈也俊家大业大，亲友都是官宦之门，人品出众德行良好，不比那些粗俗鲁莽纨绔公子，文采更是一流。多少官宦小姐都想同他攀亲，可惜此人心高气傲，暂未看中那个。待他坐好一同吃酒，有人提出每人作诗一首，都用纸誊了拿与那庵堂里的妙玉小姐赏阅。陈也俊早听闻妙玉名号，当即兴动挥笔三首，令一小奴拿往庵堂交与妙玉小姐。

小奴奉命赶往庵堂，被老尼姑挡住不肯代交妙玉，家奴便把陈也俊所托的银两塞与老尼。老尼姑眉开眼笑，当下便把诗拿到内堂交与妙玉看，说是自己所作。妙玉接来细细看了，写道是：

其一

兵败诏下已数年，将士不见风吹边。
朱门零落易歌舞，清风狂放恨无限。
中原亦存壮士心，江东尚多弟子愿。
遗民血泪盼国复，誓灭胡虏梦未阑。

其二

河山飘絮憾难灭，九州恨同耻未雪。

故人尚节死慷慨，今士偷生泪悲嗟。

百年心事负君诺，万里功名叹凄切。

人生有恨生愈艰，不如弃笔赴军台。

其三

欢聚南楼尽少年，跃马看花似等闲。

酒杯探乐误一生，家山思忆已百年。

红豆若血杜鹃啼，绿杨是梦黄莺怜。

紫殿何处觅王侯，国亡不堪唱关山。

妙玉看完笑道："果然好诗，真乃佳作。"因不信系老尼姑所作，便问老尼姑实情。老尼姑笑道："我那会做什么干湿，这是本地最有名的一个公子哥特特写了交与你看的。"妙玉不觉变了神色，本欲怪罪起来，但想起诗句飘逸警拔，兼自己是寄人篱下怎可动怒，只是淡淡说道："日后不要再带什么人的诗文了，我有些累了，要睡一会。"

正要歪身倒下，忽听门外有人嚷道："闲人莫要妄进！"只见小尼姑们拦着一个公子不让进门，那公子却抢先一步进来了，对妙玉鞠躬道："鄙人特来请教小姐，学学作诗赋文。"妙玉起身一看，竟是个飘逸俊美的公子，千里挑一的容貌，心里似被撩拨了似的呆了一下，转而又正色道："实在无礼！妄入女堂，不可罗唣。"陈也俊还要解释什么，已被老尼姑推搡了出去。妙玉倒在庵床上静思，想起来者人品出众文采风流，竟动了凡心，生出诸多情愫，不免有了相思之情。无奈他对世俗有鄙视排斥之心，怕落了尘世魂神不再洁净，因决意把一腔爱欲之心又打灭了。

那陈也俊回去也害了相思病，也顾不了许多，急忙找人就办起婚事来，命几个媒婆用八抬大轿去接妙玉，谁知又有几个多情的当地公子也请了媒婆急忙赶来说媒。妙玉获悉消息，赶忙辞别老尼姑，带了家当匆匆忙忙要离开此地避情，一时想起在瓜洲上衣师傅的另一个师妹和徒儿，便连日去往瓜洲。暂时不提。

且说王仁在街上做个小生意，这日与人赌钱赚了一把，一大早急忙坐马车赶往瓜洲渡口的烟花巷找娼妓寻欢。待来到渡口时已是日照当头，只见集市上人来人往，挑夫商贩赶集闲逛的占满了街。忽见人群中有个白发老妪带着一个十五六的小伙儿在买布匹，看着眼熟的很，想了半天才想起是那年两次造访贾门的刘姥姥，身后跟着的定是他的孙子板儿，竟长这么高了。因不想过去和他说话，故侧着身子打他们身边走过去。

刘姥姥此次是赶集买些家常东西，因问板儿喜欢那样，他都一并买了带回庄子里去。忽见人群里走着一个尼姑面熟的很，好象是贾府里那个会画画的四小姐，不觉吃了一惊，心想："看这人的面貌定是四姑娘了，怎么他做了尼姑，实在纳闷。他不是公府里的千金小姐吗，怎么落到这步田地？"越思越不解，走上前笑道："四小姐怎么在这儿，姑奶奶和巧哥儿可好？"惜春道："什么姑奶奶的，我不认识你。"转身要走，被刘姥姥一把抓住道："四小姐这是怎么了，怎么好好的出了家了？"惜春不耐烦一把推开，径直走了。

刘姥姥喊道："四小姐怎么走的恁快，我还没有问你姑奶奶跟巧哥儿呢。"见惜春已走远了，发了一回呆。板儿过来拉他道："姥姥怎么跟个尼姑说了恁大半天，咱们还急着赶路呢。"刘姥姥拍了他一下脑袋道："才来没多大工夫就急着回去，早知道也不让你跟来了，还不如青儿沉住气呢！半大小伙子猴撅似的不稳当，以后怎么娶媳妇？"板儿道："姥姥都挑了半天了，也没见买着一点半点，急不死人。"刘姥姥知他走了有好大会了，想吃中午饭了，便把他带饭铺里去吃饭。

且说惜春在街上化缘被几个市井无赖上前拉拉扯扯调戏，大为惊惧，匆忙逃往沿路的村子里去了。正是：

莫罕我装聋作哑，莫怪我白眼瞪他。
休问我乡居出身，细思量泪洒杈桠。
画一幅怪鸟残萼，不稀你惑解图画。
心却似虬根秃枝，情唏嘘分付梅花。

惜春急促赶路，满眼望处却见连年征战，村落空寂，人烟荒芜，听的见座座坟冢旁老妪儿童的祭祀哀哭，时时看见有跌跌撞撞的疯瘟汉子，妇人边走边哭笑呼喊：“你也杀，他也杀，老张老李去你妈！”忽然看见惜春远远走着，一个妇人奔过去哭道：“翠红，我的儿，你还活着啊，快随我回去罢！”上来一把抓住惜春袖子。

惜春唬了一跳，尽力挣开，快步逃奔。回到古庙里，先吃尽了钵盂里的饭菜，又跪着合掌对着青灯后的古佛念念有词道：“弟子不敢贪恋红尘，一心向佛，以前听水月庵的智能儿说过西方有婆娑宝树，上结着一百零八个长生果。弟子求佛祖保佑，有朝修成正果，赏弟子一个长生果，弟子也好长生不死。弟子绝不贪慕人间繁华，痴情恩怨都是假，什么功名利禄王权富贵，也赶不上世事无常，一切都是过眼烟云。”一时念的累了，就卧在古佛旁晒晒日头，不知不觉睡去，恍惚梦见西方佛祖驾着祥云前来下旨要他听封，说他功德圆满要封他一个仙职司掌众仙。惜春从梦中笑醒，却见大殿空寂冷风袭来，忙裹紧了身子仍旧靠着古佛睡了。暂时言不到惜春。

且说刘姥姥与板儿在饭铺吃饱喝足，又去集上买布，忽然看见那边围了一堆人，不知又看什么热闹。凑过去一看，只见一个带发修行的尼姑领两个侍女跟一伙和尚吵了起来，有个丑陋黑瘦的老和尚，看样子也有六七十岁，目光昏浊一身糙肉粗皮，身后站着四五个年轻徒弟，正在和那尼姑拉拉扯扯。尼姑竖着眉毛喝道：“光天化日之下竟然强抢良女，造孽不浅，佛祖知道会罚你们不得超生的，来日也只变作猪狗！”老和尚道：“众位别听他蛊惑，他原是偷了我们庙里的舍利子，我们来找他讨要罢了，不是强抢良女。”刘姥姥挤过去插话道：“既是你拿了他们的东西，还给他们就是了。”尼姑道：“老人家别听他们鼓惑，他们才是贼呢，这是要把我们抢到他们那里，我们的名声都被他们玷污了！”

刘姥姥拿不准儿，摇摇头对板儿道：“走吧，还是少管闲事的好。”拉着板儿挤出了人堆。尼姑和那两个侍女一边说一边趁着人多挤进人群不见了，老和尚气的嚷道：“别让他跑了，徒弟们快赶上去抓住！”众和尚急忙去追。尼姑和侍女满头大汗喘吁吁的躲入巷子深处，探出头见无人追来，都松了一口气道：“狗贼没有追上，咱们回庵里去吧。”三个急匆匆绕路往东去了。

且说众和尚在各个巷子找遍了，没有见到尼姑和两个侍女，赶回庙里告诉老和尚道："师傅，徒儿找了半天没找到人，只好回来了。"老和尚道："先坐着喝口茶，咱们从长计议。"于是众僧拭汗端茶坐了。一僧道："这人我认识，是东边尼姑庵里的妙玉师傅。人长的就不用说了，听人说他本是金陵官宦人家，父母俱已亡故，到渡口找了熟人住到庵里修行。"

老和尚道："本月张员外到咱庙里和翠儿过夜，收了他五十两银子他还嫌多，说咱这里没有几个好看的。还说早相中一人，是个带发修行的尼姑，长的风流超凡，貌赛天仙世上难找，为他茶饭不思害了相思病。今儿得见此人，果然美若天女，老衲也魂不守舍了。"不觉呵呵一笑。

众和尚道："师傅把他再抓来就是，先让师傅玩几天，再让他陪陪徒弟们过个几夜。这等上品好货实是难逢，徒弟们也尝尝滋味。"老和尚道："徒儿不懂规矩，既然师傅看中了，就只为师傅一人备着，徒儿快灭了念头吧，以后还要靠他当聚宝盆、摇钱树呢。"众徒弟都道："师傅一把年纪了，还要霸占这样一个如花似玉的娇姑娘，不让徒弟们插一脚我们倒没什么，只怕他们几个回来也不乐意呢。"老和尚道："他们回来又能怎样？不还是得听师傅管教。今夜咱们多派几个人，到他庵里把他抓来，看他那里有几个姿色好的都一并抓了来。咱们这里老是那几个姑娘，生意都清淡了。"

忽然有人推门进来道："老秃驴原来在禅房里待着，这个货色大爷不满意，快换个好的来！"说完把一个女子往屋里一推。那女子敞着个胸道："大爷变心了，再也不理翠儿了。"只见进来一个挺胸叠肚的货商，用手一推翠儿道："瞧着你恶心还来不及，怎还有心思玩那个？这里没有好的我就到烟香院去找，到这里没的扫人兴致，好不丧气！"老和尚忙陪笑道："老爷别急，今儿先将就着点儿，过两天我们寺里又添新人了，比月宫里的嫦娥还要俊，保你满意。"货商道："老秃驴别不是骗我吧，那我过几天再来。"说完转身走了。

老和尚气的骂道："不知足的老货，胃口大的很，再好的也不过三两日就丢开了。"于是和众徒弟商议夜间去庵里抓人，嘀咕了好大会儿。

话说妙玉和侍女逃回庵里，早有老尼接着，掩了庵门仍心惊肉跳的，道："这里待不得了，明儿离了这里到别处去吧。"把《禅门日诵》念了一遍。吃了晚饭，点上香拜了菩萨，命老尼自去歇着。垂帘跏趺，坐在禅床上闭目吐纳，不觉恍惚睡去，只见宝玉满脸挂泪进来道："妙卿何其冷漠，不顾小生一片痴心断然离开，错过一段绝佳姻缘。如今贾门遭逢不幸，林妹妹又不懂御敌治家之道，把个园子葬送殆尽。妙卿才智世上罕有，林妹妹有不及也，若小生弃林而娶妙卿，也不至家败如此。"妙玉诧然道："何谈家败，从何说起？"宝玉道："妙卿日居庵堂，怎知世外之事？如今之国已不是汉人之国，竟是戎羌异族之天下了。妙卿不可再有推阻，快回来咱们联姻，莫让强贼有可乘之机。"妙玉听了不觉红了脸道："论出身咱们都是官宦人家，只是父亲辞官告老还乡多年，早已不在朝中任命，且已去世多年。咱们也算门当户对，只是公子已经属心与林，我岂能夺人之美？"宝玉道："妙卿定是不好意思许配，我就找人三媒六聘把妙卿娶来可好？"妙玉又恍惚看到那边来了众媒婆扯扯拽拽要扶他上车，自己耳热心跳，遂不得主意了。正在推阻，忽然大喊着惊醒，原来却是一梦，不觉发了会呆，竟不知不觉掉下泪来。听得谯楼打了五更，身上有些寒气。

忽听见窗外一响，觉得一股香气透入囟门，便手足麻木不能动弹，口里也说不出话来，心中更自着急。只见几个和尚拿着口袋进来，此时妙玉心中却是明白，只不能动。和尚将妙玉抱起装入袋中，来到园后墙边搭了软梯，爬上墙跳出去了，又留下两个到旁边禅房里去抓那两个侍女。

只言庵里一个女尼，他本住在静室后面，睡到天亮披衣起来，叫了老尼预备茶水，他便往前面来看妙玉。岂知进来一看并无半个人影，对老尼说："这样早，他到那里去了？"走出院门一看，有一个软梯靠墙立着，急叫人起来查看，庵门仍是紧闭。那些婆子们都说："有两个侍女也不见了，这梯子是谁搭的？"众人惊诧不已也都着了忙，开了庵门满园里都找了一遍也不见踪影，都跺足哭道："这是怎么回事，难道被贼抓去了不成？"无可奈何都返回庵里谈论。

且说妙玉和那两个侍女被抓到庙里，老和尚命人解开系口将三人从袋中放出。妙玉、侍女一见屋子里站了七八个和尚还有一个老僧，正是白天见过的强人，吓的目瞪口呆，都骂道："恶贼休要胡来，神天老爷劈不死你们这些孽徒！"老和尚笑道："都这时候了还强嘴，快拖禅房里教我调教调教，不听话就打嘴。"有两个徒弟把妙玉抬内室去了，另有六个和尚哈哈笑着去撕那两个侍女的衣裳，两个干干净净的女儿竟遭淫僧侮辱。老和尚把妙玉往禅床上一扔，笑着便要侮辱，可怜妙玉骂不绝口浑身不能动弹，被老秃驴任意掇弄了去了。

天色刚亮，妙玉从禅床上起来，鬓发散乱眼睛哭的红肿，起身便要往墙上撞，被老和尚一把拉住，又喊来两个徒弟进来，把他手脚捆住放在床上。妙玉大哭不止，众和尚听的刺耳，上去一番殴打要他停口，妙玉挨的脸肿口破，只得忍住了。老和尚独占了妙玉几天便要他去接客，妙玉几次寻死皆被阻止，又是几番责打，强架到后院叫张员外强行奸淫了。那两个侍女也被逼着接客，夜里只能偷偷啼哭。

从此妙玉在庙里日日接客，渐渐有些麻木了，变的放浪形骸起来。不觉年岁渐去，老和尚终有一命呜呼之日，妙玉也年长色衰没人肯去光顾，离开寺里独自找了一处青灯古殿打发日子。又过去几十年，妙玉一头青丝换作白发，人将老去，忆起当初在贾府栊翠庵的日子，那是何曾的悠闲清净，不曾被世俗打扰。虽说是有些高傲孤僻，世人皆不容，但毕竟是个清洁身子，谁料到头来竟沦入风尘，过着肮脏的日子，违背了一世的心愿。再想起与宝玉的奇缘，皆因自己懦弱孤僻而错过，弄的遗憾终身。

且不说妙玉一生舛错，只说宝玉在紫檀堡住着，与宝钗志趣不投，几次三番争吵。这日又为了贾蓉、贾蔷、王仁、卜世仁等住进贾府生起气来道："咱们家都是毁在他们手里，怎么你还把他们往山庄上引，跟他们谈天论地？这不，他们又霸占了咱家园子，都住了进来。他们不是好人，快把他们赶出园子吧。"宝钗道："我只知道咱家是赵姨娘祸害的，又与他们何干？我看你是误会了，他们可能是进园子去把强盗赶走，是帮了咱们的忙了，不可乱说。"宝玉道："他们也是强盗，你不必混我，我知道。"宝钗道："就算他们是强盗，可那都是陈年的事了。如今他们不敢把咱们怎么样，园子又空成那样，他们能住多大空儿，让他们住去吧。蓉蔷兄弟也是咱家的子弟，更没有理由赶他们走了，要是再得罪起他们来，咱们那有势力去跟他们争斗，还是忍回来的妙。"

宝玉道："虽说如此，到底心里憋屈。"宝钗道："你不想理他们就不用理，只管好自己就够了。"只见袭人红着眼圈进来，探个头又出去了。宝钗见了纳闷，出来笑道："好好的又哭什么？"袭人拉他到自己屋里道："我如今也不知怎么是好了，他这几日在外过夜也不回来。我派人过去跟踪，他竟是和几个后生在城外胡混，他这毛病竟是改不了了。”宝钗愕然道：“竟有此事？你也不用和他吵，好言劝着点儿，也许就回转心意了。”袭人道：“那里这么容易，只怕以后他要离了我去寻好的，我岂不成了嫠妇了！”宝钗道：“这倒未必，以后再说，还有我帮着你呢。”袭人道：“宝二奶奶定要帮着我才好。”说完又掉下泪来。

宝钗因要看母亲的药熬好没有，先去茶房里去了。袭人擦着泪去拿针线，忽见蒋玉菡掀帘子进来，不觉嗔道：“这几日也不回来，敢是找到相好的了。”玉菡上来抱着肩膀笑道：“娘子休要怪罪，以后再不出去就是了。”袭人道：“你这话我听了也有一百遍了，怎么还是不改？”玉菡道：“这算什么，男人有个三妻四妾也是正理，怎么我就不能出去找了？”袭人道：“你找的都是些什么，成个什么样子？”玉菡听出音来，脸上红晕着有羞惭之色道：“大家逢场作戏，又有什么大不了的，娘子怕个什么？”袭人道：“这要说出去，官人的颜面还要不要了？”玉菡听了不顺耳，不觉动气道：“娘子管的太宽了，叫我为难的很。若是忍的住，谁还能不忍，这都是没法子的事。”袭人道：“从今你不许出去再厮混，要不咱们就生分。”玉菡道：“生分就生分，又怕谁来！”转身就要出去，口里说道：“家里不好蹲，我到外头住去。”袭人听了，哭闹了起来道：“你要是再出去，就别再回来！”

宝钗从那边过来笑道：“兄弟这是往那里去？”玉菡道：“这是我们夫妻家生气，外人别管。”宝钗道：“兄弟有话慢慢说，没有完不了的事。”玉菡那里听他的，一抬脚出去了。袭人哭着去追道：“你给我回来！你走了我也不活着了！”怎奈玉菡头也不回走远了。

袭人哭的泪天泪地，被宝钗劝回房去。蒋玉菡在外又和几个娈童厮混了几天回来，喝的醉醺醺的道：“娘子，我回来了。”袭人用身子顶着门儿不开，蒋玉菡敲着门道：“我以后真的改了，快开门吧。”袭人只得开门，也不吭一声儿，噘着嘴歪在炕上倒头睡着。蒋玉菡脱了外衣也不言一声，两个干睡了一夜。天一明蒋玉菡觉的不好意思，主动向他道了歉求他谅解，袭人知他素习如此再不好改的，只得忍着凑合着过了，就不再管他的事了。蒋玉菡果然收敛了几日，不再出去。

且说宝钗要莺儿下山买些针线，给他些银两又怕莺儿偷偷克扣了去买吃的，就要陪着莺儿同去，临走又嘱咐着宝玉把四书章节背熟，就同莺儿下山了。宝玉见他走了，把书一掷，躺炕上打盹儿。宝钗同莺儿买回些家常用物，见街上热闹异常，又是一派清明安祥气象。莺儿道："从此可以安宁度日了，不再打打抢抢了。"宝钗不觉点点头，又催着他快点上山，怕宝玉功课又荒疏了。两个赶回紫檀堡，莺儿去自己房里待着。宝钗进自己屋里来，刚掀了帘子就见炕上两个人紧抱着翻滚，竟是宝玉和蒋玉菡，不觉怔了。不知后事如何，且听下回分解。

# 第一百三回

## 刘姥姥三进荣国府　贾巧姐二哭大观园[25]

诗云：

行人复登歌舞台，情深恨重嗟盛衰。

自度度人恩情郁，冤仇到头情谁解。

话说宝钗掀帘子进来，见宝玉和蒋玉菡在炕上紧抱着翻滚，捂着脸嗔道："作死啊，羞杀人了！"急忙往外头走。宝玉和蒋玉菡唬了一跳，赶紧下炕到门外探看，只见宝钗红着脸往袭人屋里去了，都有些懊悔羞惭。

蒋玉菡追到袭人屋里，正见宝钗一声不吭跟袭人在铰鞋样子，笑道："我过来瞧瞧你们的鞋做好几双了。"袭人道："我看你是才待了几天了，又憋不住要出去了，要走你就走吧，我也不管你了。"蒋玉菡道："娘子何苦又咒我，这些日子也没有见过你露个什么笑脸，总是脸绷的紧紧的。"袭人道："我懒待说，你出去逛去吧。"蒋玉菡笑道："宝姑娘今儿怎么不帮着他说了？"

宝钗道："你们夫妻俩的事，我犯不着插嘴。你放心，以后我不再说你和宝兄弟了，男人们都是心口不一，今儿说改了明儿又犯病了，说一百遍也没有用，不如不说。"蒋玉菡笑了笑出去了。

宝钗起身掀开帘角，见他走远了，转过身道："他心里有病，怕我告诉你知道，巴巴的过来一趟。"袭人纳罕道："哦？倒是你说说，又是什么事？"宝钗道："只是你别跟他闹，传了出去名声也不好听。"袭人道："放心，我岂是那不明事理的人？"宝钗在他耳边嘀咕了半天，袭人听了如被雷击了一般，不觉掉下泪来道："咱们怎么都摊上这样的男人，料着也不是一天两天了，闹也无益。"宝钗道："由他们去吧，咱也管不住，丢死个人了。"两个都拭泪长叹，

---

[25] 第六回甲戌眉批：此回借刘妪，却是写阿凤正传，并非泛文，且伏"二进""三进"及巧姐之归着。

抱怨自己的命不好。暂时言不到这边。

且说刘姥姥在集上买齐了东西往路上走，板儿又嚷着腿乏了，要在亭子里坐一会儿。刘姥姥也觉脚酸腿沉，把包裹往亭台上一放，和板儿先歇口气。只见两个汉子边坐边指手画脚说着什么，偶尔听见什么贾家被抄家破人亡了，吃了一惊忙打断道："两位大爷，请问你们说的是那个贾家败了？"那两个汉子道："你老人家是从那里来的，竟连这都不知？俺们说的是金陵城的贾府，早已经家败人亡了，抄家的抄家，充军的充军，杀头的杀头，抢劫的抢劫，害命的害命，不死绝了也差不多了。"刘姥姥和板儿都诧异要二位讲的清白一点，那两个汉子便把贾府近几年的事说了一番，只说的刘姥姥拿袖子擦泪，因又探道："听大爷们说他们家的凤哥儿在监牢里吊死了，可知道他的女儿到那里去了？"那二人道："你说的是贾琏的女儿吧，就在咱这渡口上待着，也该有一年了。说来也可怜，豪门势败无处可逃，自个儿投身青楼，做了风尘女子。"

刘姥姥听了含泪大惊道："大爷莫要骗我老婆子家，那次我把他托给蓉哥儿了，他不会到那脏地方去的，你肯定听错了。"二人道："绝无虚言，胡员外曾多次到烟香院去过，说这妮子年纪小又是入行不久，就多光顾了几回。也曾问过他是那里人氏，他自己说是贾家的人，他娘亲叫做王熙凤。"刘姥姥哆嗦着擦泪道："巧哥儿受苦了，父母都死了，他又投到那场合里，好个命苦的丫头啊！"不禁放声大哭，板儿也陪着落泪。

那两个汉子见他伤心，都道："老妈妈去过他家不成，或是竟是他们家亲戚？"刘姥姥道："是有些瓜葛。"又对板儿道："姑奶奶以前对咱有恩，施舍了不少银子给咱。现在他家败了人也都亡故了，巧哥儿又落到这步田地，咱说什么也得把他赎出来，咱不能忘恩负义。"板儿道："那咱就启程吧，就是不知烟香院在那儿。"那两个汉子道："就在那州南一条街上，有一个乌衣巷，你到里面一找就看见了，挂着几个大红灯笼。"

刘姥姥听罢思忖着往那里走一遭，忽见十几个村民进了亭子，一看见他都笑道："姥姥也在这里，集上有好东西没有？"板儿一看是他们庄子里的人，兴冲冲赶上去同他们说笑。

这时，一个精壮小伙子上前笑道："姥姥这是给谁添置的衣裳？"刘姥姥笑道："我给青儿买了件新衣裳，福臣也换新衣裳啦？"福臣笑道："趁着农闲，咱们也到集上走走。"刘姥姥看他旁边站着一个水灵灵的女孩，笑道："这闺女是谁家的，好像看到过似的。"女孩笑道："姥姥不认得我，我可认得姥姥，那年姥姥到贾家走亲戚，陪老太太二奶奶吃酒，我都看到了。"刘姥姥吃惊道："你是他们府里的丫鬟吧？"女孩笑道："我叫春燕，因连年灾荒同母亲投奔了这里的亲戚，往后就是这庄子里的人了。"刘姥姥叹道："你还不算命苦，有个人可比你苦命多了。"说完举袖擦泪，哭了起来。

大伙儿听了惊讶问他道："姥姥说的是谁？"刘姥姥泣道："就是那府里的巧哥儿。"乃把贾家诸事讲了一遍，大伙儿听罢都叹息不已，要陪刘姥姥同去找老鸨儿救人。事不宜迟，大伙儿簇拥着刘姥姥叽叽呱呱动身往渡口寻去。

只见秦淮河上余晖斜照，秋风凄紧，渔人划双桨，烟水泊客船。数丛沙草，三两只鸥鹭驰飞，客登舟楫马嘶鸣。刘姥姥叫板儿回去多取些银子，自己同大伙儿先行往乌衣巷赶来，见巷子里挂着几盏大红灯笼，从里面进进出出几个花枝招展的女子和几个嘻笑的客官，便知定是这儿了。刘姥姥独个踱了过去，要往院里走却被把门的壮夫拦住了，问他找谁。

刘姥姥笑道："给太爷道个万福了，我找这里的老板娘。"把门的瞪着眼道："这里是男人取乐的地方，你一个老婆子家进来做甚？老板娘那有你这样的亲戚，穿的倒还差强人意，就是这付老脸，怎么象是打那乡旮旯里来的，敢是个种地的不成？"刘姥姥不觉动了气道："庄稼人又咋啦？如今我做了生意，又买了地盖了房子，还雇人种了几亩田，多少也是个东家了。大兄弟不就是要我拿银子通融通融吗，我有的是！"说完从袖子里掏出一锭银子要塞给他。那人笑着推辞道："老妈妈别生气，我不要你这银子。你要找人，我给你禀报去，你老先在这儿等着。"说着进去通报去了。

刘姥姥伸着头往院子里瞧，只见里面的人穿的花花绿绿的看花了眼。过一会儿，鸨母出来扶着门框剔着牙道："是谁找我啊？"刘姥姥道个万福道："给老板娘请安了。"鸨母瞟了他一眼道："你是谁呀，不认识，到这儿来干什么？"刘姥姥道："我是花钱赎人的。"鸨母听了道："看这费工夫的，来个穷婆子来赎人，我那有闲心跟他瞎扯！"转身要走，刘姥姥忙上去拉了衣裳道："我大老远诚心诚意来赎人，怎么是瞎扯呢？”鸨母道：“别拉我衣裳啊，瞧你那手脏的。既然要赎人就进来一说，银子不够了可不行。”刘姥姥道：“有银子，有银子，老板娘放心。”于是跟他进了后院房里。

鸨母坐了问道：“你要赎那个？说来听听，我叫他出来见你。”刘姥姥道：“你这里有个叫巧哥的吗？就是贾家的孩子。”鸨母道：“是他呀，来人，把巧姑娘叫出来。”下人答应一声到外头去了，不多时把巧姐推了进来。

刘姥姥打量半天，见他脸上涂脂抹粉擦着胭脂，目光却怔怔的带一丝愁意，正是巧姐，长成个大姑娘了，含泪叫了一声：“巧哥儿，你受苦了，姥姥来赎你了！”巧姐呆愣着望着他道：“你是谁啊？我不认识啊。”刘姥姥道：“孩子，你那时小，还不记事。我是你的远房亲戚，你该叫我姥姥的。”巧姐猛然想起以前父母说过有个刘姥姥到过他们家，他的名字就是这个姥姥起的，不觉大哭着扑到刘姥姥怀里，刘姥姥也不住擦着泪。

鸨母不耐烦道：“银子带来了没有？光哭个什么劲。”刘姥姥道：“孙子回去取银子了，明儿过来。我先在客栈里住一夜，老板娘等好了。”鸨母道：“那你快出去吧，等明儿带了银子再来。说好了，得一千两银子，不然就滚蛋！”刘姥姥为难道：“这也忒多了吧，一时凑不齐呢。”鸨母推搡着刘姥姥要他走人，忽然闯进十几个人，都乱嚷嚷道：“你们拐卖了良家女子，还不放人，想讨打了！”鸨母一看是些庄户人，厉色嚷道：“你们进来干什么，又与你们什么事？”福臣等嚷道：“张口就说一千两银子，当初我们弟兄们劫富济贫，也曾绑过几个大家，也没有要过几七几八，你这分明是抢了！”

鸨母仔细打量他们心内暗惊，思忖道：“看他们的样子是有来头的，前些年兵荒马乱，这些人定是队伍里出身不好招惹。”乃笑道：“算了，看在大伙儿面上，不收这么多了，五百两如何？”众人乱嚷嚷道：“一个子儿也没有。”上来就要拉人。这时进来七八个壮汉，大叫道：“谁在捣乱？吃我们一拳！”鸨母急忙劝住了，笑道：“确实不是我们拐卖来的，我们也是花了本钱的，这样吧，三百两如何？”大家商议半天，都答应了，看刘姥姥带钱不足，纷纷替他垫了许多。鸨母接了银子也不清点，把巧姐一推道：“走吧，你姥姥赎你了。天天也不听话，使也使不动，服侍客人也不尽心，留着也是赔钱，走了倒好。”

巧姐哭着跪谢，被刘姥姥急忙扶起，拉着同大伙儿往渡口来。一路上巧姐哭骂舅舅和蓉蔷不停，说自己是被狠舅奸兄所卖。刘姥姥听了气的浑身乱颤道："这算什么一家子骨肉，简直连牲口都不如！"众人也大骂不止，又带他到饭铺里吃了饭，要带他到城外乡下自己家里去住。巧姐道："姥姥恩情终生难报，只是孙女惦记着家里，想回去再看看。"刘姥姥道："我也怪想着老太太姑奶奶他们的，虽说人不在了，可园子的一草一木都叫人想的慌，我陪着巧儿一起回去看看。"大伙儿一听，都兴兴头头道："早就听姥姥说过有个贾家气派富丽，仰慕多时，咱们也一同前往探看。"刘姥姥笑着同他们雇了马车一同上路，只到了未时才颠簸着来到贾府北门。

众人下了马车，有说有笑往大门望去，都咂舌笑道："好气派的公府豪宅，若是往年，别说进去逛逛了，探头往里头看守门的就要打人，如今咱们也进去看看，坐一坐，躺一躺。"

只见荣府大门石狮子犹在，三间兽头大门被涂抹的脏兮兮的，画了些人脸猫狗。匾额歪斜着要掉下来，有个后生兴冲冲跃起去摸匾额，被刘姥姥扯住了道："猴撅猴撅的，还不老老实实的。"后生笑道："我看这上面的字真真好看，想凑近了瞧。"刘姥姥笑道："里头有好多着呢，进去叫你看个够。"打量一番，不见了簇簇轿马和挺胸叠肚指手画脚的看门人；门前歇着些生意担子，有两个老者拿了草纸匆忙到园子里去方便；几个小孩子骑在石狮子上打闹，还有一个正在拿脚去蹬大门；墙头上也骑着两个顽童。刘姥姥和大伙、巧姐、板儿踏进园子，却见残垣断壁，枯草摇曳，落叶遍地，煞是凄凉宁静。雕梁画栋破损缺失，游廊厢房不见了往日的各色鹦鹉画眉，只有几只麻雀停栖。穿过一条大甬路，进了荣禧堂，却见大紫檀雕螭案上铜鼎蒙尘，桌翻椅歪，墨画被人扯烂，便知感叹。

又来至贾母房中，不见了珠围翠绕之人，只见屋里摆设齐备，更听不到往日笑语欢声。刘姥姥想起当年情景，鼻子一酸大哭道："老太太、姑奶奶，今儿又来看你们了，怎么一个个都去了，留下我这老妖精还活着。我把巧哥儿带回来了，姑奶奶，你看看巧哥儿吧。"说完哭的堆坐地上大放悲声，巧姐、板儿也大哭起来。刘姥姥扑到案上泣个不住，板儿拽他不住，任他哭了一会。福臣蹲在案上，几个后生蹲在椅子上笑道："让咱们也过一把主子瘾，你小子还不赶紧跪下听令。”一后生笑道：“你抢我的位子，还要训斥我。那边有的是椅子，快让开，不然一脚踹你下来。”几个人在屋里打闹说笑。

刘姥姥不管他们，同板儿、巧姐又到别处看了看，皆是触景伤情，心里着实难过。刘姥姥陪巧姐到贾琏院里看了看，更是牵动旧情号啕大哭，巧姐到了自己房里伤心去了。刘姥姥想起平儿等如今都不在了，只哭的肝肠寸断死去活来。

三个又到宁府看了，皆是一样的哀痛。巧姐道：“刚刚在那府里看见几处住着人，都不大认识，想是别处还有人住着，咱们到大观园里看看还有没有人住着。”谁知到了园子里一瞧，更是苍凉萧条不见一人，巧姐不免大哭了一场。又到各人屋里看了看，忽然看见贾蓉贾蔷说笑着往这边走来，急忙躲在一边。

因到怡红院一探，忽见王仁在里面翻找东西，不免悲愤盈怀上去指着骂道：“好个狠心的舅舅，不问骨肉亲情，把外甥女卖给妓院，连猪狗都不如！”王仁吓了一跳道：“巧儿怎么回来了？”巧姐道：“幸亏恩人相救，不然我终生也报不了仇。”说完扑上去又抓又打。王仁一边躲闪一边道：“是你哥哥指使的，你别怨我！”说完急忙跑了出去。板儿也攥紧了拳头去追他，幸亏王仁腿跑的飞快，没有被追上。巧姐往那边望了望，又哭道：“我明白了，如今这园子被这些畜生霸占了，我为园子一大哭！娘亲在天有灵，也来看看罢，这里不是咱们的地方了，都是强盗的天下了！”不觉哭的死去活来。刘姥姥好歹把他劝住了，三人又往惜春房里来。

刘姥姥在惜春房里翻出一张画来，哭道：“四小姐手巧的很，把这么大的一个园子都画下来了。我拿着回去，以后时常看看这画，权当又看到往日的园子了。怎么四小姐那样一个聪明灵巧的人却出家了呢？”不禁长叹一声，泪如雨下。板儿把《大观园图》卷好了，放在包袱里带着。三个找到那十几个村民，看到他们都往包袱里塞东西，笑道：“亏得跟着我，不然诸位也不会有这样见识。”福臣等都笑道：“还是姥姥历练深。”大家离了园子出了贾府，叫了马车往乡下去了。

且说刘姥姥的村子在城外的小王庄，一听说王家带回个公府小姐，都挤了一屋子的人来瞧，都说：“这闺女真俊，怎么好好的就家破人亡了呢？”刘姥姥拿出《大观园图》给大家看，笑着指道：“这是正门，这是角门。”众媳妇婆子都道：“哎哟哟，好气派的园子！要是能住上几天，死也值了。怎么上面画的还有人，姥姥都说说是谁？”刘姥姥道：“这个是老太太，那个是姑奶奶，这个是二小姐，还有林姑娘，都在上头呢。”一媳妇笑道：“这个定是姥姥你了，画的还真象，一眼就认出来了，在拿筷子夹菜呢。”刘姥姥笑道：“四小姐真逗，连我这粗老婆子也画上去了，还真象那么回事。”看着看着又忆起往事来，不免眼睛又湿润了。

这时，王狗儿做完活计回来了，和刘氏进来道：“巧姑娘带来了吗？真可怜见的。”板儿拿眼去看巧姐，越看越爱竟有些呆了，看的巧姐红着脸扭到一边去。刘姥姥见状，也笑了笑。等众人都散去了，狗儿夫妻把刘姥姥拉里间道：“岳母也忒痴了，竟花了恁大的银子把人赎出来，虽说知恩图报，也不至于倒贴恁多。”刘姥姥道：“如今咱也有钱了，还不是姑奶奶帮的，咱能忍心看小姑娘掉火炕里不救出来吗？”狗儿道：“钱也已经花了，再提也要不回来了。我想着巧姐在咱家住着也不是个事，想把他说给邻庄的周家，可是人家听说是从窑子里救出来的，说什么也不肯要。如今巧姐在咱家供着也不是，使着也不是，倒是怎么着才好？”刘姥姥道：“你要敢偷偷把他赶走了，我跟你没完。他在咱家，有我一口就有他一口，他饿了给他端吃的，渴了倒水喝，你少动歪脑筋再把他卖了。”狗儿夫妻劝不过他，都叹着气出去了。

刘姥姥刚把画儿收起来，只见板儿进来道：“姥姥，不如把巧姑娘许给我吧，我见了他那模样，爱还爱不过来，怎么忍心再说给人家？”刘姥姥听了一怔道：“我倒不嫌弃他，可就是怕你爹不允。”板儿道：“我去跟爹说去。”转身出去了。青儿进来陪巧姐叙家常，两个倒也亲热和睦。

且说狗儿听儿子说要娶巧姐，拿着擀面杖去打他，板儿是个不怕打的，伸着头要他打。狗儿坚决不允，板儿赌气离家出去几天。狗儿夫妻慌忙四处寻找，见他在哥们家喝醉了，就把他劝回来，答应他娶巧姐了。板儿听了兴冲冲的，干起活也有劲头了，可邻居们都看不起巧姐，说他一个烟花女子不配跟板儿成亲。刘姥姥忍耻为板儿巧姐办了喜事，邻居们也都不再议论[26]。从此巧姐成了一名纺绩

[26] 第六回甲戌眉批：老妪有忍耻之心，故后有招大姐之事。作者并非泛写，且为求亲靠友下一棒喝。

的村妇，和板儿过起了日子，倒也和合[27]。

且不说巧姐后来如何，只说宝玉在紫檀堡因与宝钗情意不合，夜里也不肯上床去睡，只干坐着发愣，心里还念念不忘魂飞天外的林黛玉。宝钗几次催他睡了，他都不理不睬，即使勉强睡了，梦里喊的还是黛玉。宝钗越发动了气，和他吵闹了起来，宝玉起身就走，要去找蒋玉菡。宝钗以为他恋着蒋玉菡，哭着去和袭人商议说："他两个竟是分不开了，咱们算是什么？"袭人也气的七窍生烟，去和蒋玉菡哭闹，要他别跟宝玉来往。

蒋玉菡借故离开紫檀堡，又到外头和别人鬼混去了，竟五六天不归家，袭人只有坐着生气落泪。忽有一天，蒋玉菡回来拿东西，还带来一个女的，模样儿比袭人高出一倍，也不知是谁家的小妖精。蒋玉菡说从此不回来了，要跟这小娘子过了，已经在城里买了房子。袭人越发哭闹，拽着小妖精就是撕打，被蒋玉菡怒着拉开了。他二人掉头而去，一去不回。

袭人眼见没有了指望，日日在屋里啼哭，幸好有宝钗来陪他倾诉。两个皆是一样的悲戚，都说这世上没一个男人可信的过。袭人又几次到城里去找蒋玉菡，苦口婆心要他回心转意，谁知蒋玉菡对他已死了心，再也劝不回心来。袭人只得在山庄干巴巴的度日，也非一时可道的尽。

且说薛姨妈因儿子命绝而一病不起，将养了几日才有些好转，见宝玉宝钗不合便来劝宝玉道："我的儿，可别再做傻事了。自古道'千里姻缘一线牵'，你这玉非金不能配的，这都是月老预先注定，你再想着你林妹妹又有何益？你们注定今生无缘。既然你和宝钗有机会作了夫妇，这也是月老的意思，你不可再有别的念头，想了也无用，早晚还是一散。宝钗待你够尽心了，你还对他那样，你是要把我气死才甘心？你还有没有良心，当初你是怎么到这里来的，又是谁救你出了虎口，摆掉赵姨娘他们的？没有宝钗找人救你，你现在还有命吗？从此可别再怄气了，老老实实过日子要紧。"宝玉听了颇觉惭愧，低头半日道："姨妈说的

[27] 第四十一回庚辰双行夹批：柚子即今香团之属也，应与缘通。佛手者，正指迷津者也。以小儿之戏暗透前回通部脉络，隐隐约约，毫无一丝漏泄，岂独为刘姥姥之俚言博笑而有此一大回文字哉？

在理，都是我不好，以后我不会再惹他生气了。”薛姨妈道：“这还算是明白。蟠儿死了，你再一走了之，我还指靠谁去？”说完捂口哭了起来，宝玉忙好言劝住了。

只见宝钗进来，眼睛红红的，宝玉道：“我以后好好用功，不让姐姐操心。”宝钗破涕为笑道：“只要是别骗我就好。”宝玉便回屋里看书去了。不知后事如何，且听下回分解。

# 第一百四回

## 毒中毒薛姨妈添病　计上计夏金桂焚身

诗云：

金钗绮砌终生尘，乌云染雾日积恨。

翠帘琐户嗔相觑，喧阒似鼓争离分。

话说宝玉坐着翻看四书，宝钗拿着针线一旁陪坐，见宝玉专心念了好一会子，拿帕子为他擦拭额汗，一心要用柔情蜜意笼络他。暂要他放下书本，歇上一刻再读不迟，同他谈讲些贾府往事。宝玉想起旧事，有满腹辛酸要找人倾诉，只是平日宝钗不大同他谈及这些，今日见他颇有兴致，便打开话头说起往年的事来，宝钗道：“林妹妹的帕子放在树洞里，你怎么看出是他的？”

宝玉听了未免伤感，落泪叹道：“那是我赠他的两块旧日用过的帕子，上头也没有什么图画，只是边子上有一点胭脂印记，是那年林妹妹同我捣制胭脂汁沾上去的，帕子颜色又恰好一样，我就知道是我给他的帕子。”

宝钗惊讶道：“你因何送他两个旧帕子，有何深意？”宝玉叹道：“我是警策之意，要林妹妹放心，我不会因为新的而忘了旧的，我不会因为来了新人就忘了旧人。你知道林妹妹好多疑的，看到家里来了甚多姐姐妹妹，他怕我见了新人忘了旧人，时常与我斗气使小性子，故而赠他旧帕子以表心意。”

宝钗听了，心里忖度道：“他对林妹妹是如此痴心，若非不得已必不会答应娶我，可叹我一片真心仍敌不过一个故去的人，好不扫兴懊恼。只是林妹妹已经仙逝，我还和他争什么风，吃什么醋，眼下是笼络住他的心，要他安心同我过日子要紧。”于是笑道：“你这个比方甚妙，我也时时想起颦儿，也曾偷偷掉泪。我同他是多年的好姐妹，比起别人自是深厚的多，他虽然不在了，可我仍忘不了当年的情谊。”

宝玉见宝钗如此有情意，不觉动容道：“我以为你醋妒他呢，想不到你这么大度。”宝钗笑道：“我不是那种小气的人，你错看我了。”两个忆起黛玉往事，都黯然垂首。宝钗又从抽屉里拿出书本，翻看一页，里面夹着一张纸，拿起给宝玉看。宝玉不解，展开看去原是十首诗，篇首题着《十独吟》，以朱淑真、柳如是、卞玉京、李香君等十人为目，另隐十个结局孤独的古今人物。细细阅了，不觉伏案恸哭。宝钗道：“这是往年林妹妹的诗作，可惜人亡物在，物是人非了。”宝玉哭道：“为何上天这么无情，让我和妹妹天人隔绝，我睡里梦里都忘不了他。”宝钗叹气不语。

两个正在落泪，忽见薛姨妈进来了，宝玉忙止住泪端坐了捧书翻看，薛姨妈见他两个都眼中有泪，又不像吵闹过的样子。宝钗笑道：“我们想起往事，不免伤心，说了些话。”薛姨妈笑道不语，和宝钗到外屋坐着。

宝钗道：“妈病儿好些没有，我再给妈买些药去。”薛姨妈叹了口气道：“我这病非药能治，皆是你哥哥的事闹的，待我多散散心就好些了。”正说着，忽见宝蟾掀帘子进来道：“太太，那个‘搅家星’家来人了，正在他房里唠嗑呢。”薛姨妈诧然道：“来了几个，都是谁？”宝蟾道：“还能是谁，他从小时就死了爹，又无同胞弟兄，只有一个寡母，是他的母亲来了，还带着两个丫头。”薛姨妈站起道：“亲家母来了那得去迎，不然被他知道了笑话咱没规矩，也不是大户人家的作风。”便叫宝蟾和他一同去，宝钗不愿过去，就守在屋里坐着。

原来金桂只有此一个母亲，自小就对他娇养溺爱百依百随的，因此未免娇养太过，竟酿成个使性弄气、气质刚硬的骄奢脾气。因思念女儿多时，有多年未见，便来探望女儿。金桂见母亲来了，不觉扑到怀里哭了起来。金桂之母见状惊讶道：“女儿敢是受了他们的欺负不成？”金桂道：“女儿命苦，丈夫、婆子、小姑都挤兑欺负我。丈夫已经惹了官司，被砍头了，他们见我势弱，都合伙来欺负我。宝蟾那死丫头在咱家还老老实实的，到了他家就变了个人，不但不帮我，反跟他们一势，日日打骂我。女儿现在守着寡，又被人辖制，活着还有什么意思，不如死了算了！”

金桂母听了，气的脸也青了道：“我到那府里找你不着，多方打听才知你住在这儿了，以为女儿日子过的顺心，谁知被他们揉搓。”又低头小声说：“咱过不好，也别叫他们过安稳了。女儿把他家的值钱东西都拿了，咱们偷跑回家过去，娘再给你找个好的。”金桂道：“往日我拿了他们好多金首饰，本来想托宝蟾偷拿回家去，谁知他跟我不一条心，东西只好放起来了。娘今儿既来了，就带回去吧。”金桂母听了脸上绽出一丝笑意道：“还是我的女儿能干。”金桂道：“娘先回去，我再弄点多的再走。不能便宜他们了，平日里是怎么待我的？”一语未了，只见薛姨妈、宝蟾进来了。

金桂母忙笑着起身迎道：“亲家母来了，快请坐下。”金桂也笑着道：“给婆婆请安。”薛姨妈道：“亲家也有好些日子没来了，确实挂念的慌。宝蟾，倒茶去！”宝蟾应了一声出去了。

金桂母道：“桂花不懂事，让太太操心了。我刚刚正骂他呢，说他有这么好的婆婆还不知足，不知女儿平日里惹婆婆生气没有？”薛姨妈笑道：“那有的事，桂花一向孝顺的很，家里没有不赞的。”一时宝蟾端过茶来，金桂母接了笑道：“这丫头以前在家里也温顺的很，我喜欢他就让他陪桂花嫁过来了，不知在这里可听话？”薛姨妈笑道：“他挺好，没有什么。”金桂低头拿帕子拭泪道：“婆婆不怪罪孩儿，孩儿实在羞愧。刚刚听母亲一番教导，孩儿才知平日里待人太狠毒了些，以后再不这样了，求婆婆原谅孩儿。”薛姨妈道：“媳妇休要自责，婆婆不怪你，都是蟠儿不好，不关媳妇的事。”

金桂母道：“婆婆是个良善人，桂花可要尽心服侍的好，若听说有人抱怨一句，我可不依。”金桂道：“娘亲就放心吧，女儿从此不敢不孝顺婆婆，过去怎么样就权当作风刮走了，以后我必是温顺对人。”薛姨妈见他这么和善，竟当了真了。于是大家吃过饭，金桂母又住了几日就要回去。临走，金桂偷偷把个锦盒交给了他，薛姨妈、宝钗、袭人将他送到山下才转身回来。

宝钗母女觉得金桂几天安静，待人忽亲热起来，想到必是他母亲劝好了，都有些信了，薛姨妈十分欢喜，独宝蟾“哼”了一声仍不肯信。金桂日日陪薛姨妈唠嗑，婆媳甚为融洽。金桂特意给薛姨妈做了双鞋子，拿来要他试试合不合脚，薛姨妈暗自庆幸家里安宁，只是见袭人一人独居偷偷掉泪，也替他难受的慌，时时过去陪他闲叙。

这日金桂早早起来，煮了一碗汤端着拿到宝钗屋里，见宝钗刚起来正在洗手，笑道：“平时我对姑娘不好，有些惭愧，今儿特给姑娘端碗汤以示心意。”

宝钗见他殷勤前来献好，也觉突然，只是笑道："怎么不叫丫头端来，还要亲自动手。你先放那吧，我梳洗了就喝。"金桂应了一声出去了。宝蟾刚巧走来，见他走远了，从窗子里探个头道："奶奶别喝那汤，里面定是下了毒。"急忙进来把汤端了出去倒在外头地上，又走了进来。宝钗道："不用你说我也不喝，一大早巴巴的端了来，怎不叫人起疑心？"宝蟾咬牙骂道："好个歹毒的妇人，待我也给他端一碗去，里面撒了砒霜，给他来个毒中有毒，药死这泼妇。"宝钗道："我可没有说要你去端，是你自己要下毒，别连上我。"宝蟾道："奶奶怕他做甚，有事了我担着。"宝钗道："如今可比不得以往乱的时候了，天下重新治理了，害了人是要吃官司的。"宝蟾道："我知道，我不怕！"说完一掀帘子出去了。

且说金桂坐在屋子里正在等候佳音，忽见宝蟾掀帘子进来道："宝二奶奶谢谢你给他端的汤，特命我回赠奶奶一碗汤，是才煮的。"金桂听了吃了一惊，便知事不谐矣，回头笑道："那就多谢姑娘了，你放在那儿，我梳洗一下就喝。"宝蟾微笑点头出去了。

金桂望着他的背影，恨的牙根只咬，往地上吐了一口唾沫。又望着那碗汤思量半天，忽生一计，起身往薛姨妈房里来，恰正见莺儿在门口站着，笑着招手道："莺儿，你过来，姑娘给太太煮了一碗汤，要太太去喝。你帮我给太太传个话，就说汤放在我屋子里，是姑娘要我端的，我要上茅房来不及端去了，你给太太端了去吧。"莺儿不肯去，金桂假装捂着肚子说："哎哟，忍不住了，我给你一串子铜钱，你帮帮忙。"莺儿笑着接了铜钱，兴兴头头去金桂屋里把汤端过去了。

且说宝钗正在屋里坐着发怔，忽见莺儿慌慌张张的跑来道："不好了，太太出事了！"宝钗急忙问道："太太出什么事了？一大早咋咋呼呼的。"莺儿道："才刚大奶奶叫我端一碗汤给太太，太太喝了痛的在地上打滚呢！"宝钗听了大惊，慌忙赶了过去，见母亲状况实在不好，忙命莺儿去把张德辉叫来，自己赶紧泡了一碗药茶要薛姨妈喝了，把肚子里的汤催吐了出来。

薛姨妈吐完了觉的好受些了，但还是肚子难受，宝钗忙把他扶到床上。薛姨妈一边哼哼一边骂莺儿道："这丫头竟这么坏，给主子下毒！"宝钗道："不是莺儿下的。”薛姨妈道：“那是谁下的？莺儿明明说是你煮的嘛。”宝钗急的解释不清白，忽见金桂慌慌张张的跑来道：“太太怎么了？姑娘怎么给自己的娘亲下起毒来。”宝钗怒道：“胡说什么，明明是你叫莺儿端了去的嘛，怎么混赖我？我怎么会毒自己的娘！”

金桂道：“哦，想起来了，早上宝蟾端了一碗汤给我，我舍不得喝，就叫莺儿端给太太喝。没想到里面竟下了毒，好个歹毒的丫头，下这么大毒手。”薛姨妈嚷道：“把宝蟾那个孽障给我叫来！”莺儿答应了出去了。

只见袭人、麝月也走了进来，都问怎么了。薛姨妈道：“宝蟾给主子下毒，快把他捆起来！”宝钗忙给母亲使个眼色，薛姨妈有些不解，但也不敢冒失下令，忙道：“算了，你们出去吧，不用叫他了，我身上难受的很，叫我歇一会儿。”袭人、麝月对望着出去了。宝钗忙对母亲道：“宝蟾本意是毒他，是帮咱除掉这个‘搅家星’，不可冒冒失失的捆错了人，这事就算了。”薛姨妈摆手道：“知道了，你快去找大夫去，我难受的很。”宝钗急忙出去看看张德辉把大夫请来没有。

谁知薛姨妈喝了汤后，虽是吐了出来，但身子还是受了害，不觉生出一场重病，不久就死去了。宝钗痛不欲生，和袭人、宝蟾等把薛姨妈好好安葬了，金桂自是称心如意。宝钗越发仇视金桂，欲除之为后快，于是和宝蟾商议道：“他家里有个老娘，若明打明的把他弄死了，恐被他老娘知道了要告官，还是想个计策为妥。”宝蟾道：“奶奶不用管我，我过去直把他一棍闷死就迄了。”宝钗道：“不妥。”

一语未了，只见麝月进来道：“夏家太太又来了，说给太太哭哭丧。”宝钗赶忙迎了出去，只见金桂之母一边大哭着一边道：“亲家母，你怎么就这样去了，我来迟了不是。”宝钗赶忙把他请到内室。金桂母哭道：“亲家母得的什么病，上次来时不还是好好的吗？”宝钗便搪塞道：“他是积年的老病发作了，找人调治总不见效。宝蟾，给太太倒茶。”宝蟾应了一声出来了，金桂也赶来道：“母亲来了多大会了，怎不叫丫头来通报一声儿？”

金桂母道：“我是来看看你来着，在山下遇见张总管，他告诉我说亲家母去世了，我唬了一跳，急忙过来瞧瞧。”宝钗忙请他好好坐了细说。金桂母说了一会子，非要亲去看看薛姨妈的坟，宝钗带他去了。金桂进了自己房里，急忙把门关上，把偷薛姨妈的首饰从床下翻出来，意欲交给母亲带走。

宝蟾见他把门窗关了，灵机一动，把手指探在嘴里弄湿，戳破窗纸，往里面吹入迷香，金桂在里面不觉睡倒。宝蟾放火烧屋子，燃起大火，自己去到袭人屋里来，正见麝月和袭人在做鞋，便和他们聊了一会儿。

不多久宝钗陪金桂母回来，远远看见山庄着了火，吓的赶忙跑回来，只见金桂的屋子烧的屋顶倒塌，里面的人早已埋在下面。宝钗和金桂母大哭着喊人过来救火。不大会儿，莺儿、袭人、麝月、宝蟾急匆匆赶来，到各自屋里端水救火，只闹腾了好大会才把火泼灭。再一看，金桂已烧死在里面，金桂母“儿”一声“肉”一声的哭喊道：“我女儿死的不明不白，你们把我骗了出去，就放火害人，我要去告官！”宝钗道：“太太有何凭据说是我们的人放的火，咱们得一个个查问，把凶手揪出来。”因命莺儿、袭人、麝月、宝蟾都站好了，一个一个审问，莺儿说他和张德辉下山买东西才回来，不知道谁放的火，袭人、麝月、宝蟾都说同在一处叙话了，一直不知外头的事。

宝钗到火堆里翻出一包首饰，惊讶道：“这不是我屋里的吗，怎么跑这里来了？”金桂母不觉语塞，结结巴巴道：“如今不是讲这的时候，只说这火是谁放的！”宝钗道：“他们几个都有人作证没有放火，谁知道这火是怎么回事。”金桂母也是没法，只得不再提起这事，掏了银子把女儿葬在薛姨妈坟边，哭着离了山庄回去了。宝蟾、宝钗都暗自庆幸，从此少了障碍，都觉省心了些。

忽一日，夏家太太又来了，还带着四个人同来。那夏家先前不住在京里，因近年萧索，又惦记女孩儿，新近搬进京来。父亲已没只有母亲，过继了一个儿子，姓敖名小白，一进门就乱嚷乱叫说：“好端端的女孩儿在他家，凭白被烧死了，内中定有密情。”金桂母进门也不搭话就“儿”一声“肉”一声的闹起来。

宝钗、袭人、宝蟾要和他讲理他也不听，拽住宝钗手只一摊，宝蟾上前与他拉扯起来。敖小白跑过来不依道：“你仗着府里的势头儿来打我母亲么？”说着便将椅子向宝蟾打去，却没有打着。宝钗对宝蟾半劝半喝，要他罢手。金桂母索性撒起泼来，说：“我们家的姑娘已经死了，报官也查不出头了，如今我也不要命了！”说着仍奔宝钗拼命。

这时张德辉带了七八个人进来，上去撕搂开众人。金桂母见他们人多只得罢手，拉了椅子架起腿坐了骂不绝口，敖小白仍骂骂咧咧的。宝钗安抚他们好生坐下，笑道："嫂子确实是被人烧死的，须待我细细说来：此人是本地一恶霸，拥有子弟众多，那日与嫂子在山下争吵结了仇，他就趁空把嫂子烧死了。"忙给张德辉使了个眼色，张德辉匆忙出去了。

敖小白嚷道："又在编排哄人了，我不信！"又吵闹起来，说不报官就赔银子偿补。忽一粗壮汉子带着七八个后生恶狠狠进来道："夏家的人在那里？冤有头债有主，人是我烧死的，有事冲我来，不要连累他人！"敖小白一看此人像个横夫恶贼，倒唬了一跳，不敢吱声了。

壮夫大喊大叫又出去了，敖小白对金桂母到里间接耳窃语道："咱们那是他们的对手？看来定是他们所为了，咱们还是回去罢！"金桂母窃语道："不可盲信他们的托词，先住下两天察探察探，再把他们各处银两珠宝拿走几许也不妨事。"敖小白点头称是。

二人出来对宝钗笑道："冤枉诸位了，原来是恶徒所为，敬请谅解！"宝钗笑道："如此甚好，大家坐下细论。"敖小白笑道："吾等大老远来了，车马劳顿，想住几日再回去，要叨扰几天了。"宝钗笑道："谈何叨扰，小事一桩。宝蟾，快给客人倒茶！"大家说说笑笑起来。一时吃过晚饭，掌灯时分宝蟾到宝钗屋里聊叙多时。

一大早，宝蟾到敖小白客宿房里笑兮兮道："这位大哥，请到西边屋里洗漱用餐。"敖小白也不言语，跟了他往这边来。莺儿端了银盆过来，敖小白刚把手探入水中，忽听莺儿惊叫起来，回头一看只见昨日那个壮夫带一干后生拿了绳子向他扑来，恶声恶语道："剪草除根，清除后患！不可放他走了，省的他去报官。"众人七手八脚把敖小白捆了，敖小白挣扎斥骂。

只见宝蟾引金桂母急匆匆进来，看见他们要行凶都唬了一跳，宝蟾道："诸位有话好好说，勿要动粗！"金桂母过来要拉扯他们，却见敖小白已被他们扼死，大哭大嚷道："你们这些天杀的，我同你们拼了！"众夫上来要抓扯他，幸亏宝蟾急忙把金桂母拉了出去。宝钗从那边赶来，看一干人追逐金桂母，忙命张德辉宝蟾好生送金桂母及同来的几个人往隐秘径道逃去了，不在话下。

宝钗见山庄少了碍事之人，对宝玉管的越发紧了，袭人、宝蟾也帮着宝钗苦劝他好好读书，宝玉连出个门都得和宝钗打个招呼，因此不免烦躁起来，又无可奈何，只有顺着。这日宝玉实在烦闷，要到山上瞧瞧散散心，宝钗许他玩一个时辰就回来，谁知宝玉下山走了，宝钗急忙叫了袭人、麝月、宝蟾把他拉回山上。

宝玉大倒苦水道："都憋出病来了，也不让人歇个几天。"宝钗从里间拿出一匹布，用剪刀剪成两截道："古时候有个书生读书半途而废，他娘子正在织布，见他玩耍了回来，就把才织的布铰断了。如今你就和那个书生一样，读书不用心，和这布一样成了废物。"

宝玉不耐烦道："这些故事早听厌了，背也背会了，我不过出去玩一会儿，就拿这些来比我。"宝钗见他不听，又请袭人、麝月、宝蟾都来说他，宝玉心想："这些女孩儿个个都入了禄蠹之流，越发惹人厌了。"乃道："别再提什么念书，真真让人堵气，我最厌这些道学话。明明是靠八股文章诓功名混饭吃，还说什么代圣贤立言，不过是东拉西扯装神弄鬼，还自以为博奥。那些书生读了一辈子死书，也没有考取什么功名，都把人弄的呆傻了，还说是阐发圣贤的道理。子曰：'人不知而不愠'，并没有强求人人都满腹经纶，怎么必要考中功名，人人都成了书呆子才算好的了？"

宝钗道："人往高处走，水往低处流。人没有进取心，就只能当个庸夫了，可是一世也不明白事理，必然困惑，到老了怎能不悲戚呢？"宝玉道："那些做官的有多少有好结果的，君主一个人便可主宰整个天下，他自己昏了整个天下都毁在他手里，那些官员不过白白的搭了性命。天下兴亡，不取决于你我，只在那一个人清明不清明了，他一句话要官死官不得不死，我即使考取了功名，又能起多大作用？还是学庄子逍遥游的好。"

宝钗道："相公把这些出世离群的话当作一件正经事，终久不妥。想人间不是虚幻的，人人都要为衣食奔波，谁也不是活在幻影里。我想你我既为夫妇，你便是我终身的倚靠，论起荣华富贵，虽不过是过眼烟云，但各人一生就那么几十载，怎能穷困潦倒度过，这也是圣人倡导的吗？"宝玉道："功名犹如污泥一般，让你我陷溺在贪嗔痴爱中不能挣出。本来人出生时都怀着一颗赤子之心，是何等的纯洁！却被污浊尘网拴住不能挣脱，实在悲哀。"

宝钗道："听你说来，赤子之心就是遁世离群无责无任了，那尧舜禹汤周孔时刻以救民济世为心，竟是可笑至极了，或是污浊不堪了不是？"宝玉说不过他，只是低头不语。宝钗道："你既理屈词穷，那就从此把心收一收，好好用功，争取考个功名，别让我跟着你受苦才是，也不枉天恩祖德。"宝玉没了主意，只得坐下拿着书本翻看。

且说雨村在金陵做州县官，坐在衙门里没精打采的，想起以往在京城里，所见所闻都比这小小知县强过百倍，此生若就此罢休，岂不窝囊？因离了县衙微服往街上闲逛。忽见一群人围着一个乞丐痛打，忙推开人群过去一看，只见一个和尚被人按倒在地，面容似曾相识，再一看竟是宝玉，忙命众人散开。那几个人骂道："又与你什么相干，想挨揍了不是？"再一看认出是本地知县，都唬了一跳道："大人，这和尚偷了我们的东西想跑，大人要为小的们做主啊！"和尚扎挣着起来道："不是我偷的，是那个贼见你们追的急了，就把东西塞给我了，我冤枉啊！"

雨村道："既然是别人塞给你的，你还给他们就罢了，别再提起了。"那几个人接了东西就一哄而散了。雨村道："你是贾家的宝玉吗，怎么出家当了和尚？"和尚道："大人认错人了，我不姓贾，姓甄。"雨村猛然想起甄家也有个宝玉，和贾家的宝玉长的一样，心想："这人如今势败，与他说了也无益，理他做甚。"忽见那边有吆喝声要路人闪开，急忙躲到一边。

甄宝玉刚刚起来，没有来得及闪开，被抬轿的上去一番好打，这时轿里有人喊道："住手，把那个和尚叫过来，我看着眼熟的很，问问他是谁？"轿夫把甄宝玉推到轿前，北静王从轿里打量半天道："你是贾家的宝玉，我认识你，看你生的眉清目秀，就到我府上做个伴读的吧。"甄宝玉听了似蒙了奇耻大辱，心想："他把我看成贾家的宝玉，以前定是跟那个宝玉有过往来，此公定是个喜欢玩弄娈童的狗官，为我所不齿。"挣脱了抬轿的掉头要走，北静王见他无心理会，只得任他去了。

雨村一边看了，认出这人是京城的官员，因投降了戎羌，谋得高官厚禄，今日在街上耍威风，心想："听人说此公爱色如命，不如投合其心意，赠他美色黄金，或可谋得一职得进皇宫。"于是急忙回去找了张如圭，和他商议怎么贿赂北静王。张如圭派人打听得北静王现住在城里某个客栈，忙过去将美女献上，珍宝捧上。北静王欣然笑纳，亲见了雨村和张如圭，将二人官升五级，提拔进了皇宫。雨村自然欣喜异常，暨日就带了家眷赶赴京城应职，不在话下。不知后事如何，且听下回分解。

# 第一百五回

## 薛宝钗借词含讽谏　王熙凤知命强英雄[28]

诗云：

湍流泻石欲通透，王孙孤介情自休。

可叹阿凤仇怨重，当年万般皆梦游。

话说宝玉在山庄耐着性子读了几日，麝月端茶进来，见他才读了几页又放下了，便道："二爷怎么又不读了，二奶奶一会过来又该说着了。"宝玉不觉动了气道："一个个都来劝人读书，只问你将来考中功名，是为那个卖命？还不是为戎羌卖命！亡国之民高兴的什么人似的去求功名。你那个宝二奶奶一心想往高处攀，也不管外头风风雨雨的，亡国不亡国的，他就是想着功名。据我看来，他才是无情。"麝月听了也不则声掀帘子出去了。

宝玉暗想："若没有戎羌夺朝，吾家也不至于衰败如此，我岂能不辨恩仇是非不分？"心里甚是着恼。见宝钗不在屋里，又拿出《会真记》翻看了起来。正在看的入迷，忽见宝钗亦端茶进来，慌忙把书垫在经书之下，偏被宝钗察觉，走来去掀他手下的书。宝玉急忙用手去捂，宝钗道："你又在我面前弄鬼，快交出来！"宝玉仍按着不动。宝钗推开其手，拿起一看，皱起眉来道："真真气死我！原来你不是用功，是看这些杂书，我一番苦心都白操了！"说完把书一把撕烂，宝玉转过脸去仍是不语。宝钗道："我对你可谓是尽了心，毕恭毕敬服侍你读书，今儿又举案齐眉给你端来好茶，你却这样寒我的心。"说完跑了出去。

宝玉仍呆呆的站着发怔，见他走了把身子一倒躺炕上歪着去了。不大会儿，宝钗又从窗子里探着头看他，见他犹倒在床上发愣，不觉气的脸色发青，走进来

[28] 第二十一回蒙回前批：按此回之文固妙，然未见后三十回犹不见此之妙。此回"娇嗔箴宝玉"、"软语救贾琏"，后文"薛宝钗借词含讽谏，王熙凤知命强英雄"。今只从二婢说起，后则直指其主……

把张字贴儿放在书上，又走了回去。宝玉见他进来，以为又是责怪他不读书，谁知又走出去了。坐起往桌上一看，见上面有张纸，拿在手里只见上面墨迹未干，写着新词一首，乃是：

满庭芳

摒弃金缕，怜惜荏苒，英雄履霜知冰。

坎流淘尘，硕月傲群星。

王孙自堕自弃，学女儿，怯弱心平。

叹井蛙，食足贪逸，志庸实堪惊。

无奈，凭尔去，闲熬华发，嘲弄功名。

空惹啼痕处，又见薄幸。

百年能有多时，终有那，愧悔泪盈。

伤情处，王孙犹眠，悠梦何必醒。

宝玉看了，句句皆是讽谏之意，并未萦怀，反揉搓一团投掷墙角，仍歪在炕上合目打盹。宝钗复进屋来，见纸团抛却一旁，公子犹似无知无觉，上去一把揪起道："夜里还没睡够，大白天也睡起觉来，这算什么刚性男子？"宝玉一坐而起道："我不是男人，可我也不会学人家认贼作父，为仇人效命！"宝钗听了这番胡话，甚为不解道："那个是仇人，谁个又认贼作父？荒唐至极。"

宝玉道："戎羌欺我朝廷，夺我江山，我全家皆毁败其手。姐姐还要我读书考取功名，为仇人卖命，这不是更荒唐无耻吗？"宝钗道："你休要找借口脱滑使懒，君子就该骑五花马，穿千金裘，食雉鸡肉。我不管他是谁，这世上的人都死绝了，若是能换来你的功名也值的了。"

宝玉道："姐姐可以不管，可我却不能无睹，我就是做了乞丐也不为朝廷卖命！"宝钗见他孤倔迂直不听解劝，索性抛却闺阁弱风厉言规劝，把个茶钟也打碎了。宝玉见他发了狠，只得暂且忍让，坐好了再捧经书默读，宝钗挽着头发哭着跑了出去。两个是平安两天，吵闹一天，也非一日一时。袭人、麝月也时时过来劝谏宝玉，怎奈其心已死，劝也无益，都嗟叹不已。

且说太虚幻境近来热闹异常，有金陵众多冤魂前来情榜销号。警幻仙姑因见王熙凤掌管结怨司不用心，成日懒散无为，又见贾府的小姐太太们都聚在幻境掌管各司，怕凤姐见了贾家的人问出家亡人散之事，又要学那孙猴子生出是非，急忙派了痴梦仙姑、钟情大士等把他看紧了，莫让他到别司游逛。

凤姐因思念家中心切，这日趁众神不备，逃出幻境往人间飞来。只见茫茫大地铺了层层厚雪，原来是昨夜刮了一夜的风，下了一夜的雪，仍是象落絮搓棉一般下个不停。凤姐走在雪中，远远看见荣国府大门紧闭，只有零星的路人走过，怕别人看到自己模样吓住了，忙摇身一变，变个中年乞丐，头发蓬乱胡须飘忽，穿着斑斑补丁的破衣烂袄，似唱台上的“戏彩斑衣”，自嘲是“衣锦还乡”急步往园门走来。

雪渐渐的止住了，凤姐一脚浅一脚深，踩着雪地推开园门。往里面一看，到处都是皑皑厚雪，把天地都遮的不辨东西，楼阁亭台也似披了白棉花一般。凤姐边走边看，听见梨香院里似有王仁、贾蓉的声音，心想：“家人都还在，只是怎么冷冷清清的，太太姑娘们都怕冷窝在屋里不成？”看到自己住的院子，先要进去看看女儿在做什么，平儿肯定又是围炉和丫头们说笑。谁知各个房间一看，不见半个人影，屋里东西搬的空落落的，梁上蒙着尘灰，蛛丝儿结网高挂，大吃一惊，甚为不解。

又到了大太太、王夫人院里一瞧，皆是一样的情景，更为纳闷。不觉又到大观园来，那里还有往日景象，都是凄凉萧条之状，不觉鼻子一酸哭出声来。忽见那边走来三个人，抬眼一看不是贾府之人，却是倪二、卜世仁、冷子兴三个。平日少见三人到贾门登访，今儿园中家人不见却见三个外人，更糊涂了，又怕三人看见忙躲在一边。待三人走远了，才又往怡红院来，忽听穿堂里有声音叫道：“二奶奶，你怎么回来了？”凤姐诧异道：“谁在喊我，我变作男人模样怎么还有人知道？”又往四周看了看并没有半个人影，甚为奇怪，乃道：“是那个喊我，快快出来。”

只听雪地里有声音道：“我在这里。”凤姐听了不觉唬了一跳，急忙到屋里拿了笤帚在地上把雪扫了，不大会儿显出一块玉来，弯腰拿起一辨，认出是宝玉所佩之通灵玉[29]，那眼泪象断了线的珠子扑簌往下掉道："你怎么搁在这里，又说起人话来？"

蠢物道："奶奶此次回来，可曾知道贾家已家败人亡了？"凤姐听了如被雷击一般，哭道："到底又为什么？你别吓我啊。"蠢物道："我见你回来犹蒙在鼓里，替你有所不值。奶奶可知，如今的天下早不是汉人的天下，都是戎羌的天下了。圣上被……强盗攻破京城，官员全被斩首，新帝早已登基，你们王家也都死在贼寇之手了。"凤姐听了如被人摘去心肺一般痛哭起来。

蠢物道："这园子本来正为宝二爷林姑娘办喜事，赵姨娘、贾环带外头的流寇闯进来，抓走宝玉，在园中任意杀人。又有蓉、蔷一伙，柳湘莲、冷子兴一干道人，还有薛家，都不顾亲戚朋友情分，前来抢占地面，乱杀乱砍。幸有小红带家仆奋力杀敌，才击退贼寇，谁知鸳鸯心怀异心，在林姑娘面前诬告小红与蓉蔷有勾结，气的林姑娘直把他吊起活活鞭打至死。奴才们一哄而散，贾家子弟大多丧命，林姑娘也吊死了。"

凤姐听了，气的捶胸顿足道："怎么我去了这么多时，家里竟败成这样，恨的人要把天幕一把扯碎。"想凤姐自比脂粉英杰，才干不让男子，偏偏生于末世，本应有所作为，振臂高呼指挥众人把贼寇赶跑，谁料自己却被聪明所误，把夫妻二人的性命都搭了进去，错过了持家驱贼之机，可谓遗恨终生。凤姐越思越痛，胸内似是翻江倒海一般，直把银牙咬碎，把通灵玉揣入怀内，大哭着往祖宗祠堂赶来。

一脚踏了进去，却见日久无人祭祀燃香，冷清异常。有几个牌位被人扔在地上，匆忙拿起用袖子拂去灰尘，放在原位，跪在贾母、王夫人牌位前号啕大哭道："我来迟了，老祖宗，咱们家都败了，已经没人了。"说着悲愤难抑，在地上一边号啕一边翻滚，又哭道："去他娘的戎羌，害的我家破人亡，这国仇血恨我二百年也忘不了。我恨我自己，不能重振家业，连家人的命都救不回来，我算什么当过家的，人人白叫我二奶奶了。我愧对祖宗，犯了不可饶恕的罪孽自然悲哀，可那有家破人亡更叫人断肠的啊！"说着拽着自己的头发自打耳光，明知无

[29] 第二十三回庚辰双行夹批：妙！这便是凤姐扫雪拾玉之处，一丝不乱。

益又奔了出去，嘴里骂个不停。通灵玉在他怀里问他那里去，凤姐咬牙道：“我要去把鸳鸯这蹄子的皮剥了，我找他去！”通灵玉道：“奶奶要找他，可知他在那儿？本来他也想趁着乱世浑水摸鱼，谁知一直未能施展，如今他已削发为尼，在城外的庵里出家了。”凤姐见天已黄昏，不肯住脚，急忙往城外赶来。

且说鸳鸯白天拿了笤帚把庵内庵外的雪扫去，自己坐在神像前许了会愿，见外头黑漆一团，出来把院门关上。拿着蜡烛刚举步走了不远，只觉身后刮来一阵阴风，冰凉透背，又隐隐听见有哭声，不觉头发森然竖了起来。由不得回头一看，只见月光下摇摇晃晃走来一个黑影，吓的魂不附体，不觉失声的叫了一声，心神大乱，急急的往屋内走来，赶忙把门关上，嘴里“呼哧呼哧”喘着气。

谁知一阵强风袭来，把门儿顶开，只见迎面有一个人影儿一幌。鸳鸯吓的双手抱头，怯怯问道：“是谁？”问了两声，那人并不答应。鸳鸯吓得魂不附体，只听那人说道：“鸳鸯狗贼拿命来！”鸳鸯哭着跪下道：“天神老爷，别吓奴婢啊，我胆子小啊！”只听那人说道：“鸳鸯，你知罪吗？”鸳鸯这才看见来人竟是凤姐，惊的呆呆的说不出一句话来。凤姐道：“那年琏二爷跟老太太借当，是不是你告的密？”鸳鸯支支吾吾的不敢说，凤姐睁圆了凤眼喝道：“快说！别装你娘的哑巴，今儿不全说出来，把你的皮剥了！”鸳鸯哭着求饶：“我知道自己罪孽深重，求二奶奶饶了我吧。”一语未了，脸上忽被人左右开弓打起耳光来，疼的他四下里躲闪，又被凤姐揪了回来，又往脸上抽来。

鸳鸯跪地哭道：“我知道今儿难逃一死，求奶奶痛痛快快结果了奴婢，奴婢也少受些罪。”凤姐笑道：“好，我就教你个死法，他们都是这样死的，我亦如此。你把你那汗巾子解了，挂在梁头上，你够不着我帮你。”说着夺去鸳鸯手里的汗巾子飞到梁上，打了一个结，然后端了一个脚凳，要鸳鸯自己站上。鸳鸯把咽喉套在圈里，把脚凳蹬开，又扎挣了一会子，两腿乱蹬，登时咽了气。凤姐看了微笑点头道：“好的很，活该！”趁着夜色又飞回贾府。

通灵玉本来惧怕乱世才避祸躲了起来，因见新帝登基，天下又平安无事，不再躲藏，就从怀里钻出逃离熙凤，从此自来自去，倒也逍遥。

凤姐有好多事未作，听通灵玉说巧姐被刘姥姥救出妓院，在城外小王庄嫁给了板儿，本来要去看望一番，又想着恶人未除，暂且搁置一旁，去把那些仇人除去为先。便又飞到荣府，听见贾赦屋内有划拳行令之声，站在窗子前往里一探，却是王仁、卜世仁与两个汉子在大说大笑着饮酒取乐。凤姐登然大怒，一脚踢开窗户，直从窗子里飞了进去，对屋里诸人一人踢了一脚。王仁、卜世仁四人吓了一跳，凤姐把酒桌掀翻，只听稀里哗啦的杯盘打碎在地。王仁四个见是凤姐回来，都吓傻了，“哇呀”乱叫抱头乱窜。凤姐把王仁举起往树上一掷，只听惨叫一声，王仁脑袋蹦出血来，当即丧命。凤姐又去追卜世仁三个，嘴里不停叫骂，三人跑到湖边，皆被凤姐踢到湖里，不多时都“咕咚”沉入水底，一命呜呼。

凤姐四下里寻找蓉蔷不着，知他们往城里寻欢去了，飞了过去。只见街上白雪堆积，行人稀少，只有锦香院灯火通明，咬牙切齿道：“这都是个什么混账世界，让我把恶人都除尽，为家国报仇！”于是飞到京城，欲把新帝及众官员俱皆杀死。忽见天上明光一闪，天兵天将驾云落下挡住凤姐，大喝：“王氏休要乱来，我等禀警幻仙姑之命前来捉你回去受罚。”凤姐冷笑道：“这天地都是这么混账，我不怕，不杀光狗贼我誓不回去！”转身要飞走，却被天兵赶来降住，拿链子拴住了飞往天上来。凤姐挣扎嚷道：“家仇未报，我死不瞑目！”众神道：“休要逞强，你本是命中注定早早死去，又逞什么英雄！”凤姐道：“我知道自己的命，但我就是不服，我要到天帝那里评理！”众神那容他乱说，喝斥着要他住嘴，直飞往太虚幻境去了。

且说雨村托北静王相助升官加职，升了京兆府尹兼管税务。一日出都查勘开垦地面，路过本县一时乏了，看见有个酒肆，叫伙夫停了轿，到里面唤来店小二，要他拿好酒来。刚坐定了，忽见旁座有一人起身大笑说道：“又是奇遇！”雨村忙看时，竟是旧日相识冷子兴。

雨村最赞他是个有大本领的人，见解不俗，说话甚合心意，忙笑问道：“老兄多年不见，想念的紧，不知在那里高就？”子兴道：“说来惭愧，不过如此而已。”二人叙些别后之事，谈兴正浓。冷子兴道：“老先生你贵同宗贾家如今已经没落，只有冷清几人居住，先生何不搬了进去同住？”雨村道：“他家园子确也空旷，若把几处角门改作门面，生意定也兴隆。我也想过租他的房子，可就怕他家里人不依。”

冷子兴道：“他家里能有几人，就剩了贾蓉贾蔷两兄弟，宝玉还在山庄住着尚未回来。”雨村道：“蓉蔷两兄弟还在做官吗？”冷子兴道：“以前是做过，现今和兄弟们一块做生意，也想谋个官职，就是没有门路。不如我把先生推介给他俩认识，先生帮着谋个官位，他们把房子让给你做生意可好？”雨村听了，笑道：“此计可行，这事就交先生帮着说合了。”冷子兴笑道：“与人方便，自己方便。鄙人也有从政为国效力之心，想托先生照应照应，在下定感激不尽。”雨村道：“这个自然。”一时店家端来酒菜，两个边吃边叙。冷子兴能说惯道，言谈风趣，逗的雨村开怀大笑。两个都喝的脸热头昏，意欲到那村野踏赏风光，乃信步走来。

忽见村旁有一座古庙，庭后几株苍松，闲步进庙，但见墙壁坍颓，殿宇歪斜。意欲行至后殿，只见禅堂中有一个道士合眼打坐，二人意欲向他求个神签，问个宦途吉凶。那道士背对着二人道：“案上自有签筒，两位自己抽了拿来交我解释。”二人依言每人抽了一签，递给那人。那道士转过身来，面对二位。

雨村将那道士端详一回，竟是甄士隐也，不觉面有惭色道：“君家莫非甄老先生么？”那道士从容笑道：“什么真，什么假？要知道真即是假，假即是真。”冷子兴道：“先生原来认得他。”甄士隐冷笑道：“好个恩将仇报的小人，若无本人赠银相助，岂有进京得官之时？奸雄不但不报深恩，反让坏人把我女儿抢去成亲，后被折磨至死，害的拙荆思儿心切，终无结果。”

雨村听了扭头便走，冷子兴不甚明白，只得随他走了出去。只听甄士隐冷笑道：“但行好事，莫问前程。奸雄也来抽签，我告诉你知道，你二位之签皆是不吉，做恶甚重，将来必遭报应。”雨村不想听他絮叨，拉着冷子兴便走。冷子兴问道：“先生为何如此惧怕，此人是谁？”雨村道：“此人疯疯癫癫，理他做甚！”两个匆忙走了。

冷子兴回到荣府，找到贾蓉与他说起雨村之事，贾蓉倒也欢喜，要冷子兴把雨村请来，大家一聚。谁知雨村因公务缠身，一时未能抽身，贾蓉只得等他闲了再来相邀。忽然在那湖里漂出三具尸身，贾蔷陪倪二过去一瞧，竟是卜世仁与两个弟兄，又在那边树下看见王仁头裂而死，都吃了一惊不小。不知所为何事，不敢妄自埋了，派人告诉官府查问。官府来人查勘多时也不知因何而起，又见园中冷清住些莫明之人，便要一一查问，幸被贾蓉搪塞过了。官府又查了几日终不知结果，只得放下当作疑案。不知后事如何，且听下回分解。

# 第一百六回

## 孤倔王孙悬崖撒手[30]　凄惶红袖秋千传情

诗云：

闺中渐觑衾爱寂，豪门空剩雪霜痕。

堪怜情尽人不在，恩爱散去人自奔。

话说宝玉与宝钗日日吵闹不肯读书，这日硬是把宝钗推坐床上，开了门，也不顾外头冰天雪地的，寒浸浸的往山下跑去了。宝钗追着哭喊："你快回来，再不悬崖勒马，日后必将后悔。"宝玉那里肯听，跑的飞快，一路上滑倒了几遭也不觉着什么，只想快点离了他们好寻清静。

只见城里到了年关，街上人来人往热闹异常，只听行人道："这几家又才封了官，豪门又添新贵，看人家门口亲友来来往往的，都是道贺送礼的，可是有钱人一掷巨万，挥金如土。想当初京城贾王四家也比的过这几户了，饮的是琼浆玉液，用的是夜光杯，可谓钱可通神，趋炎附势的压脊挨肩。到后来家亡事败，一家子挥戈自戕，终是性命不保，子孙云散，事业成灰。真所谓得势时众人皆羡，失势时却又都掉臂而去，门庭冷落行人稀绝，真乃世态炎凉矣。"宝玉听了，不则一声。

因走的渴了，到那茶铺叫了一碗热茶。正在自饮，忽见路上一个乞丐，穿的衣薄衫破，摇摇晃晃倒在雪地里，浑身发抖。宝玉于心不忍，走过去把茶递给了他，仔细一看竟是雪雁，不觉呆了，急忙含泪扶到茶铺里要他坐了。雪雁一口气把茶饮尽，望着宝玉道："你是宝二爷吧，日久不见你上那里去了，可知林姑娘已经去了？"说完不住哭泣。

---

[30] 第二十一回庚辰双行夹批：宝玉有此世人莫忍为之毒，故后文方有"悬崖撒手"一回。

宝玉也泣道："怎么你沦落这步田地？"雪雁道："那年家里闯进好多强盗，林姑娘要我们到里间去找绳子和诗本子，他自己竟出去了一直未有回来，紫鹃也出去找他不着。后来我就躲在假山石头后面，等夜深了就自己跑了出来。谁知到处兵荒马乱的，我就沿街乞讨，没想到还能碰见二爷。"宝玉见他冻的身子都僵了，忙扶他到热炉边烤烤火，却被店伙计嚷道："那里来的叫花子，快滚一边去，妨碍大爷做生意。"宝玉只得扶着他走出茶铺，要带他到紫檀堡去。

两个一走一滑，跌跌撞撞，好不容易来到山上，正见宝钗、袭人、麝月在焦虑的互相埋怨，一见宝玉回来了，忙围上去道："真真把人急疯了，怎么又出去了，这是那来的花子？"再一打量都认出来了，都道："原来是雪雁，快搀屋里暖暖。"袭人急忙到里面取了件厚袄给他披了，麝月打了盆热水让他洗洗脸。

宝钗把宝玉叫到里屋道："你到底想怎么着，这书你还念不念了？我给你说，你不念也得念，别打什么侥幸。从今儿起，你给我在屋里待好了，门都上了锁，晚上再来问你的功课，看你背会了多少。"说完把门一关，从外头锁了。宝玉望着他走了，气的只往床上一倒，又拿些杂书来看。

不觉看到庄子一本，恍惚自己也变作蝴蝶儿青天碧野逍遥游，暗想："想人生有娇妻温婢本是美事一桩，理应是孟光接了梁鸿案，夫妇相敬如宾，然终究美中不足志趣不合，实在拴人。不如弃却妻妾自寻出路，带些银两在外乡做点生意，勉强度日也好。这"名利"二字自古那有看得破的，高堂广厦锦衣绣袄，皆是不得久长，到不如自得圆满，倒得个无烦无恼，落个六根清净，何必在世俗火坑中翻筋斗也。"不肯悬崖勒马，反要悬崖撒手寻找超脱。

因坐到天黑，在里面找了个玻璃绣球灯，乃那年黛玉在潇湘馆的书架上拿给自己的，放在怡红院多年，上次回去特意翻找了出来，带至山庄，因想："这是林妹妹送我的，以后我常带着，就当又看见他了。"不觉又掉下泪来。又点上一支小蜡提了，推门往外面走，只见宝钗、麝月赶来，嚷道："呆子，又往那里走？可是气死人了！"宝玉回头道："从此咱们一刀两断，各奔前程，你们自己保重吧。"说着走的飞快。

宝钗、麝月快步追上，又拉又拽，谁知宝玉去意已定，硬是推开二人，往山下跑去了。宝钗、麝月追他不上，脚梗的生疼，都把嗓子喊哑，无奈公子已经走远不见了踪影。宝钗哭道："他那里吃的外面的苦，此一去又不知何时回来，若有个三长两短，我活着也没意思了。"麝月也哭道："明儿再去找找，也许过几日他又回心转意了，回来也不一定。"两个又转身回去了。

宝玉到了城里，找客店住下了。天明起来又到外头租了一间小房安身，想找个生意做了，谁知不懂经营之道，换了几样也没有赚到钱，直把身上银两快要花尽，不觉垂头丧气，自觉没有出路。正在焦虑，忽然看到街上走着几个和尚，说是镇江金山寺去的，忙追上去道："带了我去吧，我绝不贪恋红尘，情愿跟你们出家。"

那几个和尚见他生的眉清目秀，都道："做和尚有什么好的，那有做施主的好。"怎奈宝玉非要同去不可，那几个和尚道："也不知方丈可会答应，他可古怪着呢。"宝玉道："求各位兄长多美言几句，小弟实在没有出路了，只可怜小弟些吧！"和尚只得带他一同走了。

原来镇江在金陵东北，有几百里路程，宝玉和众和尚一路化缘，晓行夜宿，直走了七八天才到了镇江地面，却见此处之繁盛浮华不次金陵。那几个和尚引宝玉进了金山寺，见了方丈把来意一说，方丈道："出家人要六根清净，不可沾惹财色。每日还有打坐诵经，清扫院子，打火造饭，提水劈柴，外出化缘，不可生懒惰之心。看你是个虔诚向佛的，就剃度了留下吧。"宝玉急忙跪下谢恩，住持过来把宝玉头发剃净，给他穿上僧衣，让他和众徒弟在禅房里住着。

夜间，禅房里七八个和尚同睡在一长溜的床上，嬉闹了半夜还不肯睡去。有几个见宝玉新来的老实，便来捉弄他，一会嚷着把他的包袱扔外头去，一会又把他的被子拉掉。宝玉冻的缩作一团，责怪道："别闹了，明儿起来冻着了不好。"那几个那听他的，反是哈哈大笑。有个最淘气的又举着油灯从他头上走过，故意滴到他头上，宝玉疼的"哎哟"一声起来道："我打不死你！再闹就告诉方丈去。"那人满不在乎，仍调笑他不止。

好容易睡了一觉，天还未明住持便把和尚们叫醒，要他们提水、扫地、砍柴、做饭。宝玉那里干过这些，那些和尚都欺负他才来的，见他说话不投机，便把脏活累活都交给他去干。宝玉早上去井里提了十几桶水，把水缸兑满，又砍柴烧饭，烟熏火燎的眼里都是泪。白天还要打扫院子，洗衣裳被子，又要念经打坐，那里有过空闲。宝玉拿着钵盂四处化缘，走街串巷实在张不开口，若是化的少了，回来又被师兄师弟责骂。才过了几日便厌烦了，但又不得不忍着。

这日半夜，宝玉正睡的酣时，忽被师兄推醒道："今晚方丈嘱咐了，趁人都睡着，到钱员外家去找些东西，快起来跟了同去。"宝玉困的不行，强睁涩目，头昏沉沉的道："不知去干什么，莫非去偷东西？"师兄道："傻子，咱们不偷些东西，就靠化缘，能积几个钱？你是才来的，不知道城里各个庙里都是偷着过的。再不起来，揪你的耳朵！"宝玉不觉怔了，心想："这和尚原来都不干不净的，那里有一个是真的参禅了悟的！白天到人家里超度摆坛骗钱，晚上还要偷盗，竟把自己也弄污秽了。"心里后悔不已，恨不得快些离了这是非之地。勉强起来，同众僧赶往巷子里来，因不想偷东西，胡乱转了一夜。天还未明就回来取了包袱，怕方丈责骂急忙逃走了。

宝玉走到一处破庙，倒头睡了一会，起来望望四周，想到从此自己无牵无挂，孤身一人缺少照应，满腹辛酸都化作泪珠儿流了一地。宝玉盲目乱走，不辨东西，到处可见沿街乞讨的花子和病倒的穷夫。看那官家门口放着鞭炮，把残羹剩饭往外头一倒，那知旅人中尚有饥肠辘辘之人。宝玉流浪了大半年，沿路化缘乞讨[31]，时光荏苒，当年的富贵闲人如今已瘦骨嶙峋。他也曾口吟四首即事诗，皆是他一路的真情真景，名曰《游子行》，乃是：

其一

风拔芦苇石桥显，星若碎镜撒中天。

昏树寒堤眠蛩梦，行人无处问乡关。

其二

孤卧平林霜欺醒，陌路多歧清泪盈。

幽怨欲诉寒月听，抬头却见满天星。

其三

芦花撩乱风故乡，疏柳村烟萦秋光。

[31] 第一回：展眼乞丐人皆谤【甲戌侧批：甄玉、贾玉一干人。】

憔悴黄花行人色，游子情味唯苍茫。

其四

巷陌蔓草映秋霞，夜冷行人落天涯。

缺月残云水参差，人间几度是飞花。

这日宝玉走到一处乡间，累的口渴肚饿，打村里路过，忽然看见有个女子抱着个孩子迎面走来，望着他半日道："怎么这人这么面熟？"宝玉仔细一看，原来是二丫头[32]，是那年同秦钟在乡下见到的，曾教他怎么用纺车的。当年他约有十七八岁，如今也有二十多了，定是嫁到此地的，便道："你是二丫头吧？我是贾家的人，家破人亡，出家做了和尚了。"

二丫头愕然道："想起来了，真的是你？"宝玉道："我走了这么大会了，又渴又饿的，求姐姐赏碗饭吧。"二丫头忙把他让到家里，把儿子放在炕上，去灶屋里把剩饭热了，不大会儿给他端来一碗芋头道："早起儿煮的，又热了热，快吃了吧。"宝玉接了狼吞虎咽吃着，又就了一口茶。

这时，忽听院里有人说话声，二丫头出去一看，是丈夫扛着锄头回来了，便道："屋里来个化缘的和尚，饿的着实可怜，才给他热了几个芋头，正在堂屋里吃着呢。"其夫是个忠厚老实之人道："那就叫他吃了快走吧。"只见宝玉出来向二人道谢，又央求二人叫他留在庄子里，他厌倦了漂泊流离，想找个地方塌实住了。

二丫头夫妇便把他领到一间破房里，说此处无人居住，原先住的那个老头一生未娶，去年已经病死，被人抬出去埋了。屋里有个灶台及一垛草堆，宝玉把玻璃绣球灯放下，又拾掇了屋子，把草堆铺平，盖上捡来的旧衣裳，倒在上面睡了一觉。

二丫头夫妇又把锄头借给他，要他在村外的闲田里耕种。宝玉和庄子里的人都混熟了，因没有干过农活不懂稼穑之事，种的粮食也没有收成，可租税还要上

---

[32] 第十五回：只听那边老婆子叫道："二丫头，快过来！"那丫头听见，丢下纺车，一径去了。宝玉怅然无趣。【甲戌侧批：处处点"情"，又伏下一段后文。】

缴，勉强熬了一二年，连衣食都难自顾。村里人又欺负他，宝玉越发苦恼。这日大雨纷纷，宝玉和村里几个泼皮吵了几句嘴，被他们打了一顿，怕被找到家里，急忙跟村头一个撒鱼的借了箬笠蓑衣，离了村子又到外头流浪去了。

宝玉长齐了鬓发，年轻轻的不好乞讨，又在某个小庙里做了一回和尚。本以为此庙里都是正经和尚，谁知又是贼窝淫窟，气的又逃了出来，不再做僧人。从此浪迹天涯，行乞为生。一时也说不尽。

又过了几年，这日宝玉在闹市里乞讨，忽然身子被人蹭了一下，回头一看是个小厮往人群里跑去了，后面追上来几个人嚷道："抓贼啊！"宝玉见腰上被人别个钱袋，吃了一惊，那几个人追来见宝玉手里拿着他们的东西，都上来痛打一番。宝玉挨的脸肿鼻青，口角流血，求饶道："这不是我的，是那个人硬别我腰上的。"谁知众人见他生的瘦削，非说他与那人是一伙的，又是痛揍。忽然前面有人喝道："快闪开，谁敢拦金大人的轿子！"众人慌忙退到一边。

宝玉扎挣着起来，正要离去，忽听轿里之人喝道："那个乞丐不能走，快抓住了！"只见两个轿夫上来把宝玉拧住胳膊往轿子前走来，一人掀起轿帘，下来个头戴簪缨之人，望了宝玉两眼，朝脸便是几记耳光。宝玉捂着脸一看，竟是贾璜的侄子金荣，以前在学堂里打架时结过恩怨，那时他们家还不敢论理，如今飞黄腾达了，腰杆子也硬了，可以报仇了。

金荣冷笑道："往日被你们欺负，今儿天偿人愿，让我得以报得旧仇。"于是一声令下，众衙役都上来殴打宝玉，只打的宝玉满地翻滚。金荣要宝玉跪下求饶，宝玉浑身疼痛不敢不依，只好跪着磕了几个头，求金荣饶了他。金荣哈哈大笑，又踢了他两脚就坐上轿子走了。宝玉脸被打的火辣辣的，自觉没趣，含恨瞪了轿子几眼又上路了。

且不说宝玉过的贫蹇，只说宝钗在山庄见宝玉一去不归，雪雁又一病不起，只一个月就病亡了。袭人、麝月将他葬在山里，日日等候宝玉回来。谁知过了几年，宝玉仍没有音信。宝钗后悔逼他逼的紧了，这日又翻唐诗，见有一句"悔教夫婿觅封侯"，不觉掉下泪来，也展开白纸，流泪写了二诗一词，聊寄悲怀，乃是：

诗一

误尽平生是心魔，世事无凭苦谁躲。

凄惶寒窗还独坐，幽人应笑我痴多。

诗二

华年流转惆怅凭，浮沉会合世自盈。

悔择孤冷信无情，换来王孙梦相迎。

其词乃是：

青玉案

寒月幽林清笛撩，悲风瘦，竹扶摇。

长河望尽横孤舟。

枯柳飘落，征鸿声远，人立芦苇桥。

年年伫倚梦无据，秋情难眠思难表。

王孙不归其奈何？

金莺潸泪，麝月无语，独吹碧玉箫。

麝月端茶进来，见他伤感，把茶放下道："奶奶一早起来也未梳头，不如我帮奶奶篦篦头如何？"宝钗低头流泪道："你去山上再看看宝玉回来了没有。"麝月撑不住又哭了，捂着口跑出去了。

一时来到莺儿屋里，见他也是黯然神伤，脸上粘满泪痕。两个坐着无语，忽听外面传来箫声，幽咽凄凉，冷涩凝绝，催人泪下。莺儿道："奶奶成日坐在山石上吹箫，这日子还怎么过？袭人也是唉声叹气的，咱们不如离了这里，还到府里住去吧。"麝月道："也许宝二爷有朝会回府里也不敢说，我去跟奶奶说说，咱们回府里去等二爷回来。"两个走到外面，正见宝钗坐在翠柏下的青石上含泪吹着碧玉箫，便劝住了。宝蟾过来，麝月又提起回府之事。宝钗道："也好，宝玉可能就回来了也未可知。"

于是四人收拾了行囊向袭人告辞。袭人孤自过活正是凄苦，又见四人要走，哭了起来，又不好拦阻，只得让他们去了。宝钗四人又回到贾府梨香院住下了，只是宝玉仍无消息，宝钗更觉伤感。

不觉又是一年，展眼又是春满芳园，独上柳外危楼，极目远望，芳草千里连天碧，萋萋晴翠，杜鹃声里斜阳暮。院里梨花绽放如雪，宝钗无情无绪，在院里坐到黄昏，更觉空寂，渐渐的天上飘下雨丝，越下越大。宝钗站在雨中，看那烟雨凄迷，梨花带泪，把院门深闭，终日不出。

晨起窗明，麝月起来，见宝钗呆呆的坐着，把铜镜递了给他。宝钗拿着梳子执镜梳头，只见镜中之人面容消瘦，目光无神，越思越闷，把镜子一摔，伏案哭道："好糊涂的宝玉，看你回来拿什么脸见我。"宝蟾进来道："蓉大爷要我问问姑娘，咱们铺子里的香料都是在那儿采办的货，说有个贾大人在角门开门面，想进些香料卖。"宝钗道："那个贾大人？"宝蟾道："就是在京城做官的贾雨村，时时进园子找蓉大爷谈事儿。"宝钗听了，心想："这贾雨村倒是个识时务的，善于钻营拍马。此公生的魁伟雄壮英气逼人，倒有个官家之相，宝玉若学他半点世故，也不至于流落在外。"乃道："你跟他们说，这都是打外地进的货，要他们到外地采办去。"宝蟾答应了一声去了。

宝钗走出门外，专等雨村经过，好和他谈谈生意的事。谁知每次见他来了，都是几个人一路，他也不好意思上前。又过了几日，宝钗愁苦无寄，多喝了几杯酒，在屋里痴坐，东风吹起帘栊，现出帘内之人，风采依旧，肌肤如脂，年华正好。宝钗走到院里，忽听墙外笑语不住，从墙洞里一瞧，乃是雨村与冷子兴聊叙。只见雨村笑道："多谢冷兄相助，蓉兄弟把几个门面让给我，近日生意颇为兴旺，还得感谢冷兄好言相协。"又听冷子兴道："蓉蔷兄弟也多谢先生的提携，得以升官，大家彼此彼此。"雨村笑道："你去叫蓉兄弟过来，我在这儿等着。"冷子兴应了一声走了。

雨村站着干等，忽听墙内有女子的笑声，抬头一看，只见有人在高高的荡着秋千，穿着轻薄春衫，露出两个香肩，衣随风动，显出些雪肌香肤，不觉看的呆了。又见那女子对他嫣然一笑，顿觉神魂颠倒，也不顾得避讳，死死的盯望起来。宝钗也盯着他不住含笑，雨村浑身似酥如麻，竟忘了身后有人叫他。

贾蓉拍了他一下，笑道："大人看什么呢？"雨村道："没有什么，咱们走吧。"扒着冷子兴贾蓉的肩头往大门走去了，时时又回头看了几眼，见那荡秋千之人犹在对他痴痴凝望，也不时对以微笑。雨村回到家里，怅然若失，坐着垂头发闷，娇杏端茶进来道："老爷何故嗳声叹气？门面生意近来尚可，有何抑郁之事相扰？"雨村伸臂搂他坐了，笑道："也无甚事，小事一桩而已，怕夫人知道了骂我。就是这些日子在外寂寥，去青楼逛了几次，找了几个漂亮姑娘。"

娇杏听了，笑嗔推他道："你这没良心的老色鬼，这么大一把年纪，还专在风月场里厮混，我那一点待你不尽心了，还要去找那些污垢糟粕。"雨村低头笑而不语。娇杏忖度半天，看他似有心事，起了疑，猜测道："恐是你的借口，怕又是看上了谁家姑娘。"雨村一把揽他入怀道："夫人火眼金睛，着实佩服。男人纳个三妻四妾是常理，我也是有官之身，频频去那肮脏青楼寻乐，有失我身份地位。若纳得如意妾一，一则可避染了花柳之病，二则可找个人与夫人陪聊解闷，岂不一举两得？"娇杏听了心下暗惊，思道："想我不过一介女流，不好与男人强争。古往今来，男人好色似是天经地义，若与他翻了脸，我岂能得益，不如遂了他，也得了贤妻美称。他感激我，日后会愈加疼惜我，也未可知。"于是笑道："这是喜事啊，老爷有何顾虑，妾愿同为谋画。"雨村听了大喜，对他赞不绝口，两个嘀嘀咕咕议划多时，雨村心中有准，欲施其策。

第二日雨村约了贾蓉去拜访宝钗，说是谈谈门面的事。宝钗听莺儿说来客人了，说了声"有请！"只见贾蓉同雨村说说笑笑走进来，心里"扑通"一阵乱跳，羞红了脸起身万福迎道："大人亲临，小女子施身拜上，恐失了礼仪。"雨村笑道："不必多礼，大家坐着谈叙罢。"三人归坐，谈了些生意场的事，忽然门外有人找贾蓉，雨村笑着问他何人来找，贾蓉纳闷道："这个确也不知，我去看看就来。"起身出去了，只见娇杏在门外笑道："蓉兄弟，我找你有事情要谈，快同我去那边细谈。"贾蓉惊讶笑道："小的实在受宠若惊，夫人躬身亲临，不知是何要事？"娇杏笑道："到了那边便可详知。"贾蓉只得同他去了。

却说雨村伸颈看贾蓉被娇杏支走，心中暗喜，回头同宝钗谈讲些诗词歌赋，时时夸赞宝钗才德兼具，容貌更佳。宝钗含羞笑着自谦，只见雨村眼神暧昧，举止撩拨，弄的宝钗如痴似醉，没有了主意。两人聊了半个时辰，雨村见左右无人，大胆倾诉对宝钗的爱慕，宝钗叹气说自己容貌有限，难以承受大人错爱。雨村又说了几句甜言美语，忽然走近一把揽他入怀，宝钗闻着他身上惑人气味，早已情难自矜，含羞假意推攘，两个一番推拉，搂在一处。

雨村把只金簪子塞到宝钗手里，要宝钗赋诗一首与他，宝钗拿纸笔写了递与了他，雨村折叠了微笑揣入袖内，告辞而去。宝钗也不送他，只是捂脸端坐不语。雨村走到墙外无人处，看宝钗写的不是诗词，乃是表达对他的爱慕之心：

相见幽情羞难吐，心慌难平忘归途。
谢君罗帕金簪裹，情绪恹恹懒翻书。
寂寥三更滴有泪，痴情一片意无主。
轩昂英姿频入梦，月冷阑干髻慵梳。

雨村大喜过望，笑着去了，夜里来探宝钗，到梨香院敲门。麝月听见正要赶去开门，被宝钗止住道：“你在里间待着，可能是蓉儿兄弟找我谈铺子里的生意。”麝月也不管他，自己睡去了。

宝钗开门一看，正是雨村，含羞不语。雨村一把搂在怀里，宝钗也不挣扎，只是迎合于他。雨村心花怒放，把宝钗带至街中客店，两个卿卿我我一夜贪欢，海誓山盟，互表忠心。雨村喜他识见不俗，博古通今，宝钗爱他英雄气量，志向远大。两个如鱼得水，相见恨晚，琴瑟和合，恰是一对。

谁知雨村和他私会了几夜，因官事繁杂，几月在外地不归。宝钗等的心焦，只到秋时才等他回来再聚。佳节又重阳，雨村慰语许诺要纳他为妾，同他商议要明晚趁人不备，用轿子把宝钗送出贾府，带到雨村府邸。宝钗晨起梳妆回去，同贾府众人说去紫檀堡看望袭人了，众人并不多问。晚间宝钗趁人不备，走到园门外，恰见墙边停着轿子。雨村下轿，向他招手，宝钗匆忙入轿，轿夫抬轿子往遥处去了，即日则带至府邸，结成侣伴。娇杏乃正妻，不敢多言，只是一昧服从雨村。从此宝钗终身有靠，把往事俱抛在一边。不知后事如何，且听下回分解。

# 第一百七回

## 史湘云诉前尘旧梦　贾宝玉淡后事今生

诗云：

阳回阴复频荣枯，清贫忆昔泪如汩。

游子梦随冷月渡，寒暖尘世何倏忽。

话说宝玉白天被金荣停了轿子一顿好打，踉跄着仓皇逃去了。金荣志得意满，大笑道："败家之毳还敢逞强，你们快赶去把他抓了回来。圣上有旨，旧朝之偷生败臣都要剿灭，一个个都躲在寺庙，假借出家逃避追捕，日久仍会聚众结党，卷土重来图谋造反。本地所有安居僧道都要一一盘查，凡有敢赋诗作文嘲讽朝廷的一律抓去斩首。"

一下人低首回道："昨儿在东街清光寺里查出前朝罪臣之子，尚未送往京城，大人吩咐小的先关了起来，不如等把刚才那个和尚一并抓了献给朝廷，以表忠心。"金荣一心想邀功行赏，急命众捕快去追赶宝玉。

宝玉在人堆里见那一干衙役大喊着前来抓他，口里喊着："快把那个逆臣贼子抓了，别放他跑了！"宝玉唬了一跳，急忙往巷子里拐来，幸好岔路极多游人如织，故得以逃掉。

宝玉回到城外，正要往古寺里走，忽见一群官兵推赶着几个和尚道："既然不是罪臣之家，因何出家为僧？一定是了，再敢狡辩，一并打嘴！"那几个和尚高呼冤枉，反各人吃了一鞭。宝玉唬的急忙走开了，叫苦不迭。

从此宝玉不敢再扮作和尚模样去化缘，只把衣裳撕破，做了乞丐云游四方，穷困潦倒。困了睡在破房古寺，渴了舀一碗冷水，饿了讨一碗残羹冷饭，病了自己到山野抓些野草找个瓦片熬煮，脏了在桥洞下夜里趁着没人洗洗身子。

这日宝玉孤自睡在一处乡野茅舍，冷风袭处枯草摇曳，漫天寒星熙熙攘攘穿透魂神，世象万千、离合悲欢、生老病死、人情纸薄，似有悲凉慨然袭遍全胸，虫声缕缕不绝于耳。宝玉想起家人离散命绝，茫茫一片白骨堆满大地倒也干净，泪珠尽流，悲凄无益。春复夏，秋复冬，浩渺苍穹，情归何处？一介微物，转瞬幻灭。何为悲，何为苦？此时参悟。何为名，何为利？皆是自寻烦恼。不如忘却红尘混沌度日把时光熬过，终朝死去就不再有诸多苦恼，化灰化烟无知无识。如此想了，越发心灰意懒世事不问，只是打发时日。只是春夏尚还好过，到了寒冬则凄冷难熬，石头亦曾有诗描述云：

家破王孙在，浮云世事迁。
放逐国恨堵，梦绕故家还。
夜寒风作枕，棚漏雨为帘。
索瓦思烹雪，煮苋忆撒盐。
寒冬噎酸齑，雪夜围破毡。[33]
途穷俗眼白，戍鼓扰人眠。

不觉年复一年，宝玉苦熬了几多春夏，偶尔想起宝钗深有愧意，想道："我今日如此落魄，虽是咎由自取，然宝钗又有何罪？寡居冷住，无人知道寒暖，定是泪水不尽，实是担忧。"因此牵挂不已。然又厌宝钗之谆谆教导，仍不肯回去，只暗祝他平安无事安度一生。

宝玉乞讨流离，只把光阴虚度。展眼黑发更换白发，不觉到了暮年，仍拄着拐杖流浪四方。这日宝玉往南路行走，来至湘江地界。因下了一夜大雪，地上积了厚厚棉絮，宝玉饥肠辘辘，见江上停一孤舟，不知是谁家渔船，披了蓑衣头戴斗笠，坐在船上独钓。忽然一阵冷风吹来，急忙抱紧了双臂，实在撑不住只得划到岸上，猛然想起当年黛玉说过的一句："那里来的渔翁？"那眼泪又似断了线的珍珠往下堕。宝玉走在岸上踩着厚雪，忽然看见路边僵卧一人，急忙过去摇晃道："醒醒，醒醒，冻坏了可怎么是好？"一看此人是个暮年女乞丐，已冻的昏

[33] 第十九回庚辰双行夹批：补明宝玉自幼何等娇贵，以此一句留与下部后数十回"寒冬噎酸虀，雪夜围破毡"等处对看，可为后生过分之戒。叹叹！

迷不醒，急忙背着往破庙里来，燃起篝火，让老妪烤烤身子。

不大会儿老妪醒转过来，望了望他道："多谢恩人搭救，不然老命休矣。"宝玉道："你定是饿昏了，佛龛后面还有半个干馒头，你吃了吧。"说完起来过去拿来在火上炙烤多时，女丐抢去强吞虎咽，又到门外抓一把雪塞入口中。两个坐着烤火取暖，老妪愤然道："我倒在雪地向人求救，有个当官的坐着轿子经过，只瞟了我一眼，连问都不问，这算那门子百姓父母官？"

宝玉听了叹道："那些做官的只知道征收捐税，有几个是好官？"老妪从怀里掏出一个金麒麟来道："幸好没有丢失，这是我一生的命根子，丢了我也该死了。"宝玉见了吃了一惊道："好面熟的东西，你是那里得的？"老妪道："这是我自己的物件，又不是偷别人的，谈何从那里得来？"

宝玉又打量了他半日，依稀还有故人的影子，便道："你是不是姓史？"老妪愕然望着他道："你认得我？倒也奇怪。"宝玉哽咽哭道："云妹妹，我是宝玉啊！你怎么到这里来了？"老妪惊讶望着他半天，也大哭道："二哥哥，竟然是你！"两个抱头痛哭。湘云道："那年我找你和林姐姐，你们都到那里去了？"宝玉泣道："我被强人掠去，关了些许日子，幸被宝钗托人救我出来，不然咱们今生也见不着了。"低头抽泣不已。湘云含泪道："林姐姐是怎么死的？"

宝玉哭道："他是因为误解了家仆，自己吊死的，他还还魂和我见了一面。"湘云便问详情。宝玉细述了一遍，又说和宝钗成了婚，两人志趣不投，自己才抛去一切流浪各处。湘云向他谈起前尘往事，自己也是清贫潦倒，因不肯将就再醮，故一直孤身一人，不是清高而是世上难寻知己。两个想起过眼旧事，恍如大梦一般，都唏嘘不已。暂时言不到宝玉湘云二人。

且说雨村那日到南省办理公务，路过湘江见一老妇倒在雪中，因见他是个乞丐，甚为不屑，心想："这种懒人冻死倒好。"故也不问湘云半点，仍旧赶路走了。雨村办完公务回来，见宝钗在家独自等候，心里也着实愧疚。自从二人结缘颇为情投意合，雨村和他有谈不完的仕途经济学问，有了疑问也叫他出出主意，逐渐把娇杏冷落一旁。几十年过去了，娇杏一病而亡，宝钗升为正妻，陪他同度余生。

宝钗见他回来，不觉埋怨道："出去恁多时候，也不来封信儿，把家里等的好不心焦。"雨村笑道："虽是回来晚了，但也得一佳信。水大人收了银两，不多几日我又可升迁，夫人意下如何？"宝钗便知雨村给水溶送了贿赂，终得高升，喜上眉梢道："可喜可贺。"雨村道："贾蓉把荣府里几个宅子让给与我，咱们不如搬了过去。俗语说的狡兔尚有三窟，咱们又不是傻子，有人来白送，咱们岂能推拒？"

宝钗道："那就搬了过去。"忽听家奴来报："有个妇人前来看望太太。"宝钗道："又是那个？"家奴道："他说是太太旧时丫鬟。"雨村道："叫他进来。"只见丫头领一个老妇人进来，对宝钗道个万福道："给奶奶请安。"宝钗一看原来是宝蟾，便让他坐了，雨村则出去办事去了。宝蟾拿帕子拭泪道："袭人才到中年就病死了，我嫁了个男人又有个新欢，我过的孤单无趣故来找奶奶叙叙旧情，也省的闷着无事。"

宝钗道："以后你尽管来，我在家也是无聊，咱们也聊聊旧情。"宝蟾道："麝月还在山庄住着，一个人守在那里，也不知道焦虑。我劝他嫁了他总是不依，说一个人过惯了。前儿我去看他，他那一头黑发竟全白了，咱们都老了。"不觉呵呵一笑。宝钗道："莺儿还陪着我，近来身子不好病歪歪的，才出去找郎中瞧病去了。"宝蟾又说了会闲话就告辞了。

不大一会，雨村回来，同宝钗赶往荣府，命家奴把家具都搬了过去，见蓬窗漏着风，又命人把绿纱糊在上面。宝钗拿起铜镜理了理鬓发，却见满头白霜一脸皱容，竟是老矣。想起贾家往事，心酸悲凄，落了些泪。又想起宝玉一直下落不明，心里越发悲怆，踉跄着扑到床上抽泣起来。

且说宝玉、湘云从此相依相伴，暂且住在城隍庙里[34]。天一明，两个便赶往城北拿了口袋去捡煤核，只见旷地上堆着高高的煤核，皆是官里烧过的。一群大人小孩都爬上去，用铁钩扒寻那没有烧透的，宝玉湘云也上去用木棍掘刨，脸上黑眉乌眼的。有个大半小伙子推湘云道："这是俺们的地盘，谁叫你来拾的？"差点把湘云推滚下去，幸被宝玉一把扯住。

---

[34] 第三十一回回目：撕扇子作千金一笑　因麒麟伏白首双星

湘云恼了，骂道："小猴儿崽子，敢推你奶奶，我打不死你！"这人见他恼了，只得随他去了。宝、湘二人拣了两大口袋，背着吭吭哧哧往街上来，意欲卖给城里住户。谁知那边跑来三四个小乞丐，嚷嚷着去抢二人的袋子。宝玉、湘云和他们推拉撕扯起来，那里是他们的对手，被推倒在地，连袋子一并夺去了。湘云疯了似的拣了石块就追了上去，宝玉在后面喊道："云妹妹，让他们去吧，砸伤了人就不好了。老年人骨头脆，摔着了可怎么得了？"湘云只得作罢，口里还骂骂咧咧的。

宝玉和他到卖菜的集上捡了烂菜叶子及人扔掉的芋头回来，又拾些树枝，煮了一罐子菜汤吃了。湘云脸上有了笑意道："咱们两个白发人还聚在一块帮趁着度日，以往我自己流浪，连个说话的人都没有。这些年什么事没有经过，荒年也曾拿着箪瓢，跟流民到富人家施些粥喝；也曾被恶人欺凌，挨过别人的打骂；也曾生病一躺几日，跪求着郎中给个方子，我到山上亲去采药；也曾想起夫君被官府捉去，杳无音信，哭的死去活来。幸好得遇二哥哥，以后也有个伴了。"宝玉听了也止不住流泪。

两个晚上燃着篝火聊叙旧事，不免唏嘘悲泣。宝玉早已看破人生，今生已是如此，将来不过一死，也看的淡了。湘云提起官府欺压百姓就骂不停口道："这世道岂是穷人过的！天下乌鸦一般黑，戎羌夺朝以来，百姓还是一样贫苦。我看不上那些狗官，终日谄媚拍马以求高升。咱们虽然清贫，但没做过亏心事，死了也是清清白白的，我不后悔。"宝玉也有同感道："人谁不死，为了一己之私而祸害一世，再多的虚荣也是假的，不比咱们讨饭的荣光。"两个越发愤世嫉俗起来。湘云道："宝姐姐一世把名利看的太过重了，他其实也是自私冷漠之人。以往我见他待人热心诚恳，日子久了才知他是虚情假意。林姐姐虽然说话刻薄，但没有太多心计，也从没想过害人，宝姐姐若为了私心，未必不去害人。"

宝玉道："话虽如此，可我还是觉的有愧于他，毕竟我弃他而去，还不知他如今怎样呢。袭人、麝月也是不知境况，确也记挂的很。"说完又掉下泪来。湘云叹道："如今时过境迁，各人自有结果，咱再回去恐也找不到人了，即使见了，容颜已改也不认得了。看我这身子一天天衰了下去，只怕今生回不到旧地，人也亡故了。"宝玉忙道："何苦拿话咒自己，快别再说了。"湘云到里面睡去了，宝玉把篝火踩灭也睡了。

且说李纨在山中茅舍教儿子读书，到贾兰长到十八岁时，要他进京赶考，临走几番嘱咐，要他一路照顾好自己，不免又哭了。贾兰劝母亲莫要挂念，说他是个顶天立地的男子汉了，不用大人操心了，李纨又把他衣裳拉直了才任他去了。贾兰别了母亲往山下走去，回头见母亲还在山头凝望，鼻子一酸掉下泪来，向母亲招招手往城里去了。贾兰找到贾菌，要他陪着同去赶考，贾菌也同母亲道了别，背着包裹同他一并走了。

展眼秋去冬来，李纨见儿子长久不归颇也挂念，平日里自己照料自己，闲了总站在山头往山下盯望，却见四野空旷不见半个人影，只得叹口气转回竹篱茅舍。这日，李纨坐在屋里做针线，忽听门外乱嚷，起身推门一看，只见四个公差抬着个轿子喘吁吁走来。轿中人喊了一声停下，从里面钻了出来，笑着对母亲倒头就拜，李纨见他头戴乌帽身穿猩袍，正是自己的儿子贾兰，不觉喜极而泣道："孩子，你回来了，为娘想死你了！"贾兰携着母亲之手笑着要众位进院子喝茶。待大家都坐定了，贾兰说："儿子那日进了考场，见了题目恰好是母亲以往教过的，故也轻松应对，考中了第七名。贡举将考中的卷子奏闻，皇上一一的披阅，看取中的文章俱是平正通达的，独见儿子的文章别出心意，颇为赞赏道：'如今国家安定，正须广招天下贤才。虽说此生系前朝罪臣之后，然寡人爱惜人才故既往不咎，也是要他体念寡人的良苦用心，好为朝廷忠心效力，为民造福。'孩儿已被封了京郊知县，即日起便要走马上任。以后不能常回来看望母亲，心里着实不忍，今日回来给母亲说了，也让母亲放心。孩儿惭愧还未得取俸禄，此次回来也拿不出多少银钱，以后再说吧。母亲那件旧袄又薄又破不能御寒，孩儿日后给母亲带件新样厚袄，只是如今则不能了。"

李纨道："你只管去赴任，不必担心为娘寒暖，我自己会照顾自己。菌儿考中没有？"贾兰道："菌兄弟中了一百三十名，明日回来探望。"李纨又喜又泣道："咱们贾家又复兴了，全指靠你们兄弟俩了，老太太太太泉下有知也会喜欢的。"说完又禁不住哭了。贾兰才住了一宿，第二日便辞别母亲回京应官去了。李纨独自在家候着，心里也塌实多了。

贾兰勤勉为官，几次被上头提拔，又几次被小人嫉妒诬告又罢黜了。贾兰、贾菌在官场起起浮浮总没有起色，心里未免郁结，两兄弟在府里商议道："若这样下去，必有落魄回返之日。官场昏暗，都是拿银子去收买上头，咱们那有这个闲钱，必将遭殃。幸好西北边疆有叛贼造反，咱不如向圣上请命去沙场剿灭叛军，也可论功行赏，不比在这里苦熬强些？"两个皆上书给皇上，要亲赴沙场为国效命。君王读了奏折，龙颜大悦，分了两路人马叫二人到边疆剿匪去了。贾兰、贾菌奉旨谢恩，马不停蹄赶往边疆，指挥兵士奋力抗击叛贼，屡获成功。圣上大喜，将二人官级加升，也非一时之事。

且不说兰菌怎样升迁，只说雨村不知收敛尽力往上攀爬，宝钗不但不劝，反暗暗赞许夫君识时务有才干，比宝玉高过十倍，庆幸自己得个知心官人。这日雨村回来又告诉宝钗说自己又升了一级，在荣府大摆宴席，请冷子兴、蓉蔷等前来赴宴，众位兴高采烈大吃大嚼。雨村知三位也出银子买了官位，正广收贿赂搜刮民财，好捞回成本。蓉蔷因又说起京里新上任一官，不知此人底细，想派人送了银子过去让他关照一番，又不知此人是否顽固，故不敢贸然赠银。

雨村笑道："没有不偷腥的猫，凭他是谁，见了明晃晃的金银没有不动心的。"蓉蔷都点头笑着称是。冷子兴道："大人何不亲自往他府里走一遭先送了，我们也跟着效法。"雨村见三人畏缩退却，大笑道："什么厉害的人，把诸位唬成那样！明日我便去他府里一拜，送上赠银。"宝钗端茶进来笑道："诸位不必多疑，官人之言甚是。"于是连夜取出银两，用红布包了交与雨村，夫妇俩只商议到半夜。

天一明，雨村便携了银两到京里那人府里去了，只到中午才垂头丧气赶了回来。宝钗见状纳闷道："官人怎么没精打采的，敢是那人不肯收取？"雨村叹气道："扫兴至极！我到了那府里一看，原来是旧日的冤家，把我唬了一跳，连银子都不敢拿出就赶回来了。"宝钗道："官人说的是谁？"雨村道："是那年在葫芦庙里认识的一个小沙弥，做了门子，那年我怕他多嘴，把他远远的充发了。谁知这些年他也会钻了，爬的比我还高，他既是比我位高官显，怕是以后要找我报复，岂不烦心？"宝钗听了也吓了一跳道："他定不会放过咱们，可该怎么是好？"雨村急的在屋里乱转，总是没法。不知后事如何，且听下回分解。

# 第一百八回

## 情不情僧遭逢穷途　幻中幻境展演情榜

诗云：

林倒鸟兽散，裙钗布星汉。

虚盈转如蓬，世人论未倦。

话说雨村背手在屋里转来转去，亦想不出法子。宝钗道："盍不拿了银子去他府里致个歉，央求他高抬贵手，对旧事勿要较真。"雨村道："看来只有如此了，不然就是裹了家私逃走也好。"宝钗道："官人何其痴矣，咱诚惶诚恐费力费神才得此官位，若丢了官岂不是白活一世了，还是送些黄白之物求求他去，或许就大事化小小事化无了。"雨村听了唉声叹气着拿了银子去门子府里讨饶去了。

宝钗坐在家里等着，不大会儿忽见莺儿进来道："奶奶，不好了！外面来了好多官兵前来抄家，说老爷的官职俱是买来的，要阖府全抄，主子奴才一概不许出去。"宝钗听了惊慌失措，头晕目眩差点昏倒，莺儿忙把他扶住了。

只见众多官兵闯了进来，浑推浑赶着命屋里人都站好了勿动，用绳子把屋里人俱且捆住，斥逐喝骂赶出院子，挨个站好宣问名姓，齐溜推往门外去了。莺儿哭喊扎挣道："奶奶快来救我！"宝钗被官兵推着含泪不敢多言，只见贾府北门停着几辆囚车，有一干衙役站好一排等着。宝钗等被推上囚车，只见一卒挥着鞭子不停抽打叫骂，连踢带怂着要众人上了几辆马车，一干人马浩荡而去。

原来门子一心想报前仇旧恨，苦熬了些许年，在沙场奋力争战，由一小小兵卒发迹，屡次取得战功，官位越升越高，又使了些手腕，终于苦尽甘来，由圣上加官进爵入住京城。门子把雨村的以往贪酷之弊查个七八，也不要他速死，只想要他尝尝发配滋味，以体会当初自己充发时所受凄苦。

莺儿等奴仆皆拉到街市人口市场按优次卖了作别家奴仆，雨村、宝钗则往国之东北充军行役，一路受尽颠沛流离，苦不堪言。这日终到了风雪蛮荒之地，宝钗一病不起，虽百般埋怨雨村说自己命舛，然那有冷香丸调治，不久死去，就地葬在雪中，真是人生难料世事无常。雨村则在冰冷之异疆苦撑，又过了几载也一病而亡了，可悲可叹。正是：

菟丝引蔓附蓬麻，积金攒玉谁嫌多。
祸不寻人人自取，恶人自有恶人磨。

且说李纨在山里苦度光阴，听闻儿子在仕途浮浮沉沉，不免常年牵肠挂肚。忽有一日众官兵前来报喜讯，道贾老爷又升官了，要李纨穿上蟒袍进宫谢恩。李纨素来不喜功名，推辞道："穿上这个倒也可笑，羞死人了。"然众人皆道是皇上亲赐，圣命不可违。李纨尴尬穿了却不合身，袖子长了许多[35]，又向众人询问贾兰此次升官缘由。原来贾兰在疆场立下赫赫战功，圣上赐命嘉奖，将贾兰官职连升几级，贾兰贾菌二人皆爵禄高登。圣上听闻李纨守寡数载，辛苦教儿子读书扬名，感念落泪，深为敬佩道："如此贞节女子，当为世人共仰，日后必立贞节牌坊，令后人敬仰效仿。"一时兴起，竟大笔一挥也封了李氏高官厚禄，派人去往山中给李纨紫蟒加身。

李纨受宠若惊，抛了破袄寒衣，戴上珠冠，披了凤袄，胸悬金印，头戴簪缨，八面威风坐了轿子进宫谢恩去了。一时哄动全城，无人不知，无人不羡。谁知李纨回家后不到一月就一病而亡，空使世人嗟叹。

贾兰见母亲病故，哭的寻死觅活，将母亲隆重葬了，又用金银珠宝作了陪葬，哭道："生前没有让母亲过上好日子，驾鹤去了也多孝敬些钱财让母亲在那里花。"可叹李纨一生如冰似槁，无端获得爵位，又倏忽死去，身为举国笑，又是何必。

不说贾兰在京城飞黄腾达，只说又不知过去多少年，宝玉湘云一路漂泊流

[35] 第一回：昨怜破袄寒，今嫌紫蟒长【甲戌侧批：贾兰、贾菌一干人。甲戌眉批：一段功名升黜无时，强夺苦争，喜惧不了。

离。展眼又是中秋之夜，两个在街上踱步，见街上家家张灯结彩，热闹非凡。小孩子嬉笑着奔跑燃放爆竹，户户轩窗把盏行令，吆喝之声传遍街巷。宝玉边走边望月叹道："人家都骨肉团圆，独咱们凄凉惨淡，可不是老天不公，捉弄你我？"湘云叹道："自古月神掌管人间之兴衰浮沉，月之旨意要你死你就得死，要你败落你就不得荣盛，【批语：月之旨意合一"脂"字，难怪脂粉钗鬟都归神管。】那月宫里有蟾蜍，【批语：宝蟾乎？】有桂花【批语：金桂乎？】有嫦娥，【批语：黛玉乎？宝钗乎？妙玉乎？】有捣药的玉兔，【批语：菖菱乎？】有负罪砍树的吴刚，【批语：宝玉乎？似是玉一生负罪不轻，不孝无能，世人为鉴。】可比得你我。只是因何你我也似嫦娥如此凄冷，似吴刚如此内疚，皆是咱们未听父母教诲，故而辜负了一生。"宝玉不觉落泪道："直到今日才知我此生大谬，然悔已晚矣。想当初只图一时之快，误结了不良子弟，把父母之劝当作混账道理，落得家败人亡。如今再找慈母严父告罪求恕，又到那里寻去？"湘云不禁泪落如雨。两个见几处府里开启轩窗，有人饮酒赋诗，也含泪每人赋《吟月诗》一首，以抒心怀。宝玉吟道：

人间今夜又月圆，兴衰谁问是何年？
飘零皓首抬眼望，暖溶月浮慈母颜。

湘云也吟道：

年年月圆照行客，几家把盏几僵卧。
莫怪青天月无情，沧海桑田皆寂寞。

两个吟罢坐在路边石墩上望月谈叙多时，有些乏了，才起身转回古庙来。谁知湘云回去不久便生病了，躺在柴草上茶饭不思，宝玉急的没法，又没有银钱带他疗治，惟有以泪洗面。

次日宝玉起来，却不见湘云，慌忙到街上寻找，把各处皆寻遍了，仍然未见湘云影迹。直找到黄昏，才在江畔看见湘云斜卧岸上，宝玉匆忙哭喊道："云妹妹，你快回来！”湘云挣扎着回身一望，见宝玉跌跌撞撞赶来，含泪道：“我是不中用的人了，二哥哥别管我了，让我安静着去吧。”宝玉踉跄着过来坐在身旁，哭道：“别说傻话，你会好的。”湘云苦笑着摇摇头，望着满江斜晖，喘道：“夕阳西沉，年寿将尽，美韶光早已是昨宵陈梦，忍见家破人亡，空熬一生，亦于事无补。这世道岂容得你我，让我走吧，也早些脱离这污浊尘世。”宝玉悲愤盈怀，抽泣不已。湘云道：“人世消长起落，皆是命数常事，二哥哥何必枉自悲伤。”宝玉把他搂在怀里，却见他呼吸越发微弱了，眼望着斜阳落下，竟是含笑而去。

宝玉抱着他呆呆的望着斜阳，却见暮霭沉沉昏雾遮空，不觉天已全黑，宝玉似泥塑木雕坐了一夜，仍不肯起身。宝玉把湘云葬在江边，挥泪离了此地，往东路走来。又走了几个月，在海边停住了，身子越发沉重，觉的自己也要不久人世，想着死后连个葬他的人皆无，不如投奔大海，也省却了一座坟丘。

宝玉见海畔停一架孤船，踏脚进去，任船顺水漂流，他则卧在舟中睡着了，却被晨风吹醒。睁眼一看，只见船儿载着自己在海中漫行，周遭一片茫茫，一轮红日从残夜里生出，又大又圆，越发显得俗世空静，不染半点尘埃。宝玉不觉看的呆了，眼泪溢了出来，觉的自己也融化了，望海中纵身一跳，“咕咚”一声沉入海底。宝玉迷迷糊糊中被几双手拽出海面，脸上犹有泪痕，被带至空中，却见挽着他的是两个金刚大士，对他道：“汝命本不该绝，故警幻仙子令我等前来救你，带你到太虚幻境走上一遭。”宝玉不解也不则一声，任他们把自己带至天界。

远远的望见一座牌楼，好象曾到过的。只见远远飞来一位仙子，仙袂飘飞，华服艳姿，却是尤三姐模样，上前鞠躬道：“仙姑命我来引神瑛侍者入内，请随我来。”于是往前走来，只见石牌上大书“太虚幻境”四个大字，两边是一副对联，乃是：假作真时真亦假，无为有处有还无。

宝玉同三位转过牌坊，便是一座宫门。进入二层门内配殿，看到有许多匾额对联，不禁想起那年在秦氏屋里做的梦来，恍然大悟道：“原来梦竟是真的，我竟疏忽了。”但见那珠帘绣幕画栋雕檐后转出百余人来，都哄哄嚷嚷走来道：“仙姑今日宣布情榜，不知我们都封了什么名号。”宝玉见人群里都是自己的亲人朋友，不觉怔住了。

只见王夫人从众人中走出，和他四目相对，上来一把搂住泣道："宝玉，这么多年不见，你怎么落魄到这步田地，为娘的心都碎了！"母子抱着大哭，旁边之人也都陪着落泪。宝玉道："母亲，儿子不孝，荒度了一生，如今后悔也迟了。"王夫人哭道："我的儿，你也是一头白发了，憔悴的不象样子了。若不是仙子说今儿你是最后一个前来销号的，我都认不出你来了，为娘就怕儿一世学业无成，把心也操碎，没想到你还是辜负了我。听云丫头说的你在冰天雪地里独钓，只把为娘的心也哭碎了。这些年我儿遭了这么多罪，难道是为娘造的孽太深，竟报到我儿头上去了？"宝玉泣道："只怪儿子不成器，与我娘无干。"两个正在痛哭，忽见贾政也老泪纵横快步赶了上来一把抱住宝玉，三人皆哭个不住。

忽见一人颤颤巍巍过来道："玉儿，想死我了！"宝玉扭头一看，原来是老太太来了，大哭着扑到他怀里。老太太撕心裂肺道："玉儿，你怎么受了这么多的苦，快把人哭死了。"大家都有伤感之意。

又听有人喊道："给宝二爷请安了。"宝玉抬头一看，只见晴雯、袭人、小红、紫鹃、麝月、雪雁、秋纹、碧痕都围上来了，仿佛大家又回到从前在园子里的时候，都哽咽起来。宝玉和他们叙了往日之情，都悲喜交集。晴雯道："今儿仙姑说了，来这里销号的一共一百零八人，正合仙家术数，皆是在人间故去的人。"

宝玉见湘云也在人群里，上去一把拉住哭道："云妹妹，我没能力治好你的病，实在愧疚。"湘云道："这都是我命不好，怎怨的二哥哥？"宝玉又看见宝钗也在其中，诧异道："怎么你也离了人世了？"宝钗哭道："相公好狠心离我而走，害的我孤苦无依。"宝玉脸有愧色道："我对不住你，如今后悔又无益了。"又往人群里寻找黛玉，却不见人在那里，只看见的是：元春、妙玉、迎春、探春、惜春、巧姐、李纨、秦可卿、香菱、平儿、宝琴、邢岫烟、宝蟾、娇杏、尤二姐、尤三姐、瑞珠、宝珠、李纹、李绮、鸳鸯、司棋、金钏儿、玉钏、茜雪、莺儿、柳五儿、抱琴、待书、入画、彩云、翠缕、春燕、绣桔、嫣红、佳蕙、翠墨、坠儿、丰儿、莲花儿、蝉姐儿、善姐、琥珀、绮霰、银蝶、小鹊、秋桐、四儿、贾赦、贾敬、贾政、邢夫人、王夫人、薛姨妈、贾代儒、贾珍、尤氏、林如海、甄士隐、贾蓉、贾蔷、赵姨娘、贾环、钱槐、马道婆、薛蟠、贾雨村、王仁、孙绍祖、冷子兴、金荣、甄宝玉、柳湘莲、冯渊、贾瑞、贾兰、冯紫英、陈也俊、贾琏、卫若兰、贾琮、贾菌、倪二、二丫头、秦钟、潘又安、夏金桂、张道士、贾芸、王板儿、多姑娘、门子、蒋玉菡、刘姥姥。只是不见凤姐，甚为纳闷，因问众人，都说："二奶奶因那回到人间大闹一场，犯了天规，关在地狱受罪还没有放出。"宝玉听了，便知感叹。

忽见警幻仙姑领一人飞来道："今儿是情榜发布之日，岂能少了熙凤，故把他从地狱里带来，和大家一起听榜。"凤姐见了贾母王夫人等，自是亲热异常说个没完。宝玉走入一座宫门寻找黛玉，见一个仙女看着白石花边一颗红叶青草，其妩媚之态，令人心动神怡魂消魄丧。宝玉呆呆的看着，见仙女向他施礼道："我是管理绛珠仙草的，神瑛侍者莫非又来找绛珠仙子的，我把他唤出。"正说着，忽见绛珠草变成一个佳人，站在宝玉面前，不是别人正是黛玉。两人相对无言，都黯然神伤。

半天，宝玉才哭道："妹妹，哥哥对不住你。"一语未了，忽听后面有人喊道："宝二爷、林姑娘快到大殿来，仙姑要发榜了。"两个急步往大殿来，只见警幻仙姑拿着情榜念了一遍，又贴在墙上。众人都拥了上去看写的什么，只见写的是：

——金陵十二钗正册——

情情——林黛玉，无情——薛宝钗，情尊——贾元春，情敏——贾探春，
情憨——史湘云，情隐——妙　玉，情懦——贾迎春，情冷——贾惜春，
情雄——王熙凤，情缘——贾巧姐，情槁——李　纨，孽情——秦可卿。

——金陵十二钗副册——

情呆——香　菱，情妥——平　儿，情壮——薛宝琴，情贫——邢岫烟，
情魅——宝　蟾，情侥——娇　杏，情悔——尤二姐，情刚——尤三姐，
情殃——瑞　珠，情累——宝　珠，情颖——李　纹，情聪——李　绮。

——金陵十二钗又副册——

情勇——晴　雯，情箴——袭　人，情屈——小　红，情慧——紫　鹃，

情守——麝　月，情谮——鸳　鸯，私情——司　棋，情烈——金钏儿，

情怨——玉　钏，情谅——茜　雪，情络——莺　儿，情折——柳五儿。

——金陵十二钗三副册[36]——

情忠——抱　琴，情斥——待　书，情央——入　画，情蹉——彩　云，

情宽——翠　缕，情弱——雪　雁，情妒——秋　纹，情宁——碧　痕，

情平——春　燕，情善——绣　桔，情让——嫣　红，情和——佳　蕙。

——金陵十二钗四副册——

情豁——翠　墨，情赘——坠　儿，情随——丰　儿，情拒——莲花儿，

情施——蝉姐儿，情切——善　姐，情静——琥　珀，情从——绮　霰，

情护——银　蝶，情逊——小　鹊，情悖——秋　桐，情硕——四　儿。

——金陵十二主子——

情慈——贾　母，情贪——贾　赦，情疏——贾　敬，情严——贾　政，

情执——邢夫人，情直——王夫人，情劝——薛姨妈，情训——贾代儒，

情奢——贾　珍，情忍——尤　氏，情儒——林如海，情帮——甄士隐。

——金陵十二恶人——

情奸——贾　蓉，情虚——贾　蔷，情恶——赵姨娘，情逆——贾　环，

情衅——钱　槐，情邪——马道婆，滥情——薛　蟠，情婪——贾雨村，

情诓——王　仁，情猖——孙绍祖，情诡——冷子兴，情欺——金　荣。

——金陵十二公子——

情不情—贾宝玉，情乖——甄宝玉，情侠——柳湘莲，情冤——冯　渊，

情障——贾　瑞，情承——贾　兰，情豪——冯紫英，情隘——陈也俊，

多情——贾　琏，情英——卫若兰，情孝——贾　琮，情继——贾　菌。

［36］第十八回庚辰眉批：是处引十二钗总未的确，皆系漫拟也。至回末警幻情榜方知正、副、再副及三四副芳讳。壬午季春。畸笏。

——金陵十二杂家——

情义——倪　二，情遇——二丫头，情种——秦　钟，情约——潘又安，
情毒——夏金桂，情诳——张道士，情救——贾　芸，情俗——王板儿，
情纵——多姑娘，情钻——门　子，情贴——蒋玉菡，恩情——刘姥姥。

另有诸人考语，因一一看去，乃是：

贾宝玉——痴情是他，无情也是他，自择无牵无挂，却是悔尽此生，故曰情不情[37]。

林黛玉——既为情情，则痴情甚而托付此生，故有还泪之说，木秀于林，风必摧之，天下英雄豪杰齐来一哭。

薛宝钗——观人静慎从容，雍容典雅，实乃热面冷心，故曰无情。

贾元春——品貌才情有皇家风范，故曰情尊，惜世事无常，空留嗟叹。

贾探春——才志聪敏，生不逢时，远嫁难归，后海寇败退，不肯服从污流，逃至山野，终身与泉石为伴，可叹可敬。

史湘云——才品不让薛林，有大英雄本色，名士风流，傲骨不肯将就寻偶，情愿终身流离，真豪杰也。

妙　玉——金玉仙质，孤僻傲俗，壁立万仞，有天子不臣，诸侯不友之风，故曰情隐。

贾迎春——才德不能兼顾，懦弱一生诟病，故曰情懦。

贾惜春——非为虔诚信佛，实乃孤介绝情，冷心冷面，老死庙宇，可悲可叹。

王熙凤——治世之能臣，贪酷之奸雄也，一生好强，家败又无力回天，自省自怨，适足为后人宝鉴。

贾巧姐——敬老怜贫，媒鬻之报，所谓灿烂终归于平淡，孰欢孰悲？

李　纨——幽闲贞静，无为无才，老来富贵，倏忽死去，可笑乎，可悲乎？

［37］第十九回庚辰双行夹批：后观《情榜》评曰“宝玉情不情”，“黛玉情情”

秦可卿——风雅绝伦，却出身鄙贱，以色败家，遗恨无穷，实乃孽情。

香　菱——满眼无物不可心，无人不可人，心机独缺，命绝悍妇之手，真情呆矣！

平　儿——处污秽之中而能自清，位纷乱之中而能调和，乃良才也，因何薄命若此，可伤可泣。

薛宝琴——色艳如花，命苦如芥，中年亡故，稚子独承家，唯叹时不我待。

邢岫烟——漠然其遇，淡然其衷，贫女不忮不求，与人世毫无争患，涵养风度超群，然命断流放，惜兮叹兮！

宝　蟾——情似烈火，心如蛇蝎，容若桃花，鄙如流水，因何聚于一身，实乃鬼魅之祸。

……

宝玉尚未尽读，被警幻止住了道："先听我把各人使命说了再看，有的是时日。"于是又把这一百零八人分在各司任职，有的是"痴情司"，有的是"结怨司"，有的是"春感司"，有的是"秋悲司"，一时也说不尽。

宝玉对众人感叹说道："想我自幼生于金门玉府，赖天赐祖恩，着雀裘锦衣，食饫甘美馔，深蒙父兄宠爱，却不惯人间是非曲折，厌高低尊卑束缚世人，自以为自古多少帝王将相，将那功名富贵看的过重了，曲解了孔孟之道。想那闺阁裙钗平民子弟亦有聪明灵秀娇姿倩容，一并使其泯灭，何其错谬。上天有好生之德，世法平等，不可错会了圣人教导，然我虽有一颗真挚赤子之心，然过于顽劣，桀骜难驯，未肯听从父母兄姊之尊尊训戒，又误受纨绔公子之靡靡邪诱。岂知一味看重优雅谈吐妍美容貌，犹如以附子疗疾，以鸩毒止渴，荒废了一生事业，半点功名亦未得取，不堪为社稷国家出力。如今国破家亡，我岂不后悔，于今只有叹息罢了。"众人听罢慨叹不已，从此仙家又多了众位帮忙的下手，自是皆大欢喜，不在话下。

话说通灵玉在民间躲躲藏藏，出入于草堆旷地，唯恐被俗夫知觉或卖或砸或污，整日过的不甚开心，颇为后悔当日来至人间，受这般折磨。这日又躲藏于垃圾场，忽见茫茫大士、渺渺真人来寻他，心想："当初他曾劝自己不要来尘世，自己不听，如今这般落魄，恐被他二人耻笑。”遂矫情躲于煤堆旁，仍被他二人看见，茫茫大士、渺渺真人携了通灵玉飞回天界，放回大荒山无稽崖青埂峰下。

石头经历人间一番梦幻，对尘世亦不再眷恋，从此屹立青埂峰下，自为返璞归真。后人赋诗一首总结道：

豪华去后笙歌散，兴亡阅尽泪难干。
妆台鸾镜事已空，碧草寒垄情似烟。
君王一怒诸臣惊，忠良贤愚谁能辨。
一朝结冤深难解，谁知天道有循环。
我今忏悔性悟彻，照见本心仁与善。
高堂大厦孰知苦，金屏绣褥啼痕连。
云窗雾阁隐妒容，鬓云斜軃生埋怨。
锦衣玉食尝无味，红粉王孙恋嗔言。
祸因恶积福缘善，涤心洗孽仰圣贤。
盛衰消长辨分明，子孙久享在人间。

【批语：是书至此暂告一段落，癸酉腊月全书誊清。梅村夙愿得偿，吾所受之托亦完。若有不妥，俟再增删之。虽不甚好，亦是尽心，故无憾矣。】

【另有批语诗：红楼梦已尽，朱门痴未完。荒唐又辛酸，世人同悲幻。】

# 癸酉本石头记前八十回批语摘录

前80回有甚多通行本中没有的内容及批语，摘录部分：

第一回

此开卷第一回也。作者自云：因曾历过一番梦幻之后……此回中凡用“梦”用“幻”等字，是提醒阅者眼目，亦是此书立意本旨。此书本系吴氏梅村旧作，共百零八回，名曰风月宝鉴，每回仅三四页也，故事倒也完备，只是未加润饰稍嫌枯索，吴氏临终托诸友保存，闲置几十载，有先人几番增删皆不如意，也非一时，吾受命增删此书莫使吴本空置，后回虽有流寇字眼，内容皆系汉唐黄巾赤眉史事，因不干涉朝政故抄录修之，另改名石头记。

第三回

（1）骂道：“什么罕物，连人之高低不择，‘通灵’不‘通灵’呢！我也不要这劳什子了！”吓的众人一拥争去拾玉。【批语：劳什子则劳累连累之意，故厌而时时借故掷之。】

（2）原来这袭人亦是贾母之婢，本名珍珠【批语：虚陪一个好名，隐寓深矣。凡珠名皆不祥，如贾珠夭亡，瑞珠、宝珠运薄。珠字先去，方合作者原意。】

（3）贾母因问黛玉念何书。黛玉道：“刚念了《四书》。”黛玉又问姊妹们读何书，贾母道：“读什么书，不过认几个字罢了。”【批语：所谓女子无才便是德也，实叹颦卿识字不如不识字的好。伏后回鸳鸯所呈之令牌一回。】

第四回

原来这梨香院即当日荣公暮年养静之所【批语：梨香院乃宝钗所居，出自李

重元《忆王孙》“雨打梨花深闭门”，实伏线千里，又有传诗之意。】

第五回

（1）不想如今忽然来了一个薛宝钗，年岁虽大不多，然品格端方，容貌丰美【批语：此书所写乃汉唐史事，唐人皆喜体丰圆面，故有此语。】人多谓黛玉所不及。

（2）一从二令三人木【批语：与一哭二闹三上吊是一对也，伏凤姐后文自缢。】

（3）［枉凝眉］一个是阆苑仙葩【批语：既言仙字，非人间之品，指绛珠仙草也】一个是美玉无瑕【批语：宝玉一生愚顽，怎言无暇，实指和氏璧也，[此批语被红线划去]】

（4）望家乡，路远山高【批语：此句触眼，命删去另改。畸笏叟】

（5）欠命的，命已还【批语：有还泪的，亦有还命的，故言欠血，指茜血也】

第六回

（1）恰好忽从千里之外【批语：何来此句，刘妪本金陵人氏，若指千里，刘氏探贾府莫非生了双翼？其实作者另有深意，刘氏本异邦胡虏，故留此破绽，看之触眼，命删去另拟。畸笏叟】

（2）王成亦相继身故，有子小名狗儿【批语：奴才可不是称做狗儿的】

（3）只听一路靴子响，进来了一个十七八岁的少年，面目清秀，身段苗条，美服华冠，轻裘宝带。刘姥姥此时坐不是站不是，藏没处藏，躲没处躲。【批语：蓉儿形容偏从刘妪眼中看出，实在二人后文有些瓜葛。伏嶽神庙一回。】

第七回

（1）【回前有批语：此回周瑞家的送宫花进出如入无人之境，实伏后回家乱也。】

（2）【回前又有批语：贾琏戏熙凤和宝玉会秦钟成一对，大有隐义也。盖讥刺宝秦重色有染也，此乃败家根本。】

（3）“他说发了时吃一丸就好。倒也奇怪，吃他的药倒效验些。”【批语：宝钗不爱花儿粉儿，反将花儿吃尽，实乃讥刺宝钗无情也。】

第八回

（1）只剩女儿，小名唤可儿，长大时，生的形容袅娜，性格风流【批语：贾府重色之风久矣，实乃败家之本。】

（2）黛玉因含笑问他：“谁叫你送来的？难为他费心，那里就冷死了我！”【批语：盖冷酒亦喻久亡之人。宝钗劝宝玉不吃冷酒，既有忘却之意，故颦卿不喜也。】

（3）好知运败金无彩【批语：伏后文宝钗秋千一回】堪叹时乖玉不光【批语：伏后回宝玉穷困潦倒】

（4）注云：莫失莫忘【批语：伏甄宝玉送玉】仙寿恒昌。

（5）音注云：不离不弃【批语：伏宝玉弃钗为僧】音注云：芳龄永继【批语：伏宝钗死】

第九回

（1）彼时黛玉才在窗下对镜理妆，听宝玉说上学去，因笑道：“好，这一去，可定是要蟾宫折桂”【批语：后回宝蟾金桂之事也】

（2）这贾菌【批语：木死生菌，暗指家亡人尽也】亦系荣国府近派的重孙

（3）贾兰是个省事的，忙按住砚，极口劝道【批语：何为省事，兰即阑珊也，尽也，故言省事，一笑】

（4）茗烟在窗外道【批语：金荣之荣同茗烟之化烟恰是一对】

第十二回

王熙凤毒设相思局【批语：贾瑞乃祥瑞之意，凤姐掌家却将祥瑞谴尽，实不吉也】

第十六回

贾元春才选凤藻宫　秦鲸卿夭逝黄泉路　【批语：于热闹喜庆中写一丧气之文，大有深意矣。】

第十七回

（1）贾政道："谁按着你的头，叫你必定说这些字样呢？"【批语：将来自有按着他写字的，伏嶽神庙一回】

（2）有林之孝来回："采访聘买得十二个小尼姑、小道姑，都到了。连新做的二十分道袍也有了。外又有一个带发修行的，本是苏州人氏，祖上也是读书仕宦之家。"【批语：实是史太君同他祖上有过瓜葛，故厚情待之。】

第十八回

（1）宝钗转眼瞥见，便趁众人不理论，急忙回身悄推他道："他因不喜红香绿玉四字，改了怡红快绿"【批语：见了红便心怡，见了绿便要其快些完结，故曰怡红快绿】

（2）"金门玉户神仙府，桂殿兰宫妃子家。"【批语：有金玉字样已显争执又有兰桂二字更觉不吉祥也】

（3）宝钗笑道："你只把'绿玉'的'玉'字改作'蜡'字就是了。"【批语：蜡字岂不更易热化，岂能长久，此乃厌恶之语。】

第二十回

黛玉笑道："偏是咬舌子爱说话，连个'二'哥哥也叫不出来，只是'爱'哥哥'爱'哥哥的。回来赶围棋儿，又该你闹'幺爱三四五'了。"【批语：此言不假，本朝有姓爱的】

第二十二回

能使妖魔胆尽摧，身如束帛气如雷。一声震得人方恐，回首相看已化灰。打一玩物。【批语：谶语。一声震得人方恐，妙句，写元春临刑之喝骂，看之催人

泪下也。】

第二十四回

醉金刚轻财尚义侠【批语：醉酒人最大方，只是醒了未必肯借了。】

痴女儿遗帕惹相思【批语：此处遗帕与后回黛玉遗帕对照】

第二十六回

顺着脚一径来至一个院门前，只见凤尾森森，龙吟细细【批语：谁为龙，谁为凤，颦卿自担当的起】

第二十七回

（1）料也躲不及，少不得要使个“金蝉脱壳”的法子。【批语：宝钗红玉无端相遇，非闲笔也，伏线千里】

（2）一年三百六十日，风刀霜剑严相逼，明媚鲜妍能几时，一朝飘泊难寻觅。【批语：尸身怎禁的一年风霜，故言能几时，难寻觅】

第三十一回

因麒麟伏白首双星【批语：宝湘晚年相遇，故曰白首双星。此乃作者杜撰也，正是真中有假假中有真。】

第五十回

（1）咏红梅花得“红”字　邢岫烟　魂飞庾岭春难辨【批语：实写之笔】，霞隔罗浮梦未通。

（2）咏红梅花得“梅”字　李　纹　冻脸有痕皆是血，酸心无恨亦成灰。【批语：谶语。指发配宁古塔一回也】

（3）宝钗也有一个，念道：镂檀锲梓一层层，岂系良工堆砌成？虽是半天风雨过，何曾闻得梵铃声？众人猜时，宝玉也有一个，念道：天上人间两渺茫，琅玕节过谨堤防。鸾音鹤信须凝睇，好把唏嘘答上苍。黛玉也有了一个，念道：騄駬何劳缚紫绳？驰城逐堑势狰狞。主人指示风雷动，鳌背三山独立名。【批语：三谜皆系风筝也】

第五十四回

凤姐儿笑道："再说一个过正月节的：几个人拿着房子大的炮仗往城外放去，引了上万的人跟着瞧去。有一个性急的人等不得，就偷着拿香点着了。只见'噗哧'的一声，众人哄然一笑，都散了。这抬炮仗的人抱怨卖炮仗的捍的不结实，没等放就散了。"湘云道："难道本人没见？"凤姐儿道："本人原是个聋子。"众人听说，一回想，不觉失声都大笑起来。【批语：前回元春所作谜语乃炮仗也，此处所喻亦有此指，非是抬炮仗的是聋子，而是元春冤死，旁观者如同聋哑一般，叹叹！】

第五十七回

（1）黛玉伏枕喘息半晌，推紫鹃道："你不用捶，你竟拿绳子来勒死我是正经！"【批语：此言不假，伏后文短命。】

（2）贾母一见了紫鹃，眼内出火【批语：何至眼中冒火？实伏后文紫鹃多嘴促成黛玉早亡也】骂道："你这小蹄子，和他说了什么？"

第五十九回

柳叶渚边嗔莺咤燕　绛云轩里召将飞符【批语：此处又用绛云轩旧称，不用怡红院名，乃有深意也，后回柳叶渚边孤魂独吊，怡红院宝玉又何处召将飞符乎，叹叹】

（1）那婆子见采了许多嫩柳，又见藕官等都采了许多鲜花，心内便不受用。【批语：非是老妪多嘴，吾也求莺儿等手下留情，若把柳条折尽，他日树洞旧帕岂不少了遮护，任风雨侵淋，公子何处寻见乎？】

（2）黛玉也正晨妆，见了篮子，便笑说："这个新鲜花篮是谁编的？"莺儿笑说："我编了送姑娘顽的。"黛玉接了笑道："怪道人赞你的手巧，这顽意

儿却也别致。”一面瞧了，一面便命紫鹃挂在那里。【批语：偏又送与颦卿，可叹】

（3）怨不得宝玉说：‘女孩儿未出嫁，是颗无价之宝珠；出了嫁，不知怎么就变出许多的不好的毛病来，虽是颗珠子，却没有光彩宝色，是颗死珠了；再老了，更变的不是珠子，竟是鱼眼睛了。分明一个人，怎么变出三样来？’这话虽是混话，倒也有些不差。【批语：可叹宝玉眼里只有女孩儿，岂不知女儿家也有老了之时，确是混话】

（4）他娘只顾赶他，不防脚下被青苔滑倒，引的莺儿三个人反都笑了。【批语：可知青字累人也】

第六十一回

判冤决狱平儿行权【批语：他日家反宅乱，阿凤何在、王夫人何在，只有平儿、颦卿行权掌家，岂不悲乎？】

第六十二回

话说平儿出来吩咐林之孝家的道：“大事化为小事，小事化为没事，方是兴旺之家。若得不了一点子小事，便扬铃打鼓的乱折腾起来，不成道理。”【批语：何止大家，大国也该如此，此乃讥刺何人，触人眼酸】

第六十五回

这尤三姐松松挽着头发，大红袄子半掩半开，露着葱绿抹胸，一痕雪脯。底下绿裤红鞋，一对金莲或翘或并，没半刻斯文。两个坠子却似打秋千一般，灯光之下，越显得柳眉笼翠雾，檀口点丹砂。本是一双秋水眼，再吃了酒，又添了饧涩淫浪，不独将他二姊压倒，【批语：用绿、雪、金、秋来评此人，不犯赤、朱】不禁去招他一招。【批语：此乃作者亵渎三姐也，所谓祸是自招也】

第六十六回

薛蟠笑道：“天下竟有这样奇事。我同伙计贩了货物，自春天起身，往回里走，一路平安。谁知前日到了平安州界，遇一伙强盗，已将东西劫去。不想柳二弟从那边来了，方把贼人赶散，夺回货物，还救了我们的性命。”【批语：吾亦纳罕，柳兄乃流寇相连之意，伏线千里】

第七十一回

邢夫人纵是铁心铜胆的人，妇女家终不免生些嫌隙之心，近日因此着实恶绝凤姐。【批语：伏线千里】

第七十五回

（1）宝钗道：“正是我也没有见他们。只因今日我们奶奶身上不自在，家里两个女人也都因时症未起炕，别的靠不得，我今儿要出去伴着老人家夜里作伴儿。要去回老太太，太太，我想又不是什么大事，且不用提，等好了我横竖进来的，所以来告诉大嫂子一声。”【批语：宝钗此时搬走，是避嫌疑也，不解】李纨听说，只看着尤氏笑。尤氏也只看着李纨笑。一时尤氏洗沐已毕，大家吃面茶。李纨因笑道：“既这样，且打发人去请姨娘的安，问是何病。我也病着，不能亲自来的。好妹妹，你去只管去，我自打发人去到你那里去看屋子。你好歹住一两天还进来，别叫我落不是。”宝钗笑道：“落什么不是呢，这也是通共常情，你又不曾卖放了贼。”【批语：宝钗竟自称为贼，一大笑】尤氏只含糊答应。探春知他畏事不肯多言，因笑道：“你别装老实了。除了朝廷治罪，没有砍头的。”【批语：此处又隐宫中之事，不知伏的那个】

（2）贾赦道：“拿诗来我瞧。”便连声赞好，道：“这诗据我看，甚是有气骨。想来咱们这样人家，原不必寒窗萤火，只要读些书，比人略明白些，可以做得官时，就跑不了一个官儿的。何必多费了工夫，反弄出书呆子来？所以我爱他这诗，竟不失咱们侯门的气概。”因回头吩咐人去取自己的许多玩物来赏赐与他，因又拍着贾环的脑袋笑道：“以后就这样做去，这世袭的前程就跑不了你袭了。”贾政听说，忙劝说：“不过他胡诌如此，那里就论到后事了？”【批语：此处所言后事指后几回即有再入家塾之事。】

第七十七回

司棋见了这般，知不能免，因跪着哭道："姑娘好狠心！ 哄了我这两日，如今怎么连一句话也没有？"【批语：厚颜之徒亦会作悲戚状讨情，文字细如毫发。】

第七十八回

彼时贾政正与众幕友们谈论寻书之胜。又说："临散时，忽谈及一事，最是千古佳谈，'风流隽逸，忠义感慨'，八字皆备。倒是个好题目，大家要做一首挽词。"【批语：真事已显，却从政公口中出，不嫌突然。】

第七十九回

宝玉冷笑道："虽如此说，但只我听这话不知怎么倒替你耽心虑后呢。"香菱听了，不觉红了脸，正色道："这是什么话！"【批语：我倒替宝玉虑后，他日紫檀堡便见分晓】

第八十回

（1）金桂道："既这样说，'香'字竟不如'秋'字妥当。菱角菱花皆盛于秋，岂不比香字有来历些？"【批语：有金陵亦有秋菱丘陵乎】

（2）后来香菱果跟随宝钗去了，把前面路径竟自断绝。虽然如此，终不免对月伤悲，挑灯自叹。虽然在薛蟠房中几年，皆因血分中有病，是以并无胎孕。今复加以气怒伤肝，内外折挫不堪，竟酿成干血之症，日渐羸瘦，饮食懒进，请医服药不效。【批语：此处病入膏肓实写下回之死，不一气写其死，实留地步下回写魂返故地一大段伤心文字也。香菱至死始悟己之直心痴呆，故与封氏有自悔之泣，叹！】

（3）亦长在宁荣二府走动惯熟，都给他起了个诨号，唤他做"王一贴"【批语：妙名。凡王公贵族有弊病者都可一贴】